PIEMME
POCKET

W0221621

DEON MEYER

LA LISTA DEL KILLER

Traduzione di
STEFANO MAZZARELLI

PIEMME POCKET

Titolo originale dell'opera: *Dead Before Dying*

Già pubblicato con il titolo *Doppio colpo*, 2000

15033 Casale Monferrato (AL) - Via del Carmine, 5
Tel. 0142/3361 – Fax 0142/74223
www.edizpiemme.it

Stampa: Mondadori Printing S.P.A. - Stabilimento NSM - Cles (TN)

Tutta la vita è morte.

Giuseppe Verdi

Purgatorio

Nel buio fece una smorfia. Le mani gli tremavano lungo i fianchi ma non si svegliò.

«Questo è il problema, quando non riesci a uscire dalla tua testa. Pensi di essere così pulito. Perché Silva, al contrario, era così sporco. E noi il mondo lo vediamo così, o bianco o nero. Silva era un assassino, nero e sporco come il peccato. E io ero la luce bianca della giustizia. Gli altri mi spronavano. Prendilo. Prendi Silva per le ragazze, quelle due donne che ha buttato tra i rifiuti di una discarica come immondizia umana. Prendilo per il poliziotto della Omicidi con un buco in mezzo alla fronte. Prendilo per la droga, per la sua invulnerabilità, per la sua anima nera, sporca.»

Joubert si guardò indietro e vide che era avanzato sul filo sottile.

Mosse un altro passo.

1

Nella calma pomeridiana dell'ultimo giorno dell'anno, Mat Joubert pensava alla morte. Le sue mani erano impegnate a pulire con gesti meccanici la pistola di ordinanza, una Z88. Era seduto in soggiorno, chino in avanti nella poltrona, le varie parti della pistola sparpagliate sul tavolino di fronte a lui tra stracci, spazzole e una lattina d'olio. Da una sigaretta posata sul portacenere saliva lunga e sottile una piuma di fumo. Alle sue spalle, contro la finestra, un'ape entrava in collisione con il vetro con monotona, instancabile regolarità, nel vano sforzo di uscire al caldo estivo, nel pomeriggio mosso da un lieve vento di sud-est.

Ma Joubert non la sentiva. La sua mente correva senza meta fra i ricordi del passato, le cronache di morte che erano il suo pane quotidiano. La donna bianca stesa sul pavimento della cucina con in mano una spatola e l'omelette bruciata sul fornello, gli schizzi di sangue sulle piastrelle bianche. Nel soggiorno, un ragazzo di diciannove anni in lacrime, con 3240 rand nella tasca della giacca di pelle, che ripeteva ossessivamente il nome di sua madre.

Poi l'uomo in mezzo ai fiori, un ricordo meno inquietante. Almeno lui era morto con dignità. Ricordò i detective e i poliziotti nella zona industriale, tra le fabbriche grigie. Stavano in piedi in cerchio, immersi sino al ginocchio nei fiori di campo, circondati dalle corolle gialle, bianche e arancioni. Nel mezzo del cerchio giaceva il corpo di un uomo di mezza età, piccolo di statura. Stringeva in una mano una bottiglia di alcol vuota: era steso supino, con una guancia contro la terra.

Ma aveva gli occhi chiusi, e nell'altra mano teneva qualche fiore appena colto.

Erano proprio le mani il particolare che Joubert ricordava con maggiore evidenza.

Sulla spiaggia di Macassar. Tre persone. Il tanfo di gomma in fiamme misto a carne bruciata era ancora nell'aria; poliziotti e giornalisti formavano una barriera sottovento contro l'orrore delle vittime strangolate.

Le mani. Artigli. Levati al cielo in un atto pietrificato di preghiera per la libertà.

Mat Joubert era stanco di vivere. Ma non avrebbe voluto morire così.

Infilò a una a una nel caricatore le quindici tozze pallottole. L'ultima scintillò brevemente al sole del pomeriggio. Se la portò al livello degli occhi, tenendola tra pollice e indice, e fissò la punta color ruggine.

Che effetto avrebbe fatto? Se si fosse appoggiato, ma piano, la nera bocca della Z88 contro le labbra e avesse premuto il grilletto cautamente, lentamente, rispettosamente...? Avrebbe sentito il piombo del proiettile? Il dolore? Ci sarebbero stati ancora lampi di pensiero a serpeggiare tra i settori intatti del cervello? Ad accusarlo di essere un codardo un attimo prima che la notte lo inghiottisse? Oppure tutto sarebbe accaduto così velocemente da non permettere alle orecchie e al cervello di registrare il fragore dello sparo?

E Lara cosa aveva provato?

La sua luce si era spenta senza che lei si accorgesse della mano sull'interruttore? Oppure lo sapeva, e in quel sottilissimo attimo che separa la vita dalla morte si era resa conto di tutto? Forse aveva provato rimorso, o udito un'ultima, strafottente risata?

No, basta... non voleva più pensare.

Il giorno dopo sarebbe iniziato l'anno nuovo. E mentre fuori la gente continuava a vivere e a prendere decisioni, a far progetti, entusiasta e fiduciosa nel domani, lui se ne restava tappato lì dentro.

L'indomani al lavoro tutto sarebbe stato diverso... Il nuovo capo, l'uomo venuto dalla politica. I suoi colleghi non riuscivano a parlare d'altro: lui se ne infischiava.

Spinse energicamente il caricatore nel calcio con il palmo della mano sinistra, come se quel gesto violento potesse imprimere una svolta ai suoi pensieri. Infilò l'arma nella fondina di pelle. Ripose l'olio e gli stracci dentro una vecchia scatola da scarpe. Prese la sigaretta, aspirò e soffiò il fumo in direzione della finestra. In quel momento si accorse dell'ape che, ormai sfinita, ronzava sempre più debolmente.

Joubert si alzò, scostò la tendina di pizzo e aprì la finestra. Ma l'ape continuava a sforzarsi di trovare una via d'uscita bussando all'anta sbagliata. Joubert si voltò, raccolse un pezzo di carta e con quello la spinse cautamente nella direzione giusta. Per qualche secondo l'insetto rimase a librarsi davanti all'anta aperta, poi volò fuori. Joubert chiuse la finestra e sistemò la tendina.

"Anch'io potrei fuggire" pensò. "Se solo volessi."

Tanto bastò a fargli prendere una decisione impulsiva. Quella sera sarebbe andato al barbecue dei vicini. Soltanto per un po'. Per dire addio all'anno vecchio.

2

Poco dopo le sette di quella sera, Mat Joubert attraversò il viale alberato del quartiere residenziale di Monte Vista diretto a casa Stoffberg. Jerry Stoffberg, della Stoffberg & Mordt, Impresa di Onoranze Funebri a Bellville. «Io e te siamo praticamente colleghi, Mat» amava dirgli Jerry. La porta si aprì. Stoffberg vide Joubert entrare in casa e gli andò incontro. Si salutarono, scambiandosi le solite domande.

«Gli affari vanno benissimo, Mat. È un periodo dell'anno redditizio. Sembra proprio che un sacco di gente abbia aspettato a morire dopo le feste» diceva Jerry mentre metteva in frigorifero la birra che Joubert aveva portato. Indossava un grembiule con la scritta: «Sono il peggiore cuoco del mondo».

Joubert si limitava ad annuire perché aveva già sentito questi discorsi; intanto stappava la prima bottiglia di Castle della serata.

La cucina era accogliente, risuonante del cicaleccio di voci femminili e animata da un viavai di bambini e uomini intenti ai preparativi di rito. Mat uscì in giardino. La sua coscienza era ripiegata su se stessa, le sue percezioni si ritraevano come le antenne di un insetto. Fuori, i bambini si muovevano simili a spettri tra pozze di luce e ombra, divisi per squadre secondo l'età, ma uniti nella loro beata esuberanza.

Sulla veranda alcuni adolescenti se ne stavano seduti con le mani in mano. Joubert rimase a osservarli per qualche istante. Sembravano vagamente a disagio, come se avessero fatto qualcosa di losco... Poi comprese: i bicchieri sulla tavola della veranda erano pieni di sostanze illecite. Due o tre anni prima ci avrebbe riso sopra, ricordando i burrascosi anni della sua adolescenza. Ma adesso... beh, adesso ritraeva le antenne un'altra volta.

Si unì al cerchio di uomini intorno al fuoco. Il passaporto per entrare nel gruppo era un bicchiere in mano. Tutti guardavano con bramosia l'agnello che stava girando sullo spiedo di Stoffberg.

«Cristo santo, Mat... sei diventato bello grosso» osservò Wessels, il fotoreporter, quando Joubert gli si avvicinò.

«Non lo sai che è lui il detective-arma segreta della Omicidi e Rapine?» interloquì Myburgh, comandante dei vigili di Bellville, dall'altra parte del fuoco. A ogni parola i suoi folti baffoni sobbalzavano.

I muscoli della faccia di Joubert si contrassero; scoprì i denti in un sorriso meccanico.

«Giustissimo... Mat è la loro forza d'urto» disse Storridge, l'uomo d'affari. E risero, ma con garbo.

Tutti sapevano della perdita che Joubert aveva subito due anni prima, e da allora facevano attenzione alle parole.

Stoffberg girava lo spiedo cospargendo la carne con una salsa dalla ricetta segreta, simile a un medico con un paziente. Parlavano di sport, si raccontavano barzellette sconce, e poi c'erano i soliti problemi di lavoro. Joubert tirò fuori una Winston dal pacchetto che teneva nel taschino della camicia. Ne offrì a tutti. Brillò un accendino.

I componenti il cerchio andavano e venivano intorno al fuoco. Joubert accettò un'altra birra, seguita a breve distanza da una terza. Le donne in cucina avevano finito il loro lavoro ed erano passate nella stanza della televisione.

«Piantala di spennellare quell'agnello, Stoff. Tanto non serve... è morto.»

«Mi piacerebbe mangiarlo prima dell'alba. Domani apro bottega.»

«Di questo passo non sarà pronto prima di febbraio!»

Joubert non partecipava alla conversazione. Era riservato, e gli altri lo conoscevano per tale. Anche prima della morte di Lara non era mai stato un gran chiacchierone.

Le voci dei bambini si erano fatte più insonnolite, quelle degli uomini più sguaiate.

Stoffberg mandò un amico ad avvisare gli ospiti: era ora di mangiare. Le donne uscirono da casa con piatti ricolmi di contorni, e dopo aver chiamato i bambini si avvicinarono a Stoffberg che iniziava a sfilettare l'agnello.

Mentre aspettava il suo turno Joubert si scolò un'altra Castle. L'alcol aveva diluito i suoi sensi... non aveva appetito ma mangiò, per abitudine e per cortesia, al tavolo del giardino insieme con gli altri uomini. Dentro casa i ragazzi avevano messo della musica e avevano cominciato a ballare. Joubert afferrò un'altra birra ed entrò in salotto.

Stoffberg aveva sostituito le normali luci della stanza con lampadine colorate. I corpi in movimento erano soffusi di rosso, blu e giallo. Wessels si dimenava convulsamente in una goffa imitazione di Elvis, mentre i movimenti dei ragazzi erano più studiati, sinuosi. Danzando sotto una luce rossa, Storridge mostrava un fisico imponente di fianco alla moglie esile, sottile come un'ombra. Joubert distolse gli occhi. Si stava accendendo un'altra sigaretta quando notò la rampolla di casa Stoffberg, Yvonne, con il giovane seno che sobbalzava invitante sotto la maglietta.

La corpulenta moglie di Myburgh chiese il braccio a Joubert per il tradizionale valzer. Lui acconsentì. La donna lo guidò abilmente per un altro paio di danze. Quando la musica cambiò, gli sorrise con simpatia e lo lasciò. Joubert andò a prendersi un'altra Castle. Il ritmo della musica rallentò. I contatti fra i ballerini si fecero più intimi, inaugurando una nuova fase della serata.

Joubert uscì per svuotare la vescica. Le luci nel giardino erano state spente. Sotto i resti dell'agnello le braci erano ancora rosso acceso. Andò nell'angolo del giardino, si liberò e tornò indietro. Una stella cadente disegnò la sua breve danza sopra il tetto della casa di Stoffberg.

«Ehi, Mat.»

La ragazza apparve vicino a lui, un'ombra della notte, simile a una ninfa.

«Posso chiamarti così... o no? Sai, ho finito la scuola.» Si stagliava nella luce della porta sul retro:

le sue giovani curve erano ben evidenziate dalla maglietta e dai pantaloni aderenti.

«Sicuro» rispose lui con voce esitante, sorpresa. Lei gli si avvicinò, invadendo lo spazio protetto della sua solitudine.

«Non hai ballato con me neanche una volta, Mat.»

Incerto, stordito dalle sette bottiglie di Castle e dai tanti mesi di autoanalisi che gli avevano anestetizzato l'anima, Joubert non sapeva come reagire.

Lei gli appoggiò la mano sul braccio. Il capezzolo del seno sinistro gli sfiorava appena il gomito.

«Tu sei l'unico vero uomo qui stasera, Mat.»

"Cristo santo" pensava, "questa è la figlia del mio vicino".

Si ricordò del contenuto dei bicchieri dei ragazzi in veranda.

«Yvonne...»

«Tutti mi chiamano Bonnie.»

Per la prima volta la guardò in viso: non era più una bambina, i suoi occhi lo fissavano, luminosi, passionali, decisi. La bocca socchiusa era come un frutto maturo.

In quel momento il corpo di Joubert gli parlò dolcemente, in una lingua quasi dimenticata: dopo tanto tempo sentì rinascere in sé il desiderio, l'eccitazione. Ma la paura era troppo grande... Erano più di due anni che non... Protese le braccia con l'intenzione di allontanarla.

Lei interpretò diversamente quella mossa: lo trasse a sé, lo baciò con la bocca umida. La sua lingua con un guizzo gli forzò le labbra chiuse. Il corpo di lei era serrato al suo, i seni caldi. In cucina qualcuno chiamò un bambino. Mat tornò in sé, fece un passo indietro e si mosse per rifugiarsi in cucina.

«Mi dispiace» disse senza sapere il perché, voltandole le spalle.

«Ho finito la scuola, Mat.» Non c'era rimprovero nella sua voce.

Joubert lasciò la festa diretto a casa. Per strada sentì le grida di gioia per il nuovo anno, gli squilli di tromba, e vide i fuochi d'artificio.

Era quasi arrivato. Passò davanti alle piante, ai cespugli e alle aiuole che Lara aveva curato, litigò con la chiave nella serratura, entrò e percorse il corridoio fino alla stanza matrimoniale. Vide il letto che un tempo aveva diviso con Lara, l'armadio di lei vuoto, il quadro che Lara aveva comprato al mercato delle pulci di Green Point. Tutti questi dettagli lo incatenavano alla sua prigionia, erano i suoi carcerieri.

Si svestì, infilò un paio di calzoncini neri, scostò la coperta e si distese.

Non voleva pensare a quello che era successo.

Ma il suo gomito sentiva ancora l'incredibile morbidezza del seno di lei, la lingua gli penetrava ancora nella bocca.

Lara era morta da due anni e tre mesi. Due anni e tre mesi.

E lui si sentiva un motore trascurato, un catorcio rugginoso che tentava faticosamente di ingranare la marcia e partire.

Aprì gli occhi e fissò il soffitto.

Quella sera un virus gli era entrato nel sangue, accendendo il suo corpo di una febbre che aveva annullato l'effetto dell'alcol. Agitato, si rigirava nel letto incapace di prendere sonno. Si alzò ad aprire la finestra e il sudore brillò debolmente sul suo corpo alla luce di un lampione. Si coricò di nuovo, supino, ma l'eccitazione, sessuale e mentale, continuava a tormentarlo.

Lara. L'aveva perduta e la odiava. Perché il dolore era troppo grande. Cristo, però, quanto era bella. Sinuosa, un colpo di frusta, una tempesta, una provocazione. Una traditrice.

La morbidezza di quel seno contro il suo gomito. La figlia dei suoi vicini.

Lara che era morta.

La sua mente cercava una via di fuga da tutto questo, sospingendo i pensieri verso la sicurezza della depressione in cui aveva imparato a sopravvivere.

Ma per la prima volta in due anni e tre mesi, Mat Joubert scoprì che dentro di sé era successo qualcosa. L'asse di trasmissione aveva ruotato tra le sfere irruvidite dei cuscinetti, i pistoni si muovevano nei loro cilindri: la macchina dei suoi desideri aveva stretto un'alleanza con Yvonne Stoffberg. Tutte e due insieme congiuravano per sconfiggere l'apatia che era stata sul punto di sopraffarlo.

Sentì di nuovo Yvonne nella sua bocca, la lingua come una farfalla impazzita.

Lara era morta. Si lasciò sprofondare nel sonno, dove avrebbe combattuto un duello senza vincitore.

3

Il sergente Benny Griessel aveva uno spiccato senso dell'umorismo, forgiato in nove anni di dure battaglie per la soluzione dei crimini più efferati. Aveva ribattezzato la sede del dipartimento Omicidi e Rapine di Kasselsvlei Road, a Bellville South, "Il Cremlino", un soprannome ispiratogli dai modi tronfi e austeri del colonnello Willie Theal.

Ma da quella mattina tutto era destinato a cambiare. Theal, l'ufficiale comandante della Omicidi e Rapine, era andato in pensione in anticipo il 31 dicembre con l'intenzione di dedicarsi al giardinaggio nel suo piccolo podere a Philippi.

Lo avrebbe sostituito il colonnello Bart de Wit. Era stato nominato dal nuovo ministro della Giustizia, un nero. Dal primo gennaio la Omicidi e Rapine entrava ufficialmente a far parte del Nuovo Sudafrica. Bart de Wit era infatti uno dei membri fondatori dell'African National Congress, da cui si era dimesso per assumere il nuovo ruolo. Perché uno sbirro doveva apparire imparziale.

Quando Joubert entrò nella sala, alle sette e sette minuti del primo gennaio, quaranta detective erano già seduti sulle sedie grigio-azzurre di fornitura governativa, collocate contro le quattro pareti a formare un ampio rettangolo. Tutti stavano discutendo a bassa voce del nuovo capo, quel Bart de Wit.

Benny Griessel e il capitano Gerbrand Vos salutarono Mat Joubert mentre gli altri continuavano a scambiarsi congetture.

Joubert si sedette in un angolo.

Alle sette e un quarto precise, il generale di brigata entrò nella sala, seguito dal colonnello Bart de Wit.

Quarantun paia di occhi gli si incollarono addosso. Il generale di brigata restò in piedi davanti a tutti, vicino al televisore.

De Wit si sedette su una delle due sedie libere. Il generale li salutò e augurò a tutti un felice anno nuovo.

Poi cominciò a parlare, ma i detective non gli prestavano molta attenzione: scrutavano il colonnello dal quale sarebbe dipeso il loro futuro professionale; lo osservavano con l'occhio di chi conosce la natura umana e sa valutare gli altri.

Bart de Wit non era certo l'immagine dell'autorevolezza: era minuto ed esile, con i capelli neri ormai radi sulla fronte e sulla nuca; aveva il naso adunco con un grosso neo tra la narice e la guancia.

Il generale presentò de Wit. Il colonnello si alzò, si schiarì la voce e si strofinò il neo con l'indice.

«Colleghi, questo è un grande privilegio» disse con voce potente e vagamente nasale. Teneva le mani intrecciate dietro la schiena, il corpo smilzo era rigido, le spalle ben diritte.

Il generale prese congedo e si diresse all'uscita.

Adesso erano rimasti soli, il nuovo comandante e la sua brigata.

«Bene, è tempo di fare conoscenza. A dire il vero io vi conosco già, perché ho avuto l'onore di leggere i vostri stati di servizio, ma voi non conoscete me. So con quanta facilità possano diffondersi chiacchiere infondate su un comandante. Perciò vi racconterò brevemente chi sono. È vero che non ho esperienza specifica di polizia locale, ma per questo dovete ringraziare soltanto il regime dell'*apartheid*. Seguivo un corso di gestione dell'ordine pubblico all'università del Sudafrica, quando le mie opinioni politiche mi costrinsero a lasciare la patria...»

De Wit aveva sulle labbra un sorriso appena accennato. I suoi denti erano un po' ingialliti, ma regolari. Arrotondava ineccepibilmente la pronuncia di ogni parola.

«In esilio, insieme a un gruppo di coraggiosi patrioti, ebbi la fortuna di poter continuare i miei studi. Nel 1992 entrai a far parte del contingente dell'African National Congress che accettò l'offerta britannica di addestrarci. Così approdai a Scotland Yard, dove rimasi oltre un anno.»

De Wit guardò la platea come se si aspettasse un applauso. Il dito strofinò di nuovo il neo.

«L'anno scorso sono tornato a Scotland Yard per svolgere le ricerche necessarie al conseguimento del dottorato. Di conseguenza posso affermare di essere al corrente di tutti i più moderni metodi attualmente impiegati nella lotta contro il crimine. E voi...»

L'indice disegnò nell'aria un quadrato irregolare che includeva tutti i quarantuno presenti.

«... e voi potrete trarre grande vantaggio dalla mia competenza.» Gerbrand Vos alzò gli occhi al cielo mentre le labbra mimavano silenziosamente la parola "patrioti". Joubert abbassò lo sguardo.

«Queste sono le mie credenziali. Colleghi, tutti temiamo il cambiamento. Ma nella vita evolversi, cambiare in meglio è fondamentale. Per facilitarvi il compito vi dirò che cosa mi aspetto da voi.»

Benny Griessel si appoggiò le mani alle tempie fingendo di tapparsi le orecchie.

«Il nostro obiettivo è uno solo, colleghi... il successo. Il ministro ha nominato me perché si aspetta certi risultati. E io sono deciso a fare in modo che le sue aspettative non vengano deluse.»

Alzò l'indice in aria. «Ma che cosa mi aspetto da voi? Che cosa dovete garantire? Tre cose...

La prima è la fedeltà. Al servizio e ai suoi intenti, alla squadra, ai vostri colleghi e a me. La seconda è la dedizione. Io pretenderò che facciate sempre del vostro meglio. Non al novanta, ma al centouno per cento.»

I detective cominciavano a sbadigliare. L'uomo nuovo parlava un linguaggio insolito, ma il concetto era sempre lo stesso. Non pretendeva niente di diverso da qualsiasi altro suo predecessore: che sgobbassero fino ad ammazzarsi per lo stesso ridicolo stipendio. In modo da garantire a lui la promozione.

Joubert prese dalla tasca il pacchetto rosso di Winston e accese una sigaretta. Due colleghi lo imitarono.

«La terza cosa è la salute psicofisica. Colleghi, io ho una convinzione: *Mens sana in corpore sano.* Lo so che a breve termine questo mi renderà impopolare, ma sono disposto a correre il rischio. Due volte l'anno, ognuno di voi sarà sottoposto a visita medica. Gli esiti resteranno *inter nos*, coperti da confidenzialità. Ma se il dottore rilevasse certe... insufficienze, mi aspetto che provvediate a correggerle.»

Protese entrambe le palme delle mani avanti, come a bloccare preventivamente le loro inevitabili obiezioni.

«D'accordo, vi capisco. So quanto sia difficile tenersi sempre in forma. Io conosco i vostri livelli di stress, gli orari pesanti eccetera. Ma, colleghi... più sarete in forma, più facile sarà per voi superare gli ostacoli. Niente di personale, ma... vedo che qualcuno di voi ha qualche chilo di troppo e poi... poi qui c'è gente che fuma e beve...»

Joubert fissò la sigaretta che aveva tra le dita.

«Ma affronteremo il problema insieme, di petto. Insieme cambieremo il vostro stile di vita, vi aiuterò a sbarazzarvi delle cattive abitudini. Ricordate, colleghi, l'immagine delle forze dell'ordine dipende da voi. Ma la cosa fondamentale è che avete un dovere nei confronti di voi stessi: tenere il corpo e la mente in forma.»

Ebbe nuovamente un momento di leggera esitazione, come se aspettasse l'applauso. Joubert spense la sigaretta. Aveva visto Vos prendersi la testa fra le mani. Vos non fumava, ma durante il sermone del colonnello si era fatto una birra.

«Bene,» disse il colonnello Bart de Wit «occupiamoci degli impegni di lavoro odierni.» Prese una agenda dalla tasca della giacca e l'aprì.

«Capitano Marcus Joubert... Dov'è il capitano Joubert?»

Joubert alzò il braccio a mezz'asta.

«Lei è Marcus?»

«Mi chiamano Mat» precisò Joubert. De Wit lo pregò di ripetere.

«Mat.»

«La ringrazio, capitano. Molto bene... il capitano *Max* Joubert comanderà la squadra di pronto intervento per la settimana entrante. Con lui ci saranno il tenente Leon Petersen, i sergenti Louw, Griessel, O'Grady e Snyman, gli agenti Turner e Maponya. Arriverò a conoscervi tutti, colleghi. Capitano Gerbrand Vos... lei ha diretto la squadra nel periodo delle feste. Capitano, c'è qualcosa di cui vuole discutere?»

La carriera professionale di un detective della Omicidi e Rapine non lasciava molto spazio per la solidarietà nei confronti di un collega in difficoltà. D'accordo, inizialmente i colleghi si mostravano comprensivi: un momento di cedimento poteva capitare a chiunque. Probabilmente provavano un senso di riconoscenza perché era capitato a un altro e non a loro. Questi elementi creavano una forma di tolleranza che durava un mese o due, finché il soggetto in crisi diventava una palla al piede che ostacolava il resto della squadra nell'esercizio delle sue funzioni.

Ma esistevano le eccezioni. Da due anni, due colleghi alla Omicidi e Rapine si dimostravano comprensivi e solidali con Mat, per motivi diversi.

Per Gerbrand Vos il motivo era la nostalgia. Lui e

Joubert avevano iniziato insieme alla Omicidi come detective, con il grado di sergente. Entrambi si erano distinti per intuito e capacità. Willie Theal li aveva incoraggiati a competere, a fare a gara nel numero delle onorificenze ottenute. Insieme erano passati di grado: prima aiutanti, poi tenenti. Nel reparto erano una vera e propria leggenda. Il giorno della loro nomina a capitano, il quotidiano «Die Burger» aveva pubblicato in prima pagina un memorabile articolo su di loro. La giovane giornalista era stata comprensibilmente colpita da entrambi. «Il capitano Vos è un estroverso, un omaccione con la faccia d'angelo, le fossette sulle guance, e occhi celesti da bambino. Il capitano Mat Joubert è silenzioso, ancora più massiccio, con due spalle larghe da armadio e la faccia di un falco: occhi castani e sguardo penetrante...»

Ma poi Lara era morta, e Vos si era dovuto rassegnare al fatto che il suo amico non avesse più voglia di competere. Aspettò che il dolore di Joubert passasse. Non aveva ancora finito di aspettare.

Joubert era occupato con il dossier del primo caso della mattinata. Altri diciassette stavano ammassati in tre pile sulla scrivania. Riconobbe il passo deciso di Vos sulle piastrelle del corridoio. Quando apparve sulla soglia, la sua voce era sommessa come se de Wit fosse nei dintorni.

«Previsioni per i mesi a venire: merda a palate» disse. Gerbrand Vos usava un linguaggio deciso e diretto.

Joubert annuì. Vos si sedette sulla solita sedia grigio-azzurra, ed esclamò: «"Patrioti". Che schifo, mi fa ribollire il sangue. E poi, quella tirata su Scotland

Yard. Che ne sa Scotland Yard dell'Africa, Mat? E quel "colleghi" ripetuto tutta la mattina! Si è mai sentito un ufficiale in comando chiamare i suoi uomini "colleghi"?».

«È appena arrivato, Gerry. Si sgonfierà.»

«Dice che vuole conoscerci. Mi ha placcato al distributore del caffè e mi ha detto che vuole conoscere ognuno di noi individualmente. Io devo...»

Vos guardò l'orologio. «...ci devo andare adesso. Subito dopo tocca a te. Dobbiamo prenderlo per le corna, Mat. Siamo noi i due ufficiali più anziani. Dobbiamo sistemare questo stronzo subito. Ma l'hai sentita la storia del salutismo? Ci vedo proprio, me e te, a far ginnastica nel parcheggio tutte le mattine.»

Joubert abbozzò un sorriso. Vos si alzò. «Ti chiamo quando ho finito. Ricordatelo bene: tutti per uno. Anche se noi non siamo fottuti patrioti.»

«Tranquillo, Mat, il colonnello è tutto chiacchiere e niente sostanza» sentenziò Vos al suo ritorno, trentacinque minuti più tardi. E aggiunse: «Ti sta aspettando. Ti tratta da amicone e ti subissa di complimenti».

Joubert sbuffò, si infilò la giacca e si avviò in corridoio.

Il colonnello Bart de Wit era subentrato nell'ufficio di Willie Theal colonizzandolo totalmente: Joubert se ne rese conto quando bussò e l'altro lo invitò a entrare.

I quadri erano stati tolti, l'orribile tappeto verde era sparito, e così la pianta malaticcia che un tempo stava nell'angolo. Alla parete bianca dipinta di fresco adesso erano appesi tre attestati di laurea conferitigli da prestigiosissime istituzioni. Sul pavimento c'era un tappeto color blu polizia, e nell'angolo un tavolino con sopra un cartello: «Preferisco non fumare». Sulla scrivania c'era una cornice con quattro foto: una donna dagli occhi sorridenti dietro un paio di occhiali dalla montatura spessa, un teen-ager con lo stesso naso di suo padre, una ragazzina anch'essa occhialuta. La quarta fotografia ritraeva de Wit insieme al ministro della Giustizia.

«Prego, capitano, si accomodi» disse de Wit indicandogli la sedia grigio-azzurra. Si sedette anche lui. Abbozzò un sorriso.

Dopo un momento prese il voluminoso fascicolo che aveva di fronte, lo aprì e chiese: «Che cosa mi ha detto? Che tutti la chiamano Max?».

«Mat.»

«Mat?»

«Le iniziali dei miei tre nomi, colonnello: Marcus Andreas Tobias. M.A.T. Mio padre scelse questo nome.» La voce di Joubert era calma, il tono paziente.

«Aah, suo padre. Vedo che anche lui era nella polizia.»

«Sì, colonnello!»

«Ufficiale?»

«No, colonnello!»

«Ah.»

Seguì un istante di imbarazzante silenzio. Quindi de Wit richiuse il fascicolo.

«Capitano, intendo essere completamente franco con lei. Leggendo il suo fascicolo ho appreso che dalla morte di sua moglie le cose non sono andate troppo bene.»

Il sorriso sul volto di de Wit non corrispondeva al tono serio della sua voce.

Mat Joubert si sentì confuso.

«Anche sua moglie era un agente, vero?» chiese de Wit.

Joubert annuì. Pensava che l'uomo dietro la scrivania sapesse.

Sentì lo stomaco chiudersi e per precauzione sbarrò la porta ai suoi pensieri.

«È morta in servizio?»

Joubert assentì con il capo mentre il ritmo del polso aumentava.

«Una tragedia. Tuttavia, capitano... lo dico con grande rispetto, da allora la sua performance sul lavoro è stata poco soddisfacente...» E ritornò a esaminare il fascicolo.

«Un grave ammonimento disciplinare e due petizioni di censura. E un calo vistoso nella percentuale di risoluzione dei casi assegnati...»

Joubert fissava la quarta fotografia: de Wit con il ministro. Il ministro era mezzo metro più alto del colonnello. Sorridevano, l'immagine era nitida, si vedeva perfettamente il neo.

«Desidera fornire chiarimenti, capitano?»

L'espressione interrogativa stampata sulla faccia di de Wit irritò Joubert.

«È tutto dentro il mio fascicolo, colonnello.»

«Il provvedimento disciplinare riguarda il caso Wasserman... lei rifiutò di fare una dichiarazione....» Il colonnello si aspettava una reazione, mentre in Joubert cresceva la voglia di star zitto.

«È tutto nel fascicolo, colonnello. Io rinunciai a

fare qualunque dichiarazione per il semplice motivo che il rapporto dell'aiutante Potgieter era esatto.»

«Quindi si è reso responsabile di condotta indecorosa.»

«Proprio così... "condotta indecorosa" è la definizione esatta, colonnello.»

«E come la mettiamo con le due petizioni con cui sette sottufficiali la ricusavano come capo della squadra di pronto intervento?»

«Io non li biasimo, colonnello.»

De Wit si incollò allo schienale della sedia. «Apprezzo la sua sincerità, capitano.»

Joubert era sbalordito dal modo in cui quell'uomo riusciva a sorridere e parlare contemporaneamente.

«Ma l'onestà non è sufficiente. Vede, capitano... questo è il Nuovo Sudafrica. Tutti dobbiamo dare un contributo. In questo paese i più vivono in comunità svantaggiate, e hanno bisogno del nostro aiuto. Non possiamo permetterci di lasciare i gradi di ufficiale a soggetti... inadeguati. Capisce?»

Joubert fece un cenno affermativo.

«Poi c'è la questione della mia nomina. Sono sotto pressione, e questo non è un problema solo mio, ma di tutto il nuovo governo. Molti bianchi sarebbero contenti di poter dimostrare che il nuovo governo nero ha commesso un errore di valutazione, in modo da poter dire al mondo: "ve lo avevamo detto".»

De Wit si sporse in avanti sulla sedia. Il sorriso si fece più largo.

«Ma qui dentro gli errori non sono ammessi. È chiaro, questo?»

«Sì, colonnello.»

«Capitano, si faccia una semplice domanda: io, Mat Joubert, sono un vincente? In caso affermativo, qui dentro sarà sempre apprezzato.»

«Sì, colonnello.»

De Wit emise un profondo sospiro, il solito sorriso sulle labbra.

«La sua prima visita medica è alle quattordici di oggi pomeriggio. Inoltre il servizio dispone di due psicologi specializzati per i membri che ne abbiano bisogno. Ho consegnato loro il suo incartamento... la vorranno conoscere, forse domani. Abbiamo finito. Buona giornata, capitano.»

4

La Premier Bank era nata come cooperativa edilizia, ma oramai, a settantacinque anni dalla sua fondazione, quel tipo di istituto finanziario era passato di moda.

Come molte altre società analoghe, la Premier aveva ampliato l'area dei propri interessi. Attualmente i suoi clienti, oltre a ottenere il mutuo per la casa, potevano farsi risollevare i conti in rosso, oppure ottenere finanziamenti per acquisti rateali. Insomma, la Premier praticava ogni metodo immaginabile per spillare quattrini all'uomo moderno.

Per il cliente medio c'era il Piano Rubino, per quello ad alto rischio il Piano Smeraldo. Ma l'interesse prioritario della Premier Bank era indurre i clienti a scegliere le condizioni del Piano Diamante.

Susan Ploos van Amstel vide un uomo fascinoso con occhiali dalla montatura dorata, capelli biondi, notevole abbronzatura e abito grigio acciaio, dirigersi verso il suo sportello bancario: di certo era un cliente del Piano Diamante.

Susan era una trentaquattrenne con qualche chilo di troppo, aveva tre figli che trascorrevano i pomeriggi parcheggiati al doposcuola, e un marito che passava le serate in garage a trafficare con la sua Anglia del 1962. Quando l'affascinante biondone le sorrise, Susan si sentì ringiovanita. L'uomo aveva denti perfetti, inverosimilmente bianchi. E lo sguardo di un divo del cinema.

«Buongiorno signore. Che cosa posso fare per lei?» Susan gli offrì il suo miglior sorriso.

«Mmm,» disse «avevo sentito dire che in questa filiale c'erano le cassiere più belle della città. Sto constatando che è proprio così...» la sua voce era calda e impostata.

Susan arrossì.

«Dolcezza... vorrei che tu mi facessi un grande favore.»

Susan esitò. E se si fosse trattato di una proposta indecente?

«Certamente. Per lei, qualsiasi cosa.»

«Qualsiasi cosa! Ah! Dolcezza, che parole pericolose... pericolosissime» il tono era allusivo. Susan sorrise e arrossì ancora di più. «Magari la prossima volta. Adesso, se non ti dispiace, prendi un bel saccone e riempimelo di banconote da cinquanta. Il caso vuole che io abbia una bella pistola proprio qui, sotto la giacca.»

Scostò un poco la falda e Susan vide il calcio dell'arma.

«Non mi costringere a usarla. I tuoi occhi sono troppo belli e seducenti. Se mi fai questo piccolo favore, io sarò uscito di qui prima che possa capitare qualcosa di spiacevole.» La voce era tranquilla, quella di un'amabile conversazione.

Susan scrutò il viso dell'uomo nella speranza di vedervi affiorare un sorriso che significasse che era stato tutto uno scherzo. Niente.

«Ma... dice sul serio?»

«Sicuro, dolcezza.»

«Oh Dio mio.»

«No, dolcezza... niente Dio, solo tanti bei bigliettoni.»

Le mani di Susan cominciarono a tremare. Ricordò le istruzioni: "L'allarme è sul pavimento... schiaccialo"! Si sentiva svenire. Prese macchinalmente un sacco di tela grezza. Aprì il cassetto e incominciò a infilarci i soldi. "Schiaccia quel bottone!".

«È delizioso il tuo profumo... come si chiama?» le chiese lui, con voce sempre più vellutata.

«Royal Secret» rispose Susan; e nonostante la situazione in cui si trovava, arrossì nuovamente. Aveva finito quelle da cinquanta. Gli diede il sacco e pensò ancora: "Schiaccialo!".

«Sei proprio una brava bambina. Grazie. Tuo marito dovrebbe tenere gli occhi bene aperti con una moglie così, perché rischia di farsela soffiare.» Con un sorriso furbo prese il sacco e si diresse verso l'uscita. Susan Ploos van Amstel abbassò il piede sull'allarme nel momento in cui il rapinatore attraversava la porta a vetri.

«Poteva avere la parrucca... comunque metteremo insieme un identikit» dichiarò Mat ai tre cronisti. Doveva occuparsi in prima persona dell'indagine sulla rapina alla Premier Bank perché i suoi uomini erano impegnati a Brackenfell, per una rapina con sparatoria in una pescheria, e a Mitchells Plain, dove una ragazzina di tredici anni era stata violentata da una gang di quattordici teppisti.

«Appena 7.000 rand... Doveva essere un dilettante» disse la reporter del «The Cape Argus» rosicchiando il tappo della sua penna. Joubert non replicò. Tacere era la migliore strategia quando c'erano i media di mezzo. Oltre la porta a vetri dell'ufficio del direttore della filiale, Susan Ploos van Amstel raccontava la sua disavventura a un gruppo di clienti.

«"Il Rapinatore Galante". Potrebbe essere un bel titolo per un pezzo. Crede che ci proverà ancora, capitano?» gli domandò il reporter del «Burger». Joubert fece spallucce.

I cronisti non avevano altre domande, lui li congedò e tornò a sedersi in attesa che arrivassero quelli dell'identikit.

Guidava l'auto di servizio, una Sierra blu, perché doveva tenersi a disposizione. Tornando a casa si fermò a una libreria dell'usato su Koeberg Road. In piedi sulla porta c'era Billy Wolfaardt.

«Ehilà, capitano... come vanno gli omicidi?»

«Come al solito, Billy.»

«Mi sono arrivati due Ben Bova, ma forse ce li ha già.»

Joubert si diresse al reparto fantascienza.

«E poi il nuovo William Gibson.»

Joubert scorreva il dorso dei libri con il dito. Billy Wolfaardt capì che il capitano non era in vena e ritornò al registratore di cassa vicino alla porta.

Joubert guardò i Bova, ma li rimise nello scaffale;

invece prese il Gibson e andò a pagarlo. Salutò Billy e uscì. Si comperò anche del pollo fritto.

A casa, vide che una lettera era stata infilata sotto la porta: la raccolse e la portò in cucina insieme al libro e al sacchetto del pollo.

Sulla busta era disegnato un fiore in tenui tinte pastello. Prese un coltello da un cassetto per aprirla. Conteneva un unico foglio di carta, piegato a metà, con lo stesso disegno floreale. Emanava un profumo familiare, dolce. Lui conosceva bene quel profumo. Aprì e riconobbe la grafia di una donna, una scrittura elegante e rotonda. Si mise a leggere:

«Il caldo abbraccio
del mio desiderio
accende in te
un fuoco rovente.

Assaggiami, toccami, prendimi
trafiggimi come una farfalla...
Amore mio, non ti accorgi
che amarmi vuol dire uccidermi?».

Il biglietto era anonimo. Ma la sua firma era il profumo, e Mat capì.

Si sedette al tavolo di cucina. Perché quella ragazza voleva incasinargli la vita? No, l'ultimo dei suoi desideri era passare un'altra notte agitata come quella scorsa. Ma già quei versi troppo espliciti gli ispiravano fantasie, visioni: Yvonne Stoffberg, il suo giovane corpo nudo... lei sotto di lui, le gocce di sudore sul seno rotondo e sodo...

Borbottando gettò biglietto e busta nella spazzatura e andò nella sua stanza. Mai più una notte come quella, non sarebbe sopravvissuto. Buttò la cravatta sul letto, tornò in cucina a prendere il romanzo e si rifugiò in soggiorno.

Non riuscendo a concentrarsi, dopo sole sette pagine andò a raccattare i versi dal cestino e li rilesse, irritato dalla propria scarsa disciplina.

Avrebbe potuto telefonarle? Giusto per ringraziarla.

No.

Poteva rispondergli suo padre, e comunque non voleva incoraggiarla.

Solo per dirle grazie.

Aveva creduto che il desiderio lo avesse abbandonato per sempre. Soltanto ieri ne era convinto.

Il telefono squillò. Joubert trasalì.

«Joubert.»

«Capitano, c'è stata una sparatoria all'Holiday Inn di Newlands. La vittima è un bianco.»

«Sto arrivando» disse.

5

L'altro collega che era sempre rimasto vicino a Mat Joubert era il sergente Benny Griessel.

Griessel beveva come una spugna. E capiva fino in fondo il ripiegamento di Joubert su se stesso. Riteneva inevitabile che qualcosa finisse per spezzarsi nella vita di un detective della Omicidi e Rapine, costretto a fare i conti con la morte un giorno sì e l'altro pure.

Griessel aveva osservato Joubert affondare nelle sabbie mobili della depressione pensando: "Sempre meglio della bottiglia". Perché lui conosceva la bottiglia. Era l'unico modo che aveva di dimenticare l'ombra della morte. Ma aveva fatto scappare lontano sua moglie e i suoi due bimbi, lontano da un ubriacone rude e violento che aveva trasformato le loro vite in un inferno.

No, Mat Joubert non era caduto così in basso.

Griessel fu il primo ad arrivare sulla scena del delitto. La vittima era di media statura e aveva la faccia da slavo, il naso rotto e lunghi capelli neri. Portava uno sgualcito abito blu.

Joubert si fece strada a gomitate tra una folla di

curiosi, passò sotto il nastro di plastica gialla con cui i poliziotti avevano isolato la scena dell'omicidio e raggiunse Griessel che, un po' in disparte, parlava con un giovanotto biondo. Il cadavere, coperto da un lenzuolo, giaceva scompostamente all'ombra di una BMW blu metallizzato.

«Ehi capitano» lo salutò Griessel. «Questo è il signor Merryck che ha trovato il corpo e ha chiamato la stazione dalla reception dell'albergo.»

Joubert sentì l'alcol nell'alito di Griessel. Osservò Merryck, vide i suoi occhiali dalla montatura d'oro, i baffi radi. E una traccia di vomito sul mento. Quel cadavere non doveva essere un bello spettacolo.

«Il signor Merryck è un ospite dell'albergo. Ha parcheggiato lì, e stava entrando quando ha visto la vittima.»

«È stato tremendo, e... rivoltante» disse Merryck. «Ma un cittadino deve fare il suo dovere.»

Griessel gli diede una pacca sulle spalle. «Può andare, ora. Se avremo ancora bisogno di lei, sappiamo dove trovarla» gli disse nel suo impeccabile inglese. Poi lui e Joubert si avvicinarono al corpo. «Il fotografo sta arrivando. Ho convocato il patologo e quelli della scientifica. È bianco» aggiunse Griessel scostando il lenzuolo.

In mezzo agli occhi fissi della vittima si apriva il piccolo lago insanguinato di una ferita d'arma da fuoco: tondo, beffardo, dai contorni perfettamente regolari.

«Da' un po' un'occhiata a questo» disse Griessel scostando ulteriormente il telo. Joubert notò un'altra ferita, un foro al petto pieno di sangue rosso-nerastro, proprio al centro dell'elegante coordinato giacca-camicia-cravatta.

«Cristo» sbuffò Mat Joubert. Si capiva perché Merryck avesse vomitato.

«Grosso calibro.»

«Cazzo» convenne Griessel. «Era un cannone.»

«Frugagli le tasche» ordinò Joubert.

«Non è stata una rapina» conclusero all'unisono vedendo che aveva al polso un Rolex d'oro. Naturalmente questo complicava ulteriormente il caso.

Con gesto delicato, Joubert abbassò le palpebre sugli occhi senza vita dell'uomo. Constatò ancora una volta l'assoluta vulnerabilità dei morti, l'impotenza del corpo irrigidito. Si sforzò di concentrarsi sul lavoro.

Alcuni detective del gruppo di pronto intervento si erano avvicinati per guardare il corpo. Griessel li allontanò: «Avanti, al lavoro. Passate al setaccio la zona centimetro per centimetro».

Sia pure di malavoglia, i detective obbedirono, sapendo quanto fossero importanti i rilievi iniziali. Griessel frugò con cura le tasche della vittima, quindi si alzò con in mano un porta-assegni e le chiavi della macchina. Lanciò le chiavi al sergente Basie Louw.

«Sono di una BMW. Prova questa.»

Griessel aprì il porta-assegni di pelle grigia. «Abbiamo un nome» disse lui. «J.J. Wallace. E un indirizzo. Oxford Street 96, Constantia.»

«La chiave è quella giusta» disse Louw estraendola cautamente dall'accensione, attento a non lasciare in giro le sue impronte.

«Un riccastro del cazzo» osservò Griessel. «Finiremo di nuovo in prima pagina.»

Fu il giovane detective Gerrit Snyman a trovare la cartuccia sotto un'auto vicina.

«Capitano...!» esclamò all'indirizzo di Joubert. Era ancora abbastanza inesperto da riuscire a eccitarsi. Joubert e Griessel si avvicinarono. Snyman illuminò il bossolo con la torcia elettrica: Joubert lo raccolse e l'osservò contro luce, mentre Griessel, di fronte a lui, leggeva i numeri impressi sul lato opposto.

«Sette virgola sei tre.»

«Impossibile. È una corta. Da pistola.»

«Leggi lì. Sette virgola sei... tre. Almeno sembra. Potrebbe essere stampato male.»

«Sarà sei due.»

Benny Griessel guardò Joubert. «Può darsi. E questo significherebbe solo una cosa.»

«Tokarev» concluse Joubert con un sospiro.

«Apla» fece Griessel. «Politica del cazzo.»

Joubert si avviò verso l'auto di servizio. «Avverto il colonnello.»

«De Wit? Si incazzerà come una iena...» il ghigno di Griessel luccicò alla luce del lampione.

Joubert fu invaso da un'ondata di tristezza: per un attimo aveva dimenticato che Willie Theal non avrebbe mai più visitato la scena di un delitto.

La casa al numero 96 di Oxford Street era un'ampia abitazione indipendente su un unico piano, al centro di una grande proprietà. Il giardino, eccezionalmente rigoglioso e curato, era immerso nella penombra.

In qualche angolo nascosto della casa il campanello squillò brevemente, sovrastando il brusio della televisione accesa. Trascorsero alcuni secondi, Joubert e Griessel rimasero in attesa.

Venne ad aprire una donna dall'espressione irritata. Portava un grembiule giallo, i capelli castani le ricadevano lunghi e folti su una spalla. La voce era gradevole ma il tono vagamente seccato. «Posso esservi utile?»

«Signora Wallace?» chiese Joubert. In quel momento notò i suoi occhi. Uno era celeste e luminoso, l'altro ambrato, di un colore sospeso tra luce e tenebre.

«Sì» disse la donna, realizzando che non si trattava di una vendita a domicilio. Un timore le attraversò il viso come un'ombra.

«È per James, vero?»

Alle sue spalle apparve un bambino sui dieci anni. «Che c'è, mamma?»

Lei lo guardò angosciata. «Jeremy, per favore... vai in camera tua.» La sua voce era pacata ma decisa. Il ragazzo ubbidì.

«Siamo della polizia» disse Joubert.

«Prego, accomodatevi» disse lei aprendo la porta mentre con una mano si slacciava il grembiule.

La signora Wallace si abbandonò a un pianto disperato, senza freni.

Joubert e Griessel fissavano il tappeto.

Il bambino spuntò dal corridoio; alle sue spalle videro la sorella un po' più piccola.

«Mami...?» disse il bambino con voce flebile e impaurita.

Margaret Wallace raddrizzò le spalle, si asciugò il viso con il palmo della mano e si alzò con dignità. «Scusate.» Prese i due bimbi per mano e li condusse lungo il corridoio, fino alla loro camera. Una porta si chiuse. Nel silenzio che seguì a un tratto risuonò un grido. Poi di nuovo il silenzio.

La donna rientrò. Teneva ancora le spalle tenacemente erette, come se quell'atteggiamento potesse contenere le sue emozioni.

«Devo telefonare a mia madre... abita a Tokai... potrà darmi una mano con i bambini. Sono sicura che voi avrete molte domande da farmi.» La sua voce era piatta e senza colore, come quella di una sonnambula.

Joubert tentò di dirle che avrebbero potuto tornare un'altra volta per lasciarla sola con il suo dolore, ma non ci riuscì.

Lei riapparve dopo alcuni minuti. «Mia madre sta arrivando. È una donna forte. Mio padre invece... Ho chiesto alla domestica di prepararci un po' di tè. Lo gradite?»

«Sì, grazie, ma...» Joubert si schiarì la gola.

«Scusatemi, ma io vorrei restare con i bambini, finché non arriva mia madre.» E con ciò lasciò la stanza.

La ricetrasmittente di Joubert squillò, e sul display apparve il messaggio: «Chiamare serg. Louw». Seguito dal numero di telefono.

Aveva inviato Louw e altri tre detective all'hotel, perché le camere davano sul parcheggio. Tutto questo prima che arrivasse Bart de Wit e convocasse i media per parlare di un omicidio a proposito del quale non avevano nessun indizio. Lui e Benny se l'erano filata appena la conferenza stampa era cominciata.

«Quell'uomo è un pagliaccio» aveva commentato Benny per strada. «Non durerà.»

Joubert si domandò se de Wit aveva convocato uno per uno anche i sottufficiali. E se era al corrente del problema che Griessel aveva con l'alcol.

«Basie vuole parlarmi» disse rompendo il deprimente silenzio, e si alzò.

Andò nella stanza da cui poco prima aveva telefonato Margaret Wallace.

Aveva l'aria di uno studio. C'era una scrivania con sopra un computer e un telefono. La parete opposta era occupata da una libreria: sui ripiani erano allineati degli archiviatori, diversi manuali di pratica commerciale e alcuni romanzi condensati nell'edizione Reader's Digest, con le rilegature in finta pelle, eccessivamente decorate e di pessimo gusto. La parete vicino alla porta era tappezzata di fotografie e diplomi, oltre a una grande caricatura opera di un vignettista locale. Ritraeva James Wallace: capelli neri e folti, baffoni e guance sporgenti. Nella caricatura indossava un abito elegante e reggeva una valigetta con il logo «Wallace Quickmail». L'altro braccio circondava una mazza da cricket, e la mano impugnava una bandiera con scritto «Wp Cricket». Joubert compose il numero: era quello dell'hotel. Chiese di poter parlare con Basie e aspettò qualche istante.

«Capitano?»

«Sì, Basie.»

«Abbiamo fermato una donna, una bionda. Dice

che Wallace stava in stanza con lei. Ma non le abbiamo fatto domande, perché aspettavamo il suo arrivo.»

«Puoi occupartene tu? Benny e io dobbiamo restare qui per un po'.»

«Va bene, capitano.» Louw sembrava contento. Aggiunse: «Oh, e abbiamo trovato una seconda cartuccia... proprio sotto il cadavere.»

Uscendo dallo studio, Joubert gettò un'altra occhiata al ritratto sulla parete. La stupidità della vita gli parve spaventosa quanto la perentorietà della morte.

«Si mise in proprio» spiegò Margaret Wallace. Era seduta sul bordo della poltrona, una poltrona accogliente e confortevole, le mani sulle ginocchia e la voce controllata, senza inflessione.

«Si era aggiudicato l'appalto per la consegna delle comunicazioni del municipio. All'inizio fu molto dura. Importò un computer dagli Stati Uniti, ma all'epoca ogni lettera doveva comunque essere inserita a mano nelle buste, che andavano sigillate una per una. Io lo aiutavo. Spesso lavoravamo sino a notte fonda. Due anni fa vendette il settanta per cento delle quote alla Promail International, che decise di mantenere il vecchio nome. James è fra i membri del consiglio di amministrazione e collabora con la Promail in qualità di consulente.»

Joubert notò che la donna parlava ancora di suo marito al presente: ma l'indomani, dopo la notte, tutto sarebbe cambiato.

«Suo marito faceva politica?»

«Politica?» ripeté Margaret Wallace, apparentemente esterrefatta.

«Sì, il signor Wallace apparteneva a qualche partito?» chiese Griessel.

«No, lui...» la voce le si spezzò. «No, no. Non ha mai nemmeno votato. Dice che i politici sono tutti uguali, che vogliono solo il potere, che non gliene frega niente della gente comune.» La ruga sulla fronte si accentuò.

«Partecipava a iniziative di carattere sociale?»

«No.»

«Neanche la sua ditta?»

«No.»

Joubert cambiò tattica. «È al corrente di qualche recente difficoltà sul lavoro?»

Lei scrollò leggermente la testa: i capelli castani ondeggiarono.

«No.»

Sgranò quegli occhi di diverso colore, e Joubert capì che stava lottando per non perdere il controllo. Allora l'aiutò: «Siamo sicuri che esista una spiegazione logica per questa tragedia».

«Ma chi può avere fatto una cosa del genere? Non abbiamo già avuto abbastanza morti e disgrazie in questo paese? James aveva i suoi difetti, ma...»

«Potrebbe essersi trattato di un incidente, signora Wallace, oppure di una rapina. Il movente per questo genere di cose solitamente è il denaro» osservò Griessel.

"O il sesso" pensò Joubert. Ma per questo avrebbe dovuto aspettare.

«Qualcuno doveva forse dei soldi a suo marito? È

al corrente di qualche affare un po' ingarbugliato, operazioni finanziarie, transazioni...»

Lei fece nuovamente cenno di no con la testa. «James fa molta attenzione al denaro. Non ha mai giocato, per esempio. Siamo andati a Sun City l'anno scorso, con quelli della Promail. Lui si è portato 5.000 rand e ha detto che, finiti quelli, avrebbe smesso. E così ha fatto. La casa non è ipotecata, grazie a Dio.»

Griessel si schiarì la voce. «Il vostro matrimonio era felice...»

Margaret Wallace corrugò la fronte. «Sì, credo proprio di sì. Certo, abbiamo avuto i piccoli battibecchi che hanno tutti. James ama il cricket, e ogni tanto rincasa un po' alticcio dopo una serata fuori con gli amici. Qualche volta la cosa mi infastidisce, e divento irritabile. Ma il nostro matrimonio ha un suo equilibrio. E poi, con i bambini... di questi tempi la nostra vita ruota intorno a loro.» Guardò verso la camera da letto dove sua madre stava consolando i due figli al suo posto.

Il silenzio si fece più pesante. Quando Joubert parlò, sentì che il suo tono era forzato, troppo suadente. «Signora Wallace, a termini di legge lei dovrebbe identificare suo marito all'obitorio...»

«Devo proprio?» La voce era ovattata, gli occhi le si inumidirono.

«C'è qualcun altro che lo potrebbe fare?»

«Walter Schutte, il consigliere delegato.» Gli diede il numero di telefono e lui prese nota.

«Lo chiamerò.»

Si alzarono. Lei li imitò con riluttanza, poiché sapeva di avere davanti la notte.

«Se le occorresse qualcosa... noi possiamo...» disse Griessel, sincero.

«Non preoccupatevi» disse Margaret Wallace prima di scoppiare nuovamente in un pianto disperato.

La donna era seduta in una poltrona della camera da letto dell'hotel. Si chiamava Elizabeth Daphne van der Merwe.

Joubert si accomodò su un'altra poltrona.

Griessel, Louw e O'Grady erano seduti sull'orlo del grande letto matrimoniale, con le braccia incrociate come giudici.

Aveva i capelli tinti biondo-paglia, la faccia allungata e sottile, due grandi occhi castani dalle folte ciglia e un nasino delicato. Le lacrime avevano lasciato sulle guance qualche traccia di mascara. Ma la bocca, da sola, comprometteva tutta la bellezza di Lizzie van der Merwe: i denti anteriori da coniglio, il labbro inferiore troppo piccolo appollaiato su una mascella un po' sfuggente. Il corpo era lungo, esile e spigoloso: i seni piccoli ma sodi ben visibili attraverso la camicetta bianca. La gonna nera mostrava le gambe, fasciate in collant color crema. Ai piedi, un paio di scarpe eleganti dal tacco a spillo.

«Quando ha conosciuto la vittima?» Adesso la voce di Joubert era completamente priva di simpatia, le parole scelte con cura.

«Mmm... oggi pomeriggio.» La donna alzò lo sguardo, esitante. I detective la fissavano con aria impassibile. Le lunghe ciglia danzarono sopra le sue guance... ma nessuno reagì.

«Lavoro per la Zeus Computer. A Johannesburg.

Ho telefonato la settimana scorsa perché avevamo un nuovo prodotto. James... voglio dire, il signor Wallace... Mi hanno indirizzata a lui. È il loro consulente informatico. Così sono volata qui stamattina, apposta per incontrarlo.

Avevamo appuntamento alle undici. Dopo... lui mi ha invitata a colazione.» Gli occhi di lei passavano da una faccia all'altra, cercandone una disposta a offrirle comprensione.

Il suo piccolo labbro inferiore tremò scoprendo gli incisivi che fino a quel momento aveva cercato di nascondere.

Joubert ebbe pietà di lei.

«E allora?» domandò, con più dolcezza. Lei colse la nuova sfumatura nella sua voce e puntò gli occhi su Mat.

«Allora... abbiamo bevuto. Un bel po' di vino. E abbiamo parlato, diceva che il suo matrimonio era in crisi... che sua moglie non lo capiva, mentre fra noi c'era qualcosa, e lui mi capiva bene: lui è Ariete e io sono Vergine.»

Joubert aggrottò le sopracciglia.

«Cioè, i segni zodiacali.»

«Poi siamo venuti qui. Io avevo preso una stanza perché ho un appuntamento anche domani, con uno di un'altra azienda. Se ne è andato alle sei, credo, ma non sono sicura dell'ora. È stata l'ultima volta che l'ho visto.»

Le ciglia continuavano a danzare moltiplicando le tracce del mascara.

Basie Louw si schiarì la voce: «Che cosa è successo qui, in questa stanza?».

La donna scoppiò a piangere.

I detective restarono in attesa.

Lei si alzò ed entrò nel bagno. Sentirono scorrere dell'acqua, poi lei che si soffiava il naso. Quando riapparve e riprese il suo posto sulla poltrona, le macchie di mascara erano sparite.

«Lei sa benissimo cosa è successo. Qui dentro...»

La guardavano senza batter ciglio.

«Abbiamo fatto l'amore.» Ricominciò a piangere. «È stato così gentile con me.»

«Senta, signora, lei conosce qualcuno a Città del Capo?» chiese Mat Joubert.

La donna estrasse un fazzoletto dalla manica della camicia e si soffiò il naso un'altra volta. «Sì, ho degli amici qui. Ma non li vedo da un secolo.»

«C'è qualcuno che potrebbe.... che potrebbe risentirsi se lei... avesse... rapporti con altri uomini?»

Ebbe uno scatto. «Ma io non vado a letto con *altri* uomini...»

Le sopracciglia dei tre detective seduti sul letto si sollevarono in un'espressione perplessa.

«Non capite? Fra noi era scattata la scintilla. Eravamo fatti l'uno... è stato meraviglioso.»

Joubert ripeté: «Noi vogliamo sapere se per caso è legata a qualcun altro che poteva sospettare che lei e la vittima andaste a letto insieme».

«Vuol dire che... ma no. No, assolutamente. Non ho neanche una relazione fissa.»

«Fa parte di un partito o di un gruppo politico, Miss van der Merwe?»

«Sì.»

«Quale»?

«Sono membro del Partito Democratico. Ma questo cosa diavolo...»

Griessel non le lasciò finire la frase. «Ha mai avuto contatti con il Pan African Congress?»

Lei scosse la testa.

«Apla?»

«Io non.....»

«Conosce qualcuno che faccia parte di questo gruppo?»

«No.»

«Che cosa le ha detto la vittima prima di andarsene? Che aveva un altro appuntamento?» la incalzò Griessel.

«Ha detto che tornava a casa, dai suoi bambini. Lui è... era un brav'uomo...» Chinò la testa. «Era scoccata una scintilla... è stato stupendo» ripeté infine.

Mat Joubert sospirò e si alzò.

6

Sognò Yvonne Stoffberg.

Erano in montagna.

Lei correva davanti a lui, con il candido fondoschiena sobbalzante al chiar di luna mentre i capelli bruni danzavano in un'estasi di giovinezza. Rideva, saltellando sulle pietre di un fiume immerse nella corrente increspata. Anche lui rideva, eccitato.

Ma all'improvviso la ragazza si mise a gridare, un urlo di spavento e di sorpresa. Si mise le mani sul seno tentando di coprirlo.

Davanti a loro c'era Bart de Wit. Sulla fronte, in mezzo agli occhi, gliene era spuntato un terzo, una cavità scarlatta che li fissava. De Wit ripeteva la fatidica frase: «Lei, capitano, si domandi: io sono un vincente?». La ripeteva all'infinito, come un disco rotto, con voce acuta e nasale. Yvonne Stoffberg era svanita. Poi scomparve anche de Wit.

L'oscurità inghiottì Joubert, e lui credette di morire. Lunghi capelli gli accarezzarono il viso. Adesso era tra le braccia di Margaret Wallace.

«Andrà tutto bene» gli disse. E lui si mise a piangere.

Fermo al semaforo, Joubert sbirciava distrattamente come ogni mattina la locandina del «Die Burger». Ma quando le parole assunsero contorni precisi, ebbe un sussulto: «Mafia cinese responsabile del brutale assassinio di appassionato giocatore di cricket?».

Scattò il verde e Joubert fu costretto a ripartire. Guidò fino a un caffè dalle parti di Plattekloof, comprò il giornale e, mentre ritornava alla macchina, cercò l'articolo in prima pagina. Eccolo.

«CITTÀ DEL CAPO. Una banda criminale della mafia cinese potrebbe essere responsabile del brutale assassinio di un facoltoso uomo d'affari di Città del Capo, ucciso ieri sera in un hotel di Newlands, con una pistola Tokarev. A giudizio del colonnello Bart de Wit...»

Joubert si appoggiò all'auto e sospirò, gli occhi fissi sulla montagna che in lontananza si stagliava contro il cielo. Piegò il giornale, salì in macchina e partì.

«Quello che non capisco, è che bisogno avesse di una scappatella con la biondona-muso-da-cavallo quando aveva una stella del cinema in casa» commentò Griessel.

Joubert non lo ascoltava. Chiese: «Hai letto il giornale?».

«No.»

In quel momento entrò de Wit, rigido come un palo e tutto compiaciuto. I detective tacquero.

«Colleghi, buon giorno. Bella mattinata, vero? Da ringraziare il Signore per il privilegio di essere vivi. Ma qui dobbiamo andare avanti con il lavoro. Prima di discutere dei casi di ieri, voglio che sappiate che ho incontrato personalmente tutti gli ufficiali, con cui ho avuto colloqui assai proficui. Adesso sarà il turno dei sottufficiali. Voglio conoscervi tutti quanti appena possibile. Mavis ha una lista. Tutti gli aiutanti controllino l'ora del loro appuntamento. Bene... andiamo a discutere dei casi di ieri. Il capitano Mat Joubert ha chiesto la mia consulenza per un caso di omicidio a Newlands....»

Fissò Mat, sfoderando un sorriso da amicone. «Grazie per la fiducia, capitano. Vuole aggiornarci sui progressi fatti?»

Joubert era sbalordito. Aveva chiesto a de Wit di recarsi sulla scena del delitto perché era procedura standard in tutti i casi di omicidio dall'alto potenziale di interesse mediatico. Ma il colonnello aveva dato alla cosa un'interpretazione differente.

«Be', vede, colonnello, non abbiamo scoperto gran che. L'assassinato intratteneva relazioni extraconiugali. Oggi cercheremo di capire se ci può essere da qualche parte un marito geloso. Forse un collega d'ufficio...»

«Lasci perdere» lo interruppe il colonnello. «Come ho detto alla stampa la notte scorsa, questa è opera dei trafficanti di droga cinesi... Bell'articolo sul "Die Burger" stamattina. Se scava abbastanza a fondo nel passato del morto, troverà il nesso. Credo, capitano, che l'indagine potrà trarre giovamento dalla collaborazione della Narcotici. Al diavolo queste teorie del marito geloso. Proprio l'anno scorso a Scotland Yard ci siamo occupati di due omicidi molto simili...»

De Wit staccò lo sguardo da Joubert, che smise di ascoltare. Provava una sgradevole sensazione all'addome, come se un insetto gli stesse graffiando le budella.

A malincuore, al termine del *briefing* mattutino telefonò all'ufficiale comandante della Narcotici, la "Sanab".

«Chi vi hanno mandato questa volta, Joubert?» chiese la voce dall'altra parte del telefono. «Secondo me, un coglione. Cloete delle pubbliche relazioni mi ha appena chiamato per chiedermi se avevo già parlato con de Wit. È inferocito perché il vostro nuovo boss chiacchiera con la stampa. Vuol sapere se deve mettersi a riposo e andare a pescare a tempo pieno. E poi cos'è questa stronzata della mafia cinese?»

«È il risultato delle precedenti esperienze del mio ufficiale comandante, colonnello. E a questo punto dell'indagine dobbiamo considerare ogni possibilità.»

«Joubert, mi risparmi la cortina fumogena ufficiale. Lei sta parando il culo a de Wit.»

«Colonnello, le sarei molto grato se lei e il suo staff vi impegnaste a fornirci qualsiasi informazione utile a fare luce sul caso.»

«Ho capito, Joubert. Lei sta semplicemente eseguendo degli ordini, e ha tutta la mia comprensione. Se nei prossimi duecento anni scopriremo un giro di contrabbando cinese, sarà il primo a saperlo.»

L'ufficiale a capo delle indagini doveva presenziare al *post mortem*. Era la regola, la tradizione... a prescindere dallo stato del cadavere.

Joubert aveva sempre detestato questo aspetto del suo lavoro, fin dai bei vecchi tempi. Ma allora era stato in grado di alzare una solida barriera fra se stesso e lo sconvolgente procedimento che si ripeteva ogni volta sul tavolaccio di marmo della stanza piastrellata di bianco, a Salt River, quando il morto veniva spogliato delle ultime vestigia di dignità. Non che il professor Pagel affondasse il bisturi o il forcipe, le seghe, le pinze nella carne e nelle ossa brutalmente, senza rispetto, anzi, il medico legale e la sua équipe affrontavano il lavoro con la massima serietà e professionalità.

Era stata la morte di Lara a mandare in frantumi quella barriera. Ora sapeva che anche lei era stata distesa là dentro. Immagini evocate dalle passate esperienze ricostruirono la scena per lui. Lara era nuda, supina, pulita e sterile, con il corpo snello esposto al mondo, inerte. Sul viso lavato dal sangue si vedeva soltanto la piccola ferita a forma di stella aperta dal proiettile, tra l'attaccatura dei capelli e le sopracciglia. E il medico legale spiegava al detective che la forma a stella era caratteristica dello sparo mortale, a bruciapelo. Poiché i gas compressi nella canna di un'arma vanno a finire sotto la pelle e si dilatano improvvisamente, come un palloncino che scoppia...

Mentre Joubert percorreva il freddo corridoio dell'obitorio di Salt River la mente gli riproiettava la scena come in un macabro replay.

Pagel stava aspettando nel piccolo ufficio con Walter Schutte, consigliere delegato della Quickmail. Joubert entrò. Schutte era un uomo di statura media, con la voce sonora e peli che gli uscivano dappertutto: dal colletto, dai polsini, dalle orecchie. Insieme entrarono nella stanza in cui James J. Wallace giaceva su un tavolo steso sotto un lenzuolo verde.

Pagel scostò il telo.

«Cribbio...!» esclamò Schutte voltandosi dall'altra parte.

«È James J. Wallace?» chiese Joubert.

«Sì» rispose Schutte sbiancando, mentre il confine della barba tagliata gli si evidenziava sulla pelle. Joubert non aveva mai visto un uomo così peloso. Lo prese per le spalle e lo condusse nell'ufficio di Pagel dove Schutte sbrigò le formalità.

«Vorremmo rivolgerle qualche domanda più tardi nel suo ufficio.»

«Riguardo a cosa?» Lentamente, Schutte stava tornando padrone di sé.

«Oh, routine.»

«Sicuro. Quando volete.»

Quando Joubert tornò nella stanza dove giaceva Wallace, Pagel accese le forti lampade e infilò le dita corte ma robuste in un paio di guanti di plastica trasparente. Quindi scostò il lenzuolo che copriva il cadavere, allungò verso di lui il braccio della grande lente di ingrandimento e prese il bisturi.

Il patologo si mise all'opera. Pagel rivelava le sue conclusioni soltanto nel momento in cui era assolutamente certo della loro fondatezza. Per questo motivo Joubert aspettava lì, fissando il lavello sterile contro la parete, dove una goccia d'acqua cadeva nella vasca di metallo ogni quattordici secondi.

«La morte può essere stata provocata da un colpo alla testa. L'entrata è al centro del seno frontale sinistro, l'uscita due centimetri sopra la fontanella. Il foro d'uscita è molto grande. Pallottola espansiva? Potrebbe darsi... Devo dare un'occhiata alla traiettoria.»

Fissò Joubert. «È difficile stabilire il calibro. Il

foro d'entrata sembra nel posto sbagliato.» Joubert annuì come se avesse capito.

«Il colpo alla testa è partito da relativamente vicino. Due o tre metri. Il colpo al torace da altrettanto vicino. Forse è stato quello a causare la morte. La ferita è tipica. Altri elementi sono meno ovvi. I vestiti, senza dubbio. Il calore assorbito. Tracce di polvere. Fumo. Attraverso lo sterno. Sanguinamento assente.»

Tornò a fissarlo. «Il suo uomo, capitano, era già morto. Dopo il primo colpo. Non importa quale sia stato. È morto prima di cadere a terra. Il secondo colpo non era necessario.»

Materiale per la fissazione mafiosa di de Wit, pensò Joubert. Ma rimase in silenzio.

«Entriamo» disse Pagel, e impugnò un bisturi più grosso.

Walter Schutte non si alzò quando Joubert e Griessel furono accompagnati nel suo ufficio dalla segretaria. «Accomodatevi, signori.» Porse loro la mano dalla poltrona di pelle in cui sedeva di fronte alla scrivania, un semplice lastrone di cristallo. «Tè o caffè?» Il pallore e l'incertezza dell'obitorio erano svaniti.

Chiesero tutti e due del tè e si sedettero. La segretaria uscì chiudendosi la porta alle spalle.

La mattinata era ancora all'inizio, ma la barba di Schutte gettava già un'ombra sulle sue guance. I denti scintillavano ogni volta che abbozzava un lieve sorriso. «Bene... come posso aiutarvi?» A questo punto il sorriso scomparve come allo scatto di un interruttore.

«Vorremmo saperne di più sul conto di James Wallace, signor Schutte. Lei lo conosceva bene» disse Joubert.

«Ho incontrato la prima volta James due anni fa, quando la Promail mi ha affidato questo incarico. Era un uomo straordinario.»

La voce di Wallace trasudava venerazione.

«È così che lo chiamavate in azienda? Semplicemente James?»

«In molti lo chiamavamo Jimmy. Ma ora suona così strano...»

«Che rapporto aveva con gli altri sul lavoro?»

«Piaceva a tutti. Oh, no aspetti, lei sta insinuando che..... No, capitano, non troverete qui il suo assassino.» Schutte si portò entrambe le mani alla fronte. «Noi siamo una grande famiglia, io lo dico sempre. E James era parte integrante di questa famiglia. Molto amato.»

«Le risulta che il defunto fosse coinvolto in qualche altro business, che avesse qualche altro interesse finanziario, a parte Quickmail?»

«No... non credo. Jim... James mi raccontò di aver investito tutti i suoi soldi in un fondo comune perché non voleva preoccuparsene. Per quanto ne so, lui era tutto famiglia, cricket e Quickmail.»

«Nessun affare con ditte gestite dai cinesi?»

Schutte corrugò la fronte. «No, che cosa vuol dire...»

Griessel lo interruppe. «Ha letto il "Die Burger" di oggi?»

«No.»

«La modalità con cui Wallace è stato ammazzato,

signor Schutte... richiama lo stile dei trafficanti di droga cinesi. Aveva contatti con gente di Taiwan?»

«No.»

«Con la comunità cinese locale?»

«No... almeno che io sappia.»

«Con case farmaceutiche?»

«Ce n'è una per conto della quale spediamo opuscoli pubblicitari ai medici... ma no, Jimmy non ci ha mai lavorato.»

«Faceva uso di droghe?»

«No, figurarsi. Assurdo. Jimmy...? Proprio non era il tipo.»

«Ci può dire qualcosa sulle idee politiche del signor Wallace?»

«Non c'è molto da dire, non mi risulta che si interessasse di politica.»

«Voi, come ditta... lavorate con qualche gruppo politico?»

«No, non è mai successo.»

«Andava d'accordo con la moglie?»

Schutte si irrigidì ancora di più nella sua poltrona. Con voce carica di biasimo rispose: «In quella direzione, capitano, non troverà proprio niente. James e Margaret erano una coppia perfetta: innamorati, di successo e con dei figli meravigliosi: il piccolo Jeremy gioca già a cricket, è un campioncino. No, capitano, sta perdendo il suo tempo».

Allora Joubert capì che era venuto il tempo di liberare Schutte da questo atteggiamento troppo protettivo e rispettoso nei confronti del morto.

La segretaria portò del tè e tre tazze su un vassoio che posò sulla scrivania. Lo servì lei stessa, e gli uomini ringraziarono. Quando ebbero finito di mescolare, Joubert chiese: «Lei sa perché ieri la vittima si era recata all'Holiday Inn di Newlands?».

Schutte scrollò le spalle come a dire: che razza di domanda... «Be', James amava farsi una birra con gli amici del cricket.»

«Signor Schutte, che rapporti aveva la vittima con le donne che lavorano all'Inn?»

«Ottimi. Davvero ottimi, con tutto il personale.»

In passato, quando ancora faceva il suo lavoro con la dedizione di un asceta, Mat Joubert aveva messo a punto una strategia per i tipi difficili come Walter Schutte: la tattica del "toro", come la chiamavano i suoi colleghi.

Consisteva nel piazzare il suo corpaccione davanti all'interrogato, gonfiare il torace, puntare la testa come un'ariete prima della carica e fissare sul malcapitato i grandi occhi rapaci. Poteva sembrare melodrammatico, eccessivo. Però funzionava.

Ma da due anni Joubert aveva perso lo smalto, e con quello anche la motivazione a servirsi del "toro".

Questa volta Joubert non fece ricorso al "toro" consapevolmente, ma solo per un riflesso spontaneo. Non si domandò se l'improvvisa reviviscenza fosse dovuta al fuoco erotico acceso in lui da Yvonne Stoffberg oppure alla sfida lanciata dal colonnello Bart de Wit a quel poco che restava del suo ego.

«Ieri pomeriggio Jimmy Wallace ha trascorso l'ultima ora della sua vita... uhm... addosso a una bionda. E ci risulta che non si sia trattato del suo primo "incontro" extra matrimoniale. Inoltre, siamo sicuri che qualcuno fosse al corrente delle sue scappatelle, perché lo copriva quando sua moglie lo cercava. Ora, signor Schutte... lei ha due alternative. Può continuare a raccontarmi balle sulla eccezionale integrità di James Wallace. In questo caso, incaricherò un esercito di detective che torchieranno ogni singolo impiegato per ore. Oppure ci dà una mano, e noi sgombriamo il campo appena possibile.»

Joubert restò in posizione di attacco. Schutte aprì la bocca ma la richiuse subito come se non riuscisse a trovare le parole giuste.

«Jimmy si prendeva le sue piccole distrazioni.»

Joubert si appoggiò alla poltrona... il "toro" non serviva più.

«Signor Schutte, lei ha visto che aspetto ha ora James Wallace. Noi siamo alla ricerca della persona che poteva avere delle ragioni per ucciderlo. Ci aiuti.»

«Gli piacevano le donne.» Schutte lanciò un'occhiata fulminea alla porta, come se si aspettasse che Wallace stesse lì a origliare.

«Però aveva due regole. Niente fesserie sul lavoro. E niente relazioni durature. Solo una volta con ciascuna. A letto una volta, e basta. Avreste dovuto conoscerlo. Jimmy...» Gesticolava mentre cercava le parole. «Quello attraeva le persone come una calamita. Tutti. E anche lui andava pazzo per la gente. Eravamo in un ristorante di Johannesburg e scommise che nel giro di venti minuti avrebbe convinto una bruna che stava in un angolo a seguirlo nel bagno delle signore. Accettammo la scommessa. Non potevamo vederli, perciò avrebbe dovuto portarci una prova. Dopo diciotto minuti la bruna lo salutò fuori dal ristorante con un bacio. Lui tornò a sedersi insieme a noi e tirò fuori dalla tasca un paio di slip. Erano rossi, con dei...» A questo punto Schutte arrossì.

«Ci pensi attentamente, signor Schutte. Sa se qualcuna delle sue relazioni avesse scatenato conflitti, creato infelicità?»

«No, gliel'ho detto. Lui non aveva vere relazioni. A suo modo era fedele a Margaret. Ok, di tanto in tanto infrangeva una delle sue regole. C'è stata una graziosa segretaria, un bel tipino con uno splendido... ma è durata solo una settimana. Nulla per cui qualcuno avrebbe potuto desiderare di ucciderlo.»

Joubert fissò Griessel, che fece cenno di sì con la testa. Poi si alzò. «Signor Schutte, crediamo che da qualche parte esista un marito geloso a cui le regole di Wallace non piacevano. Per favore... se le viene in mente qualcosa che può esserci d'aiuto ci telefoni.»

«Ma certo, non si preoccupi» disse Schutte con la sua voce sonora, e si alzò. Si salutarono con una stretta di mano.

«Era da un pezzo che non vedevo più il "toro," capitano» commentò Griessel quando furono nell'ascensore diretto al pianterreno.

Joubert lo guardò con aria interrogativa.

«Sai, quando gonfi il torace e ti pieghi in avanti, così...»

Joubert rispose con una smorfia storta e impacciata.

«Tutti cercavamo di imitare il tuo stile» riprese Griessel, in tono apertamente nostalgico. «Ah, che bei tempi....»

Poi capì che forse Mat Joubert non aveva voglia di pensare al passato, e chiuse la bocca.

7

Il medico portava gli occhiali da lettura sulla punta del naso. Fissò Joubert da sopra le lenti con aria preoccupata.

«Se io fossi un meccanico, capitano, questo sarebbe il momento di fare un fischio e scrollare la testa.»

Joubert non disse nulla.

«Lei è un fumatore. I polmoni fanno un po' di fatica. E poi, lo ammetta... lei beve anche, e non poco. Ha quindici chili di troppo. Nella sua anamnesi familiare ci sono disturbi cardiaci. Fa un lavoro stressante.» Il dottore incrociò le dita sulla scrivania.

"Quest'uomo potrebbe fare il pubblico ministero" pensò Joubert mentre fissava un modellino in plastica di cuore e polmoni sulla scrivania. Pubblicità di qualche medicinale.

«Sto mandando a esaminare dei campioni di sangue. Dobbiamo controllare il colesterolo. Per prima cosa, comunque, è necessario che lei affronti il problema del fumo.»

Joubert sbuffò.

«Non ha ancora deciso di smettere?»

«No.»

«Però sa che fa male.»

«Dottore...»

«Il problema non è solo che fumare aumenta il rischio di sviluppare gravi malattie, ma anche il tipo di morte a cui un forte fumatore va incontro. Le è mai capitato di vedere qualcuno con un enfisema? Se vuole può seguirmi all'ospedale, capitano. Stanno distesi sotto le tende a ossigeno, soffocati dal proprio muco, come pesci fuori dall'acqua, incapaci di respirare.»

Sulla scrivania c'era un astuccio a forma di pillola che reclamizzava un altro farmaco. Joubert incrociò le braccia.

«E quelli con il cancro ai polmoni, li ha mai visti?» continuò il medico. «Sa quali effetti produce su una persona la chemioterapia, capitano? Il cancro rende deboli, sfiniti, e la terapia fa cadere tutti i capelli. I pazienti non riescono più a guardarsi allo specchio, si sentono dei morti viventi. Uomini fatti che piangono disperatamente quando i loro figli vengono a trovarli.»

«Io non ho figli» fece debolmente notare Joubert.

Il medico si tolse gli occhiali.

Sembrava sconfitto. «Certo, capitano, d'accordo... lei non ha figli. Ma per restare un uomo in gamba deve occuparsi di se stesso, della sua salute fisica e mentale. E poi c'è il suo lavoro. Lei ha il preciso dovere di mostrarsi all'altezza del difficile compito che si è scelto...»

Si rimise gli occhiali sul naso.

«Non le prescriverò niente prima di avere visto i risultati delle analisi del sangue. Però insisto: pensi seriamente a smettere di fumare. A fare moto. E anche alla sua dieta, e all'alcol.»

Joubert grugnì.

«So che è difficile, capitano. Però anche il peso è una faccenda maledettamente seria. Se accumula troppi chili, poi perderli diventa un'impresa.»

Joubert annuì, ma non volle guardare il dottore negli occhi.

«Sono tenuto a inviare al suo capo il referto di questa visita.» Stranamente, il medico aggiunse: «Mi dispiace».

L'Accademia di polizia di Pretoria portava regolarmente i gruppi di allievi in visita culturale al museo del Corpo in Pretorius Street, nella vecchia centrale. Molto spesso le escursioni si risolvevano in un fiasco completo, perché gli studenti facevano a gara a combinare guai e scambiarsi battutacce, come è tipico dei ragazzi.

Per questo Mat Joubert incominciò ad apprezzare il museo solo quando, anni dopo la fine degli studi, si recò a Pretoria a deporre in un caso di omicidio. Dovette aspettare cinque giorni prima di essere chiamato a testimoniare, e la noia lo condusse là dentro.

Si era soffermato su ogni singola bacheca, mentre la sua immaginazione non smetteva di correre. Perché ormai aveva l'esperienza e il giudizio per sapere che ogni arrugginita arma del delitto, ogni ingiallita prova documentale era costata al detective ore e ore di fatica.

Era tornato al museo il giorno successivo, e l'aiutante Blackie Swart si era accorto di lui. Blackie

Swart, con la sua faccia rugosa, era un fumatore accanito, la cui voce ricordava il raschiare di uno scarpone sulla ghiaia. Era il factotum del museo... un impiego che si era accaparrato sfinendo il generale a forza di preghiere.

Quando era entrato nel Corpo aveva quindici anni, spiegò a Joubert nel suo ufficetto grande quanto uno sgabuzzino. «Facevo ronda a cavallo tra Parys e Potchefstroom.» Joubert aveva trascorso ore e ore fra gli aneddoti e i famigerati caffè della polizia, resi bevibili grazie a un goccetto di brandy.

La vita stessa di Blackie Swart era in mostra tra i reperti del museo.

Joubert e il suo vecchio amico chiacchieravano e fumavano tutto il giorno. Il loro non era un rapporto padre-figlio, ma piuttosto un'amicizia, forse perché Blackie Swart era così diverso dal padre di Joubert.

Dopo quella settimana a Pretoria si rividero sporadicamente. Erano entrambi pessimi conversatori telefonici, ma Joubert qualche volta chiamava, soprattutto per chiedere consigli su un caso. Proprio come adesso.

«Il medico mi ha detto che devo smetterla con il fumo, zio Blackie» gli stava dicendo al telefono, rivolgendosi a lui con l'appellativo rispettoso in uso fra i boeri per rivolgersi alle persone più anziane.

Sentì all'altro capo una risata rauca.

«Quelli hanno passato gli ultimi cinquant'anni tentando di convincermi a smettere, Matty. Eppure ci sono ancora, e a dicembre ne compio sessantotto.»

«Devo risolvere uno strano caso di omicidio. Il comandante dice che c'entra la mafia cinese.»

«Ah, ma è il tuo caso? Il "Beeld" di stamattina parlava di de Wit.» La voce si fece confidenziale. «I suoi colleghi neri dell'African National Congress lo chiamavano Mpumlombini. Voglio dire, de Wit. Ai vecchi tempi, a Londra.»

«Che significa, zio?»

«In lingua xhosa, "due nasi", per via del neo...» ridacchiò Blackie Swart.

Joubert sentì che si stava accendendo una sigaretta. Seguì un interminabile accesso di tosse.

«Be', forse dovrei smettere anch'io, Matty.»

Joubert gli raccontò di James Wallace.

«Riguardo al metodo, de Wit non ha torto, Matty. I cinesi hanno agito in modo simile l'anno scorso a Londra. Però loro usano anche altre armi. Amano la balestra. Roba teatrale. Molto più raffinati dei mafiosi americani. Inoltre i musi gialli non sono solo coinvolti nel traffico di droga. Guarda le frodi delle carte di credito. Ci sono dentro di brutto. E anche nello smercio di documenti falsi, passaporti e patenti di guida. Wallace aveva un servizio di spedizioni. È possibile che spedisse carte di credito per conto delle banche, e che fornisse i numeri ai cinesi.»

«I suoi impiegati dicono di non avere mai lavorato con dei cinesi.»

«Prova a sentire la moglie. Forse si incontravano a casa sua.»

«Wallace era spesso fuori casa, gli piaceva...dormire in giro, zio Blackie.»

«Sia pure, Matty. Però lo sai che cosa dico sempre. Ci sono due tipi di omicidio. Il primo quando uno improvvisamente perde la pazienza e piglia la prima arma a portata di mano e bum! Finito. L'altro è quello premeditato. Un colpo alla testa in un parcheggio suona studiato a tavolino. E un uomo che passa da un letto all'altro...»

Joubert sospirò.

«Datti una mossa, Matty. È l'unico modo: lavoro di strada.»

Prese la macchina e andò da Margaret Wallace. Rifletteva: quanto cammino sulla via del dolore poteva aver percorso quella donna?

Fu allora, sulla numero 1 tra Bellville e le periferie a sud, che per la prima volta ricordò il sogno della notte precedente.

Lara non c'era: c'era il viso di Yvonne Stoffberg. E il suo corpo.

Se i sogni si fossero avverati e Yvonne fosse stata davanti a lui, seducente, disponibile... be', ce l'avrebbe fatta? La sua virilità così intorpidita, si sarebbe risvegliata? Oppure la sua lama era troppo smussata per lacerare il velo del passato e permettergli di ricominciare?

L'incertezza era un nodo nello stomaco: lo spaventava, gli tarpava le ali. La figlia dei suoi vicini... e aveva diciott'anni. O diciassette, addirittura? Spostò i pensieri verso gli altri personaggi del suo sogno. Che ci faceva Bart de Wit? Con quel buco in testa. E Margaret Wallace? Era sbigottito dal mistero del proprio subconscio. Si chiedeva perché non avesse sognato Lara. Chissà se quella notte sarebbe tornata da lui. Vecchi mostri solcavano le profondità dei suoi pensieri.

La donna che venne ad aprirgli doveva essere la sorella di Margaret Wallace. Aveva i capelli corti e rossicci, la pelle un poco lentigginosa e gli occhi azzurri: ma la somiglianza era evidente.

Joubert le chiese di vedere sua sorella.

«Non è proprio il momento.»

«Lo so» ribatté lui e attese, imbarazzato, sentendosi un seccatore.

La donna fece un gesto infastidito e lo invitò a entrare.

In soggiorno c'erano alcune persone che parlavano a bassa voce, ma al suo apparire nell'ingresso ammutolirono. Margaret Wallace sedeva con le spalle girate verso di lui, ma seguì lo sguardo degli altri. Si alzò. Joubert vide nei suoi occhi scavati e cupi i segni del dolore sopportato. La bocca era cerchiata di rughe.

«Mi spiace doverla disturbare.»

«Andiamo fuori in giardino» fece lei con voce flebile, aprendo la porta.

Il vento che spirava da sud-est piegava le punte dei grandi alberi, ma in basso l'aria era pressoché immobile. Margaret Wallace camminava con le braccia serrate al seno, le spalle curve.

«Non si preoccupi. So bene che sta facendo solo il suo lavoro» disse lei abbozzando un sorriso.

«Ha letto il giornale?»

Scrollò la testa. «Non me lo permettono.»

«Il mio comandante.... Ci sarebbe un'ipotesi...» La sua mente cercò disperatamente degli eufemismi, sinonimi meno crudi della parola "morte". Avrebbe voluto che Benny Griessel fosse con lui.

«A Taiwan il crimine organizzato usa gli stessi metodi... nelle sue... attività. Devo considerare tutte le ipotesi.»

Lei lo guardava: il vento le spinse i capelli sul viso. Li scostò con la mano e richiuse le braccia, aspettando.

«Forse suo marito era in affari con loro, magari indirettamente... Intendo dire con la mafia cinese. Ne sa qualcosa?»

«No.»

«Signora Wallace, so che è molto difficile per lei...»

«Non ha scoperto nulla?» chiese la vedova, e non c'era rimprovero nella sua voce, come se conoscesse già la risposta. I capelli le coprirono di nuovo il viso, ma questa volta non li scostò.

«Nulla» confermò lui, chiedendosi se lei sarebbe mai venuta a sapere dell'esistenza di Lizzie van der Merwe e delle altre donne con cui James J. Wallace aveva passato una notte o due.

«Si tratta di un errore» disse lei. «Un caso.» Sciolse le braccia, reggendosi un gomito con l'altra mano. «Vedrà. Deve essere così.»

Si salutarono. Durante il viaggio di ritorno si domandò perché il numero degli alberi nei quartieri residenziali corrispondeva al reddito medio delle famiglie che vi abitavano.

Dopo le sette il sole era ancora alto all'orizzonte. Si accese una sigaretta e pensò al danno che stava arrecando alla sua salute. Forse avrebbe dovuto rimettersi un po' in forma. Ma niente jogging. Lui odiava il jogging. Non aveva più l'età. Forse andare a nuotare sarebbe stato piacevole. Senza ambizioni competitive. Giusto per divertirsi. Affiorarono ricordi remoti. L'odore degli spogliatoi della piscina, la fatica dopo ore di esercizio, il sapore di cloro nella bocca, l'adrenalina allo sparo dello starter.

A casa sotto la porta era stata infilata un'altra lettera: «Perché non rispondi?»

Il nodo allo stomaco si riformò. Ormai conosceva la scrittura.

A Goodwood, dietro il cinema in Voortrekker Road, c'era un vicolo. Dicevano che lì i motociclisti facessero cose da non fare. Ai tempi, lui aveva otto o nove anni. E ogni sabato notte scrutava nelle tenebre del vicolo con una curiosità esasperante. Corri, gli ordinava il cervello. Corri lì, come il vento, solo per una volta. Ma la paura, i dubbi sul proprio coraggio gli pesavano sullo stomaco come un macigno. Non si arrischiò mai in quel vicolo.

Andò a Blouberg, comprò del pollo fritto e lo mangiò in auto mentre guardava il mare spazzato dal vento. Poi tornò a casa per leggere il suo libro.

A tarda sera il telefono squillò.

Joubert posò William Gibson sul tavolo vicino alla poltrona, e rispose. Era Cloete, delle Pubbliche Relazioni.

«Stai lavorando ancora al pericolo giallo o domani posso raccontare qualcos'altro ai giornali?»

8

«CITTÀ DEL CAPO. Fino a questo momento la polizia non è riuscita a stabilire alcun legame tra l'omicidio della Tokarev e il racket cinese della droga.»

De Wit lesse l'articolo a bassa voce, con un mezzo sorriso sulla faccia. Quindi posò il giornale e fissò Joubert.

«Capitano, crede che sia il caso che in pubblico noi due esprimiamo opinioni contrastanti a proposito di questo caso?»

«No, colonnello» disse Joubert, notando che il cartello «Vietato Fumare» era stato spostato dal tavolino nell'angolo alla scrivania di de Wit, accanto alla foto di famiglia.

«Ha fornito lei l'informazione?» de Wit aveva un tono quasi faceto, da chiacchiere mondane.

«Colonnello,» replicò Joubert stancamente «come ufficiale responsabile dell'indagine ho risposto a una domanda postami da un collega delle Pubbliche Relazioni. In conformità con le procedure e le regole del servizio. Gli ho fornito l'informazione in linea con la situazione investigativa sull'omicidio. Era mio dovere.»

«Capisco» disse de Wit con un altro sorrisetto. Riprese il giornale e posò gli occhi sull'articolo. «Lei non si sta deliberatamente burlando del suo comandante?»

«No, colonnello.»

«Capitano Joubert, non lo sapremo mai con sicurezza. Ma a lungo andare, probabilmente, importerà poco. Grazie per essere passato.»

Joubert capì che lo stava invitando a uscire. Si alzò, a disagio, incerto su quello che poteva nascondere la calma dell'altro, ma consapevole che significava qualcosa, che conteneva una previsione.

«Grazie, colonnello» borbottò dalla porta.

Era in ritardo con il lavoro d'ufficio. Prese i fascicoli degli aiutanti ma non riuscì a concentrarsi. Accese una Winston e aspirò profondamente.

Nel corridoio si sentì un rumore di passi strascicati. Passò Griessel a capo chino. Nel suo atteggiamento c'era qualcosa che disturbò Joubert.

«Benny?»

I passi si riavvicinarono. Apparve sulla porta la faccia di Griessel. Era pallido.

«Benny, va tutto bene?»

«Tutto ok, capitano.»

«Avanti, che c'è, Benny?»

«Tutto ok, capitano. Deve essere qualcosa che ho mangiato.»

"O bevuto..." pensò Joubert; ma non disse niente.

Griessel si allontanò. Joubert si accese un'altra sigaretta, sforzandosi di concentrarsi sul lavoro che aveva davanti. Dossier che parlavano di morte.

Un'anziana coppia a Durbanville. Il cadavere di uno sconosciuto di pelle nera presso i binari del treno a Kuilsriver. Una donna ammazzata con un cacciavite dal marito ubriaco a Belhar.

Sentì qualcuno che si stava schiarendo la voce. Bart de Wit era in piedi di fronte alla scrivania.

Joubert si chiese come aveva fatto... si era avvicinato con la furtività di un gatto.

Il colonnello non stava sorridendo. Era serio.

«Ci sono novità, capitano. Buone notizie.»

L'auto di Joubert si muoveva a scatti nel traffico del pomeriggio. Mat avrebbe voluto dare sfogo allo sgomento e all'indignazione che lo tormentavano come un vestito troppo stretto.

De Wit gli aveva spiegato che doveva vedere lo psicologo.

«Il suo fascicolo è stato inoltrato.»

Con il verbo al passivo. Non era abbastanza onesto per dire: «Ho inoltrato il suo fascicolo, capitano, perché lei è un cavallo zoppo. E a me, Bart de Wit, i cavalli zoppi non servono. Mi voglio sbarazzare di lei. E se non posso farlo con un rapporto del medico, lo farò in questo modo. Scaverò dentro la sua testa, capitano. Pianterò un cucchiaio nello stufato della sua testa e mescolerò il tutto a puntino. State lontani, gente, perché può essere pericoloso. Mat Joubert è andato. Non c'è più con la testa. Diciamo, mentalmente squilibrato. Dal di fuori, sembra normale. Un po' sovrappeso, sciatto... ma normale. E invece nella testa è diverso, signore e signori. Dentro il suo cranio si è determinato un cortocircuito».

«Il suo fascicolo è stato inoltrato. Ecco l'elenco degli appuntamenti disponibili: oggi pomeriggio alle 16.30, domani alle 09.00, 14.00...»

«Oggi pomeriggio» tagliò corto Mat Joubert.

De Wit alzò gli occhi dal fascicolo, piuttosto sorpreso. «Benissimo.»

E ora ci stava andando. Perché da qualche parte, in un ufficio grigio con tanto di lettino per i pazienti, uno psicologo occhialuto stava esaminando approfonditamente il suo caso. Che cosa abbiamo qui? La morte di sua moglie? Meno venti punti. Una udienza disciplinare. Meno venti. E il cedimento nel lavoro. Meno quaranta punti. Totale... meno ottanta. Caso disperato. Fatelo venire.

«Terremo d'occhio la sua situazione, capitano. Vediamo che effetto le farà la psicoterapia.» Una minaccia velata, nascosta. Ma chiaramente l'asso nella manica di de Wit.

Forse era meglio così. Dio solo sapeva quanta confusione aveva in testa. Poteva davvero un altro individuo giudicare le condizioni della sua mente?

Si fermò di fronte a un grattacielo sul Foreshore. Sedicesimo piano. Dr. H. Nortier. Prese l'acensore. Era contento che in sala d'attesa non ci fosse nessuno.

C'erano un divano e due poltrone, confortevoli e invitanti, ricoperti di un tessuto rosa a fiori blu. Nel mezzo un tavolo da caffè con sopra delle riviste, gli ultimi numeri di «de Kat», «Time», «Car», «Cosmopolitan», «Sarie» e «ADA». Appeso sulla porta bianca dello studio del dottore, un cartello diceva: «Il dottor Nortier vi riceverà tra poco. Fate come se foste a casa vostra, e servitevi pure il caffè. Grazie».

Lo stesso testo era ripetuto in afrikaans. In un angolo c'erano un tavolino e una macchina per il caffè con tazze e piattini in porcellana, cucchiaini, un vasetto di latte in polvere e una zuccheriera.

Se ne versò una tazza. Il tipo era psicologo o psichiatra? Perché lo psicologo non va chiamato dottore, ma signore. Era talmente pazzo da aver bisogno di uno psichiatra?

Si sedette sul divano, posò la tazza e tirò fuori le Winston. Cercò un portacenere, ma nella stanza non ce n'erano. Incominciò a sentirsi irritato. Come era possibile che uno psicologo non avesse un portacenere nella sala d'attesa?

Si rimise il pacchetto in tasca.

Guardò la copertina di «de Kat». C'era la foto di un uomo truccato, e sotto la frase: «Nataniel: l'uomo dietro la maschera».

Aveva voglia di fumare. Incominciò a sfogliare la rivista. Niente di interessante. La donna sulla copertina di «Cosmopolitan» aveva due grandi tette e la bocca piccolina: «Che cosa pensa lui quando è al lavoro». Aprì la rivista per cercare l'articolo, ma poi pensò che il dottore avrebbe potuto uscire da un momento all'altro. Lo richiuse.

Moriva dalla voglia di fumare.

Tiro fuori il pacchetto e se ne infilò una tra le labbra. Poi prese l'accendino e si alzò per cercare un contenitore da usare come portacenere.

La porta bianca si aprì. Joubert alzò lo sguardo. Entrò una donna minuta. Sorrideva, gli porse la mano.

«Capitano Joubert?»

Lui fece per stringerle la mano, ma nella destra teneva ancora l'accendino. Passò l'accendino nella sinistra. «Piacere» avrebbe voluto dirle, ma aveva la sigaretta in bocca. Arrossì, si tolse la sigaretta di bocca passando anche quella nella sinistra. Tese di nuovo la mano e finalmente strinse quella della donna.

«Non ho trovato il portacenere» borbottò, arrossendo, mentre sentiva la stretta della donna: breve, calda e asciutta.

Lei gli sorrise ancora. «Devono essere stati quelli delle pulizie. Ma entri, fumi pure nel mio studio» gli disse tenendogli aperta la porta.

«Prego, dopo di lei» fece Joubert impacciato.

«Grazie.» La donna entrò e Mat chiuse la porta alle loro spalle. Notò la grazia della donna, la sua fragilità e una bellezza insolita, che non riusciva ancora a classificare.

«Prego, si accomodi» gli disse lei, e girò intorno alla scrivania bianca. Dentro un vaso alto e stretto c'erano tre garofani rosa. Altre suppellettili: un telefono bianco, un taccuino formato standard, un piccolo astuccio con qualche penna rossa e nera, un grosso portacenere di vetro e un fascicolo verde. Joubert si chiese se fosse il suo. La parete alle sue spalle era occupata quasi completamente da una libreria bianca. Nell'angolo vicino alla libreria si apriva un'altra porta. Il precedente paziente era uscito da lì?

Si sedette su una delle due poltroncine davanti alla scrivania.

Erano del genere "da televisione": schienale regolabile e fodera di pelle nera. Temette per un attimo di essere stato sgarbato a non aspettare che lei si sedesse per prima. Ma la donna sorrise, appoggiando le mani sulla scrivania con un gesto rilassato.

«Non mi sono mai rivolta a un paziente chiamandolo "capitano"» disse poi.

Il tono era confidenziale, la voce bassa e melodiosa. Lui pensò: "chissà se gli psichiatri fanno apposta a parlare così".

«Mi chiamano Mat.»

«Per via delle iniziali?»

«Sì» disse lui, stranamente sollevato.

«Io mi chiamo Hanna. Mi piacerebbe che mi chiamasse per nome.»

«Lei è psichiatra?» le chiese nervosamente, d'impulso.

Hanna scrollò la testa. I capelli castani erano raccolti in una treccia che faceva capolino a ogni movimento del capo.

«Una semplice psicologa.»

«Però è medico, no?»

Piegò la testa, come se si sentisse un po' a disagio.

«Sono laureata in psicologia.»

Lui archiviò l'informazione.

«Posso fumare?»

«Certamente.»

Finalmente accese la sigaretta. Era malconcia, perché prima l'aveva stretta troppo fra le dita. Aspirò.

«Lavoro con la polizia solo da due settimane» gli disse. «Ho già visto alcuni pazienti, peraltro non certo felici di dover venire qui. Capisco la ragione: non è piacevole fare qualcosa perché si è costretti.»

Aspettò una reazione da lui, ma non venne.

«Il fatto che lei si sottoponga a psicoterapia non significa che ci sia qualcosa che non va in lei, ma piuttosto che ha bisogno di qualcuno con cui parlare.»

Attese di nuovo. Joubert fissava il posacenere. Perché gli sembrava che si stesse scusando? Perché doveva capitargli una donna? Era stato colto alla sprovvista.

«Il suo è un lavoro molto stressante. Ogni poliziotto dovrebbe consultare regolarmente uno psicologo.»

«Mi hanno mandato da lei solo per fare due chiacchiere?»

«No.»

«Chi ha deciso di farmi venire qui?»

«Io.»

Lui la fissò. Teneva le braccia rilassate, solo le mani ogni tanto facevano brevi gesti a sottolineare le parole. Gettò uno sguardo veloce sul suo viso. Notò la linea della mandibola, netta e delicata, che dava un senso di fragilità. Non sembrava sentirsi colpevole. Era calma e paziente.

«E il mio comandante, lui non c'entra?»

«Ricevo quotidianamente una pila di fascicoli da ufficiali che pensano che i loro uomini dovrebbero parlare con me. Ma poi sono io a stabilire chi è opportuno che venga.»

Era pur sempre stato de Wit a fare il lavoro preliminare: lui aveva compilato i moduli e scritto le motivazioni.

Si accorse dell'intensità dello sguardo di lei. Spense la sigaretta. Piegò le braccia e la fissò.

«Perché mi ha scelto?»

«Secondo lei, perché?»

"È intelligente" pensò lui, "troppo intelligente per me."

Sapeva di non essere pazzo. Oppure questo era precisamente ciò che un pazzo avrebbe detto? Si trovava lì perché era un po'...inquieto.

La Grande Predatrice era sulle sue tracce. E questo a volte lo rendeva...

«A causa del mio passato» rispose con rassegnazione.

Lei lo guardò con un mezzo sorriso di simpatia. Notò che lei non portava trucco. Il suo labbro inferiore era un bocconcino succulento, di un rosa naturale.

Dal momento che lei non aggiungeva nulla, lui disse: «Probabilmente è un'ottima idea».

«Perché lo pensa?» gli chiese quasi bisbigliando.

Era questa la sua tecnica? Uno entrava, si sedeva e incideva il proprio ascesso, liberando il suo pus sotto gli occhi felici del dottore che disinfettava la ferita e la medicava.

Da dove cominciare? Voleva sentirlo parlare della sua infanzia? Credeva che lui non avesse mai sentito parlare di Freud? Oppure doveva iniziare da Lara? O direttamente dalla *fine* di Lara? O dalla morte? Perché non cominciare da Yvonne Stoffberg? La sa l'ultima sul detective e la figlia dei vicini, dottore? Roba da non crederci...

«È giusto che io sia qui perché il mio lavoro risente del mio... malessere.» Una risposta da codardo, se ne rendeva conto. E capì che anche lei se ne era resa conto.

La psicologa restò a lungo in silenzio. «Il suo accento. Io sono di Gauteng. Lei è cresciuto qui?»

Lui guardò in basso, vide le proprie scarpe marroni che avevano bisogno di essere lucidate. Annuì. «Goodwood.»

«Ha fratelli e sorelle?»

Non c'era questo nel fascicolo? «Ho una sorella maggiore.»

«Vive anche lei a Città del Capo?»

«No. A Secunda.»

«Vi assomigliate?»

«No...» Capì di dover dire qualcosa di più: le sue risposte erano troppo laconiche.

«Mia sorella... assomiglia a mio padre.»

«E lei?»

«A mia madre.» Si sentì imbarazzato, scoraggiato. Quello che stava per aggiungere gli parve così banale. Ma lo disse ugualmente: «A dire il vero ho preso dai parenti di mia madre. Suo padre, cioè mio nonno, era grande e grosso.»

Sospirò: «E goffo». Avere aggiunto queste due parole lo indispettì. Si sentì come un criminale che lascia volutamente delle tracce.

«Lei si considera goffo?» chiese lei automaticamente, come per un riflesso istintivo.

«Sì.»

«Perché dice questo?» chiese la psicologa più lentamente, con aria pensosa.

«Lo sono sempre stato.» I suoi occhi vagavano sui ripiani della libreria, ma non vedevano nulla. «Da che mi ricordo.» Ma i ricordi cozzavano contro una diga. Tese un dito per permettere a qualche goccia della memoria di scorrere. «Alle elementari, arrivavo sempre ultimo nelle gare di corsa.» Non si avvide di avere sorriso ironicamente. «La cosa mi faceva stare male. Però alle superiori, no.»

«Perché ci stava male?»

«Perché... mio padre... avrei voluto essere come lui.» Ritrasse il dito. La falla era di nuovo sigillata.

Lei esitò un momento. «I suoi genitori sono ancora vivi?»

«No.»

Lei restò in attesa.

«Mio padre è morto tre anni fa. Di infarto. Mia madre l'anno dopo. Lui aveva sessantun anni, lei cinquantanove.»

No, non voleva ricordare.

«Che cosa faceva suo padre?»

«Il poliziotto. Per diciassette anni è stato il comandante della stazione di Goodwood.» Joubert poteva sentire il rumore delle ruote che giravano nel cervello di lei. Suo padre era stato poliziotto. Lui era poliziotto. Questo significava quello che significava. Ma lei avrebbe sbagliato se...

«Non ho fatto il poliziotto perché era il mestiere di mio padre.»

«Davvero?»

Era molto sagace, questa donna. L'aveva colto in fallo. Ma non sarebbe successo più. Joubert tacque, infilò una mano nella giacca per cercare una sigaretta. No, troppo presto. Sfilò la mano e si rimise a braccia conserte.

«Era un buon poliziotto?»

«Non lo so. Sì. Lui... be', era un uomo di un'altra epoca. I suoi subalterni, bianchi e di colore, gli erano molto legati...»

Con Lara non aveva mai parlato di lui.

«...ma penso che in realtà lo temessero.»

Non aveva mai parlato di suo padre nemmeno con Blackie Swart. E neanche con sua madre, o sua sorella.

«Nutriva pregiudizi razziali verso ogni sfumatura di pelle che non fosse bianca. Gli xhosa, gli zulu non erano "neri". Erano "kaffer", negracci. Li chiamava "sporchi kaffer".»

Vedeva se stesso seduto sulla sedia nera, un colosso con le braccia incrociate, la testa china e i capelli scarmigliati, in completo marrone, scarpe marroni impolverate, cravatta. Si sentiva parlare. Era come un osservatore al di fuori di se stesso. "Parla, Mat Joubert, parla! Non era questo che lei voleva? Dille tutto! Lasciale sezionare la carcassa della tua vita con la lama affilata della sua scienza! Tira fuori il marcio che hai dentro!"

«All'inizio ero come lui. Prima di cominciare a leggere e ad avere amici i cui genitori la pensavano diversamente. Più avanti... sì, insomma, semplicemente imparai a disprezzare mio padre, per i suoi punti di vista miopi, stupidi; per il suo inutile odio. Ha fatto tutto parte di... un'evoluzione.»

Per un istante si fece il silenzio nella prigione della sua mente.

Il dolore gli pesava sulle spalle. Era davanti alla tomba di suo padre e capì di odiare quell'uomo. E nessuno lo sapeva. Ma lui, suo padre, lo aveva sospettato.

«Lo odiavo... dottoressa.» Aveva usato il titolo con intenzione, per mantenere le distanze. Lei voleva sapere quali spettri gli vagassero nel cervello. Joubert l'avrebbe accontentata. Le avrebbe detto le parole che voleva sentire prima che la sua tecnica, la sua voce e il suo sapere gliele tirassero fuori...

«Lo odiavo perché era quello che io non avrei mai potuto essere. E perché lo sapeva, e me lo faceva pesare. Era così forte... e in più, veloce come un treno. Io invece ero lento. Mio padre mi dava del mollusco. Diceva che avrei dovuto giocare a rugby, perché avrebbe fatto di me un uomo. Iniziai a nuotare, nuotavo come se ne andasse della mia vita. In acqua non ero più massiccio, goffo e sgraziato. Lui diceva che nuotare è uno sport da femminucce. "Le femminucce vanno a nuotare! Gli uomini giocano a rugby, e tirano fuori le palle." Mio padre non fumava perché diceva che fa male al cervello. Io iniziai a fumare. Lui non leggeva perché l'unico libro che bisogna leggere è la vita. Leggere è da femminucce. Mi appassionai alla lettura. Con mia madre e mia sorella era rozzo, brutale. Io mi rivolgevo a loro con dolcezza. Lui chiamava i non bianchi "sporchi negri". Io mi rivolgevo a loro chiamandoli "signore". Poi un bel giorno, all'improvviso, è morto.»

Le emozioni lo inondarono da dentro, togliendogli il respiro. Ebbe un sussulto, suo malgrado si ritrovò con i gomiti puntati sulle ginocchia e la testa tra le mani.

All'improvviso desiderò parlarle della morte. Il

desiderio si propagò dentro di lui come una febbre. Sentiva già il sapore del sollievo. "Parlagliene, Mat Joubert, e sarai libero..."

Si ricompose, si frugò in tasca. Tirò fuori le sigarette, accorgendosi che gli stavano tremando le mani. Ne accese una. Lei avrebbe detto qualcos'altro per porre fine a quel silenzio. Era il suo lavoro.

«Perché ha scelto la stessa professione di suo padre?»

«A Goodwood gli investigatori erano separati dai poliziotti in divisa. Là c'era un tenente, un certo Coombes. Portava il cappello, un cappello nero. E parlava pianissimo. Con tutti. Fumava Mills... era sempre in gilè, guidava una Ford Fairlane. Tutti conoscevano Coombes. In diverse occasioni parlarono di lui anche i giornali, perché aveva risolto brillantemente dei casi di omicidio. Abitava vicino alla stazione. Una volta ero sulla veranda, quando mi passò davanti. Veniva dall'ufficio investigativo in Voortrekker Road, probabilmente per vedere mio padre. Si fermò al cancello e mi fissò. All'improvviso disse: "Tu devi diventare un detective". Gli domandai perché. "Perché abbiamo bisogno di gente in gamba". Poi se ne andò. Non mi parlò mai più. Non ho idea di che fine abbia fatto.»

Joubert spense la sigaretta. Era ancora a metà.

«Mio padre giurava che nessuno dei suoi figli sarebbe mai entrato nella polizia. Coombes mi suggerì di diventare un detective. Lui rappresentava tutto quello che avrei desiderato in un padre.»

"Dille che sta guardando nel posto sbagliato. Questa strada non conduce da nessuna parte." E poi non era stato suo padre a fotterlo. Era stata la morte. La morte di Lara Joubert.

«Le piace il suo lavoro?»

"E brava dottoressa. Fuochino."

«È un lavoro come un altro. Qualche volta mi piace, e a volte no.»

«Quando... le piace?»

«Quando la morte ha una parvenza di dignità, dottoressa. O quando non c'è morte. E poi il successo, risolvere un caso... è piacevole.»

«E quando non le piace?»

"Tombola! Ha vinto, dottoressa, il premio è suo." Ma oggi quella donna non lo avrebbe incassato.

«Quando mi scappano.»

Si era resa conto che lui stava coprendo qualcosa? Che si stava nascondendo... che era troppo atterrito per aprire le gabbie, perché non sapeva più quali belve avrebbero potuto uscirne e sbranarlo?

«Come si rilassa?»

«Con la lettura.» Pausa. «Soprattutto fantascienza.»

«Altri hobby?»

«Nessuno.»

«Vive da solo?»

«Sì.»

«Non sono qui da molto» disse lei, e Joubert notò il suo naso, sottile e leggermente a punta. Gli sembrava che i tratti del suo viso fossero incoerenti, eterogenei, ma tuttavia formavano un insieme bellissimo, che incominciava ad affascinarlo. O forse era la sua fragilità? Gli piaceva guardarla. Gli piaceva sentirsi attratto da lei. Perché lei non sapeva. Questo era il vantaggio. «E ci sono molte cose che devo ancora organizzare. Ma ho già messo insieme un gruppo terapeutico... se così possiamo chiamarlo. Alcuni miei pazienti...»

«No, grazie, dottoressa.»

«Perché no?»

Prendere la laurea in psicologia non doveva essere poi tanto difficile. Bastava solo imparare a trasformare ogni affermazione in una domanda. Del tipo di quelle che iniziano con "perché".

«Incontro già abbastanza poliziotti fuori di testa sul lavoro.»

Lei sorrise. «I miei pazienti non sono fuori di testa, non sono tutti uomini, e tanto meno tutti poliziotti.»

Joubert non reagì perché aveva notato l'espressione di lei prima che sorridesse. "Ah, dottoressa... allora sei un essere umano come tutti noi."

«La terrò informata sulle nostre attività. Così potrà giudicare. Ma venga solo se lo desidera.»

"Chiedile se fa parte anche lei di questo 'gruppo terapeutico'." Una parte della sua mente si stupì che la cosa lo incuriosisse. Per oltre due anni il desiderio sessuale gli si era manifestato solo in sogno. E le donne vere, in carne e ossa, con cui aveva avuto a che fare non erano state altro che semplici fonti di informazione utili a sbrigare il suo lavoro.

E ora si sentiva attratto dalla dottoressa Hanna. Ma benissimo! Complimenti, Mat Joubert. La piccola, fragile donna dalla bellezza sfuggente risvegliava l'uomo forte che c'era in lui, il desiderio di proteggere, la smania di possedere.

«Ci penserò.»

9

Rincasando si fermò alla piscina comunale. Il gestore era un nero.

«Può venire a nuotare alla mattina, signore. Con il business club. Io sono qua dalle cinque e mezzo.»

«E il business club cosa sarebbe?»

«Oh, gli uomini d'affari. L'anno scorso hanno chiesto al municipio se potevano nuotare la mattina presto, prima di andare al lavoro. Dopo hanno una giornata pienissima, quindi non riuscirebbero a venire. Così il consiglio gli ha dato l'ok, ed ecco il perché del nome: business club. Dalle cinque e trentacinque nei giorni feriali, dalle sei e trenta il sabato... alla domenica siamo chiusi. Novanta rand a stagione, da settembre a maggio. Può pagare alla cassa, signore. Con l'armadietto fanno venti rand in più.»

Andò in macchina a prendere il libretto degli assegni, poi tornò alla piscina per pagare. Fissò l'azzurro dell'acqua senza neanche sentire lo schiamazzo dei bambini che giocavano a spruzzarsi. Sulla porta gettò il pacchetto rosso delle Winston nel cestino. Si fermò al solito caffè. Il proprietario lo conosceva e prese delle Winston dallo scaffale.

«No» disse Joubert. «Benson & Hedges. Quelle leggere, Special Mild.»

A casa non c'era nessuna busta sotto la porta.

Si cucinò tre uova. I tuorli si ruppero spandendosi nel tegame. Li mangiò con il pane tostato.

Poi si sedette in soggiorno a finire di leggere William Gibson.

Prima di andare a letto tirò fuori da un armadio il costume da bagno. Lo arrotolò in un asciugamano e lo posò su una sedia vicino alla porta.

Negli ultimi anni aveva scoperto di odiare i fine settimana.

I sabati non erano troppo male perché arrivava la signora Emily Nofomela, la donna xhosa delle pulizie, e i rumori della lavatrice, della lavastoviglie e dell'aspirapolvere rompevano il mortale silenzio della sua casa.

Alle sei e un quarto la sveglia suonò e Joubert si alzò risoluto e deciso, ma senza registrare l'importanza del momento.

Era l'unico appartenente al business club che andasse a nuotare di sabato mattina. Lo spogliatoio era silenzioso e deserto, da fuori giungeva il rumore della grande pompa dell'acqua.

Si infilò il costume Speedo e si accorse che ormai gli andava troppo stretto.

Doveva comperarsene uno nuovo quella mattina stessa.

L'acqua si stendeva placidamente davanti a lui. Si tuffò e incominciò a nuotare a stile libero. Dopo trenta metri si sentì sfinito.

Un poliziotto più anziano e con maggiore esperienza avrebbe buttato fuori Hercules Jantjies dall'ingresso della centrale, probabilmente con l'accompagnamento di un ben assestato calcio nel sedere.

Ma la divisa del poliziotto bianco in questione era nuova e impeccabile, e il suo entusiasmo alimentato dal professore del college, che lo aveva catechizzato a dovere su come la polizia in Sudafrica sia al servizio di tutti.

Si sforzò di non allontanarsi bruscamente dall'odore di corpo non lavato e di alcol.

Guardò Hercules Jantjies: gli occhi piccoli, castani e mobilissimi, la pelle rosso-bluastra cosparsa di milioni di minuscole lesioni infertegli dalla vita, la bocca sdentata e la barba incolta.

«Posso esserle utile?»

Hercules Jantjies tirò fuori da sotto la giacca logora e sbiadita un foglio di giornale. Lo posò sul tavolo e lo spianò con la mano sudicia.

Il poliziotto vide che era la prima pagina del «Cape Times» di qualche giorno prima. Il titolo a caratteri cubitali era: «Delitto di mafia?». Hercules Jantjies lo indicò con il dito.

«Vostro onore, sono venuto qui per questo.»

Il poliziotto non capì. «Davvero?»

«Voglio deporre, vostro onore.»

«Davvero?»

«Perché io... ero lì.»

«Quando è successo?»

«Proprio così, vostro onore... esatto. Testimone oculare. Però esigo la protezione della polizia.»

Si aggrappò al bordo della piscina. Aveva il fiato grosso e i polmoni in fiamme. Lo assalì una stanchezza spaventosa, mentre il cuore batteva così veloce che quasi gli scoppiava dentro il petto. Aveva fatto due vasche. Sentì una voce e alzò la testa, la bocca ancora aperta per mandare giù aria più in fretta.

«Signore, nel suo armadietto c'è un aggeggio che squilla terribilmente.» Era il gestore. Sembrava nervoso.

«Arrivo» disse Joubert appoggiando le mani sul bordo per uscire dall'acqua. Compì solo metà del movimento, restando mezzo fuori e mezzo dentro l'acqua, troppo sfinito per fare quell'ultimo sforzo.

«Tutto bene, signore?»

«Non lo so» disse Joubert, stupito di scoprirsi in condizioni così disastrose. «Non lo so proprio.»

Nell'ufficio del comandante Radie Donaldson, Hercules Jantjies aveva catturato l'attenzione dei tre poliziotti più anziani. Joubert e Donaldson sedevano su due vecchie sedie marroni, Benny Griessel era in piedi accanto a loro, appoggiato alla parete. Jantjies costituiva un'isola di tanfo all'estremità opposta della stanza.

Donaldson apparteneva alla vecchia scuola dei nemici del crimine, pronti a spaccare il muso a tutti i potenziali perturbatori della legge e dell'ordine sbattendosene della razza, del colore della pelle o delle idee politiche. Ecco perché puntando un dito minaccioso contro Hercules Jantjies sibilò: «Se dici stronzate, sei fottuto». Quindi, più sospettoso: «Sei sbronzo?».

«Vostro onore, vostro onore» cominciò Jantjies nervosamente, come se la faccenda stesse diventando più grossa di quello che si aspettava.

«Questi signori sono della Omicidi e Rapine. Ti faranno i coglioni a fette se ci dici cazzate. Chiaro?»

«Chiarissimo, vostro onore.»

Sbirciò i poliziotti con i suoi occhietti marroni, piegò appena la testa e disse: «Io ho visto tutto, vostro onore. Ma richiedo la protezione della polizia».

«Se non stai attento ti giuro che avrai solo legnate dalla polizia» ribatté Donaldson.

«Ero sdraiato nei cespugli tra il parcheggio e la Main Road, vostro onore.»

«Ubriaco?»

«No, soltanto un po' stanco, vostro onore.»

«E allora?»

«L'ho vista arrivare, vostro onore.»

«Una donna?»

«Aveva una pistola, vostro onore.»

«E poi?»

«Attendeva nell'ombra e quando è arrivato quell'uomo, che Dio l'abbia in gloria, si è accorto di lei, si è spaventato a morte e ha alzato le mani. Ma lei gli ha sparato lo stesso, e lui è crollato a terra.»

«E dopo?»

«Tutto qui, vostro onore.»

«E l'assassina dove è andata dopo?»

«No, non è andata... è scomparsa.»

«Una donna. Vorresti dirmi che era una donna?»

«Non una donna normale, vostro onore.»

«Che cosa intendi?»

«Era l'angelo della morte, vostro onore.»

Per qualche secondo nell'ufficio regnò un silenzio totale.

«Per questo voglio la protezione della polizia, vostro onore. Perché adesso mi verrà a cercare.»

«Che aspetto aveva?» chiese Joubert, ma la voce tradiva il suo sconcerto.

«Aveva un mantello lungo e nero, come quello di Batman. Stivali neri e capelli neri. L'angelo della morte, ve l'ho detto. È venuta da me la notte scorsa e mi ha chiamato puntandomi contro il dito. Vostro onore, conosco i miei diritti nel Nuovo Sudafrica, e quindi pretendo la protezione della polizia.»

Ogni sbirro conosce le visioni provocate dall'alcol, non tanto per averle sperimentate personalmente, quanto dagli innumerevoli testimoni e accusati che ha sentito delirare nella sua carriera.

«Sei un bastardo!» disse Donaldson e si avventò su Hercules Jantjies. Joubert lo fermò appena in tempo.

La domenica di buon mattino telefonò il tenente Leon Petersen: «Capitano, penso di aver beccato i fottuti bastardi che hanno violentato quella ragazza a Mitchells Plain. Ma è una gang. Quattordici, addirittura. E nessuno che confessi».

Joubert lo raggiunse per aiutarlo negli interrogatori e controllare gli alibi. Ore passate ad ascoltare balle, a smontare la strafottenza di quei ragazzi e le loro sfacciate provocazioni. Alle 17.22 la pazienza del tenente Petersen si esaurì. Nella sala interrogatori numero due della stazione di Mitchells Plain, Petersen si imbestialì e colpì al naso e all'occhio il membro più giovane della gang. Il sangue schizzò sul tavolo.

Il ragazzo di colore cominciò a singhiozzare. «Questa volta mia madre mi ammazza, mi ammazza...» piagnucolò, dando poi inizio a una confessione che ribollì pian piano, inarrestabilmente, come una pentola sul punto di traboccare.

Gerrit Snyman se ne stava seduto in un angolo con il suo taccuino, impegnato a scribacchiare appunti più in fretta che poteva.

10

«Ventitré fottutissimi chili, Mat. Quello è scemo. Sai che cosa mi ha detto? Mi dà sei mesi per cinque chili. È suonato, porca puttana.» Le guance del capitano Gerbrand Vos erano viola di rabbia. Joubert scrollò la testa in segno di solidarietà. Stava ancora aspettando di vedere de Wit per parlare delle sedute di allenamento fisico.

«Cristo, Mat, sono sempre stato pesante. Io sono così. Un poliziotto deve essere pelle e ossa? Te lo immagini? Comunque, de Wit può andare a prenderselo dove non batte il sole! Non può obbligarmi.»

Joubert si mise a ridere. «Può... può, Gerry.»

«Balle.»

«È il regolamento della polizia. Il comandante deve fare in modo che i suoi uomini siano sempre in forma e reattivi. Puoi controllare, se vuoi.»

Vos tacque per un attimo. «Noi siamo la Omicidi e Rapine, Mat, non una manica di poliziotti in divisa che devono fare la ruota come tanti pavoni. Che livello di forma ci è richiesto? Io non sarò in grado di correre la maratona, ma cazzo...»

Joubert pensò alla sua nuotata di qualche ora prima. Non era stata meglio di quella di sabato scorso: la fitta al fianco dopo cinquanta metri a stile libero, il catrame delle sigarette che sembrava incendiarsi nei polmoni. Dopo cento metri, era di nuovo aggrappato al bordo, boccheggiando.

«Ventitré fottutissimi chili. Mi dovranno cucire la bocca.»

Entrò con andatura strascicata dalla porta della filiale della Premier Bank a Heerengracht. Passi lenti, cauti, il bastone da passeggio saldamente impugnato nella mano sinistra. Intorno agli occhi e alla bocca aveva molte rughe, il segno dell'età.

Si diresse allo sportello dove si trovavano i moduli, infilò una mano nella tasca interna della giacca e lentamente, con pazienza, estrasse un astuccio per gli occhiali. Gli tremò leggermente la mano quando lo aprì e allargò le stanghette di un paio di occhiali dalla montatura nera. Poi li inforcò, rimise lentamente la mano nella tasca e tirò fuori una penna stilografica.

Svitò il cappuccio, e prese un modulo per i prelievi. Con mano incerta scrisse lettere e cifre sulle colonne.

Quando ebbe finito, riavvitò il cappuccio della stilografica e la ripose con delicatezza nella tasca interna. Richiuse gli occhiali e li sistemò all'interno dell'astuccio, infilando quest'ultimo in tasca. Con la mano destra afferrò il foglio, con la sinistra il bastone da passeggio. Si incamminò faticosamente verso la cassa.

La filiale di Heerengracht della Premier Bank non

era delle più grandi. Ma per competere con le banche concorrenti, ne avevano fatto un'ineccepibile bandiera dell'identità aziendale Premier: tappeti color malva, mobili in legno color grigio pallido, pareti bianche decorate da cartelli pubblicitari.

L'uniforme di Joyce Odendaal era altrettanto impeccabilmente curata: giacca e gonna malva (pantaloni in inverno), camicia bianca con colletto pieghettato e spilla d'argento con il logo della banca.

Joyce aveva ventidue anni, era bella e l'avevano eletta cassiera del mese.

Vide l'anziano dal passo stentato, con un vestito marrone, la catena dell'orologio d'oro che pendeva dal gilè fino alla tasca dei pantaloni, la cravatta male annodata da mani artritiche.

Sospirò. Non amava i vecchi perché erano duri d'orecchio, caparbi e si ostinavano a voler controllare ogni operazione come se la banca avesse intenzione di raggirarli.

Tuttavia avrebbe detto: «Buon giorno, signore» sorridendo amichevolmente.

«Buon giorno, dolcezza» disse il vecchio: Joyce pensò che aveva una voce giovanile. Anche i suoi occhi, seppure circondati di rughe, erano limpidi e pronti.

«Che cosa posso fare per lei?»

«Una pupa come lei potrebbe aiutare un uomo come me in tanti modi, ma al momento... mi ci faccia pensare.»

Il sorriso di Joyce Odendaal per un istante tentennò: non capiva cosa stesse succedendo.

«Prenda pure uno di quei bei sacconi per i quattrini e lo riempia di banconote da cinquanta rand. Ho qui una bella pistola che preferirei non usare. Lei è così carina...»

Scostò la falda della giacca mostrando l'arma.

«Ma... signore?» obiettò Joyce con un sorriso incerto.

«Forza dolcezza!... tieni lontano il tuo bel piedino dall'allarme e vediamo di sbrigarci! Questo anziano signore ha tanta fretta.» E sorrise. La mano destra di Joyce si alzò lentamente verso il viso. Con un dito si strofinò la pelle sotto il naso, restando a bocca aperta. A questo punto la mano incominciò a tremare. L'abbassò di nuovo. Il pulsante dell'allarme era a quattro centimentri dal suo piede.

«Che profumo usi?» le chiese il vecchio con un tono calmo, interessato.

«Tu sei il Fuoco» rispose Joyce senza pensare, prendendo un sacco per i soldi. Aprì il cassetto e cominciò a estrarre le banconote.

Di ritorno dalla banca della rapina Joubert dovette correre in ufficio a ricevere una telefonata.

«Attenda in linea, prego. Il dottor Perold per lei.»

Aspettò.

«Capitano?»

«Dottore?»

«Non ho buone notizie, capitano.»

Joubert sentì i muscoli dell'addome contrarsi.

«Il colesterolo, capitano. Ho inviato il rapporto al suo comandante, ma vorrei parlarle lo stesso.»

«Mi dica.»

«È alto, molto alto, capitano.»

«E questo la preoccupa?»

All'altro capo della linea il medico emise uno strano suono. «Esatto, capitano. Ci aggiunga le sigarette, il sovrappeso e l'anamnesi familiare... sì, devo proprio dire che il quadro è piuttosto preoccupante.»

Doveva dire al medico che aveva incominciato a nuotare ogni sabato mattina?

«Posso prescriverle una terapia. E una dieta. Immediatamente.»

Joubert sospirò. «Che cosa devo fare?»

Comprò una collana di racconti *I vincitori del premio Hugo 1990* e un racconto di Spider Robinson che Willy gli aveva consigliato caldamente. Un gruppo di bambini stava giocando a cricket sulla strada davanti a casa sua. Dovette aspettare a entrare nel vialetto finché non tolsero le scatole di cartone che fungevano da porte.

La nuotata mattutina gli aveva messo appetito. C'era solo una scatola di fagioli cotti in salsa di pomodoro in un angolo della dispensa. Si chiese come sarebbero andati per il colesterolo. L'indomani il dietologo glielo avrebbe detto.

Prese dal frigo una Castle. Da qualche parte aveva sentito dire che la birra è ricca di vitamine e minerali. Stappò la bottiglia, tirò fuori dalla tasca della giacca la scatola delle pillole per il colesterolo, se ne mise una sulla lingua e la ingollò con un sorso di birra. Era fredda, gli fece venire i brividi.

Andò in soggiorno, si sedette e accese una Special Mild che però non lo soddisfò. Forse sarebbe stato meglio tornare alle sue Winston, fumando di meno.

O fumare influiva sul colesterolo? Aprì il tascabile sul primo racconto, di Isaac Asimov.

Bussarono alla porta.

Joubert posò la birra dietro la sedia e si alzò. Andò ad aprire.

In veranda c'era Jerry Stoffberg. E dietro di lui, Yvonne.

«Buona sera, Mat.» Stoffberg non era allegro come al solito.

Joubert credeva di sapere il motivo della visita e sentì la pressione aumentargli nel petto... per un istante temette che fosse il preludio di un infarto.

«Salve, Stoff» disse con voce tirata.

«Possiamo entrare, Mat?»

«Sicuro.» Joubert si accorse che la ragazza non lo guardava negli occhi e capì che aveva detto qualcosa a Stoffberg. Ma non era successo niente, il vicino doveva metterselo bene in testa. Fino ad allora non era successo proprio niente.

In silenzio entrarono nel soggiorno. La sigaretta di Joubert era ancora accesa nel portacenere.

«Accomodatevi» disse, ma Stoffberg si era già seduto sul divano. La figlia si sedette accanto a lui. Joubert deglutì. La pressione aumentava.

«Mat, mi dispiace disturbarti ma nella nostra famiglia è successa una cosa molto brutta.»

«Non è successo niente» lo contraddisse Joubert trafelato, inghiottendo rumorosamente l'eccesso di saliva.

«Scusa?» Naturalmente Stoffberg non aveva capito. Joubert vide che Yvonne lo guardava con un broncio stizzito.

«Il cognato di mia sorella è morto ieri notte. A Benoni. Infarto. Trentotto anni. Nel pieno della vita. Una tragedia.» Guardò la sigaretta di Joubert nel portacenere. «Anche lui fumava forte, sai?»

Joubert comprese a cosa fosse dovuto l'atteggiamento di Stoffberg. Era la sua faccia professionale. L'impresario di pompe funebri al lavoro. Sentì che la pressione incominciava a diminuire.

«Mi dispiace.» Il broncio di Yvonne Stoffberg scomparve.

«Vogliono che mi occupi del funerale, Mat.» Per un attimo Stoffberg si interruppe. Joubert non sapeva che cosa dire. «È un grande onore per me. Non è un compito grato. Ma un onore. Il funerale è mercoledì prossimo. Però abbiamo un problema e ho bisogno di te, Mat.»

«Se posso fare qualcosa, Jerry» rispose amichevolmente.

«Vedi... mercoledì Bonnie inizia a frequentare le lezioni all'università.» Stoffberg cinse la figlia con un braccio e la guardò tutto orgoglioso. La voce perse un po' della sua gravità. «Già, Mat... la cocchina di papà è cresciuta. Studierà pubbliche relazioni.» Yvonne Stoffberg chinò il viso sulla spalla di papà come una bambina e sorrise dolcemente a Joubert.

La voce di Stoffberg riacquistò la sua asciuttezza professionale. «Non possiamo portarla con noi, Mat. E tutti i suoi amici sono ancora in vacanza. Potrei chiedere alla signora Pretorius, quella che abita all'angolo, se può stare con lei... ma suo figlio, quello con i capelli rossi...»

Stoffberg incrociò le mani in un gesto di preghiera. «Allora Bonnie ha suggerito di venire e chiederti se può stare qui con te, Mat.»

Lui non capì subito il significato delle parole di Stoffberg, perché stava considerando quanto suonasse paradossale la preoccupazione di Stoffberg a proposito di quel ragazzo con i capelli rossi.

Stoffberg interpretò il silenzio come un'esitazione.

«Sei l'unico che può aiutarci, Mat. Dopo tutto, sei un poliziotto. E poi si tratta solo di una settimana. Bonnie è disposta a cucinare per te e a tenerti in ordine la casa. Non ti darà alcun fastidio. In fondo è solamente per la sera. Durante il giorno può starsene a casa. Ti sarei veramente grato, Mat.»

«Accidenti, Jerry...»

«Di' allo zio Mat che non gli starai tra i piedi, Bonnie.»

Ma lei non disse nulla. Si limitò a sorridere dolcemente.

Joubert sapeva cosa stava per rispondere. Ma lottò fino all'ultimo per la sua integrità.

«Spesso di notte io lavoro, Jerry.»

Stoffberg rispose con un grave cenno di assenso. «Va bene, ho capito Mat... Però lei ormai è grande.»

A Joubert non riuscì di scovare un'altra scusa. «Quando intendete partire, Jerry? Dovrò darle una copia della chiave.»

«Domani mattina.» Yvonne Stoffberg aprì bocca per la prima volta, lo sguardo castamente abbassato sul tappeto.

Si scambiarono un'occhiata fugace, e lei gli sorrise. Joubert si voltò a guardare Jerry Stoffberg ma evitò di incontrare i suoi occhi.

11

L'acqua era liscia e uniforme come vetro. Ancora una volta quel sabato mattina era l'unico membro del business club che fosse andato a nuotare. Si tuffò e partì a rana, lentamente, cercando la bracciata. Non sapeva se sarebbe riuscito a ritrovare il ritmo di un tempo. Troppe sigarette, e troppe birre. Era passata una vita.

Si stancò ancor di più delle prime due volte. Se non altro, pensò, aveva una scusa. Una notte passata a rigirarsi nel letto, a fare a pugni con la sua coscienza, intrappolato tra il desiderio e un acre senso di colpa.

Tenendo la testa sul cuscino poteva sentire il battito del cuore. Sempre più accelerato. Poco dopo l'una si era alzato ed era andato a prendere la poesia nella stanza degli ospiti, sotto il libro di William Gibson.

«Assaggiami, toccami, prendimi...»

Si era sforzato di concentrarsi su altre cose. Il lavoro, de Wit. Che cosa aveva in mente de Wit? Alla fine il sonno aveva avuto la meglio.

Ma quella mattina dopo due vasche a rana era già esausto.

De Wit si affacciò nell'ufficio del capitano Joubert con in mano un fascicolo verde. Joubert era al telefono con Pretoria. Il colonnello bussò contro lo stipite e aspettò fuori.

Joubert terminò la telefonata. Poi de Wit entrò. Aveva il solito sorriso sulla faccia. A disagio, Joubert si alzò in piedi.

«Si sieda, capitano. Non la voglio distogliere dal suo lavoro. Sta avendo dei problemi con Pretoria?»

«No, colonnello. Io... Non hanno ancora inviato il rapporto balistico su quella Tokarev. Stavo facendo pressione.»

«Posso accomodarmi?»

«Ma certo, colonnello.» Perché non si era seduto senza tante cerimonie?

«Oggi vorrei parlare con lei del suo stato di salute, capitano.»

Ora Joubert comprese perché sorrideva. Era un sorriso di trionfo.

De Wit aprì il fascicolo verde. «Ho avuto i risultati della visita medica.» Guardò Joubert negli occhi. «Capitano... c'è qualcosa che lei deve fare per se stesso. Io non ho il diritto di riferirmi specificatamente al suo colesterolo alto o alle sigarette. Però ho il diritto di parlare della sua salute. Questo rapporto indica che lei è in sovrappeso di quindici chili. È messo meglio di altri suoi colleghi, ma quindici chili sono troppi. E il dottore la considera in pessima forma.»

De Wit richiuse il fascicolo verde.

«Non mi voglio mostrare irragionevole. Il dottore dice che cinque chili ogni sei mesi non sono un traguardo fuori dalla sua portata. Dovremmo darle tempo sino all'anno prossimo, capitano, e monitorare il miglioramento. Lei che ne pensa?»

Joubert era infastidito dal tono di voce del superiore, da quei modi falsamente affabili. «Possiamo farcela in sei mesi, colonnello.»

De Wit non sapeva che aveva ricominciato a nuotare. Joubert assaporò la propria determinazione. I muscoli delle gambe e delle braccia erano piacevolmente stanchi dopo la nuotata del mattino. Sapeva di potersi tenere in esercizio. Avrebbe voluto sbattere questa certezza in faccia a "due nasi".

«Sì, in sei mesi. Senz'altro.»

De Wit stava ancora sfoggiando il suo sorrisetto simile a una smorfia. «Oh, dipende da lei, capitano. Devo dirle che sono molto colpito dalla determinazione che dimostra. Me ne ricorderò.»

E riaprì il fascicolo verde.

La giornata proseguì con il solito tran-tran. Dovette andare a Crossroads. Il corpo mutilato di un bambino. Omicidio rituale. Poi la radio al suo fianco gracchiò e ronzò chiamandolo a Simons Town. Avevano sparato al proprietario di un negozio di gadget militari.

Nel pomeriggio arrivò all'appuntamento con la dietologa con cinque minuti di ritardo. Lasciò la macchina nel parcheggio della clinica. La donna lo stava aspettando.

Non era bella, ma era magra. I suoi riccioli biondi non compensavano il naso storto, la bocca piccola e priva di humour.

Scrollò la testa con incredulità quando Joubert le parlò delle proprie abitudini alimentari. Usò cartelli e poster per impartirgli spiegazioni sugli acidi grassi, saturi e insaturi, sulla fibra e la crusca, su grassi animali e vegetali, calorie, vitamine, minerali e quant'altro.

S'informò se viveva con qualcuno. Joubert sentì un nodo nello stomaco al pensiero che quella sera avrebbo trovato ad aspettarlo Yvonne Stoffberg. Rispose che viveva da solo, che non sapeva cucinare e non aveva il tempo per osservare una dieta sana.

La dietologa gli chiese se aveva il tempo di farsi venire un infarto. Gli domandò se aveva ben chiaro il significato di un tasso di colesterolo come il suo. Gli chiese quanto tempo gli occorreva per fare una sosta dal fruttivendolo e ficcarsi nella borsa qualche mela.

I detective non portano la borsa, voleva dirle... invece stette zitto. Ammise che non sarebbe stato così difficile.

E per i panini? lo incalzò lei. Quanto tempo avrebbe impiegato per avvolgere in un foglio d'alluminio un panino di farina integrale per il giorno dopo?

E la mattina, per mangiarsi un piatto di crusca con latte scremato? O per comprarsi dei dolcificanti per i vari tè e caffè che beveva in ufficio? Quanto ci avrebbe messo?

«Non molto» ammise ancora Joubert.

«Bene... allora» disse lei «possiamo cominciare». Estrasse un modulo con scritto: «La dieta di...».

Con la penna a mezz'aria, era la personificazione dell'efficienza. «Il suo nome?»

Joubert sospirò. «Mat.»

«Come?»

Nell'ingresso della sede della Squadra Omicidi e Rapine a Bellville South c'era un'area dove i visitatori potevano aspettare. Le pareti spoglie, il pavimento grigio e le sedie erano conformi agli standard della pubblica amministrazione: in sostanza, cose fatte per durare e non necessariamente per essere confortevoli.

Le persone in attesa erano i familiari, gli amici e i parenti dei sospettati di omicidio o rapina. Quindi perché offrire loro qualche comfort in più? Dopo tutto, nella maggior parte dei casi si trattava di consanguinei di sospetti criminali.

Ma la signora Mavis Petersen la pensava diversamente. L'area di attesa faceva parte del suo regno, era adiacente alla scrivania dell'accettazione dove lei esercitava il suo potere. Era una donna esile e attraente, con una bella carnagione bruna. E conosceva il dolore dei congiunti degli accusati: per questo tutti i giorni della settimana c'erano fiori sulla scrivania dell'accettazione Omicidi e Rapine. E anche un sorriso sulle sue labbra.

Ma non in questo momento.

«Il sergente Griessel è introvabile» disse Mavis a Joubert vedendolo entrare.

«Introvabile?»

«Questa mattina non è venuto, capitano. Gli abbiamo telefonato, ma non risponde. Ho mandato due poliziotti a controllare casa sua: è chiusa.»

«E la moglie?»

«Afferma che non lo vede da settimane. E che se lo troviamo, visto che ci siamo dovremmo chiedergli dove sono gli assegni per gli alimenti.»

Joubert ci pensò sopra, tamburellando con le dita sulla scrivania.

All'improvviso la voce di Mavis si abbassò in un sussurro di disapprovazione. «Il colonnello dice che non lo dobbiamo cercare. Sostiene che questo sia un modo del sergente Griessel per rispondere alle sue richieste.»

Joubert non disse nulla.

«Era diverso con il colonnello Theal, no, capitano?» Le sue parole erano un chiaro invito a spettegolare insieme.

«Molto diverso, Mavis. Messaggi per me?»

«No, capitano.»

«Vado a cercarlo all'Outspan. L'ultima volta l'abbiamo trovato lì. E dopo, vado a casa. Comunica alla radio che se sanno qualcosa di Benny voglio essere informato immediatamente.»

«D'accordo, capitano.»

Joubert uscì.

«Che autorità...» commentò Mavis inarcando le sopracciglia verso l'ingresso vuoto.

L'Outspan hotel sorgeva in Voortrekker Road, fra Bellville e Stikland: era un albergo che si era guadagnato la sua unica stella sotto la gestione precedente.

Joubert mostrò il tesserino e chiese il registro. Erano occupate soltanto due camere, e nessuna delle due da Griessel. Andò al bar, una stanza buia con il soffitto basso e cupamente rivestito di legno.

L'odore del locale colpì le narici di Joubert. Un misto di liquore e tabacco, di legno e di uomo, di detergente e lucido per mobili. Un odore che si era accumulato nei decenni. Immerse un tentacolo verso l'abisso della sua memoria e tirò fuori scene dimenticate: se stesso a nove, dieci anni, spedito a cercare suo padre. Le dieci della sera. Il bar pieno di gente, di fumo e voci stonate. Suo padre seduto in un angolo, attorniato di gente. Stava facendo a braccio di ferro con un omaccione dal volto paonazzo.

«Ah, ecco qua il mio figliolo. Spiacente Henry, non posso fare brutta figura davanti a lui» e d'un colpo sbatté il braccio dell'uomo giù, contro il piano del tavolo. La gente rise divertita, piena di ammirazione per quel poliziotto così forzuto.

«Vieni qui, Mat... ora ti insegno.» Lui si sedette di fronte a suo padre, timido e insieme orgoglioso.

Le loro mani si strinsero. Suo padre fece finta, voleva che suo figlio lo battesse.

Gli spettatori scoppiarono di nuovo a ridere fragorosamente.

«Un giorno potrà batterti veramente, Joop.»

«Se si farà troppe seghe, no di certo.»

Joubert era arrossito violentemente. Avrebbe dovuto parlare anche di questo alla dottoressa Hanna Nortier? L'avrebbe aiutato?

Riluttante, il barman si alzò dalla sua sedia.

«Una Castle, per favore.»

«Fanno tre rand.»

«Sto cercando Benny Griessel.»

Il barman prese i soldi.

«Lei chi è?»

«Un suo collega.»

«Ce l'ha il tesserino?»

Joubert lo estrasse.

«È stato qui ieri sera. Non riusciva a tornare a casa, l'ho messo nella vasca. Sono andato a dargli un'occhiata dopo pranzo, ma se n'era andato.»

«Di solito dove va quando esce di qui?»

«E come faccio a saperlo?»

Joubert si versò la birra nel bicchiere.

Il barman lo considerò un segnale e tornò alla sua sedia nell'angolo.

La birra era buona, aveva un sapore pieno, rotondo. Joubert si chiese se dipendesse dall'ambiente circostante. Accese una Special Mild. Si sarebbe mai abituato alle sigarette leggere?

Sapeva che si stava nascondendo.

Al pensiero sorrise, guardando nel bicchiere che teneva in mano: stava cercando Benny al bar... e stava cercando coraggio nella birra. Perché a casa c'era un corpo giovane, e lui non sapeva se sarebbe stato capace di possederlo.

Alzò il bicchiere e lo vuotò d'un fiato. Poi lo posò sul bancone energicamente, per destare l'attenzione del barista.

«Un'altra?» chiese quello, senza entusiasmo.

«Soltanto una. Dopo devo andare.»

12

Per aprire la porta usò il gomito perché stava reggendo due grosse borse della spesa: mele, pere, pesche, albicocche, farina d'avena, pollo senza pelle, carne sgrassata, latte scremato, filetti di nasello, yogurt a basso contenuo di grasso, tonno in scatola, frutta secca.

Percepì la presenza di lei.

La casa era intrisa di un forte odore di agnello arrosto. E c'era anche dell'altro. Un dolce nel forno?

Musica.

«Ehilà?»

La voce femminile rispose dalla cucina. «Sono qui.»

Percorse il corridoio. La ragazza uscì dalla cucina. Aveva un cucchiaio in mano. Lui vide la minigonna, le gambe agili, bellissime, le scarpe a tacco alto. Aveva il seno appena appena coperto, il ventre nudo e sodo, pelle chiara alla luce dell'ultimo sole. Si era spazzolata i capelli fino a farli risplendere, e sul viso aveva un trucco un po' pesante.

Il suo imbarazzo si confuse con la consapevolezza che tutto questo era stato preparato per lui.

«Ehi» disse Yvonne, con la voce di cento eroine hollywoodiane.

«Io non... non sapevo che fossi una brava cuoca...» Sollevò le borse che reggeva in mano.

«Ci sono tante cose di me che non sai, Mat.»

Lui rimase lì, in piedi, come un estraneo in casa sua.

«Andiamo» disse Yvonne mentre spariva in cucina. Lui la seguì, con in bocca il sapore della notte.

Sul davanzale c'era il radioregistratore della ragazza, sintonizzato su un'emittente locale. Lei gli indicò il tavolo da pranzo. «Sei sul giornale.»

Joubert appoggiò le borse sul tavolo e diede un'occhiata alla copia dell'«Argus».

«Sei famoso.»

Non la guardò. Prese il giornale: in basso, sulla prima pagina un titolo diceva: «Il Camaleonte ha colpito ancora». Lesse: «Nelle vesti di un biondo playboy di mezza età era fuggito pochi giorni fa con 7.000 rand da una filiale della Premier Bank di Bellville. Ieri era un vecchietto che se n'è andato con 15.000 rand dalla filiale di Heerengracht.

Ma la polizia è sicura che si tratti dello stesso uomo, a causa di una serie di curiose affinità: il Camaleonte, in sostanza, si è comportato in entrambi i casi con molto charme, chiamando le cassiere "dolcezza" e chiedendo loro che profumo usavano.

Secondo il portavoce della polizia, tenente John Cloete, l'unico indizio finora in mano alle forze dell'ordine è una pellicola relativa alla seconda rapina, registrata da una telecamera nascosta.

Ma è chiaro che il rapinatore era efficacemente

travestito. Le possibilità che qualcuno lo possa identificare basandosi sul video sono minime.

Il tenente Cloete afferma che il miglior detective della città, il capitano Matt Joubert della Squadra Omicidi e Rapine, è stato incaricato delle indagini...».

Joubert smise di leggere, posò il giornale sul tavolo e sospirò. Avrebbe dovuto fare una telefonata a Cloete. «Il miglior detective...» Come potevano dirlo? Avevano anche sbagliato a scrivere il suo nome. E de Wit non avrebbe gradito per niente.

Yvonne gli versò una Castle. Nell'atto di porgergli il bicchiere, le sue mani sottili e le unghie scarlatte risaltarono contro il liquido ambrato.

«Sei indietro di una.»

«Grazie.» Ancora non si azzardava a guardarla. Prese la birra.

«Voglio viziarti.» All'improvviso fu vicino a lui, contro di lui. Le mani di Yvonne scivolarono sotto la sua giacca, lo trasse a sé. Alzò il volto per offrirgli la bocca.

«Ringraziami» disse lei. Lui la baciò. Con una mano reggeva la birra, con l'altra toccava la parte nuda della sua schiena. Yvonne gli fluì addosso come argento vivo. La sua bocca sapeva di birra e spezie, e Joubert fu sconvolto dall'ardore della sua lingua. Le mani di lei gli sollevarono la camicia per scivolare sotto la stoffa e accarezzargli la pelle. Joubert provò la smania di sentire il proprio membro eretto contro di lei. Spinse l'inguine in avanti... Yvonne se ne accorse e vi si strusciò con l'addome. La testa di Joubert era un vortice impazzito, il cuore stava per esplodergli. Ma più in basso, dove importava davvero, non succedeva niente.

«La cena» disse lei, con un frullo della lingua sulle sue labbra. «Brucerà tutto.» E spinse vigorosamente il bacino contro di lui, come un pegno, una promessa. Poi gli rimise a posto la camicia, e fece un passo indietro.

Joubert rimase al tavolo, solo e impacciato.

«Sto per farti una sorpresa. Però è un grande segreto. Devi andare ad aspettare in soggiorno. È per questo che ho preso il giornale.» La sua voce aveva perso quel tono sicuro da attrice consumata, si era fatta più incerta.

Allungò il braccio verso il davanzale e lui vide che stava prendendo un pacchetto di sigarette. Lo aprì e gliene offrì una. Winston. Joubert ebbe un attimo di esitazione, poi accettò. Lei ne sfilò un'altra con le unghie lunghe, rosse e se la mise in bocca. Le si era sbavato il rossetto.

Si frugò in tasca, trovò l'accendino e accese le due sigarette, prima quella di lei e poi la propria. Lei inspirò profondamente, da esperta fumatrice soffiò verso il soffitto un sottile filo di fumo, gli si avvicinò e gli diede un rapido bacio sulla guancia.

«Avanti, in soggiorno.» La sua voce era tornata profonda e disinvolta.

Lui fece un sorriso impacciato, prese giornale e birra e andò in soggiorno. Aprì il giornale, bevve una sorsata di birra e inalò dalla Winston.

Non sapeva che lei fumasse. Chissà perché il dettaglio la rendeva ancora più eccitante.

Fissò il giornale. Risentì al tatto la pelle di lei. Oh,

dannazione, quanta giovinezza! Soda, elastica, snella. E il bacino che si strusciava contro di lui...

Si costrinse a leggere. Sentì che Yvonne trafficava nell'altra stanza. Stava cantando una canzone rock. Poi ritornò a versargli un'altra birra. «Non devi restare indietro.» Pensò che anche lei stesse bevendo in cucina. «Sono quasi pronta. Quando ti chiamo devi venire.»

Altri rumori dalla cucina, seguiti a un tratto da un lungo silenzio.

«Mat?»

«Sì.»

«Spegni la luce. E vieni qui.»

Finì la birra, ripiegò il giornale.

Spense la luce del soggiorno. Una luce fioca dalla sala da pranzo. Percorse il corridoio ed entrò.

La tavola era abbellita da due candelieri, da un vaso di fiori, da due esili calici di cristallo che riflettevano la fiamma delle candele, e da un secchiello per il ghiaccio d'argento da cui spuntava il collo di una bottiglia.

Lei si sedette all'altro capo del tavolo. Yvonne aveva raccolto i capelli alla sommità della testa, e portava alle orecchie due grossi cerchi d'oro. La sua bocca scarlatta accennava un sorriso. Il collo esile, le spalle, le braccia e il seno emanavano un bagliore rosato. L'abito nero e stretto luccicava, sottolineando le sue forme. Lei si alzò con un gesto aggraziato. Joubert vide che il vestito le scendeva fino alle caviglie. Portava al polso due sottili fili d'oro. Andò alla sedia a capotavola e la scostò. Una gamba colore dell'avorio scivolò fuori dall'ombra.

«Prego, Mat... siediti.» Lei e la tavola sembravano una foto uscita da una rivista femminile. Lui restò senza fiato.

«Sei... sei bellissima.»

«Grazie.»

Joubert si avvicinò lentamente alla sedia. Era la birra che gli aveva dato alla testa? Prima che si sedesse Yvonne lo aiutò a togliersi la giacca.

«Puoi stappare lo champagne.» Lei si allungò all'indietro e accese il registratore. Una musica discreta si diffuse nella stanza. Prese la bottiglia, staccò la stagnola e la gabbietta metallica e girò il tappo.

«Hai mani grandi. Forti.»

Il tappo schizzò via. Lui versò il vino schiumante nei bicchieri. Gli tremava la mano e la schiuma traboccò, riversandosi sulla tovaglia.

«Mi dispiace...»

Lei fece una risatina.

«Alla nostra prima sera, Mat.» Quando brindarono, i bicchieri emisero un tintinnio acuto. Bevvero.

«C'è dell'altro champagne in frigo... prendine finché vuoi.»

Lei vuotò il suo bicchiere e glielo porse perché lo riempisse di nuovo. Bevvero ancora. Poi Yvonne servì la cena. Cosciotto di agnello, riso, patate al forno, fagiolini con funghi e panna, cavolfiore in salsa di formaggio.

«Ho preso tutto da un ricettario. Spero che ti piaccia.»

«Tutto... mi piace tutto» rispose lui. Dopo stasera avrebbe detto addio ai cibi ricchi e malsani. Domani avrebbe parlato a Yvonne della dieta.

«Cosa ne pensi della mia poesia?»
«Mi è piaciuta molto.»
«Il signor Venter diceva che dovrei scrivere di più. Sì, cioè, il mio insegnante di inglese dell'anno scorso. Gli ho fatto leggere tutte le mie poesie.»
«Anche questa?»
«Certo che no, sciocco. Versami dell'altro champagne.»
Mangiarono in silenzio.
Poi: «È più di un anno che sono innamorata di te, Mat».
Bevve ancora champagne.
«Ma voglio che tu sappia che non è stata compassione... cioè, per via di tua moglie.»
Lui bevve un altro sorso.
«Nella mia classe c'erano alcuni tipi interessanti. Ginger Pretorius lavora già e ha anche una moto molto sexy e tutto quanto, ma in fin dei conti è ancora un bambino.»
Lo guardò soprappensiero. «Non lo sospettavi? Tutte le volte che i miei ti invitavano, c'ero anch'io. Mi sembrava che tu non mi notassi. Dovevo far qualcosa. Veramente non te ne sei accorto?»
«Be', no, lo ammetto.»
«Dicono che è passato il tempo in cui le donne stavano lì sedute ad aspettare. Se non avessi preso l'iniziativa, saremmo ancora qui ad amarci in segreto. Sei contento che abbia tramato?»
«Ma certo.» Tra Joubert e la realtà si era frapposto un vetro appannato.
«Dimmi che cosa hai provato la sera dell'ultimo dell'anno. Sono stata troppo aggressiva? Mi hanno

detto che agli uomini piace. E a te, Mat... a te è piaciuto?»

La fissò, vide i suoi denti così bianchi alla luce delle candele, le labbra rosse, il solco profondo tra i seni dove il vestito nero si era spostato.

«Per me è stata una goduria, cazzo.» Lei lo guardò, vide gli occhi di lui fissi sul suo seno. « Ti dà fastidio se dico parolacce, Mat?»

«No.»

«Ti piace, forse?»

Joubert ascoltò uno a uno i battiti del suo cuore.

«Sì.»

Yvonne spostò il piatto e si chinò verso di lui. Lo scollo del vestito nero si aprì come un petalo. Gli apparve il cerchio rosa di un capezzolo.

«Che altro ti andrebbe, Mat?»

Allontanò gli occhi dal seno spostandoli sul collo color crema, su su fino alla bocca ora socchiusa. Voleva dirle che cosa gli sarebbe piaciuto fare. Ma gli mancò il coraggio. Si versò altro champagne, e a sua volta allontanò il piatto.

«Una Winston» sorrise mogio.

Anche lei sorrise di nuovo, come se avesse sentito le parole ma non ne avesse afferrato il senso. Si protese e trovò le sigarette dietro la radio. Ne accese una per ciascuno. Lei soffiò il fumo sulle candele, che tremolarono. Joubert vide che ora il capezzolo era completamente nudo. Ma lei lo sapeva?

«Ti ricordi che ho detto che tutto sarebbe stato sorprendente?» Adesso aveva la voce impastata e lui capì che era ubriaca. Sentì una contrazione ai muscoli del ventre.

«Sì.» "Neanche tu" si disse Joubert, "sei completamente sobrio".

«È il momento del dolce, Mat Joubert.»

Si alzò lentamente e andò verso di lui. Si abbandonò sulle sue ginocchia, cingendogli il collo con le mani mentre la sigaretta le si consumava fra le dita. Mat posò la sua nel piatto e le appoggiò le mani sulla schiena.

Lei lo baciava al rallentatore. La sua lingua scivolò in quella di lui dolce come miele. La mano di Joubert si spostò a poco a poco sul suo seno. Il pollice e l'indice trovarono il capezzolo che si inturgidì. Lui premette il palmo della mano contro la rotondità di quel seno. Era più morbido di quanto credesse.

La ragazza gemeva. La sua mano ricadde, scese sull'addome di lui, poi risalì, sciolse il nodo della cravatta e sbottonò la camicia. La lingua, simile a una freccia di fuoco, gli lambiva il petto, i denti danzarono sul capezzolo di lui.

All'improvviso Joubert fu colto da un desiderio irrefrenabile. Le rovesciò indietro la gola e fece scivolare le labbra sul suo seno. Lo risucchiò nella bocca fino a riempirsela, dalla lingua al palato, la pelle era liscia ed elastica.

La stimolò con la lingua e il piacere di lei aumentò, le sfuggì un rantolo. Gli rimise la mano fra le gambe. Anche lui spinse la sua fra quelle di lei, sentì la forza dei suoi muscoli e immaginò il piacere che li aspettava. Sentì un brivido, e con dolcezza spostò la mano proprio sul punto che gli interessava. Lei allargò le gambe, la bocca era di nuovo su quella di Joubert. Lui lì sotto si sarebbe aspettato di trovare delle mutandine, ma non c'era niente, sentì solo che era bagnata. Le sue dita si aprirono un varco in Yvonne.

Lei ansimò, succhiandogli la lingua.

All'improvviso si sentì pronto, come una macchina ripulita dalla ruggine. L'eccitazione del suo sesso si trasformò in un'erezione.

La ragazza allontanò la mano di lui dal centro del proprio piacere. «Ancora un momento...» disse, con voce ormai rauca.

Gli diede un breve bacio e, con difficoltà, tornò a sedersi. Tese il bicchiere per chiedere altro champagne. Aveva i capelli sciolti. Aspirò una profonda boccata dalla sigaretta.

«Non ho mai incontrato uno come te, Mat.» Era ancora a seno nudo. Lui si mise a riflettere sull'esperienza della ragazza, pensò che questa per lei non era la prima volta, che lo aveva eccitato, che lui era un mezzo per realizzare le sue fantasie. Ma non voleva riflettere troppo, per non spegnere la tensione che sentiva nei pantaloni. La bottiglia era vuota. Si alzò un po' barcollante e andò in cucina a prenderne un'altra. Quando tornò indietro, lei era ancora seduta nella stessa posizione, con i gomiti sul tavolo, la sigaretta fra le dita e il capezzolo che quasi sfiorava la tovaglia. Versò vino a entrambi.

«Ti ha scioccato che non portassi niente sotto?»

«No.»

«Oggi pomeriggio sotto la mini non avevo niente. Mi fa sentire così eccitata...»

Tirò l'ultima boccata e spense il mozzicone. «Non fa venire voglia anche a te?» Si passava la mano sul seno, le dita accarezzavano lentamente i capezzoli.

«Nessuna, in vita mia, mi ha mai fatto sentire così eccitato, te lo giuro» rispose lui e pensò che in quel momento era vero.

Lei posò una mano sulla sua sussurrando: «Mi fa molto piacere.»

Poi gli ricordò: «Devi portare le candele in soggiorno. È lì che continueremo la festa.» Si mise in bocca l'indice di Joubert e lo succhiò delicatamente. «Vedrai» aggiunse e sorrise con un fare seducente la cui efficacia, però, era compromessa dall'alcol. Lui non ci fece caso.

Joubert si sedette.

«Alzati. Io vengo subito. Porta anche lo champagne.»

Lui si alzò.

«Prima però riempi il mio bicchiere.» Joubert ubbidì, quindi portò in soggiorno il suo, la bottiglia e il pacchetto di Winston.

Quando tornò a prendere i candelieri vide che lei non c'era più. Portando le candele si accorse di avere la camicia sbottonata fino all'ombelico. Si sedette sul tappeto, contento, gustandosi l'attesa. Immaginava le proprie dita scivolare ancora dentro di lei.

Sentì qualcuno bussare alla porta.

No, non era possibile. Bussarono ancora, ma più piano. Lo prese un senso di incredulità, come se tutto facesse parte di uno strano sogno. Si alzò un po' barcollante, girò la chiave, abbassò la maniglia e aprì.

Benny Griessel stava appoggiato al muro con il mento sul petto, gli abiti sudici e i capelli arruffati e unti.

«Mat?» La sua voce era a malapena udibile. «Ti devo... devo parlarti.»

Griessel barcollò in avanti. Per un attimo Joubert fu tentato di fermarlo, ma poi aprì la porta permettendogli di entrare.

«Benny, non è il momento.»

«Devo parlarti... assolutamente.»

Griessel avanzò a passi malfermi verso il soggiorno: conosceva bene la strada. Joubert chiuse la porta. Doveva trovare una soluzione. Si precipitò verso Griessel, lo fece voltare verso di lui e gli posò le mani sulle spalle.

«Benny, ascoltami.» Bisbigliava, scrollandolo con decisione.

«Voglio morire, Mat.»

«Benny.»

«Meglio morire.»

«Benny, diavolo... sei ubriaco marcio.»

Griessel cominciò a piangere.

Joubert fissava il vuoto tenendogli le mani sulle spalle, senza la minima idea sul da farsi. I singhiozzi scuotevano convulsamente l'uomo davanti a lui. Lo fece voltare e lo spinse in soggiorno. Doveva farlo sedere e avvisare immediatamente Yvonne. Lo sorresse fino al divano. Quando Griessel vide le candele i singhiozzi cessarono. Fissò Joubert, aggrottò le sopracciglia, cercando di capire.

«Ma sei tu, Mat?» chiese, con un filo di voce.

Joubert si chiedeva quali demoni stessero danzando nel cervello di Griessel. Gli fece pena.

Sulla porta apparve Yvonne.

«Eccomi» disse.

I seni e il triangolo nero del pube erano ben visibili sotto la camicia da notte leggerissima, trasparente. Si era messa le scarpe con i tacchi alti. Nelle mani teneva due piattini con due tipi diversi di torta. Le braccia tese, come un invito all'altro dessert promesso.

Vide Griessel.

Griessel vide lei.

«Mat?» ripetè Griessel piano, mentre la testa gli ricadeva sul petto in un'espressione di stupore per metà reale e per metà alcolico. Joubert si volse di scatto verso Yvonne. I suoi pensieri erano informi, dominati dal panico.

La ragazza abbassò lo sguardo sulla tenuta in cui si era presentata, si vide come la vedevano i due uomini, e la sua bocca si ridusse a una fessura.

«Bonnie...» cominciò lui, ma sapeva che non avrebbe funzionato. Lei gli scaraventò addosso i piattini con il dolce colpendolo alla spalla sinistra. Il budino gli colò sul petto nudo e sulla camicia. Yvonne si voltò verso il corridoio barcollando sui tacchi troppo alti.

«Bonnie.»

«Vaffanculo!» urlò lei; poi la porta della camera da letto sbatté e si chiuse.

13

Drew Wilson stava ritornando a casa sulla sua Citi-Golf. L'autoradio era sintonizzata su un talk show notturno, ma lui non stava ascoltando. Era stanco. Gli occhi gli si chiudevano e la schiena era rigida e indolenzita per le ore trascorse stando seduto.

Tuttavia non pensava alla stanchezza, perché si sentiva troppo felice di non essere più costretto a starsene con le mani in mano. Era bello poter essere quotidianamente creativo, modellare l'oro in un oggetto che potesse incantare una donna.

Per ogni sua creazione, fantasticava su quale tipo di donna – o anche uomo, talvolta – l'avrebbe indossata. E con che abito. Per quale occasione.

Viveva a Boston, in una vecchia casa con grandi sale e soffitti alti. Si fermò e scese ad aprire il cancello del breve vialetto che portava al suo garage.

Quando risalì e fece per ripartire, si accorse che qualcuno, qualche cosa era vicino a lui nell'ombra.

Si voltò di scatto e vide l'arma. «Oh, Cristo...»

Per tutta la settimana Drew Wilson non aveva letto il giornale. Non sapeva della morte di James J. Wallace. Ma vide il volto dietro la pistola.

La fisiologia dello shock è prevedibile. Il cervello ordina di prepararsi all'azione, a un'attività urgente e veloce. Scariche di adrenalina che entra in circolo, aumento del battito cardiaco, dilatazione dei vasi, respiro frequente. Ma Wilson non poté fare altro che restare seduto al volante, perché la bocca dell'arma era puntata contro la sua tempia destra.

«Io...» disse e una lacrima gli scese lentamente lungo la guancia andando a fermarsi sui baffi neri. «Io non...»

Poi il proiettile gli penetrò nel cranio, il battito cardiaco cessò, i vasi sanguigni si restrinsero e i polmoni collassarono.

L'adrenalina si perse per sempre.

La chiamata svegliò Joubert alle 4.52. Aveva la voce cavernosa e la bocca secca. Quando l'operatrice cominciò a parlare, afferrò maldestramente carta e penna. Lei gli riferì i dati con tono impersonale: indirizzo, sesso, chi era stato informato.

«Sembrano che siano di nuovo i cinesi, capitano. Un buco in testa e uno al petto» aggiunse l'operatrice con una voce meno protocollare, poi lo salutò. Lui mugugnò qualcosa e riattaccò.

Aveva dormito poco, lo champagne e la birra gli avevano fatto girare la testa come in una centrifuga. Si mise seduto e si strofinò gli occhi. Sbuffò e gli venne in mente Benny Griessel nel soggiorno. Pensò a Yvonne Stoffberg e sbuffò ancor più forte.

Non era stata poi colpa sua.

Come avrebbe potuto prevedere l'intrusione di Griessel?

L'aveva rincorsa per il corridoio, ma lei si era chiusa a chiave in camera.

«Yvonne, non lo sapevo...»

La voce della ragazza era stridula, isterica. «Il mio nome è Bonnie.»

«Non sapevo che stava arrivando.»

«E allora, chi ha aperto quella fottuta porta?»

Bella domanda. Sentì rumori dall'interno della camera: colpi e uno scalpiccio di piedi.

«Qualcuno bussava e io gli ho aperto.»

Poi la porta si aprì e apparve il volto di Yvonne, la bocca e gli occhi sfigurati dalla rabbia, dall'odio. Ora indossava una tuta da jogging rosa.

«Avresti potuto far finta di niente, cretino!» Poi Yvonne sbatté la porta e la richiuse a chiave.

Joubert si afflosciò sul pavimento vicino alla porta. Ora la sbronza era un peso che gli impediva di pensare al modo di convincerla. Ma le sue ultime parole l'avevano smontato. Stava ancora lì seduto, qualche minuto dopo, quando la porta si aprì. Lei aveva in mano la valigia. Lo scavalcò dirigendosi verso la porta d'ingresso. Ebbe un attimo di esitazione, poi scaraventò la valigia per terra, tornò indietro e, sempre a labbra strette, sibilò: «Ti rendo la chiave domani quando vengo a riprendere le altre cose». E se ne andò. Joubert ebbe un'ultima immagine di quel sedere sodo, nella tutina rosa aderente, sparire oltre la porta e suo malgrado si domandò se si era messa le mutandine. Rimase lì seduto, inebetito, con in bocca un saporaccio acido, e fra le gambe ormai solo il ricordo del proprio desiderio.

A un certo punto della notte si era buttato sul letto, e adesso era sveglio e si sentiva vecchio e stanco. Intanto a Boston un altro uomo giaceva nella propria macchina con la testa fracassata e il cuore sfondato. Si alzò. Prima di tutto doveva badare all'uomo che aveva in soggiorno.

Aveva voglia di caffè, ma non ce n'era il tempo. Si lavò frettolosamente i denti, senza peraltro riuscire a eliminare il sapore disgustoso. Poi si lavò la faccia, si vestì e percorse il corridoio. Nella sala restavano, freddi e ben poco appetitosi, gli avanzi del pasto della sera prima. Casualmente si accorse del mozzicone di sigaretta che aveva spento nel piatto. La delusione per il fiasco della serata lo ferì ancora.

Griessel stava russando sul divano del soggiorno. Joubert trovò il pacchetto di Winston sul tavolino e ne accese una. Presto sarebbe ritornato alle Special Milds. Sentiva ancora in bocca l'alcol rancido. Scrollò le spalle di Griessel. L'altro smise di russare.

«Mat...» disse Griessel, sorpreso.

«Su, Benny... devo andare.»

Benny si alzò lentamente a sedere, con la testa fra le mani.

«Un altro omicidio Tokarev. A Boston. Ma tu non vieni con me.»

Aiutò Griessel ad alzarsi, a camminare fino all'ingresso e di lì fino alla Sierra. Salirono in macchina e partirono.

«De Wit mi ha dato l'ultimatum, Mat.»

Joubert non disse nulla.

«Devo smetterla con la bottiglia o sono fregato.»

«E tu gli hai dato la tua risposta.»

Proseguirono in silenzio.

«Dove mi stai portando?»

«In cella alla stazione di Edgemead, Benny.»

Griessel lo guardò come un animale ferito.

«Ora, Benny, dovrai restare assolutamente sobrio, finché non avrò trovato il modo di aiutarti.»

Griessel lo guardò diritto negli occhi. «De Wit ha minacciato anche te.»

«Esatto, Benny... anche me.»

La signora Shirley Venter era un tipetto minuto che parlava a raffica, a voce alta, gesticolando in continuazione. «Che tristezza... brutto modo di andarsene. Comunque, io mi alzo ogni mattina alle quattro. Bob va a lavorare presto durante la settimana e così ho il tempo di preparargli la colazione, di dare da mangiare ai cani e di mettere la roba sporca nella lavatrice. Comunque, ho acceso la macchina del caffè perché a Bob piace espresso e ci mette un po', e allora ho visto un'auto con i fari accesi di fronte al vialetto di Drew, ma lei stesso può constatare come si vede male da questa finestra, perché Bob non taglia la siepe da un sacco di tempo.»

Si rivolse al marito, un uomo di mezza età con le spalle massicce, le labbra carnose e la bocca sempre un po' aperta sotto due baffetti alla Adolf Hitler.

«Bob, tesoro, devi proprio tagliare la siepe.» Bob mugugnò una risposta. Erano in cucina, tra piatti sporchi e panni lavati, circondati dall'odore della pancetta fritta. Joubert era in piedi appoggiato alla credenza, Basie Louw stava bevendo un caffè seduto a tavola.

«Comunque, allora ho visto i fari sulla porta del

garage ma ho continuato a fare il caffè e ho preso le tazze. Bob non si alza finché non ha bevuto la sua tazza a letto. Ho messo i panni in lavatrice e ho dato di nuovo un'occhiata fuori dalla finestra e i fari della macchina illuminavano ancora la porta del garage. Allora ho pensato, no, qui c'è qualcosa di strano. Così sono andata a dire a Bob che c'era qualcosa che non andava, perché una macchina non resta lì davanti al garage chiuso per dieci minuti. Così Bob è andato a dare un'occhiata. Gli ho detto anche di prendere un bastone o qualcos'altro perché non si sa mai. Non è così, tesoro?»

Bob emise un altro suono indistinto.

«E allora... lo ha trovato, e c'era sangue dappertutto, e Bob ha detto che pensava che la macchina fosse rimasta in folle fino a stamattina presto e questo era il motivo per cui i fari erano ancora accesi. E allora è venuto a chiamarmi e ho avvisato la volante. Uno zero uno uno uno. Tengo il numero vicino al telefono da quando vedo alla televisione *911*. Che peccato, una bruttissima morte.»

La voce della donna faceva l'effetto di un coltello ai nervi già provati di Joubert. Guardò con invidia il caffè di Louw. Basie era arrivato prima di lui. Quando evidentemente nella caffettiera restava ancora qualcosa.

«Non avete sentito i colpi? Non so... rumori, urla, macchine che si allontanavano sgommando?» Guardò Bob Venter nella speranza che rispondesse lui.

«Ci sono sempre macchine che fanno bordello, mica come una volta quando era una periferia decente. Ma ora io e Bob ci facciamo i fatti nostri. E dormiamo tranquilli. Solo chi è ricco può permettersi di restare alzato di notte» replicò la donna.

Joubert la interpretò come una risposta negativa.

«Signor Venter, quando è uscito non ha notato niente di insolito?»

Bob Venter bofonchiò di nuovo qualcosa e con la testa fece debolmente segno di no.

«Che cosa sa della vittima?»

Era come se Shirley Venter non avesse aspettato altro che quella domanda. «Drew Wilson era un ragazzo tanto carino, un artista. Dovrebbe vedere l'interno della sua casa, è più bella della mia. E silenziosa, poi. Non si sentiva mai un rumore, provenire da lì. Mi salutava sempre con un sorriso e lavorava così tanto, soprattutto negli ultimi tempi...»

«Che lavoro faceva, signora Venter?»

«Lui... crea come dei piccoli gioielli. Comunque, quando è venuto a stare qui gli ho portato un vassoio con dei biscotti e quando sono tornata ho detto a Bob "ma che ragazzo simpatico..."»

«Sa dove lavorava?»

«Da Benjamin Goldberg, in Adderley Street. È un posto alla moda, e la roba costa carissima. Ci sono stata una volta quando ero in città per negozi e gli ho fatto un salutino, ma ha fatto un po' il sostenuto. Comunque, quando è venuto a stare qui gli ho portato dei biscotti e quando sono tornata ho detto a Bob "che ragazzo simpatico", e si sa, la prima impressione è quella che conta di solito, perché era vera. Era un tipo tranquillo e alla mano.»

«Era scapolo? Divorziato?»

«Scapolo. Ho sempre detto che Drew non aveva

bisogno di una moglie. Dovreste proprio andare a dare un'occhiata lì dentro. La sua casa è più in ordine della mia.»

Bob Venter grugnì un commento del tutto incomprensibile.

«Bob, questo non puoi dirlo» ribatté la donna. «Non badategli. Drew era semplicemente un tipo speciale, un artista. Comunque...»

«Come ha detto, signor Venter?»

«Bob, lascia stare.»

L'uomo grugnì di nuovo. Joubert osservò le sue labbra.

Decifrò le parole: «Era una checca».

«Bob pensa che tutti quelli che non hanno giocato a rugby per trent'anni siano delle checche. Lui era un artista. Aveva altri talenti. Non fate caso a Bob.»

«Era checca» ripeté perentoriamente Bob, incrociando sul petto le braccia nerborute.

«È una bugia» ripeté Shirley estraendo un fazzoletto dalla scollatura.

Joubert andò a prendere Griessel alla stazione di polizia di Edgemead. L'agente che venne ad aprirgli sembrava imbarazzato. Griessel lo seguì in silenzio fino alla macchina.

Joubert mise in moto e partì. «Come faccio a sistemarti nella clinica dove ti hanno aiutato l'ultima volta, Benny?»

«Mollami all'ingresso.»

«Ci andrai?»

Griessel si sfregò la mano sudicia sulla barba. Aveva la voce stanca. «Mi aiuterai, Mat? Quando esco sarò sobrio ma loro non possono fare nulla riguardo... riguardo al lavoro.»

Joubert tacque.

«Mat... di notte io sogno. Sogno che i miei figli stanno lì distesi, morti. E mia moglie. E anch'io. Sangue sulle pareti e colpi di automatica in mezzo alla fronte o budella sparse per il pavimento. Questo in clinica non lo possono guarire. Io sogno anche quando sono sobrio. Anche se non bevo neanche una goccia.»

«De Wit mi ha costretto ad andare da una psicologa.»

Griessel sospirò.

«Forse potrebbe aiutare anche te, Benny. A scacciare i brutti sogni.»

«Forse.»

«Ma, per prima cosa, devi darti una ripulita.»

Proseguirono in silenzio verso Muizenberg, dove si trovava la clinica. Joubert tirò fuori dal pacchetto una Winston, offrì da fumare a Griessel e premette l'accendisigari della Sierra. Fumarono in silenzio.

«Un altro Tokarev?»

«Già. Due colpi. Ma la vittima è di un altro tipo. Forse omosessuale.»

Griessel espirò rumorosamente. «Potrebbe facilitare le cose.»

«Se è lo stesso assassino. Ho una sensazione in proposito, Benny.»

«Uno che ha bisogno di... ripetersi?»

«Forse. E forse siamo solo all'inizio.»

«Un serial?»

«La mia idea è quella.»

«Può darsi» osservò Griessel. «Può darsi.»

Joubert riferì gli incubi di Griessel al colonnello. Disse che il suo collega era disposto a intraprendere una psicoterapia.

«Ma prima si disintossicherà?»

Joubert annuì. De Wit si strofinò il neo fissando il soffitto. Poi si disse d'accordo.

Joubert lo ringraziò e riferì i dettagli del secondo omicidio della Tokarev. Il colonnello ascoltò senza interrompere. Joubert spiegò che i vicini di Wilson avevano espresso il sospetto che fosse omosessuale. Il suo datore di lavoro e i colleghi lo avevano confermato. Benjamin Goldberg, tre uomini e una donna. Apparivano sinceramente sconvolti. La donna piangeva. Non potevano credere che qualcuno avesse fatto una cosa così a Drew Wilson. Sì, lui era gay... ma non aveva una relazione con un uomo da cinque o sei anni. In realtà, occasionalmente aveva anche tentato di mettersi con donne. Perché? Perché sua madre aveva minacciato di suicidarsi.

«Droghe?» chiese de Wit, assumendo preventivamente un'espressione contrita.

Joubert pensò che era strano come la sua concentrazione migliorasse sempre dopo una bevuta pesante. Forse perché soltanto allora la sua mente riusciva a concentrarsi a dovere su una cosa alla volta. Respirò profondamente e mantenne la voce calma e pacata: «Sto andando a esaminare casa sua con una squadra, colonnello. Verificheremo.»

«Tutto qui?»

Avvertì nella voce dell'altro un malcelato rimprovero. Nella sua si insinuò un sentore di sufficienza. «Colonnello, io non so come vanno le cose a Scotland

Yard, ma gli omicidi di bianchi a Città del Capo sono rari e distanziati nel tempo. E sei o sette volte su dieci sono coinvolti omosessuali maschi...»

Il sorriso di de Wit si spianò un poco. «Io non sono sicuro che abbia capito bene. Wallace, come mi ha detto di recente, se la spassava con le donne e adesso mi viene a dire che Wilson faceva lo stesso con gli uomini. Mi sta dicendo che crede che ci siano due diversi assassini?»

Il cervello di Joubert andò in cerca di riferimenti incrociati. Questo sorriso di de Wit era diverso da qualunque altro sorriso che gli avesse mai visto. Era il suo modo di gestire i conflitti, di fare uscire la tensione. Ma confondeva gli interlocutori. Forse il suo scopo era proprio questo.

«No, colonnello, non so. Potrebbe trattarsi di coazione a ripetere. Se un omicidio gli procura un sacco di pubblicità...»

«Conosco il fenomeno, capitano.» Riecco il sorriso.

«Ma penso che sia troppo presto per trarre una conclusione del genere.»

«Le vittime si conoscevano tra loro?»

«Lo verificherò.»

«Ottimo, capitano.»

Joubert si alzò dalla sedia. «Colonnello...»

De Wit attese.

«C'è un'altra cosa. L'articolo sull'"Argus," circa la rapina alla banca...»

«So che i suoi amici delle Pubbliche Relazioni la stimano moltissimo, capitano.» De Wit si protese in avanti e aggiunse sottovoce: «Faccia in modo che non debbano ricredersi».

14

Era la prima volta che il sergente Gerrit Snyman doveva perquisire una casa senza conoscere il proprietario. La cosa lo metteva a disagio, si sentiva un intruso.

Nella camera da letto di Drew Wilson, sul fondo dell'armadio a muro vicino a una fila ordinata di scarpe, trovò un voluminoso album di foto dalla copertina marrone. Si inginocchiò davanti all'armadio e lo aprì. Le fotografie erano incollate ordinatamente, e ciascuna aveva una didascalia... alcune erano spiritose, altre nostalgiche. La sensazione di sconforto aumentò, perché qui, al di fuori del tempo, Drew Wilson era ancora vivo: momenti di felicità, compleanni e premi, l'amore dei genitori, le amicizie. Il sergente Gerrit Snyman non si soffermò a considerare il valore simbolico delle foto, né tanto meno a riflettere sul fatto che tutti noi lasciamo alle generazioni future tracce dei momenti felici, mentre il dolore, le pene, gli affanni e i fallimenti ci seguono nella tomba.

L'attenzione del poliziotto fu distratta dal grande cambiamento che era intervenuto nella vita di Drew

Wilson così come la illustrava l'album di fotografie. Poi in una foto riconobbe qualcuno, e gli sfuggì un involontario fischio. Si alzò di scatto e corse dal capitano Mat Joubert che stava rovistando in un cassettone in un'altra stanza.

«Capitano, penso di aver trovato qualcosa» disse modestamente Snyman. Ma il suo volto tradiva emozione e compiacimento.

Joubert osservò le foto. «Ma questo non è ...» cominciò puntando il dito su un'immagine.

«È lui, capitano... è lui» confermò Snyman con entusiasmo.

«Merda» commentò Joubert. Snyman annuì come se fosse d'accordo.

«Ben fatto» disse Joubert. E diede una manata alla spalla del subalterno.

Snyman vide il lampo negli occhi del capitano e sorrise, perché quel lampo era la sua ricompensa.

«Non dobbiamo trascurare nessun dettaglio» disse pensosamente Joubert. «Ma prima di tutto bisogna convocarlo.»

Mat Joubert era conscio del fatto che è impossibile sapere dall'inizio se un sospettato mente. Alcuni portano sul volto, come spie luminose, i segni della colpa. Altri sanno dissimulare con la massima disinvoltura.

Guardava l'individuo di fronte a lui, con indosso una tuta da ginnastica scollata a "V" e un paio di costose scarpe da jogging. Era un bell'uomo, massiccio, con spalle larghe e mascella squadrata, e i capelli neri che si arricciavano sul collo. Dalla scollatura della felpa spuntavano i peli del petto attorcigliati intorno a un crocifisso d'oro appeso a una catenella. Aveva un'aria grave, un cipiglio controllato fra le folte sopracciglia scure, come uno seriamente intenzionato a collaborare. Joubert aveva già visto quell'espressione. Poteva significare qualunque cosa, poiché tutto ciò che era stato chiesto al sospettato in oggetto era stato di seguire Snyman alla Omicidi e Rapine in quanto «avrebbe potuto essere utile in una indagine».

Snyman sedette vicino al sospettato, un posto che si era meritato per il buon lavoro fatto. Bart de Wit si mise alle sue spalle, contro la parete. Aveva espressamente richiesto di presenziare all'interrogatorio.

Joubert schiacciò il pulsante del registratore. «Signor Zeelie, è al corrente del fatto che stiamo registrando questa conversazione?»

«Certo.» Un piccolo muscolo vicino alla bocca fece contrarre il suo labbro superiore.

«Ha qualche obiezione?»

«No.» La voce era profonda, maschile.

«Per favore ci dica il suo nome e cognome.»

«Charles Theodore Zeelie.»

«Professione?»

«Giocatore di cricket.»

«Lei gioca regolarmente nella prima squadra del Western Province?»

«Sì.»

«Come giocatore del Province lei doveva conoscere il defunto signor James Wallace, esatto?»

«Esatto.»

Joubert osservava l'uomo con attenzione. Qualche

volta l'eccessiva disinvoltura era un segnale, l'apparente assenza di ansia una maschera sopra la colpa. Ma Zeelie era tutto il contrario: cipiglio preoccupato e atteggiamento collaborativo.

«Ci parli dei suoi rapporti con il signor Wallace.»

«Ma io... lo conoscevo e basta, direi. Ci vedevamo ogni tanto, di solito alle riunioni del dopopartita. Facevamo quattro chiacchiere. Mi piaceva, era uno che non passava inosservato. Sì, rapporti a questo livello. Non eravamo niente di più che conoscenti.»

«Tutto qui?»

«Sì.»

«Non gli ha mai parlato della sua vita privata?»

«Mmm... no.»

«Quindi lei non aveva alcun motivo per odiarlo.»

«No, anzi. Mi era simpatico.»

«Non si è mai irritato con lui?»

«Non che io ricordi.»

Joubert si sporse un poco in avanti, piantando gli occhi in faccia all'uomo che aveva di fronte. «Conosce o le è accaduto di incontrare un certo Drew Joseph Wilson, residente al 64 di Clarence Street, Boston?»

Lo shock si diffuse sul volto di Zeelie come fuoco nella boscaglia... la mascella serrata, gli occhi a un tratto sottili. La mano sinistra tremò sul bracciolo della sedia. «Sì...» con un filo di voce.

«Vorrebbe parlare più chiaramente in modo da agevolare la registrazione?» La voce di Joubert vibrava della cortesia del vincitore. «Vuole dirci quali erano i suoi rapporti con Wilson?»

Adesso a Zeelie tremavano la voce e le mani.

«Lei mi deve scusare ma non capisco che cosa c'entri questo.» Quasi supplichevole.

«Che c'entra con che cosa, signor Zeelie?»

«Con... la morte di Jimmy Wallace.»

«Ah, perché pensa di poterci essere utile nell'indagine sull'omicidio Wallace?»

Zeelie non capì. «Farò quello che posso, ma...»

«Ma, signor Zeelie?»

«Ma lasciate fuori Drew Wilson.»

«Perché?»

«Perché non ha niente a che fare con questo.» Zeelie si era ripreso dallo sgomento.

Joubert si protese di nuovo in avanti. «Invece il collegamento esiste, signor Zeelie. Drew Wilson è stato assassinato ieri sera, alle 22 circa. Due colpi d'arma da fuoco, uno alla testa e uno al cuore.»

Le mani di Zeelie afferrarono i braccioli della sedia, le nocche sbiancarono.

«James J. Wallace è morto allo stesso modo. E, sospettiamo, ucciso dalla stessa arma.»

Zeelie fissò Joubert come se fosse invisibile. Impallidì. Il silenzio si fece pesante.

«Signor Zeelie?»

«Io...»

«Prego?»

«Voglio un avvocato.»

Joubert e Snyman aspettarono per un'ora e mezza fuori della sala degli interrogatori mentre Charles Theodore Zeelie si consultava con il suo avvocato. De Wit chiese di essere richiamato più tardi e tornò nel suo ufficio.

Il colloquio si protrasse a lungo, il che confermò a Joubert che doveva trattarsi del loro uomo.

Alla fine l'avvocato dai capelli grigi uscì.

«Se il mio cliente sarà del tutto sincero con lei, voglio la garanzia che la sua testimonianza resterà completamente confidenziale.»

«In tribunale non esiste nulla di confidenziale» rispose Joubert.

«Non ci arriveremo» dichiarò l'avvocato, e la fiducia di Joubert cominciò a venir meno. Mandò a chiamare de Wit. L'ufficiale comandante accettò la richiesta dell'avvocato. Entrarono nella sala.

Zeelie era pallido, con gli occhi bassi. Si sedettero al tavolo.

«Faccia le sue domande» disse l'avvocato.

Joubert accese il registratore e si schiarì la voce, incerto sulle parole da usare. «Lei ha avuto una... relazione con Drew Wilson?»

La voce di Zeelie era bassa. «È passato molto tempo. È stato sei o sette anni fa. Eravamo amici.»

«Amici, signor Zeelie?»

«Sì.» Lo disse troppo forte come se lui stesso volesse convincersene.

«Abbiamo delle foto in un album che...»

«È stato molto tempo fa...»

Si sentiva soltanto il debole fruscio del registratore. Joubert aspettò. Snyman era seduto sul bordo della sedia. L'avvocato stava appoggiato alla parete. Bart de Wit si grattava il neo.

Poi Zeelie iniziò a parlare con la sua voce profonda e seducente, lentamente.

«Lui non sapeva neanche chi ero.» Rifletté un attimo, poi parlò come se nella sala non ci fosse nessun altro.

«Stavo facendo l'autostop dal campus per andare in città. Drew mi ha raccolto. L'anno prima, da matricola, giocavo per il Border e quando arrivai a Città del Capo i giornali ne parlarono parecchio. Mi ha chiesto chi ero e io gli ho risposto che avrebbe dovuto conoscermi. Lui ha sorriso e ha detto che sapeva solo che ero l'uomo più bello che avesse mai visto.»

Zeelie si riscosse, vide gli altri intorno a lui. Fissò Joubert. «No... io non sapevo di essere gay. In realtà non sapevo nemmeno cosa volesse dire. Semplicemente, Drew mi piaceva molto... mi colmava di attenzioni, mi regalava la sua compagnia, la sua allegria, la gioia di vivere. Gli ho spiegato che ero uno studente e un giocatore di cricket e che sarei arrivato in nazionale. Lui ha riso della mia sicurezza, e ha detto che di cricket non sapeva un bel niente. Mi ha spiegato che faceva l'orafo, e il suo sogno era di avere un laboratorio tutto per sé dove poter creare i suoi modelli, e non fare semplicemente robette per turisti ricchi e grassi. Chiacchieravamo. Non riuscivamo a smettere di parlare. In città mi ha invitato a prendere un caffè in un bar all'aperto, dicendo che mi avrebbe aspettato e riportato al campus. Una settimana dopo è venuto a trovarmi. Aveva qualche anno più di me. Ed era intelligente. Acuto. Era così diverso dai compagni del cricket. Mi ha invitato a colazione... Credevo che volesse solo fare amicizia...»

Guardò de Wit e Snyman, cercando un'espressione comprensiva. «Sulle prime è andato... tutto bene. Con Drew non era una cosa sporca, o perversa. Ma poi non mi è piaciuta più. Ne abbiamo discusso. Mi ha detto che all'inizio non è mai semplice. Ma per lui era diverso. Poi ho iniziato a giocare per il Western Province. Ogni volta che un bambino mi chiedeva l'autografo, mi chiedevo quanto tempo sarebbe passato prima che qualcuno lo scoprisse. Penso che... insomma, ero terrorizzato. I miei genitori, poi...»

Sospirò profondamente, con la testa abbassata sul petto e gli occhi fissi alle mani che si agitavano sulle sue ginocchia.

Poi alzò lo sguardo.

«Una sera, dopo la partita, ho conosciuto una ragazza. Era più vecchia di me e sofisticata, come Drew. E... decisa, anche. Mi ha portato nel suo appartamento. Mi sentivo risollevato, eccitato. Non pensavo che sarei stato capace... Invece ci sono riuscito. Ed è stato bello. Quello è stato l'inizio della fine, perché mi ha offerto una via d'uscita. Drew si è accorto subito che qualcosa era cambiato. Gli ho detto tutto. Si è infuriato. Allora io... ho detto basta. Lui ha pianto. Abbiamo parlato tutta la notte. Ma era finita.»

Le mani sulle ginocchia si erano fermate. «Ammetto di averlo amato. Le fotografie non mostrano l'amore. Ma la tensione era diventata troppa. E la ragazza... Sì, io volevo essere normale. Volevo essere un eroe ai miei stessi occhi...»

Si passò una mano fra i capelli neri.

«Continui.»

«Le prime due settimane lui mi telefonava spesso al Residence. Ma io non ho mai risposto. Per qualche tempo mi ha aspettato in macchina, mi ha scritto delle lettere. L'ho anche visto a qualche partita. Poi, penso che l'abbia digerita. Chiuso.»

«Quanto tempo dopo l'ha rivisto?»

«Un momento... due anni fa, forse? All'aeroporto. Eravamo di ritorno da Durban, dopo una partita contro il Natal. C'era anche sua madre sullo stesso volo. Ci siamo salutati e abbiamo chiacchierato un po'. È stato... molto normale.»

«E poi non l'ha più visto?»

«No.»

«Signor Zeelie, dove si trovava la notte scorsa fra le 22.00 e le 23.00?»

«A Newlands, capitano.» Tranquillo, non spavaldo.

«Può confermarlo qualcuno?»

«Era una diurna-serale contro il Gauteng, capitano. Ho preso due per ventiquattro.»

15

Era abbastanza stanco da non preoccuparsi che i vicini potessero vederlo. Bussò rumorosamente alla porta degli Stoffberg. Sentì dei passi, poi Yvonne gli aprì.

Quando lo vide, lei cambiò espressione. Allora lui capì di essere venuto per niente.

«Non possiamo parlare della notte scorsa?»

Yvonne lo guardava con disprezzo misto a un'ombra di pena. Allora l'umiliazione fu troppa per lui. Si voltò e tornò a casa.

Alle sue spalle sentì la porta chiudersi.

Entrò in casa fra le prime ombre del tramonto, ma si sentiva già avvolto nella tenebra.

Si sedette in soggiorno, ma senza libri in mano. Accese una Winston e fissò il fumo grigio-azzurro che saliva verso il soffitto.

Forse de Wit aveva ragione. Forse era un perdente. Il Gran Perdente. Forse lui era una specie di discarica degli dèi dove tutti i pensieri e le esperienze più nere, le avversità e l'infelicità potevano essere gettate come scorie nucleari. Programmato per assorbire come una spugna le ombre in modo che potesse esserci luce. La morte, la Grande Predatrice, stava inseguendo le tracce insanguinate di Mat Joubert. Affinché l'umanità potesse essere liberata.

Come Charles Theodore Zeelie. Aveva lasciato la stazione da uomo libero. «Manterrete la promessa?» aveva chiesto angosciosamente.

«Sì.» Perché anche senza promesse la Omicidi e Rapine non amava informare i media delle proprie cantonate. C.T. Zeelie era apparso rincuorato. La faccia tesa aveva ripreso colore, le mani si erano rilassate, la preoccupazione che gli oscurava la fronte era stata cancellata dal bacio invisibile dell'innocenza.

Aveva capito le ragioni dei poliziotti. Non ce l'aveva con loro, anzi... Se poteva dare una mano...

Rincuorato. Amichevole, quasi frivolo. Indifferente alla morte di un uomo che aveva ben conosciuto e amato.

Charles Theodore Zeelie era libero.

Ma Mat Joubert, no.

De Wit non aveva fatto nessun commento, aveva solo rivolto *quel* sorriso a Joubert. Il sorriso della pietà in luogo di quello del trionfo?

Al sesto piano di un condominio di Sea Point che dava sull'immensa, fredda distesa dell'Oceano Atlantico, aveva fatto visita alla signora Joyce Wilson, la madre di Drew Joseph Wilson.

La donna rispondeva tranquillamente alle domande di Joubert, controllando con fermezza il proprio dolore. Era una donna attenta al proprio aspetto, alta, quasi imponente, di una bellezza conseguita faticosamente e non dovuta a fattori genetici. Spavalda ed eretta nel suo appartamento maniacalmente in ordine. Sì: Drew, il suo unico, amatissimo figlio, era stato gay. Ma era cambiato. Erano più di sei o sette anni che aveva dato una sterzata alla sua vita.

"Dille che la sua è una pia illusione, Mat Joubert. Diglielo. Fa' che senta la tenebra, che ne partecipi. Diffondila un po' intorno." Invece Joubert non disse nulla. La lasciò a piangere in solitudine nella sua camera, dove nessuno poteva sentirla.

Era tornato da Margaret Wallace. Gli occhi sempre gonfi di un dolore implacabile. "Ci sei quasi, signora. Apri il tuo cuore. Lascia sempre aperta la porta di servizio della tua anima, in modo che la morte possa entrare, che il suo vento nero possa sferzare le pareti del tuo cranio. Sei sulla strada giusta. La vita è scomparsa dai tuoi occhi... la tua pelle, la bocca sembrano stanche. Le tue spalle stanno reggendo un peso atroce."

Non aveva mai sentito parlare di Drew Wilson. E non sapeva se James lo avesse conosciuto.

E dal linguaggio del suo corpo lui capì che non aveva voglia di parlare.

Ed ecco qui Mat Joubert. Il Gran Perdente. L'uomo che aveva bisogno di un medico, di una psicologa e di una dietologa.

Emise un suono strano dal fondo della gola, un suono autoderisorio, al pensiero, all'idea che un capitano detective di trentaquattro anni non fosse riuscito a sedurre la figlia diciottenne del vicino impresario di pompe funebri.

Quanto era patetico.

Gli ritornò in mente la faccia di Benny Griessel

nell'istante in cui Yvonne Stoffberg era apparsa sulla porta, un'apoteosi della carne, il suo dessert della notte.

La faccia di Benny Griessel.

Joubert sorrise. E di colpo vide la sua autocommiserazione da un'altra prospettiva... dapprima solo una percezione vaga seguita poi dalla delusione.

Sorrise di se stesso. E della faccia di Griessel.

Joubert guardò la sigaretta accesa e si vide come era in quel momento: seduto sulla sedia, a fissare una sigaretta con un sorriso rivolto solo a se stesso. Fu allora che capì di avere un'altra occasione.

Spense la sigaretta e si alzò.

Prese il foglio della dieta e il ricettario che la dietologa gli aveva dato.

Andò in cucina: 60 grammi di pollo senza pelle, 60 millilitri di sugo di carne senza grasso, 100 grammi di patate al forno, 150 di carote, broccoli. Due unità di grasso.

Oh Cristo.

Prese pentole e tegami e iniziò a seguire le ricette, mentre rimuginava i due omicidi. Alla fine si mise a tavola e mangiò lentamente. «Mastichi lentamente tutto il cibo. Questo permetterà allo stomaco di ricevere il segnale dal cervello quando è pieno» diceva il foglio della dieta. Ma il telefono squillò due volte prima che il piatto fosse vuoto.

La prima volta rispose con la bocca piena di broccoli. «Ubett.»

«Il capitano Joubert, per favore.» Era la voce di un uomo.

Joubert inghiottì. «Sono io.»

«Buona sera, capitano. Spiacente di disturbarla a casa. Ma quel suo nuovo colonnello è un incubo.»
«Sì, eh?»
«Sì, capitano. Io sono Michaels, del laboratorio. È per l'omicidio Wallace.»
«E allora?»
«L'arma, capitano. Non è...»
«Sta chiamando da Pretoria?» chiese cercando di capire che cosa stesse succedendo.
«Sì, capitano.»
«Di quale colonnello parlava?»
«Di de Wit, capitano.»
«Che cosa ha combinato questa volta?»
«Ci ha telefonato questa mattina, capitano. E ci ha rovesciato addosso un sacco di merda. Ha detto che i suoi uomini si stavano facendo un culo così mentre noi ce ne stavamo con le mani in mano.»
«Bart de Wit?»
«Esatto, capitano.»
Joubert rifletté sull'informazione.
«Comunque, capitano, questa Tokarev di cui si parlava...»
«Sì?» Ma era ancora esterrefatto per la telefonata di de Wit e perché il suo ufficiale comandante non gliene aveva fatto parola.
«Non è una Tokarev, capitano. Io non so a chi sia saltato in mente. È una Mauser.»
Di colpo Joubert ritrovò tutto il suo interesse per la conversazione. «Una che?»
«Una Mauser, capitano. Ma non una vecchia Mauser qualsiasi. Si tratta di una Broomhandle.»
«Come?»

«È una pistola, capitano.» La voce di Michaels aveva assunto un tono paziente, didascalico. «Mauser, modello militare M96 o M98, dovrei informarmi, calibro 7.63. Le cartucce sono caratteristiche: senza margine e con una strozzatura. Non capisco perché siate convinti che si tratti di una Tokarev... Il...»

«Per il calibro» Joubert difese l'ipotesi formulata da Griessel.

«No, capitano, mi dispiace ma, accidenti, c'è una fottuta abissale differenza. In ogni caso, questo vi semplifica il lavoro.»

«Cioè?»

Michaels si stava spazientendo. «La Mauser, capitano, è una pistola vecchia e rara. Al Capo non ne possono circolare molti esemplari. È un'arma da museo.»

«Vecchia... quanto?»

«Perlomeno cento anni, capitano. 1896, o 1898. L'oggetto più bello mai fabbricato dai tedeschi. Ma l'ha vista di certo, capitano. La Broomhandle. Con quel calcio di legno slanciato... La portavano gli ufficiali boeri. Canna lunga, caricatore davanti al grilletto.»

Joubert tentò di visualizzare l'arma, e un'immagine riaffiorò agli occhi della sua mente, un vago ricordo. «Assomiglia più o meno a una Luger?»

«Era la nonna della Luger, capitano. Esatto.»

«Dove si potrebbero trovare delle munizioni per un'arma così? Dopo cento anni, dico?»

«Può sparare le stesse della Tokarev, ma a rischio di danneggiamento dell'arma. Però il vostro uomo, capitano, l'assassino, deve avere una scorta di munizioni. Anche le sue cartucce sono vecchie. Del 1899. Forse del 1900. Dovete prenderlo. Sta sparando con la storia dell'Africa.»

«Anche le munizioni sono vecchie di un secolo?»

«Incredibile, vero?»

«E sono ancora efficaci?»

«All'epoca fabbricavano le cose per farle durare, capitano. Be', sì, ogni tanto fanno anche cilecca. Ma nella maggior parte dei casi funzionano eccome. Quest'uomo può far fuori tutta Città del Capo.»

«Perché, ritiene che sia un uomo?»

«Senz'altro, capitano.»

«Davvero?»

«La Mauser ha un rinculo, capitano... peggio di un mulo. Roba da boeri a cavallo.»

16

Nuotò con piacere per una vasca. Quando si girò, dando un colpo alla parete della piscina, e riprese a nuotare indietro, sentì la fatica lanciare di nuovo i tentacoli sui suoi muscoli.

Lottava per uno stato di assenza di peso, per l'efficienza. Si mise a nuotare più lentamente, poi più velocemente, si riposò, fece un nuovo sforzo, ma non gli riuscì. Quando uscì dall'acqua, per la prima volta sentì di aver ritrovato la fiducia nel nuoto.

Quel giovedì, il 10 di gennaio, il redattore aggiunto del «Die Burger» ebbe un piccolo colpo di fortuna. Gli aggiunti, quelli che, fra le altre cose, devono farsi venire in mente i titoli, per dare un po' di brio al loro lavoro, si dilettano di allitterazioni o giochi di parole; e la parola Mauser faceva al caso loro, perché iniziava con la stessa lettera, per esempio, di massacro e maniaco.

A parte questo, il giornale aveva deciso di dedicare la prima pagina agli omicidi. Le ragioni di questa decisione erano due: anzitutto, le normali fonti di notizie quella mattina non offrivano niente di particolare. In città non era morta più gente del solito, i vari colori dell'arcobaleno politico non si erano scambiati accuse particolarmente aspre, e il governo non era coinvolto in nuovi scandali. Sul fronte internazionale tutto era tranquillo, anche in Medio Oriente, in Europa orientale e in Irlanda.

La seconda ragione era l'arma del delitto. La Mauser Broomhandle.

Dopo aver visto le fotografie di James J. Wallace e di Drew Wilson sparse sulla sua scrivania la sera prima, il cronista di nera del «Die Burger» si era trastullato con una sua teoria.

Entrambi i morti avevano capelli e baffi neri. Si assomigliavano vagamente. Erano vicini ai quarant'anni.

Il giornalista aveva anche telefonato al tenente John Cloete del SAPS, il dipartimento di Pubbliche Relazioni, chiedendo se poteva essere che il servizio avesse a che fare con un pluriomicida che puntava il coltello, vale a dire la Tokarev, su maschi, mori, baffuti e quasi quarantenni.

Il lavoro di Cloete era mantenere il Corpo in buoni rapporti con la stampa. E se un cronista di nera se ne usciva con teorie idiote o quant'altro, Cloete ascoltava e prometteva di richiamarlo.

La sera prima aveva distolto Mat Joubert dal petto di pollo senza pelle con carote, patate e broccoli, per domandargli se l'idea del reporter era poi così bislacca.

Joubert conosceva benissimo l'abitudine della stampa di tirare a indovinare, e Cloete gli era simpatico.

«Stiamo considerando tutte le possibilità» disse, consapevole che questo era quanto Cloete voleva riferire al cronista.

Cloete lo aveva ringraziato.

«C'è qualcos'altro, John» disse Joubert prima che Cloete riattaccasse.

«Che cosa, capitano?»

«L'arma del delitto.»

«Sì, capitano?»

«È una Mauser Broomhandle.»

«Come?»

Joubert glielo aveva ripetuto.

«C...cristo» aveva sibilato Cloete, perché conosceva i giornalisti. E sapeva...

«E c'è ancora un'altra cosa, John.»

«Sì, capitano?»

«Non permettere che la stampa mi chiami "il migliore detective della città".»

Cloete si era messo a ridere, aveva promesso e aveva ritelefonato al cronista. «Il capitano Mat Joubert dichiara che stanno considerando ogni eventualità.»

Quindi gli aveva detto della Mauser.

Il sensazionale, il giornalista lo sapeva bene, spesso si trova nei dettagli minori di una storia. Nello stato e colore di un paio di mutande, per esempio. Nel colore o nella differenza di colori della pelle di una coppia. Oppure, come in questo caso, nell'età dell'arma del delitto.

La Mauser era una manna caduta dal cielo. Antica, ricca di storia, e con una nota controversa: risaliva alla guerra anglo-boera, il che poteva dare al killer una connotazione politica di destra. Aveva un aspetto particolare, esotico. Questi erano i motivi per cui la prima pagina del «Die Burger» oggi si presentava in questo modo: nell'accattivante impaginazione modulare, il fatto del giorno, le fotografie e una grossa gabbia grafica quadrata spiccavano da uno sfondo color salmone. E i titoli? Due parole allitteranti, a lettere cubitali: «Mause = massacro». E sotto, in corpo più piccolo, il sottotitolo: «Il maniaco potrebbe colpire ancora».

Joubert lesse il giornale nel suo ufficio.

La settimana di pronto intervento era finita. Ora gliene toccavano tre di tregua prima di dover guidare di nuovo il gruppo operativo.

Per questo stamattina poteva permettersi il lusso di un giornale sulla scrivania. Lo lesse e scosse la testa pensando all'inventiva del giornalista che aveva spremuto una prima pagina dalla marca dell'arma, più una sua teoria, più una vaga ammissione da parte delle forze dell'ordine.

Ma non ci badò. La pubblicità era uno dei suoi grandi alleati nella risoluzione dei casi. Alcuni criminali si erano traditi in seguito a un articolo di giornale che diceva «si stringe la rete della polizia». Per non parlare dell'impatto della televisione...

Lesse l'articolo e guardò le fotografie di James Wallace e di Drew Wilson. Sapeva di non avere nessun indizio solido, ed era certo che Wilson non sarebbe stata l'ultima vittima della Mauser. Forse il reporter aveva ragione. Forse esisteva un uomo che rincasando aveva sorpreso la moglie a letto con un altro bruno e dai baffi neri e adesso, per pomparsi un po' l'ego, si era messo a sparare ai sosia del cornificatore.

Mat Joubert, psicologo della domenica.

Pazienza, si disse. Ancora qualche ora e sarebbe tornato da quella autentica, dal suo personale medico dell'anima: la dottoressa Hanna Nortier; indagatrice, chirurgo psichico, guaritrice dell'anima malata.

«Ci rivediamo giovedì, capitano» gli aveva detto. D'improvviso si accorse che non vedeva l'ora.

Ma perché? Si accese una Benson & Hedges Special Mild. Non riusciva ancora a gustarle come le Winston. Piegò il giornale e guardò l'orologio. Le otto e mezza. Forse a quest'ora quelli dell'archivio erano già al lavoro. Alzò il ricevitore e compose il numero. Era giunto il momento di cercare una Mauser.

Ferdy Ferreira non lesse il «Die Burger» di giovedì 10 gennaio. Non lo leggeva mai. Perché a leggere il giornale si fa troppa fatica.

Aveva già abbastanza grattacapi nella vita. Per esempio, sua moglie. Lei era il "Grattacapo" con la "G" maiuscola.

«Ferdy, porta fuori i cani.»

«Ferdy, cercati un lavoro.»

«Ferdy, tu mangi troppo.»

«Ferdy, quel pancione è colpa della birra.»

«Ferdy, il minimo che dovresti fare è aiutarmi a sparecchiare la tavola.»

«Ferdy, io sono in piedi tutta la giornata. E tu che fai? Seduto come un re.»

Il suo passatempo preferito era guardare la televisione. Dal momento in cui sua moglie prendeva l'autobus alla fermata di fronte al Villaggio Roulottes di Old Ship fino a sera, quando le trasmissioni terminavano con il breve programma religioso.

Ferdy non sapeva degli omicidi, e questo perché la SABC, la televisione pubblica del Sudafrica, non poteva prestare attenzione a ogni delitto del paese. Dopo tutto, era un servizio nazionale che considerava solo gli avvenimenti di maggiore portata. Perciò non parlò affatto della morte di James J. Wallace e di Drew Wilson. Così si può dire che, in un certo senso, i giornalisti della SABC avessero le loro responsabilità nella morte di Ferdy Ferreira.

Ma non lo seppero mai.

Mentre bussava alla porta di una fatiscente casa di Boston, Joubert pensò che si trovava appena a due isolati dalla casa del defunto Drew Wilson. Il suo cuore accelerò il battito, e il palmo della mano scivolò sulla Z88 per assicurarsi che fosse ancora lì.

Il fax dell'archivio diceva che nella penisola del Capo erano registrate sedici Mauser Broomhandle.

Joubert aveva suddiviso la lista dei nomi tra sé e Snyman perché non c'era nessun altro: i detective che non erano in pronto intervento erano andati in tribunale come testimoni, chiara dimostrazione che l'anno precedente avevano lavorato bene. Snyman era nuovo, e Mat Joubert...

La porta si aprì. Vide una donna di mezza età, brutta e corpulenta. I suoi lineamenti – occhi, bocca, naso – erano uniformemente piccoli e privi di attrattiva, tutti piazzati lì al centro della faccia, con l'effetto di farla assomigliare a un rettile.

«Signora Stander?»

«Sì.» Tono insofferente.

Joubert si presentò e le spiegò il motivo della visita.

Dovevano controllare tutte le Mauser della penisola per vedere se avevano sparato.

«Entri.» La donna si voltò incamminandosi nel corridoio.

Joubert notò le sue spalle larghe e rifletté che sì, poteva avere l'aspetto di un'assassina. Si immaginò questo armadio di donna di fronte a James J. Wallace e accanto all'auto di Drew Wilson.

Presso la porta del soggiorno lei esitò. «Aspetti qui» gli disse con un gesto della mano mentre continuava a camminare.

Lui entrò nel soggiorno e si sedette su una sedia, a disagio. Era anche vagamente divertito da quel senso di impaccio. Il suo lavoro era trovare i criminali, senza discriminazioni: belli o brutti, grassi o magri, vecchi o giovani. È soltanto nei film e nei telefilm che l'assassino incarna sempre lo stereotipo della bruttezza o della ripugnanza.

Ma quando sentì il trapestio della signora Stander nel corridoio, mise la mano sulla pistola di servizio e sistemò il corpo così da potersi alzare velocemente.

La donna aveva in mano una scatola di legno. Si sedette vicino a lui e, senza parlare, gliela porse.

Lui la prese. Vide che era intagliata: un'immagine di soldati boeri a cavallo con i dettagli degli animali, dei cappelli degli uomini, dei panciotti e delle armi tracciati con precisione sul legno. Sfiorò quel piccolo capolavoro artigianale, incantato.

«Lo ha fatto mio nonno a Sant'Elena» disse lei. «Era ufficiale. Naturalmente, prigioniero di guerra.»

Lui aprì la scatola.

Aveva visto un disegno della Mauser sul «Die Burger», ne ricordava la forma e l'aspetto. Ma la grafica non l'aveva preparato al legno e al metallo, alle curve e ai contrasti della pistola.

Non sembrava l'arma di un assassino.

La linea della canna, l'angolo che formava con il calcio elegante, aveva qualcosa di femminile... una curva dolce, sensuale. Il caricatore squadrato, tozzo ed essenziale davanti al grilletto, era uno scarto improvviso, come un organo sessuale maschile, non bello ma efficace. Estrasse la Mauser dalla scatola. Era più leggera di quanto sembrava. «Waffenfabrik Mauser Oberndors», lesse sul telaio. Girò la pistola, guardò la canna e ne fiutò l'odore.

Capì che non era l'arma che cercava.

«Dovrebbe darle un po' di olio» disse alla signora Stander che sedeva sull'orlo di una sedia con gli occhi incollati alla sua faccia. «C'è della ruggine nella canna. Dovrebbe oliarla bene.» Quindi ripose l'arma nella scatola con cura e rispetto.

Mentre guidava verso Paarl e la casa del prossimo proprietario di Mauser sull'elenco, pensò all'assassino. Perché quell'arma? Perché una pistola che attirerà l'attenzione come un faro nella notte? Perché usare proiettili vecchi di un secolo che al momento decisivo possono metterti nei pasticci? Che cos'era, un proclama politico: «La voce dei boeri non è spenta»?

Due morti: il primo un anglofono che andava a donne; il secondo un afrikaner omossessuale. "La voce boera non è spenta... spariamo ancora agli anglo e ai froci."

No, era troppo semplice. Troppo univoco. Poteva essere un proclama, sì, ma a un altro livello. Un modo per attirare attenzione, per dire: «Guardate che io sono diverso, speciale».

Gli altri sette nomi e indirizzi sulla lista lo portarono a due case di riposo, tre pensionati e due collezionisti d'armi. Vide quattro modelli di Mauser Broomhandle, ciascuna leggermente diversa dalle altre, ciascuna con un suo freddo fascino.

Non incontrò nemmeno un sospettabile.

Nel tardo pomeriggio tornò a Città del Capo. A un semaforo, sulla strada che portava allo studio della dottoressa Hanna Nortier, uno strillone dell'«Argus» si avvicinò alla sua macchina.

Joubert lesse il titolo: «Spari dal passato».

17

Entrando dopo di lei notò che indossava un abito dal disegno semplice, di tessuto blu scuro con piccoli fiori rossi e arancioni. Le arrivava sotto le ginocchia. Ammirò i muscoli e l'ossatura delle spalle chiedendosi chi fosse il suo dietologo.

Si sedettero.

Joubert vide che oggi la sua fragile bellezza era pallida, il sorriso cortese ma non cordiale, un po' forzato.

«Come sta, capitano Mat Joubert?» chiese Hanna e aprì il fascicolo.

Che cosa doveva risponderle? «Bene.»

«Ha deciso di scendere a patti con il fatto che sta frequentando lo studio di una psicologa?»

«Sì.» Ma non era tutta la verità; avrebbe dovuto aggiungere che aveva aspettato la seduta con ansia. Aveva riflettuto su questo strano fatto durante le visite ai proprietari delle Mauser Broomhandle del Capo. Dopo la seduta precedente sembrava che l'ascesso nella sua testa... la pressione... fossero diminuiti, e che la cortina grigia tra lui e la vita avesse assunto una sfumatura più tenue.

Ma c'era un'altra possibilità che aveva considerato, un'altra potenziale ragione per cui Mat Joubert non vedeva l'ora di recarsi alla seconda visita della sua psico-fattucchiera personale.

Questa ragione era la dottoressa stessa.

Adesso stava sfogliando il suo fascicolo. La cosa lo infastidiva. Come poteva aver dimenticato quello che lui le aveva detto l'altra volta? Il sangue che aveva versato sul tappeto era stato lavato così velocemente? Lei lo guardò. Joubert vide la stanchezza nei suoi occhi e capì: prima di lui otto, dieci o addirittura dodici pazienti dovevano essersi seduti di fronte a questa donna esile, per vomitarle addosso tutto il fiele della loro vita.

«La volta scorsa non mi ha parlato di sua madre.» Aveva ancora la testa china sul fascicolo. Joubert si infilò una mano in tasca, tirò fuori il pacchetto di Benson & Hedges, lo aprì, vide le file ordinate delle sigarette. Con le sue grosse dita Joubert aveva sempre difficoltà a sfilare la prima dal pacchetto nuovo. Pizzicò il filtro con il pollice e l'indice, tirò e la sigaretta scivolò fuori; lui modificò la presa e se la mise in bocca, quindi si accorse che lei stava aspettando.

«Mia madre...»

Perché aveva aspettato quella seduta con tanta ansia? Rimise la mano in tasca, tirò fuori l'accendino, la fiamma guizzò, aspirò una boccata. Notò che la sua mano tremava leggermente. Rimise in tasca l'accendino e guardò la dottoressa.

«Che ricordo ha di lei?»

«Io...» Rifletté un momento.

«Da bambino, intendo.»

Da bambino? Come si ricordano le cose dell'infanzia? A sprazzi, per fuggevoli episodi che ti hanno fatto una tale impressione da poterne poi riconoscerne forma e contenuto anche a distanza di decenni, quando giacciono sugli scaffali della tua memoria sotto un denso strato di polvere.

«Mia madre... era bella.»

Aveva sei o sette anni quando se ne era reso conto per la prima volta: era stato in Voortrekker Road. I fondi per l'edilizia religiosa e le missioni dovevano fare i conti con l'inflazione e le suore avevano allestito una bancarella che vendeva frittelle sul marciapiede: ogni sabato mattina. Attratto dalla prospettiva di una scorpacciata, lui aveva pregato sua madre di portarlo con sé.

Era mattina presto, e sul marciapiede c'erano altre quattro o cinque donne. La strada era ancora silenziosa, con il sole che sorgeva dall'estremità est di Voortrekker Road.

Lui si sedette lontano dalla bancarella, con le spalle contro la facciata di un negozio, le braccia intorno alle ginocchia e la testa sulle braccia. Era assonnato e già pentito di essere venuto. Chiuse gli occhi e sentì la voce di sua madre. Era diversa, non aveva il tono consueto, e questo lo spinse a guardarla. Era lì, dietro al tavolo, occupata ad aprire le confezioni e disporre le cose in ordine con le sue mani abili e sicure mentre il viso rifletteva la dorata luce del sole di primo mattino. Le altre donne l'ascoltavano. E si divertivano. Sua madre, questa donna ridotta dal continuo sbraitare del marito a una vita silenziosa e nascosta, stava tenendo banco.

«Credo si fossero dimenticate di me» disse ad Hanna Nortier. «E mia madre stava imitando qualcuno, ma non so chi... probabilmente un'altra donna. "Chi sono?" domandava. Le altre donne ridevano così tanto da non riuscire a rispondere. "Mi farò la pipì addosso" disse una. Me lo ricordo perché rimasi a bocca aperta. Fra scoppi di risate urlarono il nome della donna... sì, quella che mia madre stava imitando. Poi applaudirono. Mia madre si inchinò sorridendo, illuminata dal sole. Allora vidi quanto era bella... aveva la pelle liscia, le guance rosse e gli occhi pieni di luce.»

Tacque.

«Me ne sono ricordato solo quando l'abbiamo sepolta.»

La dottoressa scriveva sul fascicolo. Joubert spense il mozzicone nel portacenere e si passò la mano sulle labbra. Sentì l'odore sgradevole di tabacco e di fumo sulle dita.

«Ma mia madre mi ha dato anche delusioni. Più tardi, voglio dire. Perché non ha mai affrontato mio padre. E perché non lo ha mai lasciato, malgrado il suo atteggiamento tirannico, brutale, e il fatto che beveva. Lei era... così passiva. No. Peggio che passiva. Aveva una capacità illimitata di negare la realtà per crearsene una tutta sua.»

«Di questo aspetto di sua madre, lei quanto ha ereditato?» La voce di Hanna si era fatta più penetrante, quasi accusatrice. Joubert capì che questo era il primo passaggio introspettivo che si aspettava da lui.

Provò a pensarci. Ma lei allentò la presa, la sua voce si addolcì. «È stato facile per lei... avere delle ragazze? Più avanti?»

Da qualche parte, nella testa, scattò un leggero allarme. Dove lo stava portando? Sua madre. Le sue ragazze?

«No.»

Era riluttante ad affrontare quei ricordi, l'imbarazzo, le dolorose insicurezze della pubertà. Hanna Nortier era così minuta. Come avrebbe potuto capire? «Io ero grosso, dottoressa... anche a scuola.» Non solo alto. Grande e grosso. Sapeva di non avere un buon rapporto con il suo corpo come gli altri ragazzi... i mediani, le ali, i velocisti. Gli altri scattavano come purosangue; lui, con i suoi movimenti lenti e pesanti, combatteva contro la forza di gravità. E si era convinto che questo compromettesse le sue possibilità con le ragazze.

Otto anni dopo il diploma aveva incontrato una ex compagna di scuola che gli aveva chiesto se si fosse mai accorto che ai tempi era innamorata di lui. Era rimasto attonito.

«Io non avevo la ragazza. Quella che accompagnai alla festa della maturità... be' avevano organizzato tutto mia madre e sua madre.»

«La faceva soffrire? Il fatto di non avere ragazze?»

Ci pensò sopra.

«Io leggevo.»

Lei aspettò.

«I libri ti permettono di creare altre realtà, dottoressa. Nei libri non ci sono eroi goffi. E c'è sempre il lieto fine. Anche quando l'eroe fa uno sbaglio, poi alla fine conquista sempre l'eroina. Io pensavo che tutto quello che dovevo fare fosse avere pazienza. Nel frattempo potevo contare sui miei libri.»

«La sua prima ragazza?»

Nuovo campanello d'allarme. Il percorso era chiaro. Sua madre, le sue ragazze, la strada verso Lara Joubert. E, Dio onnipotente... lui non voleva parlare di Lara.

«Lara» disse lui sottovoce, guardandosi le dita tozze che giocavano e lottavano fra loro sul suo grembo.

Certo, prima di Lara ce n'erano state altre. Gli amori segreti degli anni della sua adolescenza, che gli facevano battere il cuore e sudare i palmi delle mani. Un'insegnante di educazione fisica, una ragazza nuova proveniente da un'altra scuola, la greca mora e imbronciata dal profumo penetrante nel caffè all'angolo fra Rhodes e Voortrekker.

Ma loro non avevano mai saputo della sua passione, dei suoi sogni e delle sue fantasie.

Lara, invece, sì.

Sentì su di sé gli occhi di Hanna Nortier. Poi udì la sua voce, bassa, quasi impercettibile, vibrante di profonda comprensione. «Non è necessario che ne parli.» Era insieme domanda e dichiarazione, una specie di offerta di simpatia... e una sfida.

L'emozione nella voce di lei lo colpì. Sentì il peso del ricordo di Lara che opprimeva il suo spirito. La sua mente gridava: "diglielo, Mat. Getta questa zavorra nera che impedisce alla tua anima di spiccare il volo. Spiega le ali. Liberatene per sempre".

Scosse la testa. No. Non voleva parlare di Lara.

«Possiamo procedere a piccoli passi.» La sua voce era ancora comprensiva, gentile.

Alzò lo sguardo verso di lei. Avrebbe voluto stringere il corpo fragile di Hanna Nortier in un abbraccio delicato, proteggere le spalle ben disegnate con le sue grosse mani, così che non sembrasse più tanto vulnerabile. Voleva stringerla a sé con simpatia e affetto. Era al colmo dell'emozione.

«Come l'ha conosciuta?»

Restò a lungo in silenzio. Poi discese lungo le rive della memoria in punta di piedi, come se un passo troppo pesante potesse evocare il ricordo sbagliato. L'emozione era come una lente di ingrandimento, un amplificatore che moltiplicava la nitidezza del suo ricordo. Il viso di Lara davanti a lui, quella prima volta. Lei che apriva la porta, i capelli scuri corti e diritti, quegli occhi neri che lampeggiavano come torce elettriche del suo gusto potente per la vita, la bocca sorridente, e il corpo così flessuoso, palpitante sotto il vestito rosso vivo. Lo aveva squadrato dalla testa ai piedi e aveva detto: «Non avevo ordinato un extra large...». Poi aveva chiuso la porta, ma solo per riaprirla di scatto con un'ilarità che le scorreva addosso come musica. Quindi gli aveva porto la mano dicendo: «Sono Lara du Toit».

«Era un...» Joubert cercò mentalmente una parola più nobile, ma non ne trovò. «... sì, un appuntamento al buio.»

Adesso stava guardando Hanna Nortier, i suoi occhi, il naso, la bocca... era il suo paracadute nel precipizio della memoria.

«Lo aveva combinato Hans van Rensburg. Lui era

un sergente della Omicidi e Rapine. L'hanno ammazzato a un posto di blocco sull'N1, nel 1992. Ai tempi lei andava ancora in divisa, nella Sea Point Station, ma Hans stava indagando su un caso di omicidio da quelle parti e così la conobbe. Mi disse che era proprio la ragazza giusta per me. Una che avrebbe parlato per tutti e due. Perché, diceva lui, io ero troppo imbranato e avevo troppa paura delle donne per riuscire a combinare qualcosa. Le telefonò e la convinse a vedermi. Andai a casa sua in macchina... divideva un appartamento con una sola camera da letto con un'amica, perché erano povere in canna tutte e due. Lara dormiva in soggiorno, l'altra nella camera da letto, e gli uomini potevano entrare solo in cucina. Insomma, aprì la porta ed era bellissima. Poi propose di andare al cinema a piedi perché era una serata stupenda. A piedi, capito? Attraverso tutta Kloofnek fino al Foreshore. Non eravamo neanche sulla strada che mi prese la mano e disse che le piaceva essere toccata, e poi se non ci fossimo tenuti per mano la gente avrebbe creduto che ero suo fratello. Rise della mia timidezza e rise ancora di più vedendo che arrossivo. Poi si fece seria, perché un uomo che diventa rosso è un uomo da sposare... e riscoppiò a ridere.»

Risentì la risata della moglie morta, la risata di quel primo giorno, e ricordò che più tardi, quella sera, erano ritornati sempre a piedi, con la notte del Capo intorno a loro, senza vento. Lara du Toit gli aveva parlato come se fosse importante, come se valesse la pena di condividere i propri pensieri con lui. Joubert andava matto per la sua risata, per il tocco della sua mano che non restava mai ferma in quella di lui, per i suoi occhi, la sua bocca, la pelle magnificamente abbronzata, compatta, splendida come rame lucidato.

Rivide se stesso salire sulla sua vetusta Datsun SSS, ma già il giorno dopo si era scoperto incapace di ricordare il viaggio verso casa. Finalmente, nella via alberata di Wynberg dove aveva affittato una stanza dietro la casa padronale, aveva alzato la testa verso il cielo e lanciato un grande urlo, perché provava tanta gioia, troppa per reprimerla.

A quel ricordo Mat Joubert pianse, per la prima volta dopo diciassette anni, un'emozione senza suono, senza parole, tradita solo dall'acqua salata che gli scendeva dagli occhi.

18

Benny Griessel stava tremando. Le mani, le braccia, le spalle, le gambe.

«Mat, lo so. È la parte peggiore. Lo so. So cosa sta per succedere. E mi fa una paura bestiale.»

Joubert era seduto sull'unica sedia nella piccola stanza, Griessel sul letto, sotto la coperta grigia. Le pareti erano spoglie, intonacate e dipinte di bianco fino all'altezza della testa, poi nudi mattoni fino al soffitto.

Vicino al letto c'era un tavolo di legno senza cassetti, con sopra una Bibbia rossa. Contro la parete, accanto al lavello e al gabinetto, c'era un armadio.

Mat si chiese dove fosse finito il vecchio Benny Griessel, il cinico arguto dall'alito un po' greve di liquore. La faccia di quest'uomo portava i segni della paura, la pelle era grigia, le labbra bluastre.

«Questa notte arriveranno i diavoli, Mat... le voci e i volti. Mi dicono che sono allucinazioni, ma quando arrivano non capisco la differenza. Li sento che mi chiamano, sento le loro dita... e scappare... scappare è impossibile, perché sono troppo lento e ce ne sono troppi.»

Benny Griessel si piegò in due e il suo corpo fu scosso da uno spasimo.

«Ti procurerò un'altra coperta, Benny.»

«Non saranno le coperte a fermarli, Mat. No, le coperte non basteranno.»

Quando fu a casa telefonò a Gerrit Snyman.

«No capitano, niente... Alcune sono talmente arrugginite che non spareranno mai più. E quel tizio che abita a Table View ha una collezione di armi mica da ridere, capitano. La sua Mauser sembra fabbricata ieri. Ben oliata, lucida... persino troppo. Ma l'uomo ha un alibi di ferro per tutti e due gli omicidi.»

Joubert disse che non aveva trovato niente neanche lui, ringraziò Snyman, lo salutò e riagganciò.

Andò in soggiorno con un po' di frutta, un coltello e un piatto, e si sedette nella sua poltrona da lettura. Tagliò una mela in quarti, liberando accuratamente le fette dal torsolo.

Per due giorni il coitus interruptus-causa-Benny-Griessel era stata la sua umiliazione numero uno. Adesso era stato soppiantato dagli insensati farfugliamenti di fronte a Hanna Nortier.

"È psicologa" si disse. "È abituata a questa roba."

Ma lui no. Non era abituato a rendersi ridicolo.

Lei era stata brava. Non aveva fatto nessun commento. Si era alzata in piedi e aveva girato intorno alla scrivania, attraversando il confine invisibile fra psicologa e paziente per fermarsi in piedi vicino a lui. Poi gli aveva messo una mano sulla spalla. Era rimasta in quella posizione finché lui, sempre guardando altrove, in un movimento rabbioso non si era asciugato le lacrime con la manica della giacca. Infine era tornata al suo posto, si era seduta e aveva aspettato che lui riacquistasse il controllo.

«La prossima volta ne riparleremo» aveva detto dolcemente. Lui si era alzato ed era andato alla porta resistendo all'impulso di correre via.

E ora, con un quarto di mela in mano, sapeva che l'umiliazione di fronte a lei era la più grave delle due. Perché se paragonava la dottoressa Hanna Nortier a Yvonne Stoffberg in termini di femminilità, be', c'era da restare sbalorditi. Come aveva potuto eccitarsi tanto con Yvonne? Adesso, al confronto con quella di Hanna Nortier, la bellezza della ragazza più giovane gli appariva superficiale, la sua sensualità grezza.

Per un attimo si sentì dispiaciuto per Yvonne. Poi ricordò la saldezza dei muscoli della sua schiena, la pelle del seno di lei tra le sue labbra.

Sì, paragonata alla dottoressa Yvonne appariva ordinaria, forse anche poco fine. Però gli aveva fatto ribollire il sangue.

Ferdy Ferreira odiava i due cani di sua moglie.

Specialmente adesso, alle sei meno venti del mattino, quando il sole si era appena levato.

La prima ragione di quest'odio era che la loro casa mobile era troppo piccola per due adulti e due "corgi" gallesi.

La seconda ragione era l'attenzione e l'amore che Gail Ferreira prodigava ai suoi cani. A fine pomeriggio, quando rincasava dal suo lavoro di contabile negli uffici della compagnia mineraria, salutava loro per primi. I loro nomi erano Carlo e Diana, ma lei li chiamava "facce d'angelo".

Tuttavia la ragione principale dell'odio di Ferdy era che ogni mattina toccava a lui portare i due cani a passeggio. «Prima delle sei, Ferdy, in modo che io possa salutarli prima di prendere l'autobus.» Insomma, a casa Ferreira, nel Villaggio Roulottes di Old Ship, l'ordine gerarchico era il seguente: prima Gail, poi i cani, e per ultimo Ferdy.

«Ferdy... i cani» disse Gail, impegnata a vestirsi davanti al proprio armadio. Era una signora di statura e corporatura medie, tra i quaranta e i cinquanta, ma la voce e i modi risoluti la facevano sembrare più alta di quanto non fosse in realtà.

Ferdy sospirò e scese dal suo letto a una piazza, separato da quello di Gail da un comodino. Sapeva che mettersi a discutere sarebbe stato inutile. Avrebbe solo peggiorato le cose.

I corgi stavano seduti sulla porta della stanza da letto con l'aria contrariata, come se neanche loro avessero troppa voglia di andare a spasso.

Ogni mattina Ferdy trascinava il piede sinistro.

«Piantala di strascicarlo così!»

«Mi fa male, Flash» si giustificò Ferdy con voce lamentosa. "Flash" era il nomignolo che avevano dato a Gail ai tempi della scuola, quando sul campo da hockey era la migliore per velocità e destrezza. Lui ogni tanto la chiamava ancora così.

«Il tuo piede sta benissimo» lo contraddisse Gail.

Ferdy Ferreira da bambino aveva avuto la polio. Il suo piede sinistro ne era rimasto danneggiato: doveva portare una scarpa dalla suola un po' più alta e zoppicava leggermente. Ferdy aveva imparato a usare la menomazione come un'arma, anche se non sempre quella strategia risultava efficace.

Ferdy sospirò come faceva tutte le mattine, e si vestì. Prese i guinzagli dei cani dall'armadietto delle scope in cucina e tornò in camera da letto, accentuando lo strascicamento nel vano tentativo di farsi compatire. I cani erano ancora lì seduti con gli occhi fissi su Gail. Ferdy assicurò i guinzagli ai collari.

Carlo e Diana ringhiarono.

«Sto uscendo» disse con voce sofferente, offesa.

«Trattameli bene, i miei angioletti» fu la risposta di Gail.

Percorse la strada asfaltata del Villaggio Roulottes fino all'ingresso principale, sul lato ovest. Salutò la vecchia signora Atkinson che risiedeva in permanenza nel villaggio, alla piazzola 17, insieme a undici gatti. Come ogni mattina, i corgi tirarono i guinzagli in direzione dell'odore di gatto. Ferdy li trattenne non senza soddisfazione, usando più forza del necessario. I corgi ringhiarono.

Li portò oltre il cancello. Il guardiano, un nero, probabilmente dormiva ancora nel suo casotto di legno. Si inoltrarono nella zona di incolto che costeggiava l'ultimo tratto del Little Salt River, subito prima che si gettasse nel mare.

Ferdy non vide l'arancione dell'orizzonte a est, né il verde-azzurro dell'Oceano Atlantico che gli si stendeva di fronte, né l'unica auto parcheggiata di fronte alla lunga spiaggia bianca. Stava pensando ad altro. George Walmer aveva comprato tre video nuovi. Porno coi fiocchi. Più tardi glieli avrebbe portati.

Tra il suolo bruno della zona dove parcheggiavano le auto e la spiaggia sorgeva una duna bassa: era un banco sabbioso irregolare, alto da uno a due metri, su cui cresceva qua e là qualche cespuglio.

Ferdy si incamminò lungo un sentiero segnato fra le dune. I corgi volevano annusare una pianta. Lui li strattonò bruscamente. I cani ringhiarono.

Ferdy vide la figura che veniva verso di lui ma non ci trovò niente di strano. A quell'ora capitava spesso di incontrare persone sulla spiaggia. Qualcuno faceva jogging, altri camminavano, altri guardavano il mare.

L'attenzione di Ferdy fu catturata solo quando da sotto la giacca a vento blu spuntò la Mauser.

Pensò a uno scherzo e avrebbe voluto ridere, ma un attimo dopo la grossa pistola era puntata contro di lui. La paura gli afferrò le viscere in una stretta dolorosa.

«Io... sono zoppo» disse, con gli occhi sbarrati.

I corgi ringhiarono verso la figura di fronte a loro.

La Mauser, impugnata con entrambe le mani, era puntata alla testa di Ferdy. Lui vide la tensione nel dito sul grilletto, la durezza della mandibola del killer, gli occhi irremovibili, e seppe che stava per morire. Lasciò i guinzagli e si lanciò in avanti nel tentativo disperato di salvarsi la vita.

Lo sparo rimbombò sulla spiaggia facendo eco alle onde. La pallottola di piombo spezzò l'incisivo inferiore destro di Ferdy, sfondò il palato appena dietro l'arcata superiore, attraversò l'osso orbitale inferiore e trapassò la pelle davanti all'orecchio sinistro. Ferdy barcollò all'indietro, poi stramazzò a sedere. Il dolore gli perforava il cranio. Sangue caldo gli sgorgava dalla guancia.

Ma era vivo.

Alzò lo sguardo. L'occhio sinistro non metteva più a fuoco le immagini.

Ma con il destro vide la grossa pistola nuovamente puntata contro di lui.

«Sono un povero zoppo» ripeté.

Udì un suono metallico.

Si è inceppata, pensò. Non spara più. Forse sarebbe vissuto.

La Mauser davanti a lui era sparita. Ma vide un'altra pistola. Un giocattolo, pensò, tanto era piccola.

Poi fu spettatore di una scena incredibile. I corgi ringhiavano in direzione dell'assassino, i denti minacciosamente scoperti. Carlo partì all'attacco. Ferdy sentì uno sparo. Un altro sparo.

I cani lo volevano proteggere, pensò con indescrivibile emozione. La piccola pistola era davanti a lui, ma non sentì l'ultimo sparo.

Joubert andò al lavoro direttamente dalla piscina, con la sua macchina, una Cortina XR6 gialla, un reperto dei giorni in cui era ancora in competizione con Gerbrand Vos. Lo inquietava il pensiero che dopo essersi allenato per una settimana ancora non riusciva a fare più di quattro vasche prima di doversi fermare a riprendere fiato.

Forse ho troppa premura, rifletté mentre si accendeva una Special Mild. Anche la sua dieta, era ancora in fase di decollo. Sul sedile di fianco a lui c'era un sacchetto di plastica bianco e azzurro del supermercato. Era il suo pranzo, che lui stesso si era preparato quel mattino: pane integrale con condimento a basso contenuto di grassi, foglie di lattuga, fette di pomodoro e cetriolo. Niente sale.

Si fermò davanti alla sede della Omicidi e Rapine e vide Mavis venirgli incontro di corsa. Prima ancora che parlasse lui capì che c'era aria di tempesta.

Nella sede di Sea Point della SABC, l'emittente televisiva nazionale, il direttore del telegiornale apprese dal reporter di nera che l'assassino della Mauser aveva ucciso la terza vittima.

Il direttore leggeva i giornali. Sapeva che questa saga aveva messo le ali ai piedi dei fogli locali. Figuriamoci adesso che c'era il morto numero tre. Era la prova irrefutabile che anche il Capo poteva vantare il suo serial killer. Perciò il direttore telefonò a casa al reporter televisivo e al cameraman. Diede loro istruzioni.

«Se qualcuno al mondo aveva un motivo per uccidere Ferdy, quella ero io» disse Gail Ferreira.

Era seduta in poltrona nel soggiorno della roulotte. Di fronte a lei si era accomodato Gerbrand Vos. Quella settimana era di turno nella squadra di pronto intervento. Al suo fianco era seduto Joubert: i due grossi detective erano incastrati l'uno contro l'altro su un divano troppo piccolo.

Ciascuno aveva in mano una tazza di tè.

«Che cosa intende, signora Ferreira?» domandò Vos portando la tazza alla bocca.

«Perché Ferdy era un tormento.» Lo disse con decisione, sottolineando le parole. Era seduta impettita, con le ginocchia strette e la tazza in grembo. Joubert considerò che non era affatto bella. Nei suoi capelli neri c'era molto grigio. Erano corti e crespi. Sotto il trucco si intravedevano ancora i segni di una brutta acne giovanile. Gli angoli della bocca si piegavano naturalmente verso il basso conferendole un broncio perenne.

«Perché dice questo?» domandò Vos.

«Perché non riusciva mai a tenersi un lavoro. Era un lavativo. Perché continuava a compiangersi. Vede, capitano... Ferdy aveva un difetto al piede sinistro, a causa della polio. Ma a parte questo, nessun altro problema. Il problema era nella sua testa. Credeva che il mondo fosse in debito con lui, che fosse tenuto a dargli da vivere senza costringerlo a lavorare.»

Portò alle labbra la tazza.

«Che genere di lavoro faceva?» chiese Joubert.

«Be', *quando* lavorava era carpentiere. Era bravo con le mani. Però a suo dire i capi non erano mai abbastanza in gamba. Diceva sempre che avrebbe dovuto mettersi in proprio. Ma non era capace. Una volta ha perfino fatto un corso per imparare come si apre bottega, ma poi niente. Ci siamo trasferiti qui a causa dell'inserzione: cercavano carpentieri per le fabbriche di Atlantis. Ma è durato poco. Si lamentava che i lavori migliori li davano ai carpentieri neri, e che li trattavano meglio e non poteva lavorare sotto capi del genere. Alla fine se ne stava seduto in casa tutto il giorno davanti alla televisione, e appena giravo le spalle lui e quel fannullone di George Walmer, quello del club, guardavano i film zozzi.»

Vos posò la sua tazza sul tavolino nel centro della stanza.

«Ma non è stata lei a ucciderlo, signora... Quindi dev'esserci stato qualcun altro che aveva una ragione per...»

«Capitano, Ferdy era troppo stupido perfino per farsi dei nemici» sentenziò recisamente Gail Ferreira.

«Ha mai sentito parlare di James Wallace, signora Ferreira?»

«No.»

«Jimmy Wallace?»

«No.»

«Drew Wilson?»

«No. Perché?»

«Sono stati assassinati. Probabilmente con la stessa arma che ha ucciso Ferdy Ferreira, signora. Stiamo cercando un filo conduttore.»

«Erano un tormento anche quelli?» chiese lei, seria.

Gli investigatori non risposero: Gerry Vos perché la interpretò come una domanda retorica, e Joubert perché si stava chiedendo se per caso la moglie di Ferdy Ferreira non avesse visto giusto. Sia James J. Wallace sia Drew Williams erano stati un "tormento". Ciascuno a modo suo.

Ma a questo punto Gail Ferreira dimostrò di non essere completamente priva di sentimenti. «La casa sembrerà vuota» sospirò mentre posava la tazza sul tavolo.

I detective alzarono lo sguardo, leggermente sorpresi.

«Chi mi saluterà abbaiando al ritorno dal lavoro?»

19

La troupe televisiva arrivò troppo tardi per riprendere i lugubri avanzi di Ferdy Ferreira. Quando raggiunse la scena del delitto era tardi anche per filmare la polizia in azione: i periti balistici, la scientifica, gli operatori, i fotografi e l'unità cinofila se ne erano già andati.

Tuttavia il cameraman trovò una macchia di sangue nella sabbia, dove la testa di Ferdy si cra abbattutta dopo che la pistola vi aveva aperto un foro. Il cameraman filmò coscienziosamente.

Abbassò la telecamera sul sentiero sabbioso nel tentativo di acquisire una drammatica documentazione delle ultime impronte lasciate da Ferdy Ferreira prima della tomba.

Poi lui e il reporter andarono al villaggio delle roulotte e aspettarono davanti a quella dei Ferreira insieme ai colleghi della carta stampata. Generalmente in occasione dei fatti di cronaca più "caldi" la troupe televisiva riceveva un trattamento di riguardo, ma non in questo caso. Il cameraman montò il treppiede, ci avvitò sopra la Sony Betacam SP e mise a fuoco sulla porta della roulotte.

Uscirono Joubert e Vos. Gail Ferreira li salutò sulla soglia.

I poliziotti andarono verso le loro auto inseguiti dai cronisti avidi di dichiarazioni.

La lente della telecamera seguì il corteo, ma il microfono non colse le parole di Vos: «Fanculo, adesso anche la tivù. Puoi tenertelo questo caso, socio. Qui c'è aria pesante».

I cronisti li bombardavano di domande.

«Dovete parlare con il collega incaricato delle relazioni con la stampa» disse Joubert.

«Per favore, capitano! Ci dica qualcosa... almeno l'essenziale!»

«Il generale di brigata vuole sapere cosa stiamo combinando» disse il colonnello Bart de Wit strofinandosi nervosamente il neo. Il suo sorriso era molto vago. «Ha sentito dall'addetto alle relazioni con la stampa che c'era anche la televisione.»

Joubert e Vos erano seduti di fronte a lui.

«Che cambi o no il governo, tutto rimane come prima. Non è incredibile come tutto il Corpo se la fa nei calzoni ogni volta che arriva la tivù?» commentò Vos scuotendo tristemente la testa.

Il sorriso di de Wit scomparve, e Joubert sentì il cuore gonfiarsi d'orgoglio per l'audacia del suo collega.

«Capitano, si risparmi certi commenti. Stiamo parlando dell'immagine dell'intero Corpo di polizia.»

«Con tutto il rispetto, stiamo parlando dell'immagine del ministro, del commissario e del generale di brigata. Perché fino a quando sono i giornali a criticarci, chi se ne fotte. Ma basta che quelli della televisione mostrino un filo di interesse...»

«Capitano Vos, il suo non è un linguaggio adatto a un ufficiale. E noi non siamo qui per occuparci di pubbliche relazioni. Il generale vuole sapere come intendiamo muoverci.»

Joubert vide che de Wit aveva ripreso padronanza di sé, e la sua voce era carica di sarcasmo. «Stiamo indagando, colonnello.»

«Non abbastanza efficacemente, capitano. Siamo al terzo omicidio e non sapete che pesci pigliare. Ogni vostra teoria è stata smentita. Prima il dongiovanni. Poi l'omosessuale. E questa volta, cosa abbiamo... una storia di lesbiche, forse?»

Sapeva che de Wit stava cercando di umiliarlo davanti a Vos. Avrebbe voluto dire qualcosa, difendere la propria dignità, ma la sua mente rifiutava di collaborare.

Vos lo difese: «Questo è ingiusto, colonnello. Con i serial killer non si sa mai che pesci pigliare».

«Per caso sa qualcosa riguardo agli omicidi che noi non sappiamo, capitano?»

«Non ci vuole la sfera di cristallo per capire che è un serial, colonnello.»

«Però nell'omicidio di Melkbos è stata usata anche una pistola di calibro diverso. Una variante rispetto al *modus operandi* dei due casi precedenti.»

Joubert trovò la risposta. «L'assassino sa che la sua Mauser e le sue munizioni non sono affidabili al cento per cento. Tiene pronta un'altra pistola, nel caso in cui la Mauser si inceppi.»

«Esatto!» lo sostenne Gerbrand de Vos.

«E stamattina si è inceppata. Abbiamo trovato solo un bossolo calibro 7.63.»

De Wit non disse niente.

«Domani sapremo se si tratta dello stesso assassino, colonnello.»

«Ah...»

«Quelli della balistica di Pretoria ci stanno dando dentro, colonnello. Perché evidentemente lei gli ha telefonato. Devo ringraziarla di questo.»

«È mio dovere, capitano, sostenere la squadra.» Poi il tono di voce cambiò. «Insomma cosa devo dire al generale?»

«Stiamo facendo del nostro meglio, colonnello» rispose Joubert sottovoce.

«Ma sarà sufficiente, capitano?» insinuò de Wit. E sorrise.

«Vuole fregarti, Mat. E tu che fai, gli faciliti il compito?»

Vos teneva una mano sulla spalla di Joubert. Stavano tornando ai loro uffici.

Joubert non disse niente: non gli sembrava che il colloquio con de Wit fosse andato così male.

«Non ha il diritto di trattarti così.»

«No, certo, Gerry.»

Vos si fermò davanti alla porta del proprio ufficio. «Devi reagire, fargliela vedere, Mat. Lo sai, questo?»

Joubert annuì.

«Io sono con te, socio. Fino in fondo.»

Joubert borbottò un ringraziamento ed entrò in ufficio. Sulla sua scrivania c'era una catasta di fascicoli color ocra. Si sedette. In cima alla catasta due fascicoli erano stati infilati l'uno nell'altro: quello di Wallace e quello di Wilson. Spinse la catasta da una parte e aprì i due dossier. Ciascuno era diviso in tre sezioni.

La sezione A era riservata alle prove pertinenti che avrebbero potuto essere usate in tribunale. Entrambi i fascicoli erano piuttosto striminziti. Foto scattate dal patologo. Il referto medico-legale, i rilievi balistici, foto della scena.

La sezione B conteneva i suoi appunti sugli interrogatori e altri commenti relativi. C'erano i sunti delle conversazioni con Margaret Wallace, Walter Schutte, Zeelie...

Nella sezione C aveva verbalizzato tutto quello che lui aveva fatto nell'ambito di ciascuna indagine. Le iniziative che aveva preso, gli individui coinvolti, tutto scritto nella sua grafia irregolare e sgraziata.

Prese un nuovo fascicolo, aprì il rapporto dell'agente in divisa che era arrivato per primo sulla scena del delitto e incominciò a redigere il dossier su Ferdy Ferreira.

I suoi pensieri tornarono alla domanda di de Wit. «Ma sarà sufficiente, capitano?»

Chissà. Forse un altro sarebbe stato più abile nel combinare le tessere del puzzle in modo da formare un quadro coerente.

Magari qualcuno più normale di lui, senza quel velo grigio a separarlo dal mondo...

Esaminò i fascicoli. Non aveva lavorato male. D'accordo, senza l'entusiasmo di un tempo. Ma stava migliorando. Era sicuramente un passo avanti rispetto ai terribili, cupi giorni del processo disciplinare e dei detective che rifiutavano di far coppia con lui.

Squillò il telefono. Joubert alzò il ricevitore. «Capitano, è di nuovo il momento delle chiacchiere» esordì Cloete, delle Pubbliche Relazioni.

«Davvero?»

«Quelli della televisione vogliono un'intervista. E lei sa quanto siano importanti per noi.»

20

Il rapinatore entrò alla filiale della Premier Bank di Milnerton alle 15.32. Stavolta aveva un passo saltellante, ed esibiva un look alla Elvis Presley. I capelli neri erano pettinati all'indietro, con una grossa ciocca che gli ricadeva sulla fronte; aveva le basette, e le sopracciglia folte sopra gli occhiali neri. L'abbigliamento non passava di certo inosservato: calzoni bianchi, scarpe bianche, camicia bianca e giacca bianca.

Ma il fazzoletto al collo e la pistola sotto la giacca erano neri.

«Salve» disse rivolto a Rosa Wasserman, una diciannovenne bruna e grassa, con problemi di nervi.

Oggi il rapinatore lavorava al ritmo di un rock and roll che solo lui poteva sentire nella sala da concerto della sua mente.

«Dammi retta, dolcezza... Prendi uno di quei grossi sacchi da banconote e riempilo di biglietti da cinquanta rand. Ho un cannone sotto la giacca e non vorrei essere costretto a usarlo.»

Il bordo della giacca era leggermente sollevato. Rosa sentì la parola "dolcezza", vide il calcio nero della pistola. Restò impietrita, con la bocca semiaperta che le accentuava il doppio mento.

«E, mi raccomando... tieni il piede lontano dall'allarme. Su, bellezza, balliamo.»

Il battito cardiaco di Rose accelerò bruscamente. Il suo respiro fece altrettanto. Il rapinatore se ne accorse.

«Che profumo usi? È incantevole, sai?»

Ma con Rosa Wasserman non funzionava. Lui vide che la ragazza soccombeva al panico: il tremito alle mani, il petto che si sollevava, gli occhi stravolti, le narici dilatate.

«A quanto pare oggi avrei dovuto portare la mia Mauser» disse Elvis, e questo commento avrebbe cambiato radicalmente il suo *status* agli occhi del pubblico e della polizia.

Qualche volta al mattino Rosa dava un'occhiata al «Die Burger» prima di portarlo a suo padre. Sapeva degli omicidi della Mauser. Il suo terrore dell'uomo che aveva di fronte aumentò. Si portò le mani alle orecchie come se non volesse sentire lo sparo che avrebbe posto fine alla sua vita.

Poi urlò con tutta la forza del suo corpo massiccio, e premette l'allarme con decisione.

Quando il lungo grido cessò, il rapinatore si riprese dallo sbalordimento. «Dolcezza, me la pagherai» disse Elvis voltandosi verso la porta.

L'allarme non suonava all'interno della banca, ma solo sul pannello di controllo computerizzato di un'agenzia di polizia privata. Intanto, nella succursale della Premier Bank di Milnerton, il grido di Rosa aveva paralizzato tutti gli astanti, che si voltarono a guardare lei, non l'uomo in bianco. Il rapinatore uscì indisturbato. Rosa puntò il dito nella sua direzione rimettendosi a urlare. Tutti si voltarono a guardare l'uscita, ma il rapinatore era scomparso.

Lasciata la Premier Bank di Milnerton, Joubert si diresse alla clinica di Benny. Era seccato. I cronisti lo avevano tartassato di domande. Sapeva che si sarebbero buttati su quella storia come avvoltoi su una carcassa. Bastava dare uno sguardo alla locandina dell'«Argus»: «Il killer della Mauser scatenato».

Per fortuna il tentativo di rapina alla banca era avvenuto troppo tardi per apparire sui giornali di oggi. Quelli della televisione non lo avevano ancora scoperto. Ma domani sarebbe scoppiato il pandemonio. Joubert aveva detto al piccolo gruppo di reporter che non si poteva essere automaticamente sicuri che esistesse un rapporto fra le rapine e gli omicidi della Mauser. Forse il rapinatore aveva tirato fuori quella frase per far colpo. Ma non era la spiegazione che loro volevano sentire.

«Però lei non si sente di escludere la possibilità di un collegamento, capitano?»

«No.»

Tutti scrissero sui loro taccuini.

Da patetico ammasso di paura, Rosa Wasserman si era trasformata nella donna del momento. Era stata lei a spifferare ai cronisti l'informazione che il rapinatore della banca aveva parlato della "sua Mauser".

«E dopo mi ha minacciata di morte.»

Quanto sarebbe piaciuto a Benny Griessel... Come al circo. Benny lo avrebbe fatto ridere esponendogli il suo consueto, ironico punto di vista sui media.

Joubert si fermò davanti all'edificio in mattoni ed entrò. All'accettazione disse che voleva vedere Benny Griessel. Le due infermiere si scambiarono uno sguardo eloquente.

«Ho paura che sia poco opportuno, signore.»

Il tono autoritario della donna lo irritò. «E per quale motivo?»

«Ha rifiutato i farmaci.» L'infermiera si accorse che l'uomo di fronte a lei non aveva capito il senso di quelle parole. «Penso che al momento l'aiutante Griessel non voglia vedere nessuno.»

«Non credo che lei abbia il diritto di prendere decisioni al suo posto, infermiera» l'aggredì Joubert.

L'infermiera lo fissò da dietro gli occhiali. Poi disse sottovoce: «Venga, allora».

Camminarono nella direzione opposta a quella della camera di Benny, l'infermiera davanti e Joubert alle sue spalle, contento di averla avuta vinta sulla burocrazia.

Joubert sentì quel suono molto prima che arrivassero alla porta.

Era la voce di Griessel, quasi irriconoscibile. Grida di dolore. L'urlo di un animale travolto da un terrore senza nome. Un'implorazione di aiuto, di pietà.

Joubert rallentò il passo. Avrebbe voluto fermarsi. L'infermiera si voltò, lo tirò per la manica della giacca avvicinandolo a sé... era il suo modo di punirlo.

Proseguì verso la porta mentre l'urlo gli rimbombava nel cervello.

C'erano sei letti d'ospedale, tutti vuoti tranne uno su cui era sdraiata una figura. Joubert si fermò di colpo. Nella penombra, i capelli neri di Griessel risaltavano contro il bianco delle lenzuola... Il suo corpo sussultava spasmodicamente sotto grosse fibbie di cuoio.

L'infermiera si fermò vicino a Joubert. Non parlò. Si limitò a guardarlo.

«Scusi» disse lui, piano. «Ho fatto un errore.»

Poi fece dietrofront e si incamminò a passi veloci lungo il corridoio grigio. Non avrebbe mai dimenticato i suoni dell'anima straziata di Benny Griessel.

Margaret Wallace era seduta nella stanza della televisione insieme a sua madre, suo figlio e sua figlia. Stavano cenando davanti all'apparecchio perché il silenzio e il senso di disagio intorno alla tavola turbavano tutti.

«Le notizie di stasera» annunciò lo speaker con espressione grave. Margaret non ascoltava. Una nuova crisi politica, una catastrofica siccità nel Northern Transvaal poi... «al Capo la terza vittima del killer della Mauser. La polizia continua a brancolare nel buio.»

In quel momento Margaret alzò gli occhi e vide la foto di Ferdy Ferreira.

Ma lei non conosceva quel volto?

«Vuoi che spenga, Maggie?» le chiese sua madre.

Margaret scosse la testa. Nell'archivio della sua mente stava cercando un particolare fascicolo che le fornisse l'informazione che le sfuggiva: dove aveva visto quell'uomo?

«In quella che sembra svilupparsi come una spaventosa sequenza di omicidi, il serial killer della Mauser stamane ha colpito per la terza volta. La vittima era Ferdy Ferreira, 54 anni, di Melkbosstrand. Secondo fonti della polizia l'arma dell'assassino è un autentico pezzo d'antiquariato: una pistola Mauser Broomhandle del secolo scorso, che è l'unico legame fra questo omicidio e le morti dell'uomo d'affari James Wallace e del disegnatore di gioielli Drew Wilson, entrambi uccisi con colpi d'arma da fuoco a bruciapelo negli ultimi dieci giorni.»

Mentre lo speaker leggeva, sul video scorrevano le immagini riprese dal cameraman fra le dune.

Poi il volto del capitano Mat Joubert riempì lo schermo. Aveva i capelli un po' in disordine. Le spalle erano leggermente curve, come oppresse da un peso invisibile. La cravatta troppo sottile.

«L'unico legame sembra essere l'arma del delitto. Non abbiamo motivo di credere che le vittime si conoscessero fra loro» stava dicendo il poliziotto. In basso sullo schermo era apparsa la scritta in sovraimpressione: «Capitano M.A.T. Joubert squadra Omicidi e Rapine».

L'inquadratura si spostò sul reporter. «Ma il signor Ferreira e i suoi cani non sono morti per i colpi partiti da una pistola di calibro inferiore?»

«Esatto» fu la risposta di Joubert. «Riteniamo che l'omicida porti con sé anche un'arma da fuoco di piccolo calibro: la Mauser ha sparato per prima, ma a quanto pare il colpo non ha avuto effetti letali.»

«Capitano, lei crede che il killer della Mauser colpirà ancora?»

«Questo è impossibile dirlo» rispose Joubert, palesemente a disagio.

Poi sullo schermo apparvero le foto di Ferreira accompagnate da alcuni numeri telefonici. Lo speaker disse: «Chiunque sia in grado di fornire informazioni che possano essere utili alla polizia è pregato di chiamare il...».

Margaret continuava a fissare la fotografia di Ferdy Ferreira. Era sicura di averlo già visto. Ma dove? Quando?

Doveva telefonare a Joubert?

No, almeno fino a quando non fosse riuscita a ricordare.

Al tredicesimo piano di un condominio a Sea Point una donna di trentadue anni era seduta davanti al televisore.

Il suo nome era Carina Oberholzer. Dopo le immagini sul killer della Mauser il suo cervello aveva smesso di registrare quanto passava sullo schermo. Si dondolava avanti e indietro nella poltrona, compulsivamente, simile a un metronomo umano. Le sue labbra ripetevano un'unica parola: «Signore, Signore, Signore, Signore...».

Carina Oberholzer stava rivivendo un momento del suo passato. Prima che la notte finisse le immagini che adesso ricordava le sarebbero costate la vita.

Un uomo di quarantasei anni stava guardando il telegiornale insieme alla sua bellissima moglie. Si chiamava Oliver Nienaber. I suoi quattro figli, il più grande era matricola universitaria, il più piccolo faceva la quarta elementare, erano in casa da qualche parte, presi dalle loro faccende. Oliver Nienaber aveva trascorso le ultime tre settimane a Pretoria. Era stato molto occupato. Non aveva neanche letto i giornali. Le immagini sull'ultimo omicidio della Mauser lo colpirono come una mazzata. Ma si mantenne calmo, perché la moglie non fosse spinta a fargli domande.

Cercò soluzioni, valutò implicazioni, rammentò episodi. Oliver Nienaber era intelligente. Riusciva a pensare velocemente anche quando la paura lo afferrava come uno spirito maligno. Per questo aveva avuto tanto successo nella sua attività.

Dopo le previsioni del tempo si alzò. «Ho ancora del lavoro da fare» disse.

La moglie alzò lo sguardo dal lavoro di cucito e gli sorrise. Lui vide la perfezione della sua bellezza bionda e si domandò se l'avrebbe perduta. Se non stava per perdere tutto. Se non stava per perdere anche la vita.

«Non lavorare fino a tardi, caro» disse lei.

Lui andò nel suo studio, una stanza ampia, accogliente. Alle pareti erano appese le foto, gli attestati. I documenti della sua ascesa, del suo trionfo. Aprì la valigetta di vera pelle di bufalo ed estrasse un taccuino e una penna stilografica. Scrisse una lista di nomi. «*Mac McDonald. Carina Oberholzer. Jacques Coetzee*».

Poi saltò qualche riga e scrisse il nome «*Hester Clarke*». Posò il taccuino sulla scrivania e allungò la mano verso la nuova guida telefonica del Capo, vicino al telefono. Sfogliò rapidamente fino alla lettera M. Il suo dito scorse velocemente le colonne. A «MacDonald Industria Ittica» si fermò. Sottolineò il numero, poi lo trascrisse. Quindi sfogliò fino alla O, cercò il numero di Carina Oberholzer e trascrisse anche quello. Con Jacques Coetzee non fu così facile, perché c'erano tantissimi abbonati con quel cognome e non conosceva l'indirizzo esatto. Accanto al nome di Hester Clarke scrisse soltanto un punto interrogativo. Poi tirò fuori un mazzo di chiavi dalla ventiquattr'ore, andò all'angolo dove c'era la cassaforte, l'aprì e tirò fuori la grossa pistola Star 9 millimetri. Controllò la sicura e la mise nella valigetta insieme al taccuino e alla penna.

Oliver Nienaber rimase in piedi immobile con la valigetta in una mano, la testa china e gli occhi chiusi. Sembrava che stesse pregando.

Joubert sapeva che non sarebbe riuscito a leggere. La serata era torrida, e lo scirocco soffiava lugubre intorno agli angoli della casa. La veranda sul davanti guardava a nord. Lì il vento si sentiva appena in mezzo agli alberi. Si sedette sul pavimento a piastrelle d'ardesia con la schiena contro il muro, e accese una sigaretta.

Gli venne voglia di ridere in faccia a se stesso.

Veramente aveva creduto di riuscire a seppellire Lara?

Solo perché per qualche giorno la sua mente era stata abitata dalle immagini del corpo voluttuoso di una diciottenne?

O perché "andava dalla psicologa"?

Quando qualche ora prima era stato da Benny,

aveva riconosciuto i suoni strazianti che erano usciti dalla sua bocca.

Abitavano dentro la sua testa.

"Dillo alla tua psicologa" pensò. "Dille che dipendi dal buio della tua anima come Benny dalla bottiglia".

Tra i suoi pensieri si intromise la risata di Lara. Quella della registrazione, con cui lui non poteva fare a meno di torturarsi, tirando testate contro il muro finché gli occhi non gli si velavano di sangue.

Era prigioniero di Lara. E la chiave della sua cella era lì vicino, a portata di mano. Sarebbe bastato aprirsi con la brava dottoressa. Dirle la verità, fino in fondo... Raccontare i dettagli delle circostanze della morte di Lara che solo lui conosceva...

Erano le dodici e mezzo quando andò a prendere il registratore, giù nel sotterraneo, e premette il pulsante per riavvolgere il nastro... Con gli auricolari illegalmente alle orecchie, si guardò intorno per controllare se qualcuno poteva vederlo, sicuro del proprio diritto di infrangere la legge in quel modo. Premette il pulsante. Senza alcun sospetto. Nell'esercizio del proprio dovere.

Play.

No, non sarebbe riuscito a raccontarlo ad Hanna Nortier.

Joubert appoggiò la testa contro il muro e lanciò la sigaretta nel buio.

"Non poteva nemmeno raccontarlo a se stesso" pensò. Quante volte aveva tentato di riconsiderare il tutto. Cercando giustificazioni, attenuanti, considerando altre possibili interpretazioni.

Ma niente avrebbe funzionato. Aveva bruciato l'audiocassetta. Ma le voci erano ancora incise nel suo cervello. E non poteva più premere *play*. Nemmeno per se stesso. No, cazzo, era troppo doloroso.

Si piegò di fianco per infilare la mano nella tasca dei pantaloni, tirò fuori le sigarette e se ne accese un'altra.

"Avanti, Hanna" pensò. "Saresti davvero capace di raccogliere i cocci di un essere umano e rimetterli insieme? Tanto le crepe si vedrebbero comunque, il minimo tocco basterebbe a mandarlo di nuovo in mille pezzi.

Spiegamelo, dottoressa, perché mai non dovrei appoggiarmi alla bocca le gelide fauci della mia pistola di ordinanza e in un sol colpo bruciare per sempre l'ultima copia del nastro, insieme agli spettri che raccoglie?"

Carina Oberholzer era seduta alla sua scrivania.

Le lacrime le scorrevano lungo le guance sgocciolando sulla carta da lettere azzurra. Scrisse due parole: «Lo meritiamo». Poi aggiunse che non dovevano fermare il killer. E che non dovevano punirlo.

Scrisse un nome e un cognome con mano tremante, ma in una grafia abbastanza leggibile.

Finì con le parole «Mamma, perdonami», anche se suo padre era ancora vivo, e firmò la lettera «Carrie». Poi ripose la penna vicino e andò alla finestra. La spalancò, alzò il piede e lo appoggiò sul davanzale. Si issò nel vano e attese mezzo secondo.

Poi cadde.

Cadde senza fare alcun rumore, a parte quello della stoffa della sua gonna che fluttuò brevemente nel vento, come una bandiera.

Più tardi, mentre l'urlo di una sirena risuonava sopra il borbottio di fondo della città, il vento cambiò. Soffiò senza violenza attraverso la finestra aperta del tredicesimo piano, e come una mano invisibile afferrò quell'unico foglio di carta azzurra e lo fece scivolare nel sottile spazio scuro fra la scrivania e la parete.

Joubert era seduto in veranda a guardare le stelle che brillavano nel cielo suburbano.

Una settimana, un mese, un anno fa l'idea di uccidersi gli era sembrata così logica. Non esattamente un desiderio, solo una via d'uscita consequenziale, un mezzo adatto a una finalità specifica. Ora, quando pensava al momento della verità in cui la sua mano avrebbe dovuto prendere l'arma, le sue labbra aprirsi e il dito contrarsi, Mat Joubert desiderava di vivere ancora un po'.

Riesaminò brevemente le ragioni di quel cambiamento.

Il Trionfo della Grande Erezione? Le varie sfaccettature del rapporto con Hanna Nortier?

Si alzò dal pavimento freddo della veranda, tese le braccia e assaporò il vago, piacevole sfinimento dei muscoli allenati in piscina.

Entrò in casa, si chiuse la porta alle spalle e si diresse nella camera degli ospiti per cercare qualcosa da leggere. I tascabili erano accatastati disordinatamente. Prese il primo che gli capitò. Aveva proprio bisogno di una libreria.

21

La dottoressa Hanna Nortier era sdraiata su un divano. Lui era seduto al suo fianco, su una sedia, e accarezzava meccanicamente i suoi capelli senza colore con movimenti delicati. Il suo cuore era colmo di amore e pietà nei confronti di lei. Le parlava. Le apriva il suo cuore. Lacrime gli scorrevano sulle guance.

La sua mano si spostò sul seno di lei, piccolo e tenero come un uccellino; attraverso il tessuto della camicia, le dita massaggiarono piano piano la pelle. La guardò. Vide che era pallida. Capì che era morta. Ma perché emetteva quei suoni striduli? La sveglia. Aprì gli occhi. I numeri verdi sul quadrante dicevano 6:30.

Si alzò immediatamente, si preparò e uscì per andare in piscina. Nuotò con determinazione per sette vasche prima di essere costretto a fermarsi per riprendere fiato. Poi fece altre due vasche, lentamente.

Fermandosi a comprare un pacchetto di Special Mild, Joubert prese anche il giornale, soprattutto per via dei titoli di prima pagina. Il più grosso era «Cassiera vive nel terrore della Mauser». Sotto, uno più piccolo si domandava: «Dolcezza è il serial killer?».

Lesse le cronache in macchina, parcheggiata davanti al caffè. L'articolo principale riguardava la minaccia rivolta a Rosa Wasserman dal rapinatore, ma ce n'erano anche altri, più brevi, sui delitti. In uno il giornalista, partendo dalle date dei crimini, cercava di stabilire un collegamento fra gli omicidi e le rapine. In un altro, un certo dottor professor Boshoff, "luminare in criminologia e docente all'Università di Stellenbosch", diceva la sua sulla psiche del serial killer.

Joubert finì di leggere e piegò il giornale. Strinse le labbra. Non aveva mai lavorato a un caso circondato da tanto *battage*. Nel 1989 c'era stato quel rapimento del figlio di un viceministro. Il caso era stato risolto in poche ore, ma la stampa aveva imperversato per due giorni. E il killer dell'ascia di Mitchells Plain, nel 1986. I giornali ne avevano parlato per settimane... ma per lo più nelle pagine interne, dato che le vittime non erano bianchi.

Accese il motore e guidò in direzione di Bellville e del grande emporio di ferramenta in Durban Road.

Perché trovava così inaccettabili le conclusioni del giornalista riguardo alle date e alle rassomiglianze fra i delitti? Era soltanto un presentimento, una semplice opinione, sia pure suggeritagli dall'esperienza?

No. Erano le differenze che il giornalista aveva ignorato.

Il rapinatore di banche era un esibizionista. Si pavoneggiava davanti al pubblico, con i suoi travestimenti vistosi, i vezzeggiativi rivolti alle cassiere e le domande sul profumo che portavano. Il rapinatore era un codardo che nascondeva la pistola sotto la giacca fidando nella paura delle donne.

Il killer della Mauser era freddo e chirurgico.

Non potevano essere la stessa persona.

O invece sì?

La sera precedente aveva tracciato un generico schizzo della libreria che avrebbe fatto al caso suo. Aveva spiegato per sommi capi al venditore che cosa cercava.

Quell'uomo era pieno di entusiasmo: aveva spiegato a Joubert i vari tipi di kit per libreria "fai-date" sul mercato. Alcuni erano impacchettati in modo tale da poter essere montati in cinque minuti senza mai usare né trapano, né sega, né martello.

Joubert però aveva voglia di lavorare di più con le sue mani. Dalla sera prima si era affezionato all'idea del *bricolage*. Voleva sentire l'odore di segatura e usare il trapano elettrico che stava in rimessa da più di tre anni a prendere polvere. Voleva sudare e misurare e adattare e far segni a matita sul muro e sul legno.

Il venditore suggerì lunghi montanti di metallo da avvitare verticalmente alla parete. Contropali in metallo agganciati orizzontalmente. Inoltre, diversi ripiani di legno che Joubert avrebbe misurato e segato personalmente.

Comprò i materiali necessari, più le punte per il trapano e le viti con le guaine di plastica. Carta vetrata, vernice, pennelli.

Pagò e fece mentalmente un rapido calcolo per vedere quanto aveva risparmiato non comprando uno dei lussuosi modelli "fai-da-te". Due neri lo aiutarono a caricare gli acquisti sull'auto. Diede loro cinque rand di mancia per ciascuno. Alcuni ripiani e i montanti metallici erano troppo lunghi sia per l'interno dell'auto sia per il bagagliaio. Lasciò che sporgessero dal finestrino.

Andò al Bellville Market per rimpolpare la riserva di frutta e verdura, e guidando verso casa mangiò una mela.

Quando arrivò, Emily stava già facendo il bucato. Lui la salutò e le chiese notizie dei suoi figli che abitavano nel Transkei e di suo marito, che stava a Soweto. Aggiunse che fra poco la camera degli ospiti sarebbe stata ordinatissima. Lei scosse la testa con incredulità.

Joubert traboccava di entusiasmo per la nuova iniziativa.

Aprì la porta della rimessa e scelse gli attrezzi. Tutti, a parte qualche cacciavite e il tagliaerba, erano coperti da uno spesso strato di polvere.

Alcuni attrezzi erano appartenuti a suo padre. Suo padre, che li usava in fretta e furia, con un'impazienza pari alla sua precisione. «No... a scuola vi dovrebbero insegnare a usare questi arnesi. Così ti fai male, e basta. E poi tua madre se la prende con me.»

Joubert tornò in camera degli ospiti. Fece un secondo schizzo su carta. Andò in cucina a prendere un'altra mela, poi prese il trapano elettrico e i montanti metallici. Misurò dove bisognava praticare i fori per le viti: poi gli venne in mente che gli occorreva una livella a bolla.

No, non sarebbe uscito in macchina di nuovo.

Avrebbe preso le misure con cura servendosi come riferimento dell'angolo della stanza.

Si mise al lavoro.

Quando ebbe trapanato tutti i fori, tirò fuori la radiolina portatile dal comodino di Lara. Nel cassetto c'erano sempre delle batterie nuove. Eccole. Le infilò nella radio e l'accese. Regolò la sintonia passando per alcune emittenti musicali finché trovò la RSG, la radio in afrikaans. Due uomini stavano commentando una partita di cricket. Portò la radio in rimessa perché doveva lavorare con la sega.

La radio trasmise un brano di musica tradizionale boera, che evocò in lui una serie di ricordi. Suo padre non ascoltava mai il cricket, ma prima che arrivasse la televisione, il sabato pomeriggio seguiva le radiocronache di rugby, imprecando contro i commentatori e i giocatori e l'arbitro quando il Western Province perdeva.

Dopo la partita, prima che passassero la linea agli altri stadi per i commenti finali, c'era sempre uno stacco di musica boera o bandistica. Per suo padre era il segnale di andare a farsi il drink del sabato sera al bar del Royal.

Intanto Joubert doveva preparare il fuoco, perché di sabato per cena facevano un barbecue. A volte doveva continuare ad alimentare il fuoco con ceppi di rooikrans fino a sera tardi, perché suo padre non permetteva a nessun altro di preparare la carne: «È un lavoro da uomini.»

Le prime volte era contento di andare al bar a chiamare suo padre.

Gli piaceva il calore del posto, il cameratismo, il

rispetto che gli altri avventori mostravano di avere per suo padre.

Incominciò a segare. Il sudore gli colava dalla fronte. Se lo asciugò con il dorso della mano lasciandosi sul viso un segno nero.

Sopra il rumore della sega sentì il radiocronista che diceva: «Zeelie dal lato opposto. Adesso è al wicket. E Loxton la gioca difensivamente, rimandandola al lanciatore».

Zeelie. Non aveva chiesto a Gail Ferreira se suo marito conosceva Zeelie. Ma era ragionevolmente sicuro di quale sarebbe stata la risposta.

Tre omicidi inspiegabili. Le vittime non avevano nulla in comune. Un padre di famiglia, un gay e uno storpio. Un eterosessuale promiscuo, un omosessuale conservatore e un appassionato di film porno. Sposato, celibe, sposato. Uomo d'affari, orafo, disoccupato.

Non c'era alcun rapporto... a parte il fatto stesso che non ci fosse alcun rapporto.

Un assassino che colpiva in modo imprevedibile, nel tardo pomeriggio, alla mattina presto o nel cuore della notte: premeva il grilletto e poneva termine a una vita. Come faceva a scegliere le vittime? Ambarabà ciccì coccò... oppure vedeva qualcuno per la strada e lo seguiva fino a casa perché non gli piacevano la sua faccia o i suoi vestiti?

Era già capitato. Qui. In Inghilterra. Una goduria per i media perché questi delitti risvegliavano una paura universale, ancestrale: la morte immotivata, il destino più orribile. E la polizia era impotente, perché non c'era nessun criterio. Il carburante della grande macchina per la lotta contro il crimine era l'esistenza di uno schema identificabile, come uno specifico modo di operare o un movente comprensibile. La perversione sessuale, per esempio. O l'avidità. Ma se il modello identificabile mancava, la grande macchina si fermava con un gemito. Il serbatoio vuoto. E farla ripartire era un casino.

Si sarebbe accontentato di una traccia qualunque, una piccola traccia che non si dileguasse come neve al sole appena lui la coglieva di sfuggita.

Prese un ripiano da collaudare nella camera degli ospiti. Prima di essere uscito dalla rimessa sentì che Zeelie aveva eliminato Loxton.

22

Il caporedattore della cronaca del «Weekend Argus» sfogliò il giornale del sabato. Stava cercando dei possibili seguiti per l'edizione domenicale: notizie che non fossero state spremute fino al midollo, da affidare ai diversi reporter.

Incominciò a sfogliare dal fondo e si fermò all'articolo di pagina sei, con il piccolo titolo che diceva: «Sea Point. Donna cade dalla finestra.

Una segretaria di Sea Point di 32 anni, miss Carina Oberholzer, è rimasta mortalmente ferita a seguito di una caduta dalla finestra del suo appartamento al tredicesimo piano di un condominio in Yates Road.

Miss Oberholzer, impiegata della Petrogas a Rondebosch, al momento della caduta era sola in casa.

Secondo un portavoce della polizia, non si sospettano né un suicidio né un atto di violenza: "Riteniamo si sia trattato di un tragico incidente"».

Il caporedattore andò a pagina due, dove c'era qualche articolo sul killer della Mauser. E una foto del capitano Mat Joubert.

Il caporedattore ebbe come una reminiscenza. Alzò il telefono e compose un numero interno.

«Ciao Brenda. Mi serve un incartamento... subito per favore. M.A.T. Joubert, capitano, Omicidi e Rapine.» Ringraziò la donna e riagganciò. Otto minuti dopo il fascicolo marrone fu deposto sulla sua scrivania. Lui aprì il fascicolo e ne sfogliò rapidamente il contenuto come se stesse cercando qualcosa. Poi diede un sospiro di sollievo, tirò fuori un articolo dell'«Argus» piuttosto ingiallito e lo lesse.

Si alzò con il foglio in mano e andò nell'ufficio cronache fermandosi alla scrivania della cronista di nera. «Sapevi che la moglie di quest'uomo è morta in servizio?» chiese, porgendo all'altra la prova di quello che diceva.

«No» rispose Genevieve Cromwell che, nonostante il nome, era una donna bruttina e priva di fascino. Poi si aggiustò gli occhiali sul naso.

«Potrebbe venir fuori una storia discreta. Centrata sul lato umano. Due anni dopo: ancora traumatizzato dalla tragedia ma pur sempre in prima linea per il trionfo della giustizia... cazzate del genere.»

Il volto di Genevieve si illuminò. «Già,» disse «magari avrà anche una ragazza nuova.»

«Non fare la sentimentale con me» tagliò corto il caporedattore. «Dobbiamo tirar fuori un pezzo così succulento da non lasciare agli altri neanche gli avanzi. Parla con lui, con il suo capo, con gli amici, i vicini... Leggi i fascicoli, fai un po' di scavo.»

«È una brava persona, sai?»

«Mai visto né conosciuto.»

«È simpatico. Un po' timido.»

«Togliti dagli occhi quello sguardo romantico del cazzo, piccola, e dacci dentro.»

«Ed è anche un bell'uomo, del tipo orsacchiottone.»

«Cristo» commentò il capo redattore scuotendo la testa disgustato mentre tornava verso il suo ufficio. Ma Genevieve non sentì l'imprecazione del suo capo. Stava fissando il soffitto senza vedere niente.

Joubert commise il suo secondo piccolo errore mentre infilava una vite nel muro attraverso il montante metallico.

Giunta a un quarto del suo percorso, la vite rifiutò di muoversi. Lui decise di aiutarla un po' con qualche martellata lieve lieve. La decisione si dimostrò errata, semplicemente perché il foro che aveva fatto con il trapano non era abbastanza profondo.

La vite si spezzò, insieme alla guaina di plastica e a un voluminoso pezzo di intonaco.

Joubert, che non era scurrile come Gerbrand Vos, sibilò qualcosa che avrebbe fatto la felicità del suo collega. Emily, che stava stirando in cucina, lo sentì: sorrise mettendosi una mano sulla bocca.

Alle cinque e un quarto di sabato pomeriggio telefonò Cloete delle Pubbliche Relazioni.

Bart de Wit era impegnato in una partita a scacchi con Bart Junior, ma, dato che stava perdendo, l'intrusione non lo infastidì.

«Spiacente di disturbarla a casa, colonnello, ma mi hanno appena telefonato dall'"Argus". Vogliono fare un grosso servizio sul capitano Joubert... per via del fatto che sta indagando sugli omicidi e le rapine in banca. Intervista a lei, ai membri della sua squadra, a lui stesso, i precedenti casi risolti, insomma, barba e capelli.»

Il primo pensiero di de Wit fu che al giornale sapevano qualcosa.

Tutt'altro che improbabile. Rifletté. I cronisti andavano a pescare le informazioni nei posti più assurdi. E adesso si erano insospettiti.

«No» rispose de Wit.

«Scusi, colonnello?»

«No. Assolutamente. Dovranno passare sul mio cadavere.»

A Cloete caddero le braccia. Aspettò che il colonnello gli desse qualche spiegazione. Ma Bart de Wit non disse niente.

Alla fine Cloete concluse che avrebbe informato l'«Argus» e salutò. Perché aveva accettato quel posto? Era impossibile accontentare contemporaneamente tutti i poliziotti e tutti i giornalisti.

Diede un sospiro e telefonò alla cronista.

Joubert aveva piantato tutte e quattro le viti nella parete.

Fece un passo indietro e diede uno sguardo d'insieme.

Il buco dove si era staccato l'intonaco non si vedeva; tuttavia si rese conto che non tutti i montanti erano a livello. Senza la bolla, il suo occhio non era stato del tutto preciso.

"Non hai manualità" disse a se stesso con rassegnazione. Comunque quando i libri fossero stati sui ripiani, le imperfezioni non si sarebbero notate più. Ora, però, aveva bisogno di una sigaretta. E di una birra... No, non di una birra. Di un succo di pera, forse?

Esclamò: «Cosa ti sta succedendo?»

«Signor Mat? Le serve qualcosa?» fece Emily dalla cucina.

Bart de Wit Junior vinse facilmente la partita perché i pensieri di suo padre non erano concentrati sulla scacchiera.

La mente di de Wit stava correndo a tutta velocità. Il grande punto interrogativo era se i giornali fossero al corrente del fatto che Joubert era in psicoterapia, e delle valutazioni negative da lui ricevute negli ultimi due anni. E se sapevano, come ci erano arrivati?

Supponendo che non sapessero, che probabilità esistevano che venissero a scoprirlo?

"Sono peggio delle iene" pensò. "Mordono e schiacciano finché l'osso si spezza permettendo loro di arrivare al midollo della storia per succhiarlo rumorosamente."

Che lo sapessero o no, questo avrebbe significato l'estromissione del capitano Mat Joubert dall'inchiesta. Fin da lunedì mattina.

Non era una prospettiva piacevole, ma faceva parte dei compiti di un capo.

Meglio passare i casi degli omicidi della Mauser a Gerbrand de Vos.

Era come se un peso gli fosse stato tolto dalle spalle.

Provò un grande sollievo, e finalmente rivolse la sua concentrazione alla scacchiera davanti a lui.

«Matto» disse Bart Junior strofinandosi il naso con un dito. Lui in quel punto non aveva nei.

Accompagnò in macchina la signora Nofomela fino al capolinea dell'autobus e tornò a casa. Era stanco da morire, si sentiva sporco e sudato, e aveva fame. Più ripensava alla sua fame, più questa aumentava.

Decise che aveva bisogno di un pasto come si deve. Niente cibo-spazzatura.

Sarebbe andato in un buon ristorante. A farsi una bistecca alta, scura e sugosa, un filetto che si scioglieva in bocca con...

No, doveva tenere duro con il pesce. Per la dieta. Una sogliola come la cucinavano al Lobster Pot... alla griglia, con formaggio e salsa di funghi.

La sua bocca si riempì di saliva. Quando era stata l'ultima volta che si era sentito così affamato? Veramente affamato, con quel leggero senso di capogiro, quel desiderio pungente del sapore del cibo, del piacere della sazietà? Non se lo ricordava.

Fece il bagno, si vestì e guidò verso il ristorante. Quando si sedette nella sala si rese conto che era stato uno sbaglio.

A turbarlo fu il rendersi conto all'improvviso, guardando le coppie sedute ai vari tavoli che parlavano sottovoce, in intimità, di essere solo.

Divorò la sogliola perché voleva andarsene al più presto.

Quando fu davanti alla porta di casa sentì il telefono. Entrò velocemente, raggiunse il telefono e alzò il ricevitore.

«Pronto... capitano Joubert?»

Riconobbe la voce. «Sì, dottoressa Nortier.»

«Ricorda che le avevo parlato del nostro gruppo di socializzazione?»

«Sì.»

«Domattina andiamo all'anteprima del *Barbiere* riservata agli Amici dell'Opera. È per le undici, nella sala prove al Nico. Se decide di venire sarà il benvenuto.»

«Io... dunque...»

«Non è obbligato a decidere subito. Ci pensi su.»

«Sono impegnato a costruirmi una libreria, sa...»

Lei sembrò stupita. «Non sapevo che avesse l'hobby della falegnameria.»

«Be', insomma...»

«D'accordo... allora forse ci vediamo domani.»

«Forse» ripeté lui e si salutarono.

Guardò l'orologio. Erano le sette e mezzo. Questo significava che neanche lei per quel sabato sera aveva un carnet strapieno.

Il pensiero lo fece sentire meglio.

23

Oliver Nienaber stava leggendo l'edizione domenicale del «Weekend Argus».

Era a letto, con la moglie al suo fianco. Lei leggeva il supplemento mondano del giornale. Faceva parte del loro rituale della domenica mattina... sennonché, dall'altro ieri, Oliver Nienaber leggeva i quotidiani con molta più attenzione del solito. Fu per questo che non gli sfuggì il trafiletto sulla morte di Carina Oberholzer.

Improvvisamente Oliver Nienaber sentì un bisogno urgente di alzarsi. Doveva muoversi, avrebbe voluto scappare via, lontano dalle cose terribili che stavano succedendo. E pensare che era lì lì dal realizzare i suoi ideali, dal toccare con mano i suoi sogni. Tutto gli stava andando così bene, dalla vita familiare agli affari...

Poi a un tratto il killer della Mauser e adesso la tragedia di Carina Oberholzer.

«Riteniamo si sia trattato di un tragico incidente».

Questa, secondo il giornale, era la versione della polizia. Ma lui no, non ci stava. Aveva forti sospetti che non fosse stato affatto un incidente. Come fosse potuto succedere, non riusciva a immaginarlo. Perché era difficile immaginarlo...

Sentì una stretta al petto, come se una mano gigante gli premesse contro.

Sì, doveva parlare con MacDonald. E con Coetzee.

Poi, di colpo... ma certo: l'"incidente". Poteva essere stato proprio MacDonald. Oppure Coetzee. Mac era abbastanza grosso da lanciare una donna come Carina Oberholzer dalla finestra con una mano sola. Ma perché avrebbe...

E Coetzee? Se fosse stato Coetzee? No. Non aveva senso.

Non aveva alcun senso. Si alzò con decisione.

«E ora che c'è, tesoro?» gli domandò sua moglie aggrottando la pelle liscia, compatta, vellutata della fronte.

«Mi sono appena ricordato che devo fare una telefonata.»

«Non ti rilassi mai» commentò lei, più con ammirazione che con rimprovero, e si rimise a leggere il supplemento.

Nienaber andò nel suo studio e fece il numero dell'Industria Ittica MacDonald. Nessuna risposta. "È domenica, idiota", disse fra sé. Domani sarebbe andato a Hout Bay. Doveva discutere di questa situazione.

Margaret Wallace non leggeva i giornali di domenica. Meno che meno adesso che suo marito era morto.

Però diede una rapida occhiata alla prima pagina

del «Sunday Times» che aveva comprato sua madre. C'era un articolo sul killer della Mauser corredato di una piccola foto di Ferdy Ferreira.

Andò in giardino, a prendere il sole sulla sedia a dondolo, con in mano una tazza di caffè. Le sembrò che il sole, con il suo calore, alleviasse la sofferenza che la straziava.

Dove aveva già visto quella faccia?

Pensaci bene. Pensaci con metodo. Parti dal lavoro di Jimmy. Pensaci, perché potrebbe servire a prendere quel mostro che lo ha ucciso. E forse questo ti darà sollievo dal tuo immenso dolore. Se solo avesse saputo perché qualcuno aveva voluto far questo a lui, a lei, a loro.

Aveva terminato di segare i ripiani. Li appoggiò ai contropali di metallo, collocando gli scaffali nel modo più adatto per accogliere i suoi tascabili.

La sua mente era ancora più in trambusto.

Il *Barbiere*?

Era il titolo di un'opera? Probabile. Da qualche parte aveva una cellula cerebrale provvista della risposta a questa domanda che combatteva contro le tenebre. Gli esseri umani, come sono sciocchi, rise fra sé. Avrebbe anche potuto chiedere che cos'era quel *Barbiere*. «Per favore, dottoressa Hanna... spieghi a questo coglione di poliziotto cos'è il *Barbiere*.» E con ogni probabilità lei ne sarebbe stata divertita, e lui a quest'ora lo avrebbe saputo. Ma gli uomini sono strani... non amano farsi cogliere in fallo.

Se era un'opera, non ci sarebbe andato.

Aveva segato un ripiano troppo corto.

Come ci era riuscito? Li aveva misurati uno a uno con tanta cura. Accidenti. Non sarebbe riuscito a finire in giornata.

Se ci andava, avrebbe visto Hanna Nortier. Si sarebbe abbeverato alla fonte del suo fascino strano.

Ma gli altri... gli altri svitati... Non voleva accompagnarla all'opera insieme a un branco di picchiatelli. «Ehi, c'è la dottoressa Nortier con i suoi pazienti. Buon giorno, dottoressa. Che tristezza... guardate quello grosso con gli occhi spenti. Psicosi traumatica, mi sa.»

All'improvviso si ricordò di Griessel. Doveva andare a... be', a trovarlo non era la parola giusta. A vederlo, diciamo.

Ma una cosa non escludeva...

Così decise di andare a quella fottuta anteprima d'opera e poi di andare a vedere Benny. Se avesse fatto in tempo, cioè.

Hanna Nortier aspettava imbronciata nell'atrio della sala prove.

Joubert vide che era vestita in modo informale e si sentì mancare. Lui si era messo i pantaloni grigi e il blazer nero con lo stemma della squadra di nuoto dell'Accademia di polizia sulla tasca. Camicia bianca e cravatta marrone. Lei appariva piccola, magra e indifesa con la lunga gonna blu, la camicetta bianca e i sandali bianchi. Quando lo vide sorrise: sul viso aveva un'espressione strana, perché il broncio era ancora presente e lottava con il sorriso.

«Non è venuto nessun altro» disse lei, continuando a guardare verso l'entrata.

«Oh» commentò Joubert. Non aveva considerato questa eventualità. Rimase in piedi accanto a lei, a disagio. La giacca gli andava un po' stretta di spalle. Incrociò le mani davanti a sé. Vicino a lui Hanna Nortier sembrava minuscola. Continuava a fissare l'ingresso: poi guardò l'orologio con un gesto forzato, che lui però non notò.

«Stanno per cominciare.» Ma rimase dov'era, con aria imbarazzata.

Joubert non sapeva che dire. Guardò le altre persone che entravano dalla porta in fondo al corridoio. Tutte in abbigliamento casual. Nemmeno una cravatta in vista. Si sentiva addosso gli occhi di tutti. Addosso a lui e a Hanna Nortier. La Bella e la Bestia.

Lei prese una decisione. «Andiamo a sederci.»

Lo precedette lungo il corridoio e oltre la porta. Era una sala grande, grande quasi quanto la piscina olimpionica dove sputava l'anima tutte le mattine. Il pavimento era circondato da gradinate come in un anfiteatro. Sui gradini erano collocate le sedie. Quasi tutti i posti erano già stati presi.

Joubert la seguì guardandosi le scarpe nere. Vide che non erano state lucidate. Avrebbe voluto poterle nascondere.

Trovarono due posti e vi si sedettero. Joubert girò gli occhi intorno. No, non lo stava guardando nessuno. Le persone chiacchieravano fra di loro, in completo relax.

Avrebbe dovuto dirle che non sapeva niente dell'opera? Prima che lei avviasse una discussione con il risultato di coprirlo di ridicolo. Forse sì, meglio dirglielo.

«Bene...» cominciò lei sorridendogli. Senza broncio, stavolta. Anche a lui sarebbe piaciuto potersi liberare delle proprie frustrazioni così facilmente, istantaneamente e completamente. «Lei era l'unico che non mi aspettavo di vedere, capitano Joubert.»

"Diglielo."

«Io...»

Da una porta entrò una squadra di persone. Il pubblico applaudì entusiasticamente. I nuovi arrivati si sedettero sulle sedie contro la parete, alle spalle di un pianoforte. Un uomo restò in piedi. L'applauso cessò e l'uomo sorrise. Incominciò a parlare.

Sembrava uno che sarebbe andato d'accordo con Drew Wilson, pensò Joubert.

L'uomo parlava di Rossini. Non a voce troppo alta, ma Joubert lo sentiva nitidamente. Diede una rapida occhiata ad Hanna Nortier. Era affascinata.

Joubert respirò a fondo. Non era così male come aveva creduto.

L'annunciatore parlò con grande entusiasmo. Anche Joubert cominciò ad ascoltare.

«Poi, a trentasette anni, Rossini scrisse la sua ultima opera, il *Guglielmo Tell*» disse l'annunciatore.

"Aha", pensò Joubert. "Alla Grande Predatrice piace accanirsi contro gli uomini famosi."

«Per i restanti quarant'anni della sua vita, non scrisse più neanche un'opera, a meno di considerare tale lo *Stabat Mater*. Per pigrizia? Per stanchezza? O forse solo per l'inaridirsi della sua vena creativa?» declamò l'annunciatore, e per un attimo tacque.

«Non lo sapremo mai.»

Allora la Predatrice non c'entrava, pensò Joubert,

ma Rossini restava comunque un fratello di sangue. Sennonché, lui aveva battuto il grande compositore. Aveva solo trentaquattro anni ed era già stremato, la sua linfa creativa finita chissà dove. Forse il cervello che era stato capace di creare composizioni del livello de *Lo Stato contro Thomas Maasen* e opere avvincenti quali *Il Caso dello Stupratore di Oranjezicht* non sarebbe riuscito mai più a risolvere un delitto?

Il tipo adesso stava parlando del *Barbiere di Siviglia*. Joubert archiviò nella mente il titolo completo dell'opera. Non voleva dimenticarlo.

Se Hanna Nortier ne avesse parlato, non voleva assolutamente fare la figura del fesso.

«È curioso che il pubblico italiano abbia quasi fischiato la prima esecuzione del *Barbiere*...» disse l'annunciatore. «Per Rossini l'umiliazione dev'essere stata atroce.»

Joubert sorrise fra sé. "Be', amico mio, questo posso capirlo. L'umiliazione la conosco."

L'uomo parlava del libretto. Joubert non sapeva che cosa significasse. Si bevve ogni parola, cercando degli indizi. Stabilì che doveva essere la storia.

«Per l'allestimento di quest'anno abbiamo il privilegio di presentare il celebre baritono italiano Andrea Valenti nel ruolo di Figaro» disse l'annunciatore con la voce bassa, e si girò. Il pubblico applaudì e Valenti fece un inchino. «Andrea canterà per noi la prima aria, *Largo al factotum*. La conoscete tutti.»

Dal modo in cui il pubblico applaudì, Joubert concluse che non soltanto la conoscevano, ma l'apprezzavano molto.

Osservò l'italiano. Non era alto, ma aveva un ampio torace e le spalle larghe. Era disinvolto nella postura, con le mani abbandonate lungo i fianchi e i piedi ben piantati per terra. Una giovane donna si era seduta al pianoforte. Si scambiarono un cenno. Quando le note uscirono dal piano l'italiano sorrise e inspirò profondamente.

Joubert restò sgomento per l'intensità della voce di Valenti. Fu come se una radio fosse stata accesa all'improvviso con il volume troppo alto.

La voce dell'italiano inondò la sala. Cantava nella sua lingua, ripetendo continuamente il nome Figaro. La musica era leggera e ritmata, la melodia sorprendentemente gradevole alle sue orecchie. E Valenti cantava con abbandono.

Joubert era affascinato dall'atteggiamento di quell'uomo, dal suo entusiasmo, dalla sua sicurezza: la sua voce faceva tremare il pavimento di legno sotto i piedi di Joubert. Ma c'era qualcos'altro, qualcosa che lo faceva sentire in colpa, come un'accusa. Cercò di identificarlo, malgrado la difficoltà nel liberarsi dalla malia positiva che la musica esercitava su di lui.

L'italiano si stava divertendo. Questo era il suo lavoro, e lui lo faceva bene, e lo amava senza riserve.

Che differenza rispetto al capitano Mat Joubert.

Gli venne un sospetto. Era per questo che Hanna Nortier lo aveva portato qui? Si trattava forse di una segreta, sofisticata forma di terapia?

La voce del baritono e la dolce esuberanza della melodia tornarono a sopraffare Joubert, colmandolo di una strana bramosia. Si concentrò sulla musica, permettendo a quella bramosia di crescere nel suo subconscio, anonima e informe.

Appena prima che Valenti terminasse l'aria, capì. Avrebbe voluto anche lui alzarsi in piedi e cantare, mettersi al fianco dell'italiano e far sentire a tutti la sua euforia. Voleva che la vita gli brillasse dentro come un grande marchio infuocato. Voleva fare il suo lavoro con l'impegno di una totale efficienza. Bramava l'entusiasmo, la passione, quei rari momenti di intensità quando senti che la vita sta ridendo con te. Bramava la vita. Era stufo e arcistufo della morte. Aveva tanto desiderio di vita. Poi il pubblico applaudì. Anche Joubert batté le mani, più forte di tutti.

Presero un caffè al ristorante.

Lei gli chiese: «Le è piaciuto?».

«Non so niente di opera lirica.»

«Non è necessario conoscere una cosa a fondo per apprezzarla.»

«Ma... io...» Joubert era fin troppo consapevole del fatto che Hanna fosse "La Psicologa". Colei che pesa le parole. Si abbandonò sulla sedia. «All'inizio è stato bello. Ma dopo...»

«Si è sentito come un bambino che ha mangiato troppi dolci?»

Sui due piedi, lui non capì. Hanna gli spiegò: il primo era stato squisito, goloso e appagante. Ma poi la dose era diventata eccessiva.

«Proprio così» confermò Joubert, sorpreso che lei avesse capito così bene.

«È stato un sovraccarico sensoriale... e può consolarsi pensando che non le è capitato Wagner.»

«Questo nome non mi è del tutto nuovo...» osservò lui. «Per caso, è stato dentro?»

Stupì se stesso con questo tentativo di battuta. Hanna sorrise. Lui colse un lampo della sua personalità, perché quel sorriso era stato solo un breve distendersi delle belle labbra delicate. Il suo sguardo era rimasto vagamente corrucciato. Quella donna sembrava frenata, come da un eccesso di coscienza verso ogni emozione, e verso le reazioni degli altri alla sua personalità. Joubert si chiese se questo era il prezzo che pagava per il sapere che aveva accumulato. Ogni pensiero veniva confrontato a un paragrafo di un libro di testo.

«Le presterò un compact del *Barbiere*. Se lo ascolta, e si abitua alla musica e impara a conoscerla, sono sicura che poi la tollererà più a lungo.»

«Non ho un lettore di compact.» Lo stereo che faceva bella mostra di sé nel soggiorno era stato un acquisto di Lara. Era di marca sconosciuta, preso in offerta speciale da Lewis, ma andava fin troppo bene per i dischi di Lara, gli Abba e più tardi i BZN. A volte lei alzava il volume a un livello assordante e ballava da sola nella stanza buia, mentre lui era seduto su una sedia e la guardava sapendo che quando avrebbe finito...

Si domandava, a volte, se i vicini non si sarebbero lamentati del baccano, ma non vedeva l'ora che il corpo di Lara liberasse su di lui l'energia assorbita attraverso la musica. In seguito, dopo la sua morte, si era interrogato su quei momenti, quando lei, inebriata dal ritmo gli si metteva a cavalcioni sopra il letto matrimoniale. L'uomo che Lara aveva in mente e quello che stringeva tra le cosce erano la stessa persona? O lui era lo strumento con cui la moglie realizzava le proprie fantasie? La chioma nera con le luci rossastre sul suo viso, gli occhi chiusi, i seni imperlati di sudore, le anche che si alzavano come il mare, senza sosta, finché un suono profondo non indicava il momento dell'orgasmo, ritmico, ritmico, sempre più veloce, mmm, mmm, mmm, mmm ansava lei... E poi veniva, ignara del fatto che il piacere di lui si era già consumato e che Joubert la stava guardando struggendosi di amore e di riconoscenza per la sua fortuna, serrando nello scrigno della memoria ogni millimetro del suo corpo incredibilmente flessuoso.

Hanna Nortier aveva detto qualcosa che lui non aveva sentito, e lui arrossì per i suoi pensieri, per la sua bocca che si era socchiusa all'intensità del ricordo.

Lei si avvide della sua distrazione. «Glielo registrerò. Ce l'ha un mangianastri?»

«Sì.»

«E un televisore.» Questa non era una domanda.

«No.» Non le avrebbe detto che lo aveva regalato alla donna delle pulizie perché non ne poteva più di piazzarsi a guardarlo notte dopo notte come uno zombie, mentre le *sit-com* americane si susseguivano implacabili con il loro contorno di risate precotte fino a fargli saltare i nervi, e ogni stupida sceneggiatura di ogni stupido programma con la sua stupida morale sembrava un replay della sua stupidissima vita.

«Allora non si è visto alla televisione venerdì sera?»

«No.»

Lui non voleva che il loro incontro si trasformasse in una seduta terapeutica. Era in un locale pubblico insieme a una bella donna. Così diverso dalla sera prima... Voleva salvare le apparenze. Voleva che gli altri clienti vedessero una coppia.

«I media vogliono spremere quegli omicidi fino all'ultima goccia» disse Hanna, e Joubert capì che anche lei non voleva ricadere nei ruoli istituzionali.

«Si direbbe che non ci siano altre notizie di cui parlare.»

«Ha letto "Die Burger" di ieri?» Lui pensò che Hanna a questo punto stesse raschiando il fondo del barile... perché il suo interlocutore non aveva né lettore di compact né televisore.

«Quello di ieri... sì.»

«Pensa che siano la stessa persona? L'assassino e il rapinatore, voglio dire.»

Joubert inspirò a fondo: la sua incertezza lo spingeva a chiuderle la porta in faccia tagliando corto, nel timore di non rispondere in modo convincente e coprirsi di ridicolo davanti a questa bella ragazza minuta.

«Ho i miei dubbi» rispose e incominciò a parlare lentamente, con prudenza. Le parlò dei delitti, uno per uno, dei sospettati, delle complicazioni e dei vicoli ciechi. Il suo monologo diventò una prova a discarico, un argomento per l'autodifesa, l'evidenza che la sua vocazione non era ancora spenta. Che aveva ancora una ragione per vivere.

Lei gli fece una serie di domande, sfidandolo a rispondere con sottigliezza, vagliando la validità delle sue argomentazioni. Joubert non le staccava gli occhi dal viso, dagli zigomi che apparivano così delicati sotto il pallore della pelle, dalle sopracciglia create per aggrottarsi, dal perfetto disegno della mascella.

«Ha letto cosa dicono? Di quella donna nella banca, come è stata coraggiosa eccetera? È diventata un'eroina. Ma non è vero. Io penso che lei si sia fatta cogliere dal panico e che il rapinatore si sia spaventato. Il killer della Mauser non si sarebbe spaventato. Avrebbe sparato. Non è lo stesso uomo. Per sparare a qualcuno a bruciapelo con una grossa pistola ci vuole... be', un certo distacco, se così si può dire. A volte i rapinatori sono anche assassini. Ma questo qui, è diverso. Lui è un pagliaccio. I travestimenti, le scemenze da rubacuori. No, non mi sembra possibile che siano la stessa persona.»

«Ha intenzione di parlare con il criminologo?»

«Quello che hanno interpellato i media? Che diceva che gli atti del pluriomicida sono una rivolta contro la società? Mi pare che si chiami professor Boshoff.»

Joubert si strinse nelle spalle. Non aveva valutato la possibilità.

«Non crede che sarebbe utile conoscere il quadro psichico dell'assassino?»

Come poteva spiegarle che in tutti gli esami scritti che aveva superato per diventare sergente, e poi tenente, e poi capitano, non si faceva alcun accenno a quadri psichici? Lui sapeva soltanto porre domande, cercare i numeri giusti nel ginepraio delle mille norme di legge e addizionarli finché la somma aveva senso. Finché i conti tornavano e lui poteva chiedere un mandato d'arresto per andare a bussare con una faccia da carnefice alla porta di qualcuno.

«Non so... questo è il suo campo.»

«Male non può fare. Gli esperti di criminologia

raccolgono tutti i dati e sviluppano ricerche su ricerche. Trasmettono le loro conclusioni ai loro studenti. Sarebbe una buona cosa se tutto questo potesse trovare un'applicazione.»

«Sì, forse ha proprio ragione.»

Era di turno la stessa infermiera dell'altra volta. «Volevo sentire come sta il sergente Griessel» disse Joubert con prudente cortesia.

Gli occhi di lei apparivano più grandi del reale dietro le lenti. «Ieri notte ha chiesto la medicina.» La sua voce diceva che lo aveva perdonato.

«Posso vederlo?»

«Dorme. Non si accorgerebbe nemmeno che è venuto.»

Si fidò della sua parola. La ringraziò e si voltò per andarsene.

Poi di colpo si fermò: «Perché prima non voleva la medicina?».

«Diceva che non se la meritava.»

Lui tacque, rimanendo a guardarla mentre pian piano si placava il tumulto della sua mente.

«Lei è un parente?»

«No. Solo un amico.»

«A volte fanno così. Combattono a lungo... cioè, contro la bottiglia. Pensano che la prossima volta sarà più facile perché ricorderanno quanto hanno sofferto per smettere.»

«Grazie» disse Joubert senza pensare, e uscì.

C'erano ancora libri da sistemare sugli scaffali. E le sue scarpe. Per quella sera sarebbero state belle lucide.

24

Quel mattino non era solo in piscina. I membri del business club si erano dati appuntamento in forze, forse perché molti erano tornati dalle vacanze.

Nuotò con cupa determinazione.

La maledetta dieta. Ieri sera aveva sofferto la fame. Colpa della conversazione con Hanna Nortier, o dello sforzo fisico richiesto dalla libreria, che gli aveva aumentato l'appetito? Tuttavia non avrebbe mangiato cibi ricchi di grassi, anche se di notte si sognava l'insalata russa, le patatine, le uova fritte e i tramezzini al bacon del suo bar di un tempo. Sarebbe dimagrito dimostrando a Bart de Wit e al dottore e alla psicologa che...

Così fumava. Come se lo stomaco potesse nutrirsi attraverso i condotti respiratori. Cibo o sigarette. Ieri sera aveva fumato Special Milds senza soddisfazione, una dopo l'altra, fino ad avere la bocca secca e la lingua amara, mentre rifletteva sullo strano rapporto tra il "Detective" e la "Psicologa", chiedendosi se per caso non si stesse innamorando. "Così, a un tratto, sei diventato una banderuola sentimentale, Mat Joubert? C'è una ragazzina arrapata che non sei neanche riuscito a inquadrare nel mirino, e già stai rincorrendo la prossima. Dongiovanni Joubert. Dove sono andati a finire il lutto e il dolore? Pensi davvero di poter sfuggire a Lara?"

Lara, sua moglie morta. Anche adesso la vedeva alla toeletta, passarsi la spazzola tra i capelli a colpi nervosi. Vedeva il suo bicipite e il tricipite gonfiarsi a ogni colpo sotto la pelle abbronzata. Vedeva i suoi seni nudi riflessi nello specchio. Sentiva la sua voce. «Cristo Mat... passiamo tutti i fine settimana a casa. Me ne andrò in giro da sola, allora. Giuro davanti a Dio, Mat, che uno di questi giorni comincerò ad andare in giro da sola.»

Adesso nuotava ancora più rabbiosamente, per sfuggire alle troppe sigarette, alla paura di una mente che lui stesso non riusciva a comprendere o a controllare.

Nuotò per più vasche di quante ne avesse mai fatte prima. Soltanto dopo si sentì un po' meglio.

Sulla sua scrivania c'era il rapporto della scientifica. Lo aprì. Mauser Broomhandle. Una vecchia pallottola.

Squillò il telefono. De Wit voleva vederlo. Si alzò e prese il rapporto. Davanti all'ufficio di de Wit c'era anche Gerbrand Vos.

«Vorrei parlare un momento da solo con il capitano Joubert» disse de Wit a Vos.

Tenne la porta aperta per Joubert, entrò e si sedette. Vos restò fuori.

«Mi ascolti bene, capitano... non c'è niente di personale. Ma questo caso della Mauser ci sta sfuggendo di mano. Alle undici viene il generale di brigata. Vuole un rapporto completo. E i media... a ogni omicidio diventano più aggressivi. Io ho il dovere di proteggerla.»

«Prego, signore?»

«Ho il timore che qualcuno possa parlare, capitano. Voglio tirarla fuori dal caso prima che lo scoprano.»

«Che scoprano che cosa, colonnello?»

«Che lei è in psicoterapia, capitano. Il Corpo non se lo può permettere. S'immagina le reazioni dei giornali?»

De Wit parlava come se la terapia di Joubert fosse un'infrazione la cui responsabilità sarebbe potuta ricadere su di lui.

«Non capisco, colonnello.»

Il sorriso nervoso era tornato sulla faccia di de Wit. «Che cosa esattamente non capisce, capitano?»

«Come potrebbero scoprirlo. Sono sicuro che soltanto lei, io e la psicologa ne siamo al corrente.»

Per un istante il sorriso sparì, ma ricomparve subito. «Sì, ma è il Corpo che paga gli psicologi, capitano... Ci sono impiegati con accesso alla documentazione, incaricati di inoltrare i fascicoli eccetera. Senta, è una misura prudenziale. Come le ho detto, non c'è niente di personale.»

Joubert fu colto alla sprovvista. Raccolse i fili sparsi di una replica e cercò di intrecciarli. De Wit si alzò. «Faccio entrare il capitano Vos.»

Aprì la porta, chiamò Vos e tornò a sedersi. Vos prese posto di fianco a Joubert.

«Il capitano Joubert e io abbiamo convenuto che

è meglio che si occupi lei dell'indagine della Mauser, capitano» dichiarò de Wit.

I pensieri di Joubert sfrecciarono in preda al panico fra le pareti del suo cranio in cerca di una via d'uscita. Doveva impedirlo. L'istinto di sopravvivenza scattò. Questa era la sua ultima occasione. Ma non trovò nessun argomento. Trovò la calma.

«No, colonnello» disse.

Vos e de Wit lo guardarono.

«Non lo abbiamo convenuto, colonnello» scandì con voce controllata.

La bocca di de Wit si aprì e si richiuse.

«Colonnello, la motivazione con cui mi ha tolto l'indagine non è accettabile.» Poi si rivolse a Vos. «Gerry, vado da una psicologa. Me ne vergogno, sì, ma forse è la cosa migliore. Il colonnello teme che possano scoprirlo i giornali, e per questo mi vuole tirar fuori. No, colonnello: io continuerò fino a quando non sarò ufficialmente sollevato dall'incarico attraverso i canali appropriati.»

«Capitano...» incominciò de Wit, scuro in volto. Non riusciva a trovare le parole per esprimersi.

Vos fece un largo sorriso. «Cazzo, questa faccenda della Mauser è una roba da perderci la brocca, colonnello. Io non la voglio.»

«Lei non...» De Wit guardò con incredulità Vos; poi Joubert e di nuovo Vos.

Qualcuno bussò alla porta.

«Non ora!» gridò de Wit. La sua voce minacciava di spezzarsi. Guardò di nuovo i due ufficiali davanti a lui. «Voi state...»

Bussarono più forte.

«Non ora!» strillò de Wit in tono decisamente isterico. Poi scosse la testa come se fosse rimasto invischiato in una ragnatela. Agitò il dito che abitualmente usava per il neo. «Voi complottate contro di me.» Il dito tremava, e così la sua voce.

I colpi alla porta ripresero.

De Wit scattò in piedi. Dietro di lui, la sedia si rovesciò a terra. Andò alla porta e l'aprì come una furia. Dietro c'era Gerrit Snyman.

«È sordo?» De Wit sembrava un soprano.

«Colonnello...»

«Non ora, ho detto.» De Wit fece per chiudere la porta.

«Colonnello, c'è stato un altro omicidio» sputò Snyman tutto d'un fiato prima che il legno raggiungesse lo stipite. La porta si bloccò di colpo. Tutti e tre fissarono Snyman.

«Cercano il capitano Joubert alla radio. Un uomo a Hout Bay, colonnello. Due colpi. Due cartucce calibro 7,63.»

Restarono a guardare Snyman come in attesa che ammettesse che stava solo scherzando. Lentamente de Wit si calmò.

«Grazie, sergente» disse poi con la sua voce normale. Snyman annuì e girò i tacchi. De Wit chiuse la porta. Tornò alla sedia, la rialzò, la rimise al suo posto e si sedette.

Cominciando a parlare Joubert rifletté su quello che diceva, consapevole del fatto che l'indagine Mauser era la sua ancora di salvezza, e doveva fornire a de Wit una scappatoia per uscire con onore dal confronto. «Non c'è nessun complotto, colonnello.

Il capitano Vos e io non avevamo modo di sapere in anticipo quello che ci avrebbe detto. Tuttavia, le chiedo di ripensarci.»

Si rese conto che non era abbastanza... non per un uomo come de Wit.

Sapeva che era arrivato il momento di salvarsi, di afferrare la mano che il destino gli porgeva. «Colonnello, lei aveva ragione quando ha detto che negli ultimi anni il mio rendimento non è stato all'altezza. Forse aveva ragione anche nel dire che avevo un atteggiamento sbagliato. Nel caso Mauser, forse... a questo punto avrei dovuto essere in possesso di maggiori elementi. Le do la mia parola d'onore, colonnello, che d'ora in poi farò tutto quello che posso. Ma non mi tolga l'indagine.»

Sentì le proprie parole, e quanto assomigliassero a una supplica. Ma non gliene importava.

De Wit lo guardò. Aveva le mani sul tavolo. La destra ascese lentamente alla sua faccia. Joubert e Vos sapevano quale fosse la sua destinazione.

«Se la stampa lo scopre, io non potrò fermarli» disse quando il dito ebbe raggiunto il neo. Joubert ringraziò il cielo che il sorriso non fosse comparso.

«Lo so, colonnello.»

«E se lo scoprono, il commissario la sospenderà. Se ne rende conto?»

«Sì, colonnello.»

De Wit puntò il dito del neo contro Joubert. «Lei deve tenere presente una cosa. Questa che le do è l'ultima occasione.»

«Sì, colonnello.» Joubert si rese conto con sollievo che de Wit aveva colto l'occasione per fare la pace.

«Lei sarà sottoposto a uno scrutinio continuo, più di quanto sia mai accaduto a un poliziotto. E non alludo ai media, ma a me stesso.»

«Sì, colonnello.»

«Se sgarra, capitano...»

Il telefono squillò. Gli occhi di de Wit fissavano ancora su Joubert il loro sguardo ammonitore. Alzò la cornetta. Di colpo riapparve il sorriso. «Buon giorno, generale.» Agitò la mano all'indirizzo di Vos e Joubert per congedarli. I due ufficiali si alzarono e si chiusero la porta dietro le spalle. Quindi si incamminarono nel corridoio.

«Grazie, Gerry.»

«Sciocchezze.»

Camminarono in silenzio accelerando il passo sul pavimento grigio. Vos si fermò alla porta del suo ufficio. «Mat... ti posso chiedere una cosa?»

Joubert annuì.

«Come mai oggi hai le scarpe così lucide?»

Prima di tutto fece transennare tutta l'area: il terreno, la piccola casa di legno, il vialetto e una parte della strada.

Rimase a bocca aperta davanti alla bellezza dei dintorni. La strada spiccava sui declivi del Karbonkelberg, e la fila irregolare di casette gli sembrava una cartolina che pubblicizzasse le bellezze del Capo. Non era un posto adatto per morire.

Aveva collocato gli agenti della stazione locale sul cancello del giardino, con istruzioni di permettere per il momento solo al medico legale e alla scientifica di accedere alla scena del delitto.

Il grasso sergente Tony O'Grady si era imbattuto in Joubert e Gerrit Snyman nel parcheggio della Omicidi e Rapine. «Posso venire con lei, capitano? Questa storia mi affascina, e il capitano Vos mi ha dato il permesso.»

Adesso i tre stavano guardando il cadavere.

Non si potevano avvicinare troppo, perché era circondato da un autentico lago di sangue: ma comunque vedevano che Alexander MacDonald era stato un uomo corpulento e dal volto segnato, con i capelli rossi e radi, la barba pure rossa, e mani e piedi enormi.

Non indossava nient'altro che un paio di calzoncini corti. Anche nella morte la possanza del petto e dei bicipiti era impressionante.

L'assassinio di Alexander MacDonald era avvenuto secondo una dinamica diversa rispetto a quelli precedenti.

Un colpo era stato sparato nel collo, da dove il sangue era sprizzato sul muro e si era riversato sul pavimento.

Il secondo colpo lo aveva raggiunto fra le gambe, in corrispondenza dei genitali.

La bocca del sergente Tony O'Grady era piena del suo cibo preferito. Era la sua croce e la sua delizia, nonché l'origine del suo soprannome, "Torrone". Si mosse con cautela tra gli affluenti della pozza di sangue e disse: «Questa è una novità, capitano. Questa è una novità».

Joubert non disse niente. Guardò la stanza e la posizione in cui giaceva il cadavere.

«Lo sparo nei coglioni non sembra un incidente.»

Diede un morso a un altro pezzo di torrone. «Chissà se è lì che gli hanno sparato prima... deve fare un male bestia, eh, capitano?»

«Sembrerebbe che gli abbiano sparato sulla porta. Prima al collo, secondo me... guardate il sangue lì, contro la parete. La carotide schizza in questo modo. Poi è caduto. A questo punto, il secondo sparo.»

«Dritto all'uccello, povero bastardo.»

Un agente in divisa chiamò rispettosamente dalla piccola veranda sul davanti della casa.

Joubert gli si avvicinò. «Qui c'è un sacco di gente della Omicidi e Rapine che la cerca, capitano...» disse l'agente indicando verso la strada.

Gli occhi di Joubert seguirono il dito puntato. In strada c'erano otto auto civetta della polizia.

I detective erano fermi al cancello come una squadra di rugby in posa per la foto ricordo. Andò verso di loro.

Il portavoce dell'intero gruppo era il tenente Leon Petersen, l'unico ufficiale di colore della Omicidi e Rapine.

«Ci ha mandato il colonnello, capitano... per dare una mano. Dice che il commissario di distretto ha telefonato al generale di brigata e il generale di brigata ha telefonato a lui. D'un tratto sono tutti infervorati per questa...» indicò la casa «...questa storia. Il commissario ha detto che avete bisogno di più uomini, e ha autorizzato rinforzi da tutte le stazioni, specialmente per le ricerche sul territorio. Comunque siamo qui per aiutare.»

«Grazie, Leon.»

Era la stampa, lo sapeva. La pressione stava montando, e su tutti... dai semplici capitani ai generali. C'era più di una reputazione in ballo. L'odore di sangue stava dando alla testa a tutti.

Spiegò al gruppo di investigatori che intendeva vietare l'accesso alla casa e al terreno fino all'arrivo della scientifica.

Li inviò a coppie per il quartiere. Forse i vicini avevano visto qualcosa. Forse sapevano qualcosa del morto.

Gli operatori video della polizia furono i primi ad arrivare. Joubert chiese loro di aspettare. Si lamentarono. Lui chiamò il sergente. «Dov'è la donna che ha trovato il cadavere?»

«Nel cellulare, capitano» rispose il sergente.

«Nel cellulare?»

«Solo per sicurezza, capitano» disse il sergente accorgendosi che Joubert non approvava.

«Portala qui, per favore.»

Era una nera corpacciuta e pesante, con le labbra rigide di rabbia per il trattamento che le avevano riservato. Joubert le tenne aperto il cancello.

«Spiacente per l'incomodo» le disse in afrikaans.

«Io parlo solo inglese.»

Joubert ripeté le scuse.

La donna fece spallucce.

Insieme a lei girò intorno alla casa fino alla porta sul retro. Sulla veranda c'erano un vecchio divano e due sedie da cucina in plastica e acciaio altrettanto vecchie. «Si accomodi, prego» disse Joubert alla donna, poi chiamò Snyman e O'Grady. Quando furono tutti presenti le chiese come si chiamava.

«Non sono stata io.»

Joubert le disse che lo sapeva, ma che doveva dirgli il suo nome per la deposizione.

«Miriam Ngobeni.»

E l'indirizzo?

Nel quartiere provvisorio, lì a Karbonkelberg.

Che cosa era successo precisamente quel mattino?

La donna era andata al lavoro come sempre verso le sette e mezzo. Ma la porta era aperta e il suo principale stava lì, in mezzo a tutto quel sangue. Lei si era spaventata ed era corsa dal vicino.

Aveva visto qualcuno, per caso? Qualcuno dall'aria sospetta?

No. Poteva andare, adesso?

Ancora qualche domanda...

La vittima si chiamava MacDonald. Conosceva per caso il suo nome di battesimo?

Mac.

Sapeva in quale punto della casa conservava i documenti personali, per esempio la carta di identità?

No. In casa, no. Probabilmente sulla barca.

La barca?

Uno dei due pescherecci ormeggiati nel porto. I pescherecci di MacDonald. Lei non li aveva mai visti, però tutti i giorni doveva tentare di lavar via il puzzo di pesce dai vestiti di MacDonald... a mano, perché lui non aveva la lavatrice. Non si potevano lasciare i vestiti ad aspettare nella cesta nemmeno per un giorno. Una puzza...

MacDonald viveva solo?

Lei pensava di sì. Qualche volta, di lunedì mattina, c'erano segni di grandi festini. Bottiglie vuote e mozziconi di sigaretta e macchie di liquore e bruciature sui tavoli e le sedie e i pavimenti e i tappeti. Certe volte il letto nella sua camera... Ma a parte questo non le risultava che avesse una compagna fissa. In realtà, lo vedeva raramente. Spesso soltanto il sabato, quando veniva a prendere i suoi soldi. E in quei casi, aspettava sulla porta.

Che tipo era?

Un bianco.

Cosa intendeva?

Uno rognoso, che stava sempre a minacciarla e a lagnarsi che la pagava troppo e che lei gli beveva il liquore e gli fregava la moneta dalle tasche.

Quindi a lei non piaceva?

Boh, insomma. I bianchi sono così.

Molte grazie per la sua disponibilità a rispondere alle domande. Doveva farla accompagnare a casa, più tardi?

No, grazie.

Joubert le spiegò il metodo che avrebbero usato per fare indagini nella casa. Le chiese se voleva essere così gentile da aspettare finché avessero finito. Così avrebbe potuto dare un'occhiata anche lei per vedere se mancava qualcosa.

Voleva che tornasse nel cellulare?

No... Se voleva, poteva mettersi semplicemente nella veranda sul retro.

Lei fece un cenno di assenso.

Ritornarono al cancello anteriore. Era arrivata la stampa. Una vera orda. In una sola occhiata contò dieci giornalisti, quasi tutti cronisti di nera e fotografi. I flash lampeggiarono. «Avete un sospettato?» chiese uno ad alta voce. Diventò un coro. Si lanciarono tutti verso l'entrata, ma vennero fermati dai poliziotti.

«La scientifica è dentro, capitano» disse un agènte presso il cancello.

«Grazie... Di' al tuo sergente di non lasciare entrare la stampa, per favore.»

Inviò O'Grady e Snyman al porto per dare uno sguardo ai pescherecci e parlare con gli equipaggi. Poi entrò in casa e disse a quelli della scientifica che avrebbero dovuto ispezionare a fondo tutto l'interno, e anche il terreno circostante. Loro si lamentarono. Joubert rincarò che dovevano affrettarsi, perché soltanto quando avessero finito lui avrebbe dato il permesso ad altri di entrare nell'area. Nuove lamentele.

Andò a una finestra e guardò fuori. Una tipica scena del delitto.

Si assomigliavano tutte.

Un gruppo di curiosi avidi di particolari, che parlano fra loro in sordina, come se avessero paura di risvegliare il morto. Le auto gialle di quelli in divisa con i lampeggiatori azzurri. Le luci rotanti bianche e rosse dell'ambulanza.

E quando si era creato un clima sufficientemente isterico, i giornalisti: una massa mobile e rumorosa, come agenti di borsa durante una seduta. Qualche volta sulla scena della morte c'erano anche i parenti, un gruppetto di persone che si stringevano silenziosamente l'una all'altra sperando che qualcuno si occupasse di risparmiare loro il peggio.

Vide il medico legale che fendeva la folla presso la siepe e arrivava al cancello, dove mostrò a quelli in divisa il tesserino di plastica. Poi attraversò il prato mal tenuto ed entrò nella casa.

Emise un fischio fra i denti prima di vedere Joubert.

«Che macello» commentò il professor Pagel.

Poi vide la seconda ferita all'inguine di Alexander MacDonald. «Oh, e vedo che c'è una novità.»

«Esatto» confermò Joubert con un sospiro. «Una novità.»

Accese una sigaretta e uscì. All'improvviso la ricevente che portava al fianco gracchiò forte. De Wit aveva bisogno di lui, con urgenza. Joubert credeva di sapere il perché.

25

Il commissario di distretto aveva il grado di maggior generale: era basso di statura e tozzo, aveva i capelli neri imbrillantinati e pettinati all'indietro. E baffetti alla Charlot.

Il capo del dipartimento investigativo era un generale di brigata, grande, grosso e stempiato. Insieme facevano l'effetto di una versione sudafricana di Stanlio e Ollio. Con una differenza, però: Bart de Wit non trovava la loro presenza per nulla divertente. Il sorriso sulla sua faccia era presente, ma Joubert stabilì oltre ogni ragionevole dubbio che si trattava di un sorriso nervoso.

Erano nell'ufficio del maggior generale. L'ufficio era spazioso e bello, con pannelli di legno scuro alle pareti, una scrivania da una parte e un tavolo rotondo da riunione circondato da dieci sedie dall'altra. Si sedettero al tavolo. Joubert era già stato in quell'ufficio più di tre anni prima, dopo una cerimonia in cui era stato premiato. Notò che non era cambiato nulla, lì dentro. Fuori, invece, erano cambiate tante cose.

Il maggior generale voleva sapere se avevano ricavato qualche nuovo indizio dall'ultimo delitto.

Joubert lo ragguagliò sulle circostanze, lo sparo all'inguine innanzitutto.

«Questa è una novità» osservò il maggior generale.

«Senza dubbio» confermò sorridendo de Wit.

«Abbiamo installato alla stazione di Hout Bay un ufficio investigativo provvisorio, generale. Gli uomini sono ancora impegnati negli interrogatori ai vicini e agli equipaggi delle barche. Stiamo cercando amici e parenti.»

«Altro?»

Lo sguardo disperato di de Wit andò a posarsi su Joubert. "Rilassati, Due Nasi," pensò lui: "ho la situazione sotto controllo".

«Vorrei mandare i miei uomini da tutti i venditori di armi del Capo, generale» disse Joubert.

«Perché... non lo ha ancora fatto?»

«Prima abbiamo cercato di rintracciare tutte le Mauser registrate nel Capo occidentale, generale. La ricerca non ha dato nessun risultato. Ora dobbiamo sentire i venditori e gli armaioli. Può darsi che a qualcuno, in qualche posto, recentemente sia capitato di vendere oppure di riparare una Mauser Broomhandle.»

«Questa è una mossa logica» commentò il maggior generale.

«Innegabilmente» convenne anche il generale di brigata.

«Certo» fece loro eco de Wit.

«Ma sarà di qualche utilità? Chiunque voglia acquistare o far riparare un'arma è tenuto a esibire la licenza.»

«Ma i venditori sono esseri umani, generale. Spesso qualche rand facile è più efficace delle regole. Se esercitiamo su di loro abbastanza pressione... anche se non un nome e un indirizzo, potrebbero ricordare la fisionomia della persona.»

«Così almeno avremmo una descrizione» disse il maggior generale. Quindi, rivolto al generale di brigata: «Mi pare il caso di dare una mano al capitano Joubert mettendogli più effettivi a disposizione, eh Pete? Fin quando è necessario».

Il generale di brigata annuì entusiasticamente.

«Un'altra cosa, maggior generale» disse Joubert. «La seconda pistola nel delitto Ferreira. Non ci è ancora arrivata la perizia balistica. Conoscendo il calibro e il tipo di arma, potrei chiedere informazioni ai venditori anche su quella. E con un po' di fortuna, trovarne uno a cui magari sono passate per le mani entrambe.»

«Avrà il rapporto nel giro di un'ora, capitano... mi creda.»

Joubert gli credette.

«E se c'è qualcos'altro che si sta muovendo con troppa lentezza per le sue necessità, me lo faccia sapere. Oppure se le occorressero ancora più uomini. Chiaro?»

«Grazie, maggior generale.»

«C'è altro?»

«Sto per interrogare tutti i familiari delle vittime precedenti. Con il nuovo omicidio... forse ricorderanno qualche cosa.»

«Bene.»

«Inoltre intendo andare a parlare con il professore

di criminologia dell'Università di Stellenbosch, generale. Io...»

«Quello intervistato su "Die Burger"?»

«Esatto, generale. Io...»

«E perché?»

«Voglio avere un profilo entro stasera, generale. Tutto quello che sappiamo. Non è molto, dobbiamo tentare. Noi siamo convinti che sia un maschio, perché l'arma è pesante. Forse il professore potrà aiutarmi a estrapolare un profilo. Voglio darlo alla stampa. Può anche darsi che qualcuno conosca un individuo che possieda una Mauser e una pistola di piccolo calibro.»

«È come mettere un messaggio in una bottiglia.»

«Eh, sì» approvò il generale di brigata.

De Wit annuì e sorrise.

«Voglio soltanto essere sicuro di non lasciare niente di intentato, maggior generale.»

«Potrebbe anche funzionare.»

«Ah, sì senz'altro» convenne il generale di brigata.

De Wit annuì.

«E del rapinatore, che può dirmi?»

«Generale, sono assolutamente convinto che il rapinatore non abbia nulla a che fare con gli omicidi.»

«Provi a convincere i giornalisti!»

«Tutto quello che possiamo fare è mettere un poliziotto in ogni filiale della Premier Bank della penisola... in abiti civili, generale. E sperare che l'uomo colpisca ancora. Ma il numero degli effettivi...»

«Capitano, se abbiamo commesso un errore di valutazione e risulterà che il rapinatore e l'uomo con la Mauser sono la stessa persona, lei e io nel giro di ventiquattr'ore ci ritroveremo a dirigere il traffico. Ogni stazione può prestare qualche uomo. Parlerò io con il generale di brigata Brown. Poi lei dovrà parlare con la Premier.»

«Grazie, maggior generale.»

«È tutto?»

«Per il momento sì, generale.»

«E se ricorressimo a un medium?» interloquì de Wit.

«A che cosa?» domandò il maggior generale a nome di tutti.

«A un medium... uno spiritista, un sensitivo.»

«Vuol dire un individuo con percezioni... mmm... anomale? Uno di quelli che leggono la mano?» chiese il generale di brigata.

«Parla sul serio?» rincarò il maggior generale, incredulo.

«Generale... in Inghilterra se ne servono spesso. Nel periodo in cui ero lassù hanno risolto in questo modo due casi di omicidio. Uno, concerneva un cadavere introvabile. Il sensitivo indicò il luogo con un'approssimazione non superiore a cinquecento metri.»

«E lei pretende che il ministro dia retta a queste...» Il maggior generale si controllò. «Non abbiamo fondi per una buffonata del genere, colonnello. Lo dovrebbe sapere.»

Il sorriso di de Wit era una maschera. «Ma non ci costerebbe neanche un centesimo, generale...»

«Davvero?»

«Spesso queste persone lavorano gratis. È come un investimento, per loro... sa, la pubblicità.»

«Mmm... non lo so. A me continua a sembrare una buffonata.»

«Ma i media apprezzerebbero molto,» intervenne Joubert. Gli altri lo guardarono. «Gli daremmo qualcosa di cui parlare, generale. E più parlano d'altro, meno tartasseranno noi.»

Joubert colse in de Wit un lampo di sorpresa.

«Questo è vero» ammise il maggior generale. «Ma... a una condizione: che non ci costi nemmeno un centesimo. E il... sensitivo... non dovrà rivelare che siamo stati noi a chiamarlo.»

«Chiamarla, in questo caso» lo corresse de Wit. «La migliore sensitiva d'Inghilterra è una donna, generale.»

«Ah» commentò il generale.

«Ma sicuramente avremo degli spiritisti anche qui» intervenne il generale di brigata.

«Il fatto è che io conosco questa signora. E il peso pubblicitario di uno specialista straniero...»

«Lo immagino» si arrese il generale di brigata.

Joubert non disse niente.

L'uomo in tuta, con il collo taurino e una testa pelata e rotonda come una palla di biliardo, fendette la folla di poliziotti in borghese e in divisa alla ricerca di qualcuno. Non credeva ai suoi occhi nel vedere la stazione di Hout Bay così affollata. Chiese dov'era il capitano Mat Joubert della Omicidi e Rapine. «In quel magazzino» gli rispose qualcuno. «È l'ufficio investigativo» precisò un altro.

L'uomo tentò di entrare nella stanza, che rigurgitava di gente e di fumo. In un angolo, seduto a un tavolo, c'era un gigante con i capelli troppo lunghi e spettinati per essere un detective. Corrispondeva alla descrizione che ne aveva ricevuto. Andò verso di lui.

Il gigante aveva una sigaretta in una mano e una penna nell'altra. Stava parlando con un ciccione.

«Devono dividere la penisola in settori, Torrone... e non trascurare né un venditore di armi né un armaiolo, per piccoli che siano. Ora non resta che attendere quel maledetto referto balistico.»

«Eccolo qui» disse palla da biliardo, consegnando a Joubert una busta marrone.

Joubert alzò gli occhi sorpreso. «Grazie» disse. «È il maggior generale che ti ha mandato?»

«Sì, capitano...»

Joubert guardò l'orologio. «È un uomo di parola.» Aprì la busta e lesse il referto.

«.22 Long Rifle. In base ai segni sul proiettile e sulla cartuccia, una Smith & Wesson Escort, il cosiddetto Modello 61.»

«Una punto ventidue. Merda. Più comune di così» grugnì Torrone.

«Però l'indicazione ci serve. Devono chiedere ai venditori, Torrone. Se qualcuno ha comprato una Smith & Wesson e magari si è fatto riparare una Mauser. O ha comprato proiettili lunghi da .22. Oppure si è fatto riparare una Smith & Wesson e una Mauser. O solo una Smith & Wesson...»

«Il concetto è chiaro, signore.»

«Mi raccomando Torrone, stiamo cercando degli aghi in un pagliaio. Perciò non basterà fare qualche domanda facile facile e passare al negozio successivo.

Dovranno essere molto accurati. Essere... convincenti. Minacciare ispezioni. La Mauser non è registrata.»

«Lasci fare a me, capitano. Prenderemo il nostro uomo.»

«Donna» lo corresse Palla da biliardo.

«Che cosa hai detto?» chiese Joubert con un'ombra di irritazione.

«Credo che sia una donna, capitano.»

«E tu chi cavolo sei, se te lo posso chiedere?» disse Torrone O'Grady.

«Aiutante Mike de Villiers. Dell'armeria. Il generale mi ha telefonato chiedendo se potevo esaminare il referto balistico e portarlo qui. Mi ha detto che lei avrebbe potuto farmi delle domande, se voleva. Io... be'... ne so qualcosa di armi, capitano.»

Joubert guardò l'uomo di fronte a lui, la testa rotonda, il collo tozzo, la tuta blu coperta di macchie di lubrificante per armi. Se lo aveva mandato il maggior generale...

«Cosa nei sai di questa .22, aiutante?»

Mike de Villiers chiuse gli occhi. «La Smith & Wesson ha realizzato la Escort per una clientela femminile. Negli anni Settanta. Calcio corto, arma piccola. La chiamano "Modello 61". Sta comodamente in borsetta. È una semiautomatica, cinque colpi nel caricatore. Ma non ha avuto un grande successo, specialmente la prima serie che aveva la sicura difettosa. La seconda serie non aveva quel difetto. Commercializzarono quattro modelli fra il 1969 e il 1971. Buona penetrazione, migliore della Baby Browning. Precisa da breve distanza. Inceppamento raro ma non impossibile.»

Mike de Villiers aprì gli occhi. Joubert e O'Grady lo stavano fissando.

«Tutto ciò non vuol dire che un uomo non possa usarla» obiettò Joubert ancora sorpreso.

Gli occhi si chiusero per la seconda volta. «Il calcio è corto, capitano... molto corto. È un'arma piccola. Il suo dito, per esempio, non entrerebbe neanche nel ponticello. Non è adatta alla mano... e nemmeno alla personalità di un uomo. I maschi vogliono la pistola grossa... 9 millimetri, 45 Magnum. Le statistiche dimostrano che l'ottantasette per cento degli omicidi con armi da fuoco sono commessi da uomini con armi di grosso calibro. Raramente le sparatorie coinvolgono donne, e in genere per legittima difesa, in genere con piccoli calibri.»

Gli occhi si riaprirono pian piano come quelli di un rettile.

Joubert aggrottò la fronte.

«Ma la Mauser è un'arma maschile.»

«Della Broomhandle non so niente, capitano. È stata fabbricata nel 1918, quindi non sono competente» rispose de Villiers.

«C'è il capitano Joubert?» domandò ad alta voce il capo di un gruppo di agenti in divisa che era appena entrato dalla porta.

«Sono qui» rispose Joubert, sospirando. Quel posto era un manicomio.

«Il signor capitano desidera sapere altro?»

«Per ora no, grazie, aiutante. Nel caso, so dove trovarti.»

De Villiers annuì, salutò e uscì silenziosamente.

«Sembra una lucertola e parla come un computer» commentò O'Grady. «È un cazzuto genio.»

Joubert non lo sentì. Stava pensando alla sua frustrazione accresciuta dalle nuove informazioni. «In questa indagine niente ha senso, Torrone... proprio niente.»

Telefonò all'università di Stellenbosch chiedendo di parlare con il professor Boshoff.

«Sono io, Anne Boshoff» rispose una voce di donna. Lui emise un sospiro in sordina. Un altro dottore donna.

Spiegò chi era e chiese se poteva parlare con lei quel pomeriggio, spiegando che era urgente.

«Nel frattempo mi preparerò» concluse la criminologa.

Chiuse la porta dell'ufficio del comandante di stazione. «Che meraviglia un po' di silenzio» fu il commento del tenente Leon Petersen.

O'Grady si asciugò la fronte con il fazzoletto. «Peccato che non ci sia l'aria condizionata» aggiunse. Vicino a lui vide Gerrit Snyman con il blocco degli appunti pronto.

«Avanti, leggi» disse Joubert.

«Il suo nome completo è Alexander MacDonald, nato a Humansdorp l'8 aprile del 1952. Celibe, nessun familiare a carico. Unico proprietario di due barche per la pesca al traino, la *High Road* e la *Low Road*. Secondo i suoi documenti per la seconda deve ancora alla banca 110.000 rand. Ha un contratto di esclusiva per le forniture con l'industria ittica Good Hope. Lo skipper della *High Road* si chiama John Paulsen. Lavorava con MacDonald da diciotto anni.

Dice che il principale era di buon cuore, ma con un pessimo carattere. Quando gli abbiamo chiesto chi poteva avere un motivo per uccidere MacDonald, ci ha risposto "all'incirca duecento persone, come minimo". MacDonald non beveva mai per mare, ma quando erano in porto... Ah, e aveva precedenti penali. Guida in stato di ebbrezza, Hout Bay, 1988. Lesioni volontarie, 1989; e quindici denunce per disturbo della quiete pubblica a partire dal 1979. È stato detenuto per danneggiamento volontario di proprietà. Lui e alcuni suoi marinai hanno distrutto un bar di Simons Town. Poi, questa è interessante. Due anni fa è stato denunciato da una certa Eleanor Davids per tentato stupro ai suoi danni... in seguito, la denuncia è stata ritirata. Gli incaricati dell'indagine hanno sospettato che MacDonald l'avesse intimidita con la violenza, ma non si è potuto dimostrare niente.»

«Un bel soggetto» commentò Petersen.

«Una chiacchierata con Eleanor Davids potrebbe rivelarsi interessante» osservò Joubert.

«Era questa l'idea, capitano.»

26

Partì per Stellenbosch, già in ritardo per il suo appuntamento con la professoressa Boshoff.

Il direttore di zona della Premier Bank, nel suo lussuoso ufficio, si era mostrato contrariato e impaziente. Il rapinatore stava danneggiando gli interessi e l'immagine della banca. Tutta pubblicità negativa. Né tantomeno era entusiasta del piano della polizia. Un agente in borghese in ogni filiale? E come sarebbe andata a finire se il poliziotto spaventava il criminale? Quello avrebbe potuto cominciare a sparare. La Premier Bank non voleva esporre a un tale pericolo i suoi clienti e impiegati.

Joubert aveva spiegato con pazienza che i membri del Corpo di polizia erano ben consapevoli del pericolo, e che un eventuale confronto con il rapinatore sarebbe stato gestito con la massima cautela.

Il direttore di zona aveva ribattuto che vedeva tutte le sere al telegiornale esempi della cautela della polizia.

Joubert aveva sospirato, si era alzato e aveva detto che avrebbe parlato in conferenza stampa dell'atteggiamento della Premier.

Il direttore aveva sospirato a sua volta e aveva detto a Joubert di aspettare. Doveva consultarsi con l'ufficio centrale.

Nemmeno l'ufficio centrale riuscì a prendere una decisione. Volevano convocare una riunione per discuterne. Joubert aveva detto che lui doveva andare a Stellenbosch, lasciando alla banca il numero di telefono della professoressa Boshoff. La banca lo avrebbe informato una volta raggiunta una decisione. Prese la N2 e guidò troppo velocemente: la grossa Sierra bianca teneva i suoi pensieri incollati al traffico. La strada era meno caotica da quando avevano aperto l'uscita R300. Lui non aveva voglia di pensare troppo all'indagine, al tentativo di de Wit di rimpiazzarlo, della riunione con il maggior generale, dell'adrenalina della caccia che, come una vecchia amica dimenticata, era tornata a bussare alla sua porta. Perché non sapeva ancora se ne sarebbe valsa la pena. Domani o dopodomani l'euforia avrebbe potuto spegnersi, e lui sarebbe ritornato solo, con i suoi pensieri e i suoi ricordi.

Fece uno sforzo per riportare la mente all'appuntamento che lo aspettava. Che cosa avrebbe detto alla professoressa Boshoff? "Sono venuto perché me lo ha suggerito la mia psicologa. Lei è una donna bella e fragile e con gli occhi tristi, e io credo di essermene innamorato, perché le ho detto cose su mio padre, che non avevo mai detto a nessuno. Perché, dopo più di due anni, la dottoressa è la prima persona con cui posso parlare senza timore di tirarmi addosso quella compassione caricata, artificiosa di cui in realtà non mi importa un bel niente. Ecco perché sono qui, professoressa".

No. Doveva ottenere un profilo psicologico. E non soltanto per i giornali, ma anche per se stesso. Non poteva andare a caccia di un fantasma. Stava cercando un volto, una persona dalla mente malata che toglieva la vita ad altre persone.

L'ufficio di Anne Boshoff si trovava in una vecchia casa con il tetto a spioventi, ristrutturata. Davanti, nel lindo giardino, c'era un cartello: «Dipartimento di criminologia, università di Stellenbosch». Parcheggiò l'auto e scese. Era un pomeriggio mite e senza vento. Si tolse la giacca appoggiandosela sulla spalla e sistemò la Z88 nella fondina appesa alla cintola.

Due studenti stavano camminando davanti a lui sul marciapiede. Guardarono con curiosità la macchina della polizia, lui e la sua pistola. Lo videro aprire il cancello del giardino.

«L'avevo detto che quel compitino era troppo difficile» disse uno dei due. «Li schiaffi dentro.»

Joubert sorrise arrivando al fresco della veranda. La porta era aperta. Entrò, esitante. L'ingresso era deserto.

Vide delle targhette sulle porte e si avviò nel corridoio. Proprio in fondo c'era l'ufficio di Anne Boshoff. Era aperto. Joubert sbirciò all'interno.

Lei era seduta di spalle, davanti a un computer. Joubert notò i capelli neri e corti, più corti dei suoi. Vide il collo e una parte della spalla.

Lei si accorse della sua presenza e si voltò.

Joubert la guardò in faccia: fronte alta, occhi distanziati, zigomi larghi, quasi come quelli di una orientale, bocca piena e sensuale, mascella volitiva.

Lei lo squadrò dalla testa ai piedi come per valutarlo con i suoi occhi neri e scintillanti.

«Sono Mat Joubert» si presentò lui, conscio della propria goffaggine.

«Al telefono mi era sembrato un vecchio» disse lei facendo ruotare la sedia. Joubert vide che aveva un corpo voluttuoso, la gonna corta. Distolse gli occhi da quelle gambe ben tornite e abbronzate.

Era fermo tra la porta e la donna. Lei si alzò. Era alta, quasi quanto lui.

«Accomodiamoci» disse andando verso una piccola scrivania in un angolo dell'ampia stanza. Lui vide i muscoli delle sue gambe forti muoversi sotto la pelle. Poi distolse lo sguardo rivolgendolo al resto dell'ufficio.

Era in disordine.

C'erano cataste di libri dappertutto. La piccola libreria dietro la scrivania stava per scoppiare. A una parete era appoggiata una bicicletta da corsa.

L'unica sedia nella stanza era quella del computer. Contro un'altra parete, sotto la finestra, c'erano scatoloni pieni di documenti. Lei si voltò e si sedette su uno di quelli, con le lunghe gambe allungate davanti a sé. Una mano senza anelli gli indicò un altro scatolone.

«Faccia come se fosse a casa sua.»

Lui spostò la Z88 in una posizione più comoda sull'anca e si sedette.

«È vero quel che dicono degli uomini che portano grosse pistole?»

Lui la guardò. La sua bocca era larga, e rossa, e sorrideva.

«Io... be'...» Quella donna era terribilmente sexy.

«Grande risposta» disse lei.

«Cioè... io...»

«Che cosa vuole da me, Mat Joubert?»

«Io...»

«Voglio dire, a proposito del killer.»

«Sì, io...»

«Le statistiche? Sì, possono servire. Possono darle un quadro d'insieme. Ma sarà sempre un quadro americano. Sono loro i battistrada nel campo dell'omicidio plurimo, e noi gli andiamo dietro. Una Piccola America, ecco che cosa siamo. Ma veniamo alle cifre. Sa in che misura i serial killer sono aumentati negli ultimi vent'anni? Crescita esponenziale. E questo rappresenta un atto d'accusa per la civiltà occidentale, Mat Joubert.» Mentre parlava lo guardava fisso, come il cerchio di un riflettore, un raggio, un fascio di luce.

«Quindi...»

«Le statistiche dicono che il suo assassino è un maschio. Un maschio appartenente alla classe media. Perché maschio? Perché lo sono quasi tutti. Sono il sesso che ha più problemi ad accettare la gabbia di regole e doveri legati al loro status sociale. Viviamo in un'epoca in cui bisogna insegnare ai figli ad avere successo, migliorarsi, diventare ricchi. E se non ci riescono... Perché classe media? Perché lo sono quasi tutti. Non è curioso? Nelle epoche precedenti i pochi omicidi plurimi provenivano dalle classi più basse. Schiavi, prostitute, feccia assortita. La nostra è l'epoca del ceto medio. Il loro retroterra? Variabile, direi. Sa quanti omicidi plurimi erano figli adottivi? Kallinger. Bianchi. Earle Nelson. E illegittimi. Adesso alcuni psicologi ritengono che Ted Bundy abbia ucciso perché sapeva di essere un figlio illegittimo. David Berkowitz era adottato e illegittimo. E molti erano orfani o allevati dall'assistenza sociale. Fish. Kemper. Olson. Panzram. Bonin. A un certo punto uccidono per garantirsi un piccolo posto nella comunità. Tragico, non le pare?»

Lui prendeva appunti, anche per tenere le mani e gli occhi occupati.

«Ma sa che cosa mi insospettisce, Mat Joubert? L'arma e le vittime. La Mauser è troppo sguaiata. Troppo macho. Come una dichiarazione di principio. Mi insospettisce. Qui il sesso ci ha messo il suo terribile zampino. Quella canna lunga. Ho controllato, sa? Il libro di Ian Hogg sulle pistole e le rivoltelle tedesche. Quella canna così lunga. Un simbolo fallico. Un simbolo di virilità. Quest'uomo ha un problema di identità. Tutte le vittime sono maschi. Mi insospettisce. Un maschio con un problema di identità che uccide altri maschi. Però le vittime non sono gay.»

«Sì... uno, cioè» disse lui ad alta voce.

«Uno? Soltanto uno, Mat Joubert? Ne è sicuro?»

«Wallace era... promiscuo, però eterosessuale. Wilson era omosessuale. Ferreira... non lo so. Secondo la moglie, gli piacevano i film pornografici. E poi MacDonald, quello che abbiamo trovato stamattina. Era stato incriminato per violenza carnale. Ma poi la donna ha ritirato la denuncia.»

«Guarda, guarda... ma allora sa anche parlare» disse lei con finta serietà, aggrottando la fronte.

Lui si chiese se c'era qualcosa nei gesti di questa donna che non grondasse erotismo.

«Qui mi vien da pensare che fossero tutti checche nascoste, Mat Joubert. Sa quanti uomini celano la loro omosessualità dietro la promiscuità? E poi lo stupro. Forse voleva dimostrare a se stesso la propria virilità. Via, ci scommetto che il suo killer è gay. Tutto torna. La Mauser. È una dichiarazione. Una dichiarazione di virilità. Fatta da un omosessuale.»

«Del ceto medio. Figlio adottivo» disse Joubert aggrottando la fronte come aveva fatto lei.

«Il capitano ha senso dell'umorismo» disse lei rivolta alla sua bicicletta. Poi lo guardò di nuovo.

«Che cosa fa stasera? Lei è troppo prezioso per sfuggirmi.»

«Professoressa, il problema è che...»

«Non mi chiami così. Mi chiami... bambolina, piuttosto, ma non professoressa. A proposito, lei mi trova sexy? Dove è andato a prendere il suo nome? È un diminutivo di Matthew?»

«Sì» rispose Joubert per risparmiare tempo.

«Sì "mi trova sexy" o sì "è un diminutivo di Matthew"?»

Da qualche parte sulla scrivania il telefono squillò. Lei si alzò con movenze vellutate. Rovistò sotto i libri e i documenti. Joubert vide il muscolo del polpaccio tendersi e poi rilassarsi, e rimase incantato dalla sua perfezione.

«Anne Boshoff» rispose lei con voce nervosa. «Un momento.» Gli porse il telefono. «È per lei, Matthew.»

Lui si alzò, depose il taccuino sullo scatolone e

prese la cornetta. Era il direttore di zona della Premier Bank. L'ufficio centrale aveva acconsentito all'iniziativa della polizia: avrebbero potuto dislocare agenti in borghese nelle loro filiali. Ma richiedevano con forza che il Corpo si impegnasse a salvaguardare la vita e l'incolumità del personale e dei clienti della banca. Joubert glielo assicurò.

«Posso fare una telefonata?» domandò poi. Lei era tornata a sedersi sullo scatolone con le gambe incrociate, stava sfogliando il taccuino di Joubert.

«Ha una grafia terribile. Gli anelli così lunghi della "y", delle "j" e delle "g" tradiscono frustrazione sessuale. Ne soffre? Stava già usando il telefono, Matthew. Continui pure.»

Joubert compose il numero e tentò di concentrarsi sulla telefonata.

Si picchiettò la tasca della camicia cercando una sigaretta. Poi ricordò che erano nella tasca della giacca. Che voglia di fumare... avrebbe voluto fare qualcosa con le mani per nascondere il disagio, lo spaventoso impaccio.

De Wit rispose al telefono secondo il protocollo fissato dalla circolare dell'ufficio del commissario di distretto. «Omicidi e Rapine. Colonnello Bart de Wit, buon giorno.»

Riferì a de Wit la decisione della banca. Il colonnello promise di concordare i dettagli dell'operazione insieme al generale di brigata Brown.

«Dove si trova, capitano?» gli chiese poi de Wit.

«A Stellenbosch, colonnello. A colloquio con la crimina... criminologa dell'università.»

«La conferenza stampa è fissata per le diciotto in

punto. Nell'ufficio del maggior generale. Le raccomando la puntualità.»

«Senz'altro, colonnello.»

Guardò l'orologio. Non c'era tempo da perdere.

«Lapsus freudiano, Matthew?» gli chiese Anne Boshoff. Adesso teneva le ginocchia accostate, quasi con pudicizia.

«No... è una conferenza stampa...»

«Parlavo della "criminale" che era lì lì per sfuggirle di bocca. Mi dica... per caso aveva telefonato a Bart de Wit?»

Joubert annuì.

«Lo conosco. Era al dipartimento dell'università del Sudafrica. Ho seguito alcune conferenze alle quali era presente anche lui. Ottimo esempio di omuncolo. Lo avevano soprannominato Rompolo, il nano rompiballe. Perfetto, con quel naso. Non ha gli ormoni a posto. Non ha mai cercato di attaccare bottone con me, neanche una volta. Fa riflettere.»

«Posso riavere il mio taccuino?»

«Mi dica, Matthew... è davvero così svagato, o questo è solo il suo modo di mettere a proprio agio delinquenti e pervertiti?» Gli allungò il taccuino. Lui prese la sua giacca, tirò fuori una sigaretta e l'accese.

«Lo sa che le fa male?»

«È una Special Mild.»

«Oh. Perciò il cancro non le verrà.»

«Professoressa» disse lui in tono fermo. «L'arma usata nell'omicidio Ferreira era una Smith & Wesson modello 61. A giudizio di uno dei nostri esperti di armi, si tratta della tipica arma che potrebbe essere usata da una donna.»

«E allora?»
«Questo contraddirebbe la sua teoria, prof...»
«Professoressa di qui, professoressa di là. Mi sembra un prete. Mi chiami Anne, e la smetta con la professoressa. A me piaccioni gli uomini che mi trattano senza tanti complimenti. Non contraddice per niente la mia teoria. Se hai una Mauser, hai già una pistola grossa, a prescindere da quanto è piccolo il tuo cazzo.»
«Ed è sicura che sia un uomo?»
«Certo che no. Potrebbe anche essere una donna. Potrebbe essere una scimpanzè lesbica. Io le dico soltanto quello che indica la statistica. E... non ho portacenere. Dovrà aprire la finestra.»
«Devo andare.»
«È tanto bello, così alto e grosso... il suo corpo, voglio dire. A me gli uomini piacciono grossi. I tappetti hanno troppi complessi di inferiorità. Corpi troppo piccoli per contenere gli ormoni.»
Lui era in stato confusionale. Guardò la finestra per evitare le gambe e i seni turgidi.
«Somiglia a un orso, sa? A me piacciono gli orsi. Ritengo che l'aspetto di un individuo influenzi grandemente la sua personalità. Non è d'accordo?» Teneva ancora gli occhi fissi su di lui, la sua concentrazione puntata come un'arma. Joubert la guardò, poi distolse lo sguardo. Non aveva la minima idea di cosa dire.
«La metto a disagio? È il tipo d'uomo che preferisce donne meno dirette?»
«Mah... io...»
«È sposato, Mat Joubert?»
«No, sono...»

«Nemmeno io. Sono divorziata. Una di quelle storie strappacuore che alla fine non quadrano. Lui era... un chirurgo. Siamo rimasti amici. Tutto qui. Ora lo sa.»

«Certo.» Joubert era consapevole di dovere tenere la conversazione sotto controllo. Decise di non tentennare. «Vede...»

Ma lei lo interruppe. «Io non sopporto i giochi di società. Odio quelle maniere artificiali con cui comunica la gente. Credo che una persona dovrebbe sempre dire quello che pensa. Quello di cui è convinta. Certo, questo agli altri può anche non piacere. Soprattutto ai maschi. Gli uomini amano sentirsi padroni della situazione, giocare secondo le loro regole. E più di ogni altra cosa, amano proprio giocare. Ma perché iniziare con tante manfrine? Se credo che un uomo sia sexy, lo voglio dire. Se un uomo mi desidera, non è necessario che prima mi porti in un ristorante di lusso e mi mandi dei fiori. Mi deve prendere, invece. Non le pare che così si risparmi tempo?»

Lui le guardò le gambe. «Conosco una studentessa di diciotto anni, a Monte Vista, che la pensa come lei» disse poi, e subito si sentì meglio.

«Mi parli di lei. È la sua amante? Le piacciono giovani? Io ho trentadue anni. Sono troppi?»

«Non è la mia amante.»

«Perché lo dice così, con rammarico?» Poi Anne Boshoff non gli diede il tempo di replicare. «Lei è molto diverso da come me l'ero immaginato, sa? Un detective della Omicidi e Rapine. Pensavo a un uomo insieme duro e sofisticato, con una cicatrice sulla guancia e occhi azzurri di ghiaccio. E invece, eccola qua. Un orsacchiottone timido. E distante. A me sembra uno con la testa altrove, Mat Joubert. È vero?»

«Un po', sì» rispose lui con una sensazione di vittoria.

«Lo sa che si vive una volta sola?»

«Sì...»

«Deve goderne.»

«Io...»

«Di ogni giorno, di ogni momento.»

«Devo andare.»

«La sto assillando? Molte persone dicono che le assillo. Però gli amici non mi mancano. Posso provarglielo.»

«In tribunale?»

Lei sorrise. «Lei mi mancherà, Matthew.»

Joubert mise le sigarette, la penna e il taccuino nella tasca della giacca.

«Grazie infinite per il tempo che mi ha concesso, prof... Anne.»

«Lo vede? Sta facendo progressi. Aspetti, esco con lei.»

Percorsero in silenzio il corridoio uscendo al sole della veranda. Joubert vedeva la pelle di lei, abbronzata e lucente, le spalle atletiche, le gambe. Vedeva le natiche muoversi sotto l'abitino corto.

Lei si voltò sorprendendolo mentre la guardava. «La rivedrò?»

«Se c'è altro che può...»

«La rivedrò, Matthew Joubert. È una promessa.»

27

La conferenza stampa era stata spostata nell'atrio del quartiere generale della polizia perché c'erano troppe persone.

«È in ritardo» disse Cloete delle Pubbliche Relazioni a Mat Joubert non appena lo vide. Appariva preoccupato e sconvolto. «Ci sono due troupe televisive inviate da emittenti britanniche. Una della SABC. E una di M-Net... stavano girando un servizio per "Carte Blanche". E poi c'è gente dei giornali che non avevo mai visto.» Poi si catapultò dal maggior generale per informarlo che era arrivato Joubert.

La stampa formava un semicerchio. Le luci brillanti della televisione splendevano contro un piccolo tavolo dietro cui era seduto il generale. Vicino a lui, il generale di brigata e de Wit. Il maggior generale fece segno a Joubert con un dito piegato a uncino. «Scoperto niente?»

Aveva scoperto qualche cosa? Aveva cercato di concentrarsi durante il viaggio di ritorno a Città del Capo. Ma sui suoi pensieri incombeva, come un'ombra, Anne Boshoff. Si domandò se tutte le donne con una doppia effe nel cognome erano così.

Bonnie Stoffberg, Anne Boshoff. Chissà se la seconda effe voleva proprio dire... Poi aveva scosso la testa di fronte alla propria incapacità di liberare la mente dal sesso. "Ti sei appena innamorato di Hanna Nortier, e già ti vorresti infilare tra le gambe della professoressa. Disgraziato. Da obiettore di coscienza a Rambo Due la Vendetta in una settimana scarsa. Esatto, maggior generale, ho scoperto qualcosa. Qualcosa che non riesco a controllare molto bene."

«Penso di sì, generale.»

«Bene. Comincio io, poi la presento.»

No. Non era abbastanza preparato. Non poteva dir loro che stavano cercando un borghese omosessuale, forse figlio adottivo o illegittimo.

«*Dames en here...*» disse ad alta voce il generale, e si accese una zuffa di macchine fotografiche e taccuini. Furono accese altre luci violente.

«*Dames en here...*» Il trambusto continuò.

«Non può parlare inglese?» chiese qualcuno. I motori delle telecamere fecero le fusa. Lampeggiarono i flash.

«*Dames en here, dankie...*» Cloete era corso accanto al generale e gli stava sussurrando qualcosa in un orecchio. Il generale aveva l'aria seccata. Poi fece un cenno di assenso.

«Signore e signori, grazie per essere venuti. Permettetemi di iniziare dicendo che il servizio di polizia della Repubblica Sudafricana sta facendo tutto il possibile per assicurare alla giustizia lo spietato assassino che sta uccidendo senza motivo *parente*.»

"*Apparente*" pensò Joubert. "Motivo *apparente*".

«Stiamo affrontando il caso con molta attenzione,

assegnando all'indagine più persone che noi possiamo. Non posso dirvi tutto quello che stiamo facendo, perché in parte è relativo alla strategia per catturare la persona o le persone coinvolte. Quello che posso dirvi, è che l'ufficiale incaricato, il capitano Mat Joubert, ha a disposizione tutti gli effettivi di cui può avere bisogno. Gli abbiamo già affidato tutto il personale disponibile della Omicidi e Rapine. Se necessario, gli daremo anche di più. Questa è già diventata la più grossa caccia all'uomo mai vista nel Capo. Non ci daremo pace prima che la persona o persone responsabili di questi omicidi senza compassione venga catturata. Adesso vi lascio nelle mani del capitano Mat Joubert. Dopo, risponderò alle vostre domande. Se ce ne saranno.»

Quindi il maggior generale annunciò: «Il capitano Joubert».

Joubert andò dietro il tavolo. La stampa entrò in fermento. Il maggior generale si alzò in piedi e gli offrì la sua sedia. Luci sparate negli occhi. Nuovi scatti di macchine fotografiche. Non vedeva nessuno oltre le luci. Si sedette. Il grappolo di microfoni davanti a lui lo intimidiva.

«Buongiorno a tutti» incominciò, senza avere la minima idea di quello che avrebbe detto dopo.

La stampa aspettava.

"Incomincia da questa mattina" pensò già in preda al panico. In fin dei conti non era la prima volta che parlava in pubblico. Ma qui c'era troppa gente.

«Dunque...»

Il cuore gli balzava nel petto. Aveva la bocca arida, e respirava troppo in fretta.

«Come sapete questa mattina il killer della Mauser ha colpito per la quarta volta.»

Il suo taccuino. Dov'era il suo taccuino? Si frugò nella tasca interna. Non c'era. Lo aveva lasciato da Anne Boshoff? L'altra tasca. Si frugò nell'altra tasca. Lo trovò. Il sollievo fu breve. Nella sala, il silenzio pesava come piombo. Qualcuno ridacchiava, altri tossivano. Si rese conto che gli tremavano le mani.

«*De wiektum...*»

"*De wiektum*". Coglione di un poliziotto.

«La vittima, cioè... è Alexander MacDonald, quarantanove anni, di Hammerhead Street, Houtbaii... voglio dire... Hout Bay.»

Qualcuno chiamò il suo nome. Lui proseguì.

«L'omicida si è servito di un'arma simile ai precedenti de...»

«Capitano Joubert...»

«Un momento» gli disse il generale di brigata al suo fianco. Joubert era confuso.

Poi vide una figura che si muoveva davanti alle luci, veniva verso il tavolo. Era Petersen.

«Scusami, capitano. Sono spiacente. Ma abbiamo fatto una scoperta. Proprio un minuto fa.»

Il maggior generale si avvicinò. «E lei, chi diavolo è?» domandò a bassa voce.

«Tenente Petersen, Omicidi e Rapine, generale.»

«Hanno scoperto qualcosa, maggior generale» disse Joubert. Sentì il rumore di fondo della stampa aumentare di volume.

«Spero che sia importante, tenente» ringhiò il maggior generale.

«Davvero» confermò il brigadiere.

«Un vicino, generale...» mormorò Petersen. «Questa mattina ha visto un'auto sulla scena del delitto. Una BMW, nuova.»

«Tutto qui?» lo incalzò il generale.

«Dice che era ancora presto. Lui stava andando alla fermata dell'autobus, quando ha visto un uomo scendere dalla BMW ed entrare nella casa di MacDonald. Pochi minuti dopo la BMW lo ha superato a tutta velocità.»

«Ma... lo ha visto? Lo ha riconosciuto?» Il maggior generale stentava a dominare il tono della sua voce.

«Sembra di no. Dice che è passato troppo in fretta. Però ha visto il numero di targa. È facile da ricordare. CY 77.»

«Cazzo!» sibilò il generale. «Scopra di chi è!»

«Lo abbiamo già scoperto, generale. Per questo siamo qui. Vorremmo che il capitano Joubert venisse con noi.»

«Cazzo» ripeté il maggior generale. Poi si schiarì la voce.

«Signore e signori. Per favore, silenzio. Signore e signori.» Nella stanza il silenzio era assoluto, non si sentiva volare una mosca. «I nostri sforzi *hanno* stati premiati.»

"*Sono* stati," pensò Joubert. "Sono stati premiati".

«Abbiamo appena ricevuto notizie fresche e ritengo che un sospettato sarà arrestato in poche ore. Ora vogliamo scusare il capitano Mat Joubert che deve mettersi su una nuova pista.»

Joubert si alzò con la baldanza di un sollievo indicibile. I reporter latravano domande, ma Joubert fendette la folla insieme a Leon Petersen dirigendosi all'uscita.

«Prego, signore e signori, prego, posso avere la vostra attenzione?» gridava il maggior generale.

Una volta fuori, Joubert chiese a Petersen: «Chi è il proprietario della BMW?».

«Oliver Sigmund Nienaber.»

Per un attimo restò senza parole. Si fermò di colpo. «Oliver Nienaber... *lui*?»

«Esatto. Proprio lui. "Nessuno vi taglia i capelli meglio e a un prezzo migliore... garantisce Oliver Nienaber!"»

«Cazzo» commentò Joubert; e in quel momento si sentì un generale.

La villa si stagliava contro il pendio del Tygerberg, con una vista che spaziava al di là di Bellville e i Cape Flats, fino alla catena di Hottentots-Holland. Era un edificio moderno, di vetro e cemento intonacato, su tre livelli.

Si fermarono davanti al triplo garage.

«Lussuosa» commentò Petersen.

Salirono le scale vicino al garage. La porta principale era grande; Joubert suonò il campanello. Non sentirono lo squillo. Rimasero in attesa.

La porta si aprì, e apparve una donna di colore in divisa.

«Posso esservi utile?»

Joubert le mostrò il tesserino di plastica con la sua foto, il distintivo della polizia e i dati personali. «Siamo della polizia. Vorremmo vedere Oliver Nienaber, per favore...»

La domestica sgranò gli occhi. «Entrate, prego» disse, e si allontanò. I due poliziotti si fermarono nell'atrio. La donna scomparve in fondo al corridoio. Mentre studiavano il quadro moderno appeso alla parete sentirono delle voci femminili. Poi apparve una signora bionda. La riconobbero. La signora Antoinette Nienaber, nata Antoinette van Zyl, star di pellicole indimenticabili quali *Una rosa per Janey*, *Sette soldati* e *Donna innamorata*. Oggi, come ripetuto mille volte da quotidiani e rotocalchi, era felicemente sposata al re dei parrucchieri, proprietario di una catena di saloni e presidente de «La Testa nel Futuro»: Oliver Nienaber.

Era ancora di una bellezza mozzafiato. Rivolse loro un cordiale sorriso. «Buona sera. In che cosa posso aiutarvi?»

Joubert tossì. «Signora Nienaber, io sono il capitano Joubert, e questo è il tenente Petersen. Apparteniamo alla squadra Omicidi e Rapine, e vorremmo parlare con il signor Nienaber.»

Il suo sorriso si allargò. «Ma certo. Prego, venite. Sta giocando a biliardo con i ragazzi.» Fece loro strada, e Joubert pensò che doveva avere quasi quarant'anni, ma il suo corpo era ancora perfetto.

Si fermò sulla soglia di una stanza spaziosa. «Oliver... ci sono delle persone per te.»

Sentirono la voce di lui. «A quest'ora?»

La moglie non rispose.

«Vai avanti tu. Gioca per me, Toby. Possiamo ancora vincere.»

«Okay, papà.»

Oliver Nienaber uscì dalla porta. Il suo celebre

volto appariva praticamente ogni giorno nelle pubblicità a piena pagina dei giornali accompagnato dalle altrettanto celebri parole: «Nessuno vi taglia i capelli meglio e a un prezzo migliore... garantisce Oliver Nienaber!». E spesso, a fondo pagina: «Visitateci al nuovo salone di...» George. O Laingsburg. Od Oudshoorn. O Kimberley.

«Buona sera, signori» disse Nienaber, affabile. «Mi spiace, ma non taglio i capelli al pomeriggio.»

«Sono della polizia, caro...» lo interruppe sottovoce Antoinette Nienaber. «Portali in studio, mentre io vi preparo qualcosa da bere. Tè? Caffè?»

Risposero tutti caffè. Nienaber li accompagnò nello studio.

Non si sedette dietro la scrivania. La stanza era abbastanza grande da avere un angolo salotto, con divano e poltrone. «Prego, accomodatevi. Non mi capita tutti i giorni di ricevere una visita della polizia.»

Joubert vide il muro ingombro di attestati, fotografie, pubblicità.

«Sempre la stessa campagna negli ultimi sei anni... e funziona ancora» disse Nienaber seguendo i suoi occhi.

«Quanti saloni possiede, adesso signor Nienaber?» chiese Joubert.

«Abbiamo aperto il sessantaduesimo a Cradock la settimana scorsa. E adesso andiamo alla conquista di Gauteng... se riuscirò a trovare un buon direttore locale. Lei... che ne pensa? Non le piacerebbe?» Nienaber parlava solo con Joubert, ignorando completamente Petersen. Appariva rilassato e perfettamente a suo agio, ma Joubert sapeva che questo non significava niente.

«Signor Nienaber...»

«Come posso aiutarla?»

«Noi siamo della squadra Omicidi...»

«Gesù... allora è una faccenda grave.»

«Per caso, le dice qualcosa il nome di Alexander MacDonald?»

«MacDonald? MacDonald? Be', sa, io incontro tanta gente...»

«Il signor MacDonald è il titolare dell'Industria Ittica MacDonald, una piccola ditta di Hout Bay con due pescherecci. Grande e grosso. Capelli rossi» spiegò Petersen.

«Com'è che si chiamava? Alexander? Dunque... perché mi suona vagamente familiare?» Nienaber si grattò un orecchio guardando il soffitto.

«Oggi non è andato a casa di nessuna persona con quel nome?»

«Non che io ricordi.»

«È lei il proprietario di una BMW rosso scuro, nuova, targata CY 77?»

«Certo, esatto.» Nessun segno di turbamento.

«Ha usato questa vettura oggi?»

«La uso ogni giorno.»

«Che lei sappia la vettura oggi non è stata usata da nessun altro, a parte lei?»

«No!... Mi sta dicendo che... me l'hanno rubata?»

«Quando ha visto la sua macchina per l'ultima volta?» chiese Joubert.

«Oggi pomeriggio, quando sono rincasato.»

«E a che ora era uscito stamane?»

«Alle sei. Più o meno, voglio dire. Mi piace andare in ufficio di buon'ora.» Il suo viso incominciava a tradire la preoccupazione. «Mi volete spiegare di che si tratta, prego?»

«Non era...»

«Toc toc» disse Antoinette Nienaber sulla porta, reggendo un vassoio con le tazze di caffè. Nienaber scattò in piedi dicendo alla moglie: «Grazie, tesoro».

«Piacere mio» sorrise lei, tranquilla come prima. «Va tutto bene, caro?»

«Oh, sì.»

«Servitevi pure dei biscotti» disse lei uscendo. Nienaber porse il vassoio ai detective in silenzio. Poi si sedette. «Mi deve dire di cosa si tratta.»

«Non si trovava a Hout Bay stamattina fra le sei e le sei e mezzo?»

«Vi ho detto già di no...»

«Ci pensi bene, signor Nienaber» disse Petersen.

«Accidenti, sergente... saprò bene dov'ero!»

«Tenente.»

«Chiedo scusa. Tenente.» La voce di Nienaber adesso mostrava tutta la sua irritazione.

Joubert pensò: "gli dà fastidio quando è Petersen a fare le domande. Sporco riccastro razzista".

«Signor Nienaber, ha sentito parlare degli omicidi recentemente commessi nel Capo con una Mauser?»

Il parrucchiere scosse le spalle. «Sì, insomma... leggo i giornali. Ne hanno parlato anche in televisione, no?»

«Lei possiede una Mauser Broomhandle, signor Nienaber?»

«No. Non mi starà dicendo...? Posso sapere che cosa succede?»

«Ci può spiegare perché la sua macchina, una BMW rosso scuro serie cinque targata CY 77, questa mattina è stata vista davanti alla casa di Alexander MacDonald, l'ultima vittima del killer della Mauser?»

Nienaber si drizzò a sedere, quasi si alzò in piedi. «E come avrei pot... No. Voi siete poliziotti. Avrete pur sentito parlare di targhe false, in vita vostra... Le ho appena detto che stamattina poco dopo le sei ero in ufficio.»

«C'è qualcuno che lo può confermare?»

«Che io ero là? No... è proprio per questo che ci vado così presto. In modo da potere essere solo e lavorare senza scocciature.»

«Perciò alle sei lei era nel suo ufficio?»

«Esatto.» Sollievo. Questi agenti gli avrebbero creduto.

«E l'ufficio non è vicino a Hout Bay?»

«Esatto.»

«In questo caso, signor Nienaber, non ha niente di cui preoccuparsi» disse Joubert, e vide l'uomo che aveva di fronte rilassarsi nella poltrona.

«Bene» disse Nienaber.

«Tuttavia le vorremmo chiedere un favore.»

«Sì?» sospettoso.

Joubert truccò appena appena la verità. «Ci sarebbe di grande aiuto, se potessimo fare chiarezza sulla questione al di là di ogni dubbio. Noi le crediamo quando afferma che stamane non era nelle vicinanze di Hout Bay. D'altra parte c'è un testimone oculare che sostiene di avere visto la sua BMW con alla guida un uomo dall'aspetto familiare... Non ci potrebbe fare la gentilezza di accompagnarci alla Omicidi e Rapine? Là c'è quella che noi chiamiamo sala delle identificazioni, dove mettiamo insieme un gruppo di persone di corporatura e colore di capelli simili ai suoi. Il testimone oculare deve identificare la persona che ritiene di avere visto. Dato che lei è innocente...»

Oliver Nienaber era impallidito.

Rimase a lungo immobile a guardarli.

«Devo telefonare al mio avvocato.»

28

Oliver Nienaber mentì alla moglie prima di accompagnare i detective alla sede della Omicidi e Rapine, in Kasselsvei Road. Le spiegò che alla polizia serviva la sua collaborazione per un caso. «Niente di cui preoccuparsi.»

Attesero tutti e tre in silenzio l'arrivo dell'avvocato di Nienaber, seduti a un tavolo le cui numerose bruciature di sigaretta erano altrettante testimonianze di precedenti interrogatori.

L'avvocato entrò di corsa: era un quarantenne molto basso di statura e con un gran testone. Protestò, secondo la consuetudine di chi pratica la sua professione, per il trattamento a cui veniva sottoposto il suo cliente, ma Nienaber lo zittì. «Phil, sono venuto di mia spontanea volontà.»

L'avvocato si sedette, fece scattare le chiusure della sua costosa ventiquattr'ore e ne estrasse un taccuino; poi si sfilò una penna dalla tasca della giacca e alzò lo sguardo su Joubert.

«Prego, andiamo avanti» disse poi, come ad accordare ufficialmente il suo consenso a quanto stava per accadere.

Joubert non disse niente; si limitò ad alzare le sopracciglia.

«Questa mattina sono stato a casa di Alexander MacDonald, Phil... dell'uomo ucciso dal killer della Mauser.»

«Fiuuu...» sibilò il legale increspando le labbra carnose.

Nienaber guardò Joubert. «Mi aveva telefonato. La settimana scorsa. Martedì, o mercoledì, non mi ricordo. Voleva sapere se avevo intenzione di aprire un salone a Hout Bay. Aveva soldi da investire... voleva comperare una palazzina sulla strada principale, o roba del genere. Ma prima aveva bisogno degli inquilini...»

«MacDonald?» interloquì Petersen.

«Sì» rispose Nienaber. «Ma io non...»

«Alexander MacDonald? Il pescatore? Il gigante peldicarota?» La voce di Petersen era tagliente.

«Boh... io non sapevo che aspet...»

«Quell'uomo aveva un debito di 100.000 rand e di punto in bianco le telefona per chiederle se vuole aprire un salone in un palazzo di cui non era ancora proprietario?»

«Se mi lasciasse terminare la storia, tenente...» disse Nienaber, pronunciando il "tenente" con la voce piena di sarcasmo.

«Siamo tutt'orecchi» tagliò corto Joubert.

«Gli ho risposto che non concludo affari in questo modo. Voglio dire... non sapevo nemmeno chi fosse. E in ogni caso non avevo intenzione di aprire un salone a Hout Bay. Quindi gli ho detto di no. Ma lui il giorno dopo telefona di nuovo. Stessa voce. Parlava inglese, ma con un accento... sapete come quel gallese, quello che fa il commento al Quattro Nazioni di rugby...»

«Cinque» lo corresse l'avvocato.

«Come?» domandò Nienaber.

«Al Cinque Nazioni.»

«Ma no, ti sbagli» insistette Nienaber. Alzò una mano e contò con le dita. «Inghilterra, Galles, Scozia e Irlanda.»

«Santo cielo, Oliver, tu lavori troppo. Dimentichi la Francia.»

«Ma la Francia...»

«Alexander MacDonald!» disse Joubert sporgendosi in avanti, le spalle larghe quanto il lato del tavolo, la testa bassa quasi stesse per avventarsi sugli interlocutori, la voce simile al ringhio di un mastino.

«Scusi. Poi ha chiamato ancora. L'indomani. Stessa storia. Se avesse comprato la palazzina, avrei aperto un salone?»

«Che palazzina?»

«Non so che palazzina.»

«Possibile che non le abbia detto il nome.»

«Me lo ha detto, sì... Marina Plaza, o roba del genere. Non me lo sono neanche scritto. Non faccio affari in questo modo.»

«E poi?»

«Poi gli ho risposto ancora no. E poi non ho più avuto sue notizie. Fino a ieri sera. Mi ha telefonato ancora, a casa. Stessa storia di prima, la palazzina e il salone. Al che gli ho detto: "Senta, amico, a me la sua palazzina non interessa, né stasera né mai". Lui ha risposto: "Ti stacco le palle, fottuto olandese". Proprio così. E poi... "Voglio tagliarti il... il... pene, e ficcartelo in un orecchio." Proprio così...»

«Aspetti un attimo, un attimo solo» intervenne Petersen, con rabbia. «Stiamo parlando di un marinaio, uno che è stato dentro per violenza e danni volontari contro la proprietà, e questo dice "pene"?»

«Senta, tenente, io non ricordo esattamente quali parole...»

«Signori» si interpose l'avvocato con tono da paciere. «Signori, non potete aspettarvi che il mio cliente ricordi le *ipsissima verba* di una conversazione telefonica svoltasi ventiquattro ore fa mentre lo interrogate qui dentro come se fosse un criminale. È sotto pressione... ed è un essere umano. Per favore!»

«È un bugiardo» disse Petersen, alzandosi e voltando la schiena a Nienaber.

«D'accordo. Ha usato un linguaggio volgare. È necessario che io lo ripeta?»

La voce di Nienaber si effondeva intorno a lui come un'aureola.

«Faccia del suo meglio» disse Joubert mentre tornava ad appoggiarsi allo schienale, sospettando che Petersen volesse recitare la parte del poliziotto cattivo.

«In ogni caso, ha detto molte volgarità, e io ho riattaccato. Poi, un'ora dopo, ha richiamato. Ha detto che si scusava di avere perso la testa così. Non potevo andare almeno a dare un'occhiata? ha detto poi. Era un bellissimo edificio. E lui poteva darmelo a un affitto veramente basso. È stato molto convincente... e poi ho pensato che sarebbe stato più comodo liberarmi di lui nel modo più economico possibile. Voglio dire che dare un'occhiata alla palazzina sarebbe stato più economico che cambiare numero di telefono. Però gli ho detto che subito non avevo tempo, e lui mi ha proposto la mattina presto. Prima di andare al lavoro. "Ok, gli ho proposto io, che ne dice di domattina?" perché volevo farla finita con tutta la faccenda. Il mio unico scopo era levarmelo di dosso. Quindi abbiamo fissato per le sei a casa sua. Avremmo dovuto usare la mia macchina, perché lui mi ha spiegato che la sua puzzava troppo. Di pesce. Quindi stamattina sono andato fin là, ma ho fatto tardi, perché all'inizio non trovavo l'indirizzo. E quando sono arrivato lui era lì per terra sulla porta e gli avevano sparato dritto nel... nel...»

«Pene» completò Petersen voltandosi nuovamente verso Nienaber.

«Esattamente. Nel pene.»

«Fiuuu...» commentò di nuovo l'avvocato.

«Lei sta mentendo» disse Petersen.

«Questo non lo può dire» ribatté Nienaber.

«Io posso dire tutto quello che voglio.»

«Non può dir questo.» Nienaber si voltò verso il piccolo avvocato.

«Insisto sul fatto che il mio cliente ha diritto di essere trattato con rispetto.»

«Con rispetto, Oliver... tu stai mentendo.»

«Non può dir questo» ripeté lamentosamente Oliver guardando Joubert che appoggiava la schiena alla spalliera con un ghigno dipinto sulla faccia. La scena che aveva davanti era vagamente surreale.

Ma adesso Petersen era infuriato. Infuriato perché all'inizio Nienaber lo aveva ignorato per poi chiamarlo "tenente" con sarcasmo. Infuriato, perché l'interrogato era ricco e arrogante e mentiva spudoratamente.

«Sì, che posso, Ollie. Tu stai mentendo. E io ti incastrerò. Ho intenzione di rinchiuderti e di buttar via la chiave. E cosa succederà allora alla tua bella mogliettina, eh, Ollie? Eh? Mentre tu sarai dietro le sbarre, Ollie? Chi la gratterà quando avrà qualche pruritino, Ollie?»

«Leon» lo ammonì Joubert, riconoscendo a un tratto il tono della voce. Ricordò la domenica pomeriggio a Mitchells Plain quando Petersen si era scagliato addosso a un ragazzo di una gang che, anche lui, stava mentendo, e gli aveva tirato un pugno in faccia. Petersen aveva un caratteraccio.

«Il culobianco riccastro del cazzo sta mentendo, capitano» proferì Petersen, con il bianco degli occhi spaventosamente dilatato. Le mani gli tremavano.

«Ah, no» disse l'avvocato agitando un indice ammonitore.

Nienaber era sul punto di scattare dalla sedia con la faccia stravolta. «Sta attento a come parli» disse, lontano mille miglia dallo charme delle pubblicità sui giornali. «Lurido selvaggio.»

Petersen evitò con un balzo l'avvocato e colpì Nienaber alla guancia con un unico movimento coordinato, veloce. Nienaber si rovesciò indietro con tutta la sedia battendo la testa sul piastrellato con un tonfo sordo. Joubert si era alzato di scatto ancor prima che il colpo raggiungesse Nienaber, ma comunque era troppo tardi. Ora afferrava Petersen per la camicia e lo tirava indietro, mentre l'avvocato si tuffava a proteggere il suo cliente allargando le braccia su di lui e gridando: «No, no, no!» con il testone stretto fra le spalle, come se si aspettasse degli altri colpi.

Petersen sbuffò cedendo alla presa di Joubert. «Non preoccuparti, capitano... non lo colpirò più.»

«Fate venire un'ambulanza» ingiunse l'avvocato da terra, ancora a braccia allargate per prevenire un nuovo attacco. «Credo che sia morto.»

Joubert si inginocchiò vicino a loro. «Mi faccia vedere.» Riluttante, il legale si scostò. Joubert vide che lo zigomo di Nienaber era già tumefatto e scolorito, ma il petto si sollevava e si abbassava in maniera assolutamente normale. «Non ha niente» dichiarò Joubert. «Solo un piccolo svenimento.»

Joubert conosceva il significato di questo. E sapeva quali sarebbero state le conseguenze: «Re delle forbici denuncia lo stato per lesioni personali». De Wit sarebbe stato costretto a passare l'indagine a Gerry. Non avrebbe avuto scelta. Joubert sospirò, le spalle gli si afflosciarono.

Petersen se ne accorse.

«Mi spiace, capitano.»

«Un'ambulanza, subito! Chiamatela immediatamente!» supplicò e ordinò insieme l'avvocato.

«No, non è necessaria» disse una voce dal pavimento.

Tutti e tre fissarono Nienaber che si alzò lentamente a sedere.

«Qui gli facciamo causa, Oliver» disse l'avvocato. «Li mandiamo via in mutande. E lui...» puntò un dito verso Leon Petersen. «Lui non troverà mai più uno straccio di lavoro in tutto il paese.»

«No,» disse Nienaber.

Silenzio.

«Lasciamo perdere» disse il parrucchiere. «Lasciamo perdere tutta la cosa.» Si alzò in piedi a fatica, toccandosi la guancia gonfia con la mano destra. L'avvocato si catapultò immediatamente in suo soccorso: lo sorresse, lo aiutò a raddrizzare la sedia e poi, con cautela, a sedersi.

«Non hanno la minima possibilità, Oliver. È stato un atto di brutalità della peggiore specie. Con il nuovo governo... è meglio che si mettano in lista di collocamento.»

«Ho intenzione di lasciar perdere, Phil.»

«Be', Oliver...»

Nienaber alzò lo sguardo verso Joubert. «E lei... ha intenzione di lasciar perdere, o no?»

Joubert non disse niente. La mente in stallo, tratteneva il respiro. Non fece altro che fissare Nienaber. Petersen guardava il muro.

«Andiamo, Phil» disse poi Nienaber incamminandosi verso la porta. L'avvocato prese la ventiquattr'ore, il taccuino e la penna e lo seguì sulle sue gambette corte. Nienaber aprì la porta e uscì. L'avvocato lo seguì sbattendo la porta alle sue spalle.

Petersen alzò leggermente la testa e si massaggiò la mano con cui aveva colpito Nienaber. «Mi spiace, capitano.»

«Nessun problema, Leon.» Joubert si sedette al tavolo e tirò fuori le sigarette. Ne accese una e soffiò un'esile piuma di fumo verso il soffitto.

«Nessun problema, Leon. Penso anch'io che il culobianco riccastro del cazzo stia mentendo.»

29

Bevvero un caffè nella caffetteria alle otto e mezza di lunedì sera. Erano seduti vicini, i gomiti appoggiati alle ginocchia, le mani curve intorno alle tazze. Contro al muro erano accatastate file di seggiole a buon mercato in plastica e acciaio, pronte per la corsa al posto a sedere della mattina.

«Ho mandato tutto a puttane, capitano.»

Joubert sospirò. «Questo è vero, Leon.» Ingollò una sorsata di caffè freddo. «Dovrai imparare a tenere a bada quel tuo caratteraccio.»

«Lo so.»

Petersen fissò il contenuto della sua tazza, il colore torbido, il vapore che formava un velo trasparente. «Cristo, capitano, ho troppi casini. Mia moglie...» Abbassò la testa e diede un profondo sospiro.

«Che cosa c'è, Leon?»

Il tenente alzò gli occhi al soffitto, come in cerca di aiuto. Poi espirò lentamente.

«Mia moglie vuole lasciarmi.»

Joubert non disse niente.

«Dice che non sono mai a casa. Dice che le nostre figlie hanno bisogno di un padre. Dice che un patrigno per casa è meglio di un padre vero che non vedono mai. E dice anche che non ci sono mai abbastanza soldi. "Fai un lavoro da dirigente per una paga da giardiniere", dice. Posso dirti una cosa, capitano? Una cosa mia, privata?» Guardò Joubert e continuò prima che l'altro potesse rispondere. «Lo sai quando è stata l'ultima volta che io e mia moglie... lo sai? Mesi fa. E adesso Bart de Wit mi dice che devo fare faville perché i neri devono arrivare in alto, mostrare quanto valgono al di là dei principi egualitari. Così, da un giorno all'altro, mi ritrovo a essere un "nero". Non sono più un "coloured", e nemmeno un malese del Capo. Sono "nero". Riclassificazione istantanea. E devo far faville. Adesso ti domando, capitano, che cosa altro mi tocca? Ho fatto faville per anni, cazzo, e la mia richiesta di aumento di stipendio è ancora lì che aspetta. E non soltanto la mia. Quelle di tutti noi. Bianchi, neri, meticci. Tutti i casini, tutti gli omicidi e i morti e gli stupri, tutte le ore dedicate a figli di puttana che ti sparano addosso e a culibianchi ricchi che si comportano come se non esistessi, e il capo che ti dice che devi far faville e il sindacato che dice niente paura, tutto andrà a finir bene e una moglie che dice che ti vuole piantare...»

Petersen bevve una generosa sorsata di caffè.

Poi sospirò di nuovo. Seguì un silenzio.

«Lo beccheremo, Leon.»

«No, capitano. Ho mandato tutto a puttane.»

«Una semplice battuta d'arresto.»

«E adesso, capitano?»

Sentirono un trapestio frettoloso nel corridoio.

«Devo farlo pedinare.»

Guardarono nervosamente verso la porta. Fece capolino la testa di un sergente. «Capitano... Gerrit Snyman al telefono. Sta aspettando in linea. Può prenderla nel mio ufficio, capitano.»

Joubert posò la tazza sul grande tavolo al centro della caffetteria e uscì in fretta al seguito del sergente. Nell'ufficio di questi alzò il ricevitore. «Gerrit?»

«Ho trovato Eleanor Davids, capitano.» Voce eccitata.

«E chi è?»

«Quella donna che ha accusato MacDonald di stupro.»

Joubert si sforzò di ricordare. Snyman interpretò correttamente il suo silenzio.

«Due anni fa, capitano. Ha ritirato la denuncia.»

«Ah, sì.»

«È una prostituta, capitano.»

«Sì, eh?»

Un po' più interessante.

«Però possiede una Smith & Wesson Escort, capitano.»

Il suo cuore sobbalzò.

«Dice di avere un alibi, capitano, ma io credo che menta.»

«Stiamo arrivando, Gerrit.»

«Ottimo, capitano.» Poi Snyman abbassò la voce, passando a un tono più confidenziale. «È una bella donna, e anche strana, capitano. Di colore, ma si è fatta tingere i capelli di bianco candido, e porta tutti vestiti neri. Stivali alti, calzoni, camicia. Un mantello, persino...»

"Aveva un mantello lungo e nero come quello di

Batman. Stivali neri e capelli neri. L'angelo della morte." Hercules Jantjies. Il vagabondo. Alla stazione di polizia di Gardens. Joubert se lo ricordava. *Ipsissima verba*, come avrebbe detto l'avvocato con i labbroni. "Capelli neri."

«Gerrit» disse Joubert con premura.

«Capitano?»

«Dicevi che ha i capelli bianchi?»

«Come la neve, capitano.»

Forse Hercules nel suo annebbiamento da metanolo aveva colto solo una parte della verità.

«Dove sei?»

«All'agenzia di accompagnatrici "Charlie's Little Devils", capitano. Galleon Parade, Hout Bay.»

«Restaci. Leon e io stiamo arrivando.»

I *little devils* erano dipinti sulla vetrina che dava sulla strada ed erano due diavolesse grandi e rosse, con le gambe lunghe e snelle e seni abbondanti e voluttuosi. Sopra le natiche birichine si allungava una coda terminante in una punta a forma di freccia. Sotto i lunghi capelli biondi spuntavano due piccole corna.

Snyman se ne stava timidamente davanti alla reception su una poltrona leggermente logora, come se fosse pronto per scappare a gambe levate. Joubert e Petersen si dividevano il divano, intonato all'altra sedia su cui era seduta Eleanor Davids. Le gambe di quest'ultima, fasciate in un paio di pantaloni di pelle nera, dondolavano da sopra il bracciolo della sedia. Portava un paio di stivali neri alti fino alle ginocchia. Una lunga sigaretta le penzolava dalle labbra. In fondo alla zona della reception era seduto il proprietario, un giovane greco con lunghi riccioli e la camicia sbottonata. Era concentrato nella lettura di un tascabile, ma Joubert sapeva che non si sarebbe perso una battuta.

Eleanor negò di aver mai conosciuto una sola delle altre vittime della Mauser.

«Solo MacDonald. E direi proprio che gli sta benone.»

«E lo stupro?» le chiese Petersen.

«Quello era un animale schifoso, fratello» rispose lei levandosi di bocca la sigaretta con le dita che terminavano in lunghi artigli dipinti di nero. Parlava sottovoce, in tono intimo, senza tradire nessun turbamento.

«Come andò?»

«Aveva telefonato chiedendo una ragazza. Per una notte del fine settimana... venerdì, credo, o sabato. Voleva pane nero. Così Mike mi ha portato là col furgone, quindi è entrato con me per farsi dare i soldi e annusare un po' il posto. Dopo di che, se n'è andato, e MacDonald mi ha acchiappata, fratello, e voleva subito fare l'amore. Io ho cercato di respingerlo, ma quello mi acchiappava di qui e mi acchiappava di là e mi ha strappato i vestiti, e mi è saltato addosso. Non è così che lavoro io, fratello. Prima ci vuole una trattativa... Non è che uno si presenta, mi scopa e addio. Ma quello là era una bestia, fratello, diceva io ho pagato e voglio farlo subito.»

«E dopo?»

«Dopo, fratello, si è preso quello che voleva.»

Aspettarono in silenzio. Lei aspirò una profonda

boccata dalla sigaretta e poi la spense in un portacenere traboccante, con movimenti calmi, decisi.

«Poi ho telefonato a Mike e gli ho detto che mi doveva portare dagli sbirri. Mike non voleva, ma io ho insistito. Così ho sporto denuncia.»

«Ma poi l'hai ritirata.»

«Mike mi ha dato un bel fuoribusta.»

«E alla fine, sorella... sabato gli hai sparato.»

Lei gli rivolse un lento sorriso dei denti giallastri e irregolari. «Sei carino, fratello. Perché non passi a fartene una gratis?»

«Tu possiedi un'arma da fuoco.»

«Sicuro, fratellino. Con il lavoro che faccio...»

«Possiamo vederla?»

Lei si alzò lentamente, gettandosi il mantello sulla spalla con un gesto teatrale.

«Che ci fai col mantello, sorellina?»

«Bisogna offrire il prodotto in una confezione esclusiva, fratello.»

A passi sicuri sui tacchi vertiginosi, si diresse a una porta vicino al banco della reception. L'aprì e la lasciò aperta. I tre detective guardarono in un'altra stanza dove erano sedute quattro donne, una con una rivista, una impegnata a truccarsi e due che chiacchieravano fra loro. Poi Eleanor Davids chiuse la porta: aveva in mano una borsetta da cui estrasse una pistola, piccola e nera, che diede a Petersen.

Petersen se la fece girare fra le mani. «È una Escort, sorella.»

Lei si rimise a sedere, accese un'altra sigaretta e scrollò le spalle.

«Certo che lo è, fratellino.»

«Questa è la pistola di riserva usata dal killer della Mauser.»

«Non sono stata io, fratello. Sono cattiva, ma non uccido la gente.»

«Dovrai venire con noi, sorella.»

«Conosco i miei diritti. Ho un alibi.»

«Pensi che il giudice crederà alla tua parola?»

«No, ma probabilmente crederà a quella di un poliziotto.»

«Scusa, sorella?»

«Chiedete ad Hatting, il sergente che sta al banco alla stazione di Bay, quale sera della settimana mangia il suo bel pane nero. Omaggio della casa. Dal tramonto all'alba.»

Hatting era un uomo di mezza età, con una stempiatura che tentava di nascondere per mezzo di un magro riporto.

Era in borghese, perché lo aveva convocato d'urgenza il comandante della stazione.

«Non mi daranno più la pensione» disse Hatting. Sembrava vecchio, atterrito, indifeso.

«Non ci saranno ulteriori conseguenze, sergente» disse Joubert guardando Petersen, Snyman e il comandante di Hout Bay. Tutti gli risposero con cenni affermativi.

«Mia moglie è deceduta, capitano. Da dodici anni, ormai.» Nessuno disse nulla. Hatting si stropicciò le mani fissando il pavimento con una smorfia di rammarico sul volto. «Alla domenica pomeriggio i ragazzi tornano in collegio, capitano, e... mio Dio, la sera della domenica è una cosa...»

Restarono seduti sotto una cappa di silenzio. Ma Joubert doveva essere sicuro.

«Sergente, lei è proprio sicuro che Eleanor Davids sia stata insieme a lei fino alle sette di lunedì mattina?»

Hatting si limitò ad annuire. Non riusciva a guardare in faccia Joubert.

«Tutta la notte?»

Ancora sì con la testa. Ancora silenzio.

«Mai più» promise Hatting, e scoppiò a piangere.

Gli occhi di Griessel erano profondamente infossati nelle orbite scure; la sua pelle aveva la sfumatura giallo-bluastra degli ammalati gravi, ma si bevve ogni singola parola di Joubert come fosse avido della normalità, della routine, della vita di fuori. Joubert era seduto su un letto di ferro, sopra il materasso nudo. Benny sedeva sul letto di fianco, con la schiena appoggiata alla testiera. Il sanatorio era silenzioso come un mausoleo.

«Snyman pedinerà Nienaber a partire da domani mattina. Alla sera Louw gli darà il cambio. Non abbiamo altro, Benny.»

«Non può essere lui.» La voce di Griessel era vacua, come stesse parlando da un luogo remoto.

«Non so, Benny. È un parrucchiere. Sono andato...» Gli tornò in mente la visita ad Anne Boshoff. Oggi? Gli sembrava ieri, o addirittura ieri l'altro. Ricordò il proprio impaccio, e gli venne voglia di ridere di se stesso e raccontare di Anne a Benny Griessel. «Oggi ho conosciuto una donna bellissima, Benny. Insegna criminologia all'università. Mi ha detto che l'assassino potrebbe essere finocchio. Nienaber è sposato, però fa il parrucchiere...»

«Mio nipote fa il parrucchiere a Danielskuil e si è chiavato le mogli di tutti gli agricoltori della zona.»

«Ti ripeto che non abbiamo altro, Benny. Perché Nienaber sta mentendo. Non so perché, né riguardo a che cosa, ma mente. Ed è sfuggente, Benny, viscido come un'anguilla.»

Joubert guardò l'orologio: le dieci e mezzo. L'infermiera aveva raccomandato: solo un quarto d'ora.

«Voglio darti una mano, capitano.»

«Lo farai quando sarai pronto.» Joubert si alzò. «Notte, Benny.»

Quindi si incamminò nella corsia. Aveva quasi raggiunto le doppie porte quando sentì che Griessel lo chiamava.

«Mat.»

Joubert si fermò e guardò alle sue spalle.

«Perché non le chiedi di uscire? Alla professoressa.»

Lui restò lì, nella penombra, a guardare la figura sul letto.

«Forse, Benny. Tu intanto dormi bene.»

A un isolato di distanza da casa sua si fermò allo stop, con il finestrino aperto per fare uscire il fumo della Special Mild. Sentì la grossa moto ben prima che si fermasse vicino a lui. Il conducente, con un casco integrale nero, guardava dritto davanti a sé mentre un passeggero gli stava avvinghiato alle spalle.

Un'istintiva curiosità spinse Joubert ad alzare lo sguardo: attraverso la stretta apertura del casco riconobbe gli occhi di Yvonne Stoffberg.

Poi la moto partì a tutto gas distanziando in un attimo la sua auto. La mente di Joubert fece due più due. La Kawasaki di Ginger Pretorius poco prima di mezzanotte di un lunedì. Gli occhi di Yvonne Stoffberg.

C'era qualcosa nel modo in cui lo aveva guardato, una contrarietà, un immediato distogliere gli occhi. Forse era solo la sua immaginazione, pensò mentre ripartiva. Ma gli era sembrata un po' imbarazzata. "Posso avere di meglio di Ginger Pretorius" era stato il suo messaggio, almeno così gli pareva.

Allora comprese che non avrebbe seguito il consiglio di Griessel. No, non avrebbe chiesto ad Anne Boshoff di uscire.

Perché lui in realtà desiderava la dottoressa Hanna Nortier.

30

Margaret Wallace si svegliò poco dopo le tre del mattino con un lampo nella memoria: martedì era giorno di rimozione rifiuti, e avrebbe dovuto trasportare da sola i sacchi dalla porta della cucina fino al cancello esterno. E di buon'ora. Generalmente arrivavano appena dopo le sei. La settimana scorsa c'era ancora suo cognato a darle una mano, ma adesso era da sola. Senza Jimmy. L'indomani avrebbero fatto due settimane. E c'erano sempre tante cose da fare. Mille cose. Troppe.

Si alzò dal letto, mise la vestaglia e andò in cucina, sapendo che non sarebbe riuscita a riprendere sonno. Accese il bollitore, aprì la porta sul retro, prese il bidone della spazzatura per la maniglia e lo trascinò fino al cancello. Lo sforzo la fece sentire soddisfatta: d'ora in avanti il suo obiettivo sarebbe stato l'autosufficienza. Jimmy se lo sarebbe aspettato da lei, ed era un dovere verso i suoi figli.

Al cancello, tirò fuori dal bidone i sacchi di rifiuti e li depose sul marciapiede; sbatté le mani l'una contro l'altra per liberarle dalla polvere e tornò verso la cucina con il bidone vuoto.

Fu allora che si ricordò di Ferdy Ferreira. Senza preavviso, senza incoraggiamento... d'improvviso, a metà strada fra cancello e cucina la sua memoria sputò fuori l'informazione.

L'uomo alla televisione. La terza vittima. Ferdy Ferreira. Si ricordò dove aveva visto quel volto. Era stato proprio qui, in casa sua, una sera. Stava lavorando in cucina quando era squillato il campanello, e Jimmy era andato ad aprire.

Si erano chiusi nello studio senza che lei avesse visto l'uomo... ma poi, quando se ne stava andando, l'aveva visto in corridoio, camminava un po' zoppo. Lui si era girato e aveva incrociato lo sguardo di lei: aveva una faccia triste, come quella di un grosso cane fedele. Ma lui non l'aveva salutata, si era limitato a proseguire verso la porta.

Quattro anni fa? Cinque?

Aveva chiesto a Jimmy chi era quell'uomo. «Faccende di lavoro, cara.» Una spiegazione generica, vaga. Solo una delle tante persone che erano venute, avevano fatto un giro in casa loro e se n'erano andate, conoscenti di lavoro di Jimmy, amicizie istantanee, gente del cricket...

Ma Ferdy Ferreira era stato a casa sua. E domani avrebbe telefonato a quel grosso poliziotto dagli occhi assenti, e glielo avrebbe detto.

Forse sarebbe servito a qualcosa.

Poco dopo le sei stava già nuotando: sapeva che sarebbe stata una lunga giornata, e voleva iniziare di buon'ora. Contò soltanto le prime due vasche, poi restò ingarbugliato nella tela della ricerca di una soluzione. Che cosa doveva fare oggi? Oliver Nienaber. Sospettato numero uno. Probabilmente Gerrit Snyman a quest'ora era già parcheggiato davanti alla sua lussuosa casa pronto per il primo turno di pedinamento del parrucchiere. L'autopsia. Scoprire se il patologo era stato in grado di stabilire il momento della morte. Questo avrebbe inchiodato Nienaber... nonostante il pasticcio combinato da Petersen. Chiedere di MacDonald ai familiari delle precedenti vittime. Chi lo aveva conosciuto? E dove? Il rapinatore di banche. Chiedere al generale di brigata Brown se aveva già distaccato gli agenti nelle varie filiali della Premier.

Pensò: ancora due giorni e poi avrebbe rivisto Hanna Nortier. Solo due giorni.

Voleva invitarla a uscire con lui. Ma dove? "Ti va una birra giù alla mensa, dottoressa?»"

Sì, buona fortuna.

Cenetta a lume di candela in un buon ristorante, uno di quelli a Sea Point, con i tendoni pesanti... oppure uno di quelli nuovi, alla Marina, quelli di cui parlavano tutti? No. Non alla prima uscita... sarebbe stato troppo intimo, troppo loro due soli.

Cinema? Magari. "Già visto *Rocky VII*, dottoressa?" Forse uno di quei film europei sottotitolati che davano nei sobborghi meridionali? No. Troppe tette nude e sesso esplicito. Si sarebbe fatta un'idea sbagliata di lui.

Di colpo Joubert realizzò due cose: aveva automaticamente tenuto il conto delle vasche, e ne aveva completate otto.

Non solo: aveva voglia di continuare.

Da non credere. Otto vasche. "Che ne dici? Otto cazzute vasche!"

Che bisogno aveva di smettere di fumare? Fece la capovolta come gli avevano insegnato tanti anni prima, in un movimento fluido, i piedi che si davano lo slancio contro la parete della piscina. Scivolò sott'acqua finché il suo corpo poderoso non riemerse in superficie e le braccia si distesero e la testa si girò per inspirare.

Sollevò il petto per la successiva bracciata e quella dopo ancora. Sinistra, destra, sinistra, respira, destra, sinistra, destra, respira...

Nuotò per altre quattro vasche, ritmicamente, facilmente, mentre il cuore gli rimbombava in petto. La sua soddisfazione aumentò dopo la dodicesima, quando capì che era stato bellissimo e poteva bastare. Si issò agevolmente fuori dalla piscina e, tutto gocciolante, andò verso lo spogliatoio. A quell'ora la lunga stanza era ancora deserta e improvvisamente la tentazione fu troppa. Urlò: «Aaaaaah!».

Un solo grido, come un'esplosione che si ripercosse tonando per tutto l'edificio. L'eco che gli rispose fu imbarazzante, ma quella sensazione lo avviluppava ancora come un mantello quando scese dall'auto alla stazione di polizia di Hout Bay, passò davanti alle voci dei giornalisti, salì le scale e superò la grande porta di legno.

Ma si dissolse quando vide il commissario di distretto, il capo dei detective e de Wit.

Mentre i tre ufficiali superiori lo salutavano, nei loro occhi colse una luce speranzosa. Joubert riferì loro ogni dettaglio del colloquio con Nienaber fino al momento del pugno di Petersen. Poi incominciò a mentire. «Abbiamo dovuto lasciarlo andare.»

«Avete dovuto lasciarlo andare» ripeté il commissario di distretto con voce atona, allibita.

«Abbiamo pensato alla reputazione del Corpo, generale, in tempi difficili come questo. La nostra immagine è a rischio. Oliver Nienaber è un personaggio famoso. Se lo mettiamo dentro, dobbiamo disporre di prove sufficienti. E non è così. Un testimone lo ha visto sulla scena del delitto. Il patologo non ha nemmeno stabilito l'ora approssimativa della morte di MacDonald. Non abbiamo alcuna prova che Nienaber sia in possesso di una Mauser. La sua versione... potrebbe anche essere vera. Pensi alla nostra immagine, generale. Se incriminiamo l'uomo sbagliato adesso...» Joubert calcò queste parole: sapeva di non avere altre frecce al suo arco.

«Sss...ì» disse il generale, pensieroso.

«Ma abbiamo messo una squadra alle calcagna di Nienaber, generale.»

«E che cosa diremo ai giornalisti?» domandò il generale di brigata. «Dopo il colpo di scena di ieri sera in conferenza stampa, sono come tante iene che hanno fiutato il sangue. "Die Burger" scrive addirittura che ci potrebbe essere un arresto già oggi. Dove saranno andati a inventarsi tutte queste sciocchezze?»

Ci fu un breve silenzio.

«Non abbiamo nient'altro, capitano?» chiese il generale, conoscendo già la risposta.

«Oggi dobbiamo tirare molte fila, generale. Potremmo anche arrivare a qualcosa.»

«Ma dobbiamo dare un'impressione positiva ai media. Dirò che abbiamo fatto una scoperta fondamentale e attualmente seguiamo nuove piste. Che poi in pratica è la verità.»

«La medium...» intervenne de Wit, parlando per la prima volta. Gli altri lo fissarono. «Arriva questa sera. Madame Jocelyn Lowe.»

«Questo alla stampa non possiamo dirlo, Bart.» La voce del generale di brigata era irritata.

«Lo so, generale. E non glielo diremo. Ma madame ha un addetto stampa. E l'addetto stampa mi ha detto che stamane avrebbe inviato dei fax ai giornali locali. Da Londra.» De Wit guardò l'orologio. «Vi garantisco che i nostri mancati progressi non saranno la notizia principale dell'edizione del pomeriggio.»

«Spero che abbia ragione, Bart» concluse il maggior generale. «Adesso andiamo a parlare con gli avvoltoi.»

Mentre il generale parlava con i media, Joubert restò appartato. Ascoltava, ma i suoi pensieri erano sempre concentrati sulle successive mosse da fare. Sporadicamente intercettava le domande dei giornalisti. C'era un arresto in vista? Esisteva un legame tra gli omicidi e le rapine in banca? Solita solfa. Poi, una novità: «Generale, ha sentito che il cosiddetto maresciallo di campo dell'esercito della Nuova Repubblica boero-afrikaner ha dichiarato che la Mauser è una voce che chiama gli afrikaner al servizio della loro patria?»

«No» rispose il generale.

Il reporter sbirciò le pagine precedenti del suo taccuino. «Cito testualmente: "La Mauser è la voce dei nostri padri, l'eco del loro sangue versato per la libertà in due guerre contro un nemico soverchiante. È lo squillo di tromba che chiama la nazione a risvegliarsi, un grido di guerra giunto da un'era dimenticata, quando l'orgoglio afrikaner era ancora puro e potente".»

L'intero gruppo dei giornalisti tacque. Il generale non parlò. Joubert si guardò le scarpe.

«Chiederò al capitano Joubert di rispondere a questa domanda» disse il maggior generale.

Joubert guardò le facce interrogative e per un attimo fu come se gli avessero tagliato la lingua. Il suo panico rincorse le parole, le acciuffò, ne scelse alcune e altre ne scartò finché, con la massima cautela, incominciò a parlare. «Noi non possiamo escludere a priori nessun movente per gli omicidi. Per essere sincero, abbiamo seguito anche la pista politica fin dall'inizio. Tuttavia devo dirvi che a tutt'oggi non sussiste motivo di credere nel coinvolgimento di uno o più gruppi politici in questo caso.»

«Ma ha detto che non potete escluderlo?» chiese un reporter della radio protendendo il microfono.

«A questo punto non escludiamo *niente*.»

Il gruppo capì che la conferenza stampa improvvisata era finita e incominciò a disperdersi. Le troupe televisive misero via il loro equipaggiamento, i fotografi staccarono i flash. Joubert si disse che doveva assolutamente parlare con il patologo.

Il patologo, il professor Pagel, cominciò lamentandosi di O'Grady. «Quell'uomo, capitano, non ha rispetto per la morte. In futuro preferirei che lei fosse presente. Trovo il suo macabro umorismo molto poco professionale.»

Joubert borbottò delle scuse, poi chiese l'ora della morte di MacDonald.

«Non è facile da stabilire, capitano... vede, il momento esatto non sono proprio in grado di dirglielo.» Sempre la solita cautela degli accademici. «Ma può essere fissato intorno alle sei del mattino, ora più ora meno.» Poi cominciò a spiegare come era giunto a questa conclusione.

Joubert fu salvato da una voce che gridava il suo nome dall'ufficio denunce. Domandò permesso e uscì di corsa. L'agente teneva in mano la cornetta del telefono. Joubert la prese.

«Joubert.»

«Sono Margaret Wallace, capitano.»

«Buon giorno, signora Wallace.»

«Capitano, non so se questo possa esservi utile, ma credo che Jimmy conoscesse una delle vittime.»

Sentì che parlava di suo marito al passato, e pensò: "Questa donna ha superato la Porta delle Tenebre, e ora conosce il paesaggio che c'è dall'altra parte".

«MacDonald?» domandò.

«No. L'altro. Quello di Melkbos... mi pare si chiami Ferreira.»

All'improvviso il cuore di Joubert incominciò a battere più forte, perché quello era il primo probabile legame. Insieme alle menzogne di Oliver Nienaber, il primo segno che qualcosa si muoveva. «Dove si trova, adesso?»

«A casa.»

«Vengo subito.»

Margaret Wallace lo invitò a sedersi a un tavolino presso la grande piscina dietro casa, poi andò a preparare il tè. Tornò portando un grazioso vassoio con tazze e piattini di porcellana, e una torta appena tagliata e disposta sul piatto. Posò il tutto sul tavolino di plastica bianca. «Questa era la torta preferita di Jimmy. Ma a un certo punto smisi di prepararla. Non so il perché. Ci sono abitudini che si perdono, e basta. La vita va avanti, lasciandosi alle spalle certe cose... Quando i bambini crescono, ci si preoccupa essenzialmente dei piatti che loro preferiscono, delle loro necessità...»

Versò il tè. Joubert sentì gli uccelli fra gli alberi, il liquido sussurro della bevanda che passava dalla teiera alla tazza; vide le efelidi delicate sulle mani di lei, la fede nuziale ancora alla sinistra.

«Poi ieri mi è venuta voglia di preparare proprio questa torta. Non le sembra strano?»

Lei lo guardava con i suoi occhi a due colori, ma Mat non se la sentì di rispondere.

«Ne desidera?»

Joubert annuì, ma aggiunse subito con voce colpevole: «Sono a dieta».

Lei sorrise. Aveva i denti bianchi e regolari: una bella bocca, osservò Joubert. «Lei? Veramente ne ha bisogno?»

«Sì.»

«E che dice sua moglie?» Ancora con una voce divertita.

«Non ho moglie.» Poi, senza necessità, aggiunse: «Sono vedovo».

«Mi dispiace.» Seguì un silenzio da oscurare il sole e soffocare le voci del giardino, scese sul tavolo fra loro come una barriera fisica. Di colpo erano in un certo senso soci, compagni di viaggio che conoscevano la strada che portava fin lì ma non volevano incrociare gli sguardi, ciascuno troppo timoroso che l'altro potesse ravvivare il suo dolore.

In silenzio versarono il latte, aggiunsero lo zucchero, rigirarono il tè con suoni tintinnanti. Lei gli raccontò la visita di Ferdy, sempre senza staccare gli occhi dalla tazza e dal piattino, con voce neutra. Joubert si domandò quanto potesse valere la sua memoria dopo quattro o cinque anni, finché lei non menzionò la zoppia del visitatore.

«Aveva avuto la poliomielite.»

«Oh.»

Joubert le chiese se Ferdy Ferreira era mai più tornato a casa sua. Se non ricordava altri particolari. Se aveva mai sentito parlare di Alexander MacDonald. La signora Wallace snocciolò una serie di risposte negative. Lui inghiottì velocemente il tè, poi le chiese una foto del compianto James J. Wallace. «Una foto recente, se possibile. La prego.»

«Perché?»

«Per mostrarla ai parenti delle altre vittime.»

«Crede che possa significare qualcosa? Sì, il fatto che Ferdy Ferreira sia stato qui.»

«Voglio scoprirlo.»

La signora Wallace si allontanò brevemente tornando con una fotografia, che passò a Joubert senza guardarla. Lui se la infilò rapidamente in tasca e prese congedo. La donna lo accompagnò fino alla porta e lo salutò sorridendo, ma il suo sguardo era altrove.

Zio Zatopek Scholtz non amava il centro commerciale di Tygerberg. Non gli piacevano la folla, la musica forte e la puzza di fastfood. Non vedeva l'ora di tornare alla sua fattoria oltre Malmesbury, ma sua moglie aveva insistito affinché vi si fermasse sulla via del ritorno dall'asta, perché c'era un saldo di biancheria intima, e lei poteva portare solo i reggiseni che vendevano lì.

Ecco perché Zio Zato, come tutti lo chiamavano, era rimasto seduto dentro l'abitacolo del pickup Nissan nel parcheggio fino a quando gli era venuto in mente che non aveva addosso più di due o tre rand, che doveva fare benzina e comprare il tabacco per uno dei suoi braccianti.

Zio Zato tirò fuori dal cruscotto il suo libretto degli assegni della Premier, scese, chiuse il pickup, si sistemò la giacca e si diresse verso il centro commerciale. Sapeva che dentro c'era uno sportello. Si incamminò senza fretta: un sessantacinquenne in giacca di tweed, camicia azzurra con le mezze maniche, calzoni corti e calzettoni beige, e un paio di Grasshoppers marroni. Passò davanti alla fila di macchine ed entrò dalla porta automatica, puntando con sicurezza verso lo sportello della Premier. Aprì il libretto degli assegni, ne compilò uno e rimase in coda finché non arrivò il suo turno.

Infilò l'assegno sotto il vetro e alzò lo sguardo sulla giovanissima cassiera con i capelli neri e la bocca imbronciata.

«In biglietti da venti, dolcezza» disse, infilando una mano nella tasca della giacca di tweed per estrarre il portafoglio.

La cassiera sentì soltanto l'ultima parola e vide la mano dell'uomo che si muoveva sotto la giacca.

In preda a un panico immediato, sferrò un calcio al pulsante dell'allarme e urlò.

L'agente Vusi Khumalo fu colto totalmente alla sprovvista. Era in abiti civili, in piedi accanto alla finestra della banca a guardar fuori, nel punto dove una bella ragazza nera stava lavando il pavimento del centro commerciale. Poi sentì il grido e la sua mano corse alla cintura: in un momento estrasse la Z88, si girò, e vide la cassiera e l'uomo con la mano in tasca.

Khumalo era un bravo poliziotto. Aveva avuto il suo battesimo del fuoco nelle township di Città del Capo durante i giorni burrascosi del 1994, e il mese prima aveva sostenuto con successo l'esame per la promozione a sergente. E il manuale diceva: «Suddividere bene il peso tra le gambe divaricate, tenere la pistola davanti a sé con entrambe le mani, le braccia estese, e l'occhio dietro il mirino, e gridare con voce forte, imperiosa. Bisogna metterli in soggezione, fargli sapere che li avete in pugno».

«Fermo o sparo.» La sua voce tuonò sopra la sirena dell'allarme e le urla di terrore degli astanti. Aveva già la pistola puntata alla fronte di Zio Zato.

L'innocenza dell'agricoltore fu la sua disgrazia. Se Zio Zato fosse stato un rapinatore, sarebbe rimasto sicuramente immobile in modo che non sorgessero sospetti sulle sue intenzioni.

Ma lui si spaventò, si voltò di scatto, vide il nero con la pistola e obbedì all'impulso di stringere il portafoglio tra le mani per non farselo portare via.

Zio Zato estrasse il portafoglio dalla tasca interna della giacca.

Khumalo spostò la pistola di qualche centimetro e premette il grilletto, sicuro al cento per cento che l'uomo con la giacca avesse intenzione di estrarre un'arma da fuoco.

Il proiettile da 9 mm penetrò nella spalla di Zio Zato, spezzò la clavicola e recise l'arteria sub-clavicolare. L'uomo crollò all'indietro contro il banco, mentre il suo sangue sgorgava copiosamente sui pannelli di legno.

Gli restavano solo due minuti prima che una quantità fatale del suo fluido vitale si spandesse sul pavimento.

Tra gli urli e le esclamazioni dei clienti e del personale della banca, solo Vusi Khumalo, avvicinandosi e poi chinandosi su Zio Zato, udì le parole atterrite: «Che cosa sta facendo?».

«Avevi intenzione di rapinare questa banca, eh?» ribatté Khumalo.

«No...» rispose Zio Zato, ma il buio lo stava coprendo con una coltre, e lui non capiva più nulla.

«Credo che dovremmo fermare l'emorragia» disse una voce calma vicino all'agente Khumalo. Questi alzò lo sguardo e vide un giovanotto nero con una corta giacca bianca.

«È medico, lei?» chiese Khumalo facendosi da parte in modo che la mano del giovane potesse raggiungere la spalla di Zio Zato e tamponare il rivolo rosso.

«No» rispose il giovane. «Sono ancora studente.»
E salvò la vita a Zatopek Scholtz.

31

Joubert e de Wit sedevano nel lussuoso ufficio del direttore regionale della Premier Bank. La vista a nord, sul porto e sulla Table Bay, era mozzafiato. Ma nessuno dei tre uomini guardava fuori.

Il manager della Premier Bank, invece, era in piedi di fronte a Joubert e agitava il dito verso di lui. «Lei mi aveva promesso cautela. Eccola la vostra cautela: un cliente molto amato e rispettato che sta lottando contro la morte nel reparto di terapia intensiva a Tygerberg. Il mio amministratore delegato che sta per avere l'infarto. La stampa si fa viva ogni sette minuti. E il rapinatore è ancora là fuori da qualche parte con un pistolone sotto la giacca, mentre lor signori della Omicidi e Rapine non sanno dirmi altro che sono spiacenti.»

Il sudore colava dalla faccia del manager, e la luce dell'ufficio si rifletteva sulla sua testa calva.

«Deve capire che...» disse il colonnello Bart de Wit alzando a sua volta un dito.

«No, io non capisco proprio un bel niente. Questo stramaledetto ciccione...» il dito del direttore era una lancia puntata contro Joubert, «...questo qui mi aveva dato garanzia che non sarebbe successo niente. Ma si è dimenticato di comunicarmi che avrebbe schierato un esercito di poliziotti *kaffer* armati fino ai denti dentro le mie filiali. Lui...»

Joubert si alzò, il suo corpo praticamente contro quello del direttore, la faccia a pochi centimetri dal suo naso.

Ringhiò: «Mi ascolti».

Il direttore fece un passo indietro e tenne la bocca chiusa.

«Ascolti bene» ripeté Mat Joubert. «Quando si rivolge a me o a lui,» e indicò de Wit «è pregato di farlo educatamente, altrimenti le spacco la faccia.»

Il manager rivolse a de Wit uno sguardo di supplica. De Wit guardò Joubert. Sul volto del colonnello c'era un sorrisetto di sconcerto.

«Comunque,» aggiunse Joubert «non le permetto di chiamarmi ciccione. Sono a dieta.»

Poi si rimise seduto.

Non volava una mosca. Il manager teneva gli occhi sulla moquette. Poi trasse un respiro profondo, andò alla sua sedia e si sedette.

«Scusatemi, scusatemi. Lo stress...» Estrasse dal taschino della giacca un fazzoletto e se lo premette sulla fronte. «Lo stress» ripeté. Poi alzò gli occhi. «E adesso, che farete?»

Joubert rispose: «Naturalmente sostituiremo il poliziotto Vusi Khumalo e faremo un'indagine approfondita su tutta la faccenda» rispose Joubert. «Stasera riuniremo tutti i poliziotti assegnati alle varie filiali della Premier Bank. Daremo loro le debite istruzioni: sicurezza, prudenza, pubblico interesse.

Oltre a qualche principio che domattina dovranno trasmettere ai vostri impiegati: gestione di una crisi. Autocontrollo. Reazioni in condizioni di emergenza.»

De Wit annuì con entusiasmo.

«E da domani tutta l'operazione sarà guidata da uno dei migliori detective della penisola.»

De Wit e il direttore lo guardarono con interesse.

«Il suo nome è Benny Griessel.»

«No, capitano. Voglio dire... io condivido pienamente la sua reazione a quelle espressioni razziste e discriminatorie... ma Benny Griessel?»

Si avviarono alla macchina di Joubert.

«Colonnello, mi spiace. Avrei voluto parlargliene prima. Ma ci ho pensato solo poco fa, nell'ufficio di quel tizio.»

«Griessel è in ospedale a farsi disintossicare» obiettò de Wit.

«Sono andato da lui ieri sera, colonnello. È ripulito. Ha bisogno di una molla, signore. Dobbiamo tenerlo occupato. Deve ritrovare il rispetto per se stesso. Questa è la scelta più giusta.»

«La scelta più giusta? Con tutto lo stress che comporta?»

«Benny è in grado di gestire lo stress, colonnello. È la morte che non può gestire» rispose calmo Joubert.

Camminarono in silenzio fino alla Sierra. Joubert aprì la porta a de Wit, fece il giro della macchina e salì. Dentro faceva un caldo infernale. Abbassarono i finestrini, poi Joubert mise in moto e partirono verso la N1.

Bart de Wit guardava la strada oltre il parabrezza. Il dito continuava a sfregare nervosamente il neo. Silenzio. Joubert sospirò concentrandosi sulla guida.

Avevano già superato l'uscita N7 quando de Wit guardò Joubert. «Né lei né io riusciamo più a tenere la situazione sotto controllo. Questa vicenda ha sviluppato una vita propria. Non ci resta che raccomandarci a Dio. Perché, capitano, la verità è che qui è in gioco la mia testa. Nel Corpo c'è parecchia gente che mi tiene gli occhi addosso. Il Vecchio Due Nasi, mi chiamano. Il Vecchio Due Nasi non ce la farà. Ha ottenuto quel posto grazie agli amici che aveva nell'ANC. E non lo meritava. Io, capitano, avrei proprio voluto dimostrargli che avevano torto.»

Poi de Wit restò in silenzio finché non arrivarono in Kasselsvlei Road.

«È libero di dare un'occasione a Benny Griessel, capitano.»

«Grazie, colonnello.»

«Chissà. Forse qualcuno ci guadagnerà qualcosa da questo casino.»

Joubert chiuse la sala operativa di Hout Bay e spostò nuovamente il centro delle indagini nella sede della Omicidi e Rapine. Mandò un agente a casa di Gail Ferreira e uno dai dipendenti di Alexander MacDonald a chiedere qualche foto delle vittime. Poi convocò la squadra in sala stampa. «Vi ringrazio molto per come vi siete dati da fare con armaioli e negozianti» esordì. «Purtroppo non abbiamo trovato nulla su cui indagare. Ma c'è ancora una possibilità.» Tutti lo guardarono speranzosi.

«Può darsi che le vittime si conoscessero tra loro.» Qualcuno trattenne il fiato.

«Lavorerete in team di due persone. Ciascun team avrà una serie di fotografie di tutte le vittime. Leon Petersen e io andremo dai parenti, voi vi occuperete di vicini, colleghi e conoscenti vari. Contatti di lavoro. Compagni di bevute. Chiunque. Vogliamo sapere se si conoscevano.»

I suoi occhi passarono in rassegna tutti i subordinati. Lo ascoltavano con aria attenta, già scalpitanti. Quella sera avrebbero detto ai familiari: «Sto lavorando sul killer della Mauser».

«C'è un altro aspetto, più delicato...» continuò Joubert. «La possibilità di una pista omosessuale.»

Qualche fischio in sordina e un isolato commento.

«Il che non significa che come prima domanda dobbiate chiedere a tutti se tizio o caio era frocio.»

I poliziotti risero. Joubert alzò la mano per ristabilire il silenzio. Parlò con tono urgente.

«Se la stampa lo scopre scoppierà un casino inenarrabile. Raccomando al membro anziano di ogni team di agire con cautela. È in gioco la reputazione del Corpo. E non dimenticate i sentimenti dei parenti delle vittime. Per loro è dura. Tatto. Domande?»

«È vero che fra i sospettati c'è Oliver Nienaber?» chiese qualcuno dal fondo. Joubert scosse la testa. Il brusio cresceva.

«Non più» ribatté con decisione. Il brusio cessò di colpo. «Altre domande?»

«Una cassa di birra per il team che lo acchiappa?»

«Dieci casse» rispose Joubert suscitando un'ovazione generale.

Lui e Petersen dai parenti non trovarono niente, malgrado la serietà e l'attenzione con cui ognuno scrutò le foto delle altre vittime. Tutti avevano avuto la stessa reazione: cenni di diniego seguiti dall'immancabile «mi dispiace...».

Quel pomeriggio lasciò Petersen alla Omicidi e Rapine e andò in clinica. L'infermiera lo indirizzò a una sala di ricreazione al terzo piano. Quando entrò vide Benny Griessel seduto con altre persone, tre uomini e due donne. Stavano giocando a carte.

«Più quaranta» disse Griessel buttando due monete da venti cent nel piatto al centro del tavolo.

«Cacchio» commentò una donna con i capelli unti e una lunga sigaretta tra le dita.

«Devi avere colore.»

«Pagare per vedere» ribatté Benny.

Joubert si fermò alle sue spalle. Nessuno si era accorto del suo arrivo.

«Più dieci» disse uno scheletro umano con gli occhi blu acqua, aggiungendo monete.

«Io passo» bofonchiò la donna anziana vicino a lui. Depose le carte. Aveva coppia di donne.

«Anch'io» le fece eco un uomo con un tatuaggio a inchiostro rosso e blu che si estendeva dalla spalla al polso, un dragone che sputava fuoco.

«Rilancio di quaranta» disse Griessel.

«Per me è troppo» disse lo scheletro umano. «Sono tuoi.»

Griessel si alzò, si allungò sul tavolo e raccolse il denaro.

«Facci vedere cos'avevi» disse la donna con la sigaretta.

«Lasciamo stare» rispose Griessel.

«Dai, sii sportivo» disse il dragone.

«Ho bluffato» ammise Griessel mentre con la mano a coppa raccoglieva il denaro sul bordo del tavolo per poi farlo cadere tintinnando nel borsellino. Poi appoggiò il borsellino e girò le cinque carte.

«Neanche una coppia» considerò tristemente la vecchia.

«Sei troppo furbo per essere un ubriacone» commentò lo scheletro.

«È soltanto uno stupido poliziotto» intervenne Joubert. «E questa sera inizia a lavorare.»

Griessel continuò a ringraziarlo dalla stanza della ricreazione all'atrio deserto, ma Joubert rimase accigliato. Per quindici minuti catechizzò il sergente finché questi non alzò le mani come a chiedere pietà. «Ho già sentito tutte queste cose: da mia moglie, da mio fratello, da Willie Theal. E non mi è servito a niente, Mat. Io devo essere a posto qui dentro» e si batté la mano sul petto. «Nei giorni scorsi ho riflettuto tanto. E sono sicuro che per un paio di settimane ce la farò. Dopo, se faccio qualcosa ci ricado. Ho bisogno di quella tua strizzacervelli, Mat. Se la testa funziona, posso smettere di bere... e lo voglio, accidenti. Ma lei deve aiutarmi.»

«Questa sì che è una grande idea, Benny.» Poi lo aggiornò su entrambe le indagini: il killer della Mauser e le rapine di "Dolcezza" mentre Griessel metteva la sua roba in un grosso sacchetto di carta. Percorsero insieme il corridoio. Verso l'accettazione.

«E ora tu dovrai occuparti del rapinatore, Benny.

Da stasera. Devi parlare agli uomini. La squadra è tua.»

Griessel non spiccicò più parola fino all'ingresso.

«Ci lascia, Griessel?» chiese l'infermiera dietro la scrivania.

«Sì, sorella.»

«Ha paura?»

«Sì, sorella» rispose lui firmando il foglio di dimissioni.

«Bene, Griessel. La paura aiuta a non bere più. E lei che è un bell'omone lo aiuti.»

«Sì, sorella» ripeté Joubert facendo timidamente eco a Griessel. Poi scesero i gradini, diretti alla macchina.

La fame si impossessò nuovamente di lui poco dopo le quattro, nel suo ufficio, mentre era impegnato a controllare le liste e i tabulati delle indagini, alla ricerca di altre strade. Fu una percezione inattesa che bloccò la sua capacità di concentrarsi: contrazioni, borborigmi, tremito alle mani, leggero capogiro e l'assoluta necessità di mangiare subito una grossa e sugosa bistecca; una patata al forno ancora fumante; cavolfiori in succulenta salsa al formaggio; fagiolini al pomodoro e cipolle; focaccia con una noce di burro che si scioglie pian piano... Aveva già aperto la porta per filarsela al ristorante, quando dovette fisicamente trattenersi dallo sbattere il pugno contro il telaio.

«Bell'omone» l'aveva chiamato l'infermiera.

«Stramaledetto ciccione» aveva detto il manager della Premier Bank.

Si sedette alla scrivania e si accese una Special

Mild. Lo stomaco gli borbottava ancora, un lungo rumore prolungato con svariati crescendo.

Cercò il numero della dietologa, lo trovò nell'agenda e lo compose. La donna rispose prima che finisse il primo squillo. Joubert si presentò. «La dieta non funziona.»

Lei lo bombardò di domande finché non fu soddisfatta. «No, capitano, la sua dieta funzionerà se continua a osservarla. Può mantenere il programma per la mattina e la sera. I pasti di mezzogiorno...»

«Io all'ora di pranzo lavoro.»

«Se li prepari la sera prima, capitano. E li porti in ufficio.»

Lui tacque, scrollò la testa rassegnandosi all'ingiustizia.

«È duro stare a dieta, capitano.»

«Vero» confermò Joubert con un profondo sospiro.

Ci fu un lungo silenzio durante il quale si udì solo il rumore di sottofondo del telefono. Alla fine la dietologa gli disse: «Una volta alla settimana può anche sgarrare, però deve farlo con furbizia».

«Sgarrare con furbizia» ripeté Joubert pieno di speranza.

«Quello che le posso suggerire è di prendere *Una nuova generazione*.»

«Che?»

«Il *Ricettario della nuova generazione*. Così potrà sgarrare con intelligenza. Una volta la settimana.»

«Il *Ricettario della nuova generazione*» ripeté mentalmente più tardi, sentendosi un fesso. La fame gli faceva nuovamente borbottare la pancia.

32

«Tutti sappiamo che effetto faccia il grasso sul corpo umano, quanto sia poco attraente», si leggeva a pagina undici del ricettario.

"Cazzo, che perle di saggezza" si disse Joubert, cambiando posizione sulla sedia in cucina. Il libro era sul tavolo davanti a lui, vicino agli ingredienti che servivano per la ricetta raccomandatagli dalla dietologa.

«Che cosa avrebbe voglia di mangiare?» gli aveva chiesto dopo avergli dato il libro.

«Una bistecca.»

«Certo che lei è cocciuto.»

«Ho fame».

«Provi il filetto di manzo con funghi. Pagina 113. Ma prima legga tutta l'introduzione per informarsi sulle calorie e la percentuale di grassi insaturi. E ne mangi una piccola porzione. Non ha senso cucinarlo in modo sano e poi divorarne mezza tonnellata.»

Si era fermato al Pick'n Pay e, con il libro aperto a pagina 113, aveva passato in rassegna gli scaffali fino a trovare tutti gli ingredienti che gli occorrevano.

«Quello che forse non sospettate» diceva il libro,

«è che oltre al grasso che potete osservare intorno alla vostra vita, sulle cosce e sul petto, le persone in sovrappeso hanno un accumulo di grasso interno. Normalmente il grasso si concentra intorno agli organi interni, soprattutto nelle parti basse del corpo e intorno all'intestino, ai reni e al cuore.»

Immaginò i suoi organi, avvolti uno per uno in uno strato di grasso bianco-giallastro, e gli vennero i brividi.

Uno dei capitoli era intitolato *Test dell'adipe superficiale:* «Un modo semplice e veloce per misurare il vostro grasso è pizzicare con pollice e indice un pezzo piuttosto ampio di pelle sull'addome. Se è più spessa di due centimetri e mezzo allora siete grassi... e potete star sicuri che il grasso è diffuso per tutto il vostro corpo».

Posò il libro sul tavolo, si appoggiò all'indietro e tirò fuori la camicia dai pantaloni per riuscire ad afferrare la pelle dell'addome.

La misurò a occhio.

Merda. Poteva essere vero?

Si alzò e andò a cercare il centimetro. Lo trovò nello studio, dove aveva ammucchiato disordinatamente i libri sugli scaffali. Tornò in cucina, si sedette, afferrò la pelle con la mano sinistra e la misurò con il centimetro.

Più di quattro centimetri. E non stava nemmeno misurando con troppo rigore.

Chiuse rabbiosamente il ricettario.

Sgarrare con furbizia.

Non poteva permettersi di sgarrare con furbizia...

non con quattro centimetri di ciccia sull'addome. Non con gli organi incappottati di grasso.

Sospirò, mise da parte il ricettario e prese in mano il foglio della dieta: «120 grammi di pesce alla griglia, purè, pomodori e insalata di cipolle. 1 unità di grasso».

Una unità di grasso. Cercò l'elenco in fondo al programma. Poteva scegliere tra piccole quantità di margarina, vinaigrette, maionese, burro di arachidi, avocado, olive, salsina oppure una striscetta di bacon. Scelse la vinaigrette e cominciò a preparare.

«È arrivato il rapporto sulla pistola di Eleanor Davids, capitano» disse Snyman passandogli il foglio.

«È negativo» disse Joubert senza neanche guardarlo.

«Sì, capitano.»

Sospirò. «Grazie, Gerrit.»

Joubert si voltò. Era il momento di andare ad assistere a *Il ritorno di Benny Griessel.*

Joubert si tenne discretamente sulla porta della sala stampa della Omicidi e Rapine. Griessel non doveva pensare che fosse andato a controllarlo.

Il sergente era in piedi su una sedia vicino al televisore: stava parlando a ventidue poliziotti in divisa.

«Nel fascicolo troverete le foto scattate dalle telecamere di sicurezza della banca, più un identikit fatto dai nostri disegnatori che potrebbe avvicinarsi al reale aspetto del rapinatore. Ma sono solo punti di partenza. E possono rivelarsi armi a doppio taglio, come abbiamo imparato dall'incidente di questa mattina. Per amor di Dio... non affrontate ogni possibile sospettato con le armi. Usate il buon senso. Riflettete. E poi riflettete ancora» concluse Griessel sorridendo ai suoi ascoltatori.

Joubert si accorse che le tracce della settimana precedente pesavano sul volto di Griessel, sul corpo tozzo che appariva come prosciugato.

Ma il sergente aveva la voce sonora e piena di entusiasmo.

«La stampa non sa ancora che abbiamo uomini in ogni filiale. Gli abbiamo detto che Khumalo era lì per caso per fare un prelievo. Questo perché il rapinatore non deve sospettare niente. Ma non stiamo parlando di un cretino. Controllerà la scena molto bene prima di fare un altro colpo. Starà con gli occhi aperti. Lo so che non vi pagano abbastanza per pensare, ma fatelo ugualmente, per il vostro paese. Pensate prima di ciondolare in giro con l'aria inconfondibile del poliziotto infiltrato. Muovetevi con discrezione. Compilate i moduli. Fate finta di prelevare soldi. Andate a far domande agli sportelli. Il tenente Brand della sicurezza interna vi parlerà brevemente delle regole per la gestione di una crisi che dovete insegnare al personale della vostra filiale. Dite loro che devono stare al gioco, che vi devono trattare come clienti. Niente di più e niente di meno...»

Joubert girò sui tacchi e imboccò il corridoio per tornare a casa.

Griessel non aveva bisogno del suo aiuto.

Uscì nell'ombra della sera e si diresse verso la sua macchina.

Oliver Nienaber stava sorridendo cinicamente al volante della sua BMW rosso scuro.

La polizia doveva crederlo un idiota. Si era accorto di tutto già il giorno prima, quando una Opel Kadett bianca l'aveva seguito per tutta la strada verso casa. Il coglione alla guida per stargli dietro aveva dovuto passare con il rosso.

Poi l'aveva rivisto successivamente sulle strade meno caotiche di Plattekloof. E quella mattina presto aveva adocchiato la Sierra rossa lungo la strada proprio sotto casa sua.

Ora, alle sei meno un quarto, la N1 non era abbastanza trafficata per un pedinamento discreto. Lo specchietto retrovisore rifletteva una Ford a rispettosa distanza.

Stavano perdendo tempo, pensò. Lui era innocente. Non era il cacciatore, ma la preda. E adesso involontariamente lo proteggevano.

Se non fosse stato per un piccolo tenente colorato se la sarebbe cavata con la sua frottola. Cristo, però aveva avuto una bella presenza di spirito. Lunedì scorso, nella sala interrogatori. D'altra parte, era grazie a questo che era arrivato dove era arrivato. Lui pensava veloce. Da parrucchiere a milionario in sei, sette anni.

Quella storia della telefonata di MacDonald per il prestito gli era venuta in testa spontaneamente.

Dal momento in cui aveva visto Mac sulla porta di quella pietosa casa di legno con il sangue schizzato contro le pareti e sul pavimento e il collo squarciato e lo sparo nelle palle, il suo cervello lavorava a mille all'ora.

Voleva parlargli. Non sapeva a che ora Mac sarebbe andato in mare, e sperava che fosse abbastanza presto. Si era fermato davanti alla casa, aveva aperto il cancello e poi aveva visto l'uomo disteso a terra, Big Mac. Big Mac con il pene più grosso che lui avesse visto in vita sua. Questo lo ricordava perfettamente.

«Mac, hai un cazzo che sembra un palo telegrafico» aveva detto una volta Ferdy Ferreira. Il compianto Ferdy. Il compianto storpio scimunito.

«Pene» aveva richiamato l'attenzione del piccolo tenente.

Fottuto malese. Si massaggiò la guancia. Faceva ancora male. Ma ne era valsa la pena. Un piccolo prezzo da pagare.

«Sono caduto» aveva detto alla sua bella moglie.

«Come puoi essere di aiuto alla polizia?» gli aveva chiesto lei.

Pensare veloce. «Ah... è per via di un uomo delle pulizie nero che prima lavorava da noi. L'hanno incriminato per violenza su minore. Volevano sapere se abbiamo mai avuto sospetti.»

«E non potevano interrogarti qui, tesoro?»

Lui si era limitato ad alzare le spalle. «Certo che li potrebbero pulire quei loro gradini... È lo sporco che li rende scivolosi. Io sono scivolato e son finito contro lo stipite della porta.»

Quella mattina Antoinette gli aveva messo sulla guancia un po' del suo fondotinta per mascherare il livido violaceo.

«Ecco, tesoro, così va meglio.»

Svoltò di nuovo, verso Wynberg, in direzione della Main Road. Appena prima di entrare nel parcheggio del palazzo dove aveva gli uffici controllò se la Sierra si vedeva ancora. Niente. Pazienza, pensò... probabilmente avranno parcheggiato in zona, in un punto da dove hanno una buona visuale. Si fermò al suo posto macchina.

Compose i numeri della combinazione della sua ventiquattr'ore e l'aprì. La pistola Star era sopra il resto del contenuto. La richiuse di nuovo e girò con le dita le rotelle dei numeri. La pistola non gli serviva più, adesso che poteva godere dell'inconsapevole protezione della polizia. Scese, premette il bottone sul portachiavi per attivare l'allarme della BMW e si diresse all'ascensore. La porta era aperta. Salì e guardò l'orologio. Le sei. In orario perfetto. Come al solito. Con l'eccezione di lunedì scorso. Schiacciò il bottone del sesto piano. La porta si richiuse silenziosamente.

Snyman parcheggiò la macchina davanti al Servier Building in Main Road in modo tale da poter controllare l'entrata dell'edificio e del parcheggio. Aprì il contenitore della colazione e ne estrasse un termos per il caffè e dei tramezzini. Non aveva appetito, ma il caffè se lo sarebbe gustato. Svitò la tazza del thermos, versò il liquido fumante e lo bevve lentamente, con voluttà.

Il caffè gli scottò le labbra.

Snyman imprecò e soffiò sulla superficie scura della bevanda.

Quindi si stravaccò sul comodo sedile della Sierra.

Poteva essere una lunga giornata.

Come suo solito Nienaber fissava il pavimento dell'ascensore: alzò gli occhi soltanto quando le porte si aprirono.

Vide immediatamente il giustiziere.

I piedi leggermente divaricati, le braccia tese, l'arma puntata contro di lui con entrambe le mani.

Capì che il giustiziere lo stava aspettando, che aveva seguito le luci corrispondenti ai piani: S per il seminterrato, R per il rialzato, 1, 2, 3, 4, 5, 6. Tutto questo capì in un microsecondo.

"Pensa veloce, Oliver Nienaber. È così che sei arrivato dove sei arrivato."

Capì anche che la Star nella ventiquattr'ore era lontana, inutile. Ma poteva parlare. Poteva trattare. Poteva pensare.

Alzò la mano.

«Aspetta...» incominciò, ma ormai il proiettile gli aveva trapassato il palmo e niente più poteva fermare la sua corsa verso il cervello.

Alle sette meno un quarto di quel mercoledì mattina, Joubert era seduto sulla panca di legno dello spogliatoio della piscina. Se ne stava con i gomiti appoggiati alle ginocchia e la testa abbassata, con l'acqua che sgocciolava sul pavimento di cemento: c'era poco da fare, avrebbe davvero dovuto smettere di fumare.

Si sentiva scoppiare i polmoni: sapeva che era a causa dello strato di catrame, quel nero, viscido, lurido, colloso strato di catrame che aleggiava nei suoi polmoni dopo la nuotata impedendogli di rimettersi davvero in forma. Poteva sentirlo a ogni respiro dopo le prime sei o sette bracciate. A ogni nuovo movimento del braccio, a ogni ritmico battere delle gambe, gli si formava un'immagine più chiara della melmosa incrostazione che si frapponeva nei suoi polmoni tra lui e l'ossigeno fornitore di energia.

Mat Joubert, l'uomo-discarica. Tutto grasso e catrame. Non ci sono Special Mild che tengano, prima o poi dovrò piantarla lì. Tanto quelle schifezze non sanno di niente.

Prese una decisione.

Si alzò di scatto, risoluto, e andò all'attaccapanni con i suoi vestiti. Tirò fuori dalla tasca della giacca il pacchetto bianco e grigio e l'accendino, si avvicinò al grande bidone nero della spazzatura che si trovava nell'angolo, aprì il coperchio e, con violenza, vi gettò le sigarette.

Prima il bidone era vuoto. Fissò il pacchetto e l'accendino sul fondo.

"Ho chiuso con il fumo" pensò. "Per sempre."

Con un gesto solenne rimise il coperchio sul bidone, si voltò, e si diresse verso la doccia.

Sulla strada per Kasselsvlei Road lesse la locandina del «Cape Times»: «Mauser: accorre anche medium inglese».

Il giornalaio stava leggendo il quotidiano, così Joubert poté leggere il titolo di prima, due parole enormi che occupavano tutta la pagina: «Isteria collettiva». Il sottotitolo diceva: «Agricoltore in fin di vita dopo sparatoria in banca».

Per un attimo pensò di comprare il giornale, ma il semaforo cambiò e partì pensando: "è arrivato il sensitivo di de Wit. Isteria, ben detto".

«Non ho sentito niente, capitano» disse Snyman. «L'ho saputo soltanto quando la radio ha dato l'indirizzo del posto. Non ci potevo credere. Quel bastardo ha sparato con un cannone e io non ho sentito niente.»

Erano tutti in piedi in cerchio intorno al cadavere di Oliver Sigmund Nienaber: Joubert, Snyman, Petersen, O'Grady, Basie Louw e due poliziotti della stazione di Wynberg. Nienaber giaceva nel vano della porta dell'ascensore, la valigetta ancora stretta contro il ventre, e una mano insanguinata protesa. Le porte dell'ascensore si aprivano e si chiudevano lentamente, meccanicamente, sbattendo contro il corpo di Nienaber, si riaprivano e si richiudevano...

«Qualcuno vada a togliere la corrente all'ascensore» ordinò Joubert a un agente.

«Agli ordini, capitano.»

«Anche la guardia giurata non ha sentito niente» aggiunse Snyman.

«Dov'è la donna adesso?» chiese Joubert.

«Lavora per una ditta di computer su al settimo piano, capitano. Hanno chiamato un dottore. È sotto shock. Ha detto di aver preso le scale perché l'ascensore non arrivava mai. Quando è arrivata al sesto piano...» Snyman indicò la scala di sicurezza che correva di lato alla tromba dell'ascensore, «allora l'ha visto. Ha detto che si conoscevano, che lui la salutava sempre così amichevolmente.»

«Nessuno ha visto niente?»

«Io credo che Mauser sia entrato dall'ingresso secondario sul retro, capitano. La guardia giurata sostiene che gli inquilini la lasciano praticamente sempre aperta perché tanto c'è un sacco di gente del palazzo che ha la chiave.»

«Come fai a dire che è stato Mauser?»

Snyman estrasse da una tasca una bustina di plastica. Dentro c'erano due bossoli.

«C'è qualcuno che sta prendendo le impronte digitali?»

«Gente della stazione, capitano» rispose O'Grady.

Un uomo e una donna dell'unità video arrivarono salendo le scale. «Perché questo fottuto ascensore non funziona?» chiese l'uomo, con il fiatone, appena ebbe fatto l'ultimo gradino.

Nessuno rispose. L'uomo vide Nienaber steso nell'ascensore. Le porte si aprivano e si chiudevano, si riaprivano e si richiudevano.

«Oh...» disse l'uomo.

«Non posso credere che nessuno abbia sentito niente» disse Snyman.

Joubert guardò Petersen. «Avevi ragione, Leon. Nienaber contava palle.»

«Ma adesso non sapremo mai la verità, capitano.»

«La scopriremo, invece.»

«Dove cavolo sono i fotografi? Voglio girarlo per vedere se anche a lui gli hanno sparato all'uccello» disse O'Grady.

«Credi anche tu che sia stato Mauser?» chiese Louw.

«Ancora Mauser?» chiese Pagel, il medico legale, con il fiato corto per l'ascesa.

«Probabilmente.»

La radio al fianco di Snyman gracchiò. «Capitano Mat Joubert, capitano Mat Joubert... per favore telefoni alla professoressa Boshoff dell'università di Stellenbosch. Capitano Mat Joubert...»

«C'è un telefono da qualche parte?» domandò Joubert.

«Nell'ufficio di Nienaber... là, dietro l'angolo, capitano.»

Percorse il corridoio. Anne Boshoff... che voleva stavolta? Si frugò nella tasca interna cercando la rubrica telefonica.

L'ufficio di Nienaber era lussuoso: un'ampia reception arredata con mobili costosi color pastello, folta moquette, quadri. La pubblicità apparsa sui giornali era stata ingrandita, incorniciata e posta sotto un grande logo della ditta.

"La fine di un'era" pensò Joubert. La Grande Predatrice non era stata messa in fuga dal successo, non si era lasciata abbagliare dal narcisismo e dalla vanità.

Trovò un telefono sulla scrivania, scorse le pagine della sua agendina, trovò il numero di Anne Boshoff e chiamò.

Lei rispose dicendo il suo nome.

«Sono Mat Joubert.»

«Matthew! Che piacere sentirla. Ma sempre con una voce così da vecchio... è ancora vivo, Matthew? Quando viene a trovarmi?»

«Ho ricevuto un messaggio...?»

«Oh, e mi ha richiamato così presto... L'efficienza dei dipendenti statali mi dà sempre un grande senso di sicurezza. È per il medium, Matthew. Madame Jocelyn Lowe. Spero che non sia lei il "vecchio amico"...»

«Vecchio amico?»

«Ma non li legge i giornali?»

«Io sono impegnato a tentare di risolvere un caso di omicidio, professoressa Boshoff.»

«Anne.»

«Il suo omossessuale borghese adottato questa mattina ha colpito ancora, Anne.» Calcò il suo nome in tono irritato, ma lei non reagì.

Poi fece un fischio. «Si sta dando una mossa.»

«Dando una mossa?»

«Lo sa che lei ripete spesso le mie parole? Sì, si sta dando una mossa. Sono passati solo tre giorni da MacDonald, Matthew. L'arco di tempo tra ciascun omicidio si sta assottigliando sempre più... Mi lasci pensare...» Joubert sentì un fruscio di carta. «Una settimana tra il primo e il secondo. Quasi, se contiamo anche il giorno del primo omicidio. Poi quattro giorni fino al terzo. Altri quattro giorni ed è il turno di MacDonald. Poi soltanto tre giorni fino a oggi. Lunedì, martedì, mercoledì. O due giorni, se si esclude lunedì.»

«È vero.»

«È malato, Matthew, molto malato... Sta andando via di testa. Ha bisogno di aiuto. Questo cambia tutta la mia analisi. Dovrò consultare ancora i testi. Ma la vittima... era gay?»

«È Oliver Nienaber.»

«Il re dei parrucchieri?»

«Esatto.»

Lei fischiò un'altra volta. «Questo non era gay, Matthew.»

«No, non lo era. Ma lei come fa a saperlo?»

«Conosco gli uomini, Matthew. E so che non era gay. Non le piacerebbe constatare di persona quanto sia approfondita la mia conoscenza...»

«Devo andare.»

«Prima voglio sapere della medium. Dunque, ha dichiarato al "Times"...» Ancora fruscio di carta. «"Diciamo che sono accorsa in aiuto di un vecchio amico. Una persona che si occupa dell'indagine." È lei?»

«No.»

«Meno male. Matthew, si guardi da queste creature. Mentono spudoratamente. Martin Reiser, della California University, ha fatto uno studio su di loro. E sa che cosa ha concluso? "In sostanza il loro apporto è sempre stato scarso, quando non controproducente..."»

Apparve sulla porta Gerry Snyman, chiaramente di premura.

«Devo proprio andare» disse Joubert. «Ma la ringrazio per...»

«Non mi ringrazi solo a parole, Matthew» disse Anne Boshoff, e riattaccò.

Girarono il cadavere di Nienaber. Aveva del sangue sul petto, un foro evidente proprio nel centro della cravatta firmata.

«No... i gioielli di famiglia sono stati risparmiati» commentò O'Grady quasi con rammarico, addentando un altro pezzo di torrone.

«Ma è stato Mauser, senza dubbio. E non è ancora finita.»

«Bah, non è finita finché la cicciona canta, come dicono all'opera.»

Allora Joubert seppe dove avrebbe portato Hanna Nortier quando l'avrebbe invitata a uscire.

«La valigetta è chiusa, capitano» disse Snyman chino sul pavimento.

«Facciamo prendere le impronte a quelli della scientifica e poi portiamola in ufficio: lì c'è Van Deventer che potrà usare i suoi cacciavitini.»

«Gli piacerà da matti» disse O'Grady.

«Gerrit, adesso dobbiamo andare dalla moglie di Nienaber. Fammi sapere se salta fuori qualcosa.»

«Va bene, capitano.»

Joubert salì le scale seguito da O'Grady, Petersen e Louw. Il suo passo era insolitamente leggero. Perché sapeva dove avrebbe portato Hanna Nortier.

33

Al rapinatore piacevano i nomignoli che i giornalisti gli avevano affibbiato. "Il Camaleonte" sulla stampa anglofona, "Dolcezza" su «Die Burger». Ma adesso cominciava a preoccuparsi. Tutti erano convinti che lui fosse il killer della Mauser. E un uomo innocente era ricoverato alla Panorama Clinic, colpito alla spalla perché un agente lo aveva scambiato per "Dolcezza", il rapinatore dai mille volti.

Lui odiava la violenza, figurarsi il pensiero di uccidere. Non aveva cercato tutta quella pubblicità. Voleva solo... ma adesso non contava più. Bisognava soltanto correggere un po' il tiro.

Così questa mattina stava andando a rapinare una banca diversa. Le filiali della Premier erano diventate troppo pericolose. Perché a Tygerberg era saltato fuori quell'agente? Gli stavano tendendo una trappola? E quel marcantonio di capitano apparso alla televisione... ok, aveva l'aria un po' distratta, però non si diventa capitano per caso.

Il Camaleonte non si sarebbe mai fatto beccare. Bastava solo correggere un po' il tiro. E poi aspettare che le acque si calmassero.

Oggi era un uomo d'affari con barba e baffi, parrucca nera, abito di sartoria antracite, camicia bianca e cravatta blu e arancio. Entrò nella filiale della Banksa di Somerset West, il più lontano possibile dalla sua abituale zona di operazioni. Si avviò con passo deciso verso la cassiera, una minuta quarantacinquenne, ed estrasse dalla tasca una busta bianca.

«Buon giorno, dolcezza» le disse.

«Buon giorno, signore.» La donna gli sorrise. «Chiamare una cassiera in questo modo potrebbe metterla nei pasticci» gli rispose con garbo, senza il minimo sospetto.

«Come mai?»

«Sa, l'uomo che svaligia la Premier Bank... Posso esserle utile?»

«Che ne pensa di quel rapinatore?»

«Dicono che sia il killer della Mauser. Spero che lo prendano prima che faccia del male ad altre persone.»

«Sono bugie» disse il rapinatore, risentito. «Ha capito? Sono tutte bugie.»

«Scusi?»

Aprì il lato sinistro della giacca. «Crede che questa assomigli a una Mauser?»

La donna fissò la pistola con gli occhi pieni di terrore.

«Solo biglietti da cinquanta rand. Presto. Ed è inutile che ti parli dell'allarme.»

La donna annuì. «Basta che lei resti calmo, signore.»

«Lo stesso vale per te.»

La donna tirò fuori dal cassetto le mazzette da cinquanta rand e le appoggiò sul banco.

«In un sacco, cretina!»

L'asprezza della sua voce la fece trasalire. Lui le diede la busta. «Consegnala alla polizia. Capitano Mat Joubert.»

«Certo, signore.»

«Che profumo usi?»

«Chanel.»

«Mi fa schifo» disse il rapinatore. Poi prese il sacco e si avviò verso l'uscita.

Joubert stava guardando fuori, ma non era nello stato d'animo adatto per apprezzare la splendida vista sui monti che si godeva dallo studio di Oliver Nienaber.

Il colloquio con Antoinette Nienaber lo aveva distrutto.

Prima erano tornati alla Omicidi e Rapine per informare de Wit. Con il suo immancabile sorriso il colonnello aveva telefonato al generale di brigata. A questo punto si erano recati alla grande casa nel sobborgo di lusso e avevano bussato alla porta.

Nel vederli, la donna si era accasciata a terra gridando: «No, no, no!» in un tono stridulo, disperato che gli era penetrato sin nel midollo.

Joubert si era chinato e le aveva messo una mano sulla spalla ma lei si era ritratta, con il viso stravolto dal dolore. Poi era balzata in piedi e con entrambe le mani sul suo petto lo aveva spinto indietro, gemendo atrocemente. Gli aveva sbattuto la porta in faccia. Lui, Petersen, Louw e O'Grady erano rimasti lì a capo chino, ad ascoltare i lamenti che provenivano dall'interno della casa.

«Fate venire un medico e una poliziotta» disse Joubert riaprendo la porta. «Tony, vieni con me.»

Entrarono, seguendo la direzione dei lamenti. Nel corridoio c'era una domestica nera.

«Guardi che chiamo la polizia» disse.

«Siamo noi la polizia.»

La nera bofonchiò delle parole xhosa che Joubert non capì.

«Il signor Nienaber è morto» le disse.

La domestica invocò gli dèi nella sua lingua.

«Ci dia una mano con la signora» disse Joubert.

La trovarono stesa sul pavimento della camera da letto, con una foto stretta al seno. Non li aveva sentiti entrare e non si accorse della loro presenza; continuava a lamentarsi... non con strazianti singhiozzi di dolore, ma con i rantoli della follia.

Rimasero con lei, in piedi, vicino al grande letto matrimoniale, nella camera di Nienaber, sforzandosi di non vedere e non sentire niente, fino all'arrivo del medico e della poliziotta. Il medico, un uomo alto e magro, aprì la borsa nera e ne estrasse una siringa e una piccola fiala. A dire il vero, prima aveva cercato di parlarle; ma si era reso conto che lei non sentiva nulla. Allora le fece un'iniezione.

Adesso Joubert era nello studio, appoggiato alla finestra, e si sentiva in colpa... aveva solo voglia di farsi una fumata, di aspirare una lunga boccata dell'aroma pieno e ricco delle Winston dimenticando il messaggio di morte che aveva portato e l'abisso in cui aveva fatto sprofondare Antoinette Nienaber.

«Sono cose che succedono, capitano» gli disse O'Grady dalla porta.

Joubert si voltò e si chiese da quanto tempo si trovasse lì.

«Sì» rispose.

«Fa parte del lavoro.»

«Bel lavoro...»

O'Grady restò senza parole e si frugò in tasca per cercare il torrone. Ne tirò fuori una barra nuova e la scartò con destrezza.

«È l'unico che so fare, capitano.»

Joubert si rimise a guardare fuori dalla finestra pensando alle parole del sergente grasso.

Come aveva potuto sopportare tutto questo nei primi anni? Come aveva fatto a interpretare, allora, la parte dell'angelo della morte, senza che essa gli divorasse gli organi vitali come un cancro? Forse ci era riuscito perché era troppo giovane? O troppo stupido?

No.

Era stata ignoranza bella e buona. La morte non lo riguardava direttamente, era piombata sulle teste dei cari di un'altra persona. Un fenomeno, una normale aberrazione, una fonte di eccitazione, anche l'inizio della caccia, lo squillo di trombe che chiama la cavalleria. Non temete, arriva Mat Joubert... il castigamatti, il braccio violento della legge, l'uomo che farà giustizia.

E poi c'era stata la morte di Lara Joubert e per la prima volta lui ne aveva assaggiato il sapore.

"È l'unico che so fare."

«Io guarderò nello studio, Tony.»

«Mi occupo io della camera, capitano. Il tenente sta parlando con la cameriera. Farò venire Basie ad aiutarla.»

«Grazie.»

O'Grady se ne andò. Joubert si voltò e andò verso la scrivania. Si sedette sulla poltrona. Davanti a lui c'era un set da scrittura. Il calendario per gli appuntamenti non aveva nessun appunto. Accanto al telefono c'era la guida telefonica con sopra due libri più piccoli. Joubert li osservò.

Sette abitudini delle persone di successo.

"Forse dovrei leggerlo".

Elementi di marketing.

I libri di Oliver Nienaber, le sue chiavi per la fama e la ricchezza. Avvicinò l'elenco. Nienaber si era seduto a leggere su questa poltrona? Aveva cercato il numero di Alexander MacDonald su questa guida e aveva preso appuntamento? Aprì l'elenco sotto la lettera "M", cercò MacDonald. *MacDonald Industria Ittica...* era sottolineato. Il cuore prese a battere più veloce. E sotto la "F"? Trovò il numero di Ferdy Ferreira, ma non era sottolineato.

Delusione.

"W" come Wallace. Nessuna sottolineatura. Neanche Wilson. Niente.

Forse Nienaber non aveva mentito su MacDonald. Joubert chiuse la guida e riprese a sfogliarla con calma dall'inizio.

Entrò Basie Louw. «Ha bisogno di aiuto, capitano?»

Joubert alzò gli occhi. «Sì.» Voleva aprire un cassetto della scrivania, ma era chiuso a chiave.

«Dobbiamo frugare nei cassetti, Basie. Chiedi alla ragazza se sa dov'è la chiave.»

Quando Louw fu uscito, lui ricominciò a sfogliare. Trovò un altro nome evidenziato sotto la "O": era "Oberholzer, C.A., 1314 Neptune's View, Yates Road, Sea Point". E un numero. Lo fissò. Perché? Si domandò. Quando? Prese il telefono con un crampo allo stomaco. Fece il numero.

Un bip lungo, costante.

Chiamò il servizio informazioni, e chiese di verificare il numero. Gli risposero che avrebbero richiamato.

Continuò a sfogliare fino alla "Z", ma non trovò più nulla.

Louw ritornò. «La ragazza dice che le chiavi le aveva Nienaber, capitano.»

«Vedi se può occuparsene Snyman, Basie. Che le procuri.»

Louw andò al telefono.

«No, usa quello in macchina... sto aspettando una chiamata urgente.» Louw annuì e si allontanò.

Joubert si alzò e per ingannare il tempo andò alla finestra. Diede un'occhiata al giornale di Nienaber e poi alla parete con tutti i diplomi e la sua foto: il sorriso, la pettinatura inappuntabile, la faccia onesta.

«Cosa sapevi, Oliver?»

Squillò il telefono. Joubert lo raggiunse con due lunghi passi.

«Il servizio non è più attivo, signore. Da questa mattina.»

Riattaccò e si infilò una mano in tasca cercando una sigaretta. Si ricordò che non fumava più. Era proprio il momento buono per smettere? Adesso non aveva il tempo di occuparsene. Si catapultò nella camera da letto dove trovò O'Grady inginocchiato di fronte a un comodino.

«Sto andando a Sea Point. Darò disposizione via radio di mandarti un'auto dall'ufficio.»

L'anziana signora che venne ad aprirgli parlò con tranquillità della morte di sua figlia. Vicino a lei, nel soggiorno del 1314 di Neptune's View, sedeva suo marito, grigio, magro e taciturno, gli occhi fissi sul pavimento. Erano entrambi vestiti di nero.

«La funzione è stata questa mattina, nella chiesa di Sea Point, ma c'era poca gente. Cinque o sei che se ne sono andati subito dopo la messa. Perlomeno il suo capo è venuto con noi alla cremazione. In città usa così. Potevano venire i nostri vicini, ma se ne sono andati a casa prima. Noi abbiamo una fattoria a Keimoes, capitano. Nostro figlio è in America a studiare... sta arrivando, ma troppo tardi per la funzione.»

«Purtroppo dovrò farvi qualche domanda sulla morte di vostra figlia.»

«Credevo che la polizia avesse finito con le indagini» intervenne il marito. «Pensano sia stato un incidente, o qualcosa del genere.»

«Lei ha parlato con gli agenti della stazione di polizia di zona, signore. Io sono della Omicidi e Rapine.»

«È caduta, giù. Dalla finestra.» Rina Oberholzer indicò una stanza adiacente al soggiorno.

«Lei pensa che... abbiano sbagliato? Quegli altri poliziotti?» chiese il marito.

Da dove poteva cominciare a spiegarglielo? Un nome sottolineato sulla guida telefonica...

«Non lo so, signor Oberholzer. Sto investigando su un altro caso. Io... Il suo nome... Potrebbe non avere niente a che fare.»

«C'è tanto male nel mondo.»

«Che lavoro faceva Carina?»

«La segretaria alla Petrogas. Ormai da anni. Non c'è lavoro per i giovani nella nostra cittadina, capitano. Vanno tutti al Capo per cercare lavoro. Noi eravamo sempre in ansia. È un posto così grande... Ma pensavamo che comunque fosse meglio che stare a Johannesburg.»

«Conoscevate gli amici che aveva lì?»

«Carrie era un tipo socievole. Ne aveva tanti. Le sue lettere erano sempre piene di nomi. Tanti, ne aveva. Ma dov'erano tutti stamattina? Ma in città è così. Tutti amici finché non cambia il vento.»

«Oliver Nienaber?»

Scossero la testa.

«Alexander MacDonald?»

No. Non li conoscevano. Avevano sentito tanti nomi.

Drew Wilson? Ferdy Ferreira? James Wallace?

Nessuna reazione.

«Chi sono questi uomini, capitano?» si informò il padre di Carina Oberholzer.

«Gente coinvolta in un altro caso. Carina... aveva un amico?»

Marito e moglie si guardarono.

«Sì, un portoghese.» La voce dell'uomo vibrò di disappunto. «Un cattolico.»

«Sa come si sono conosciuti?»

«Al lavoro, probabilmente. Lui ha un ristorante al porto.»

«Sì, insomma, un *fish and chips.*»

«Sapete come si chiama?»

Rina Oberholzer prese la mano del marito. «Da Costa» disse poi, come se faticasse a pronunciare quel nome. «Julio da Costa.»

34

Tennero una riunione in sala stampa: Joubert e tutta la sua squadra, Griessel e alcuni dei suoi uomini, de Wit e il generale di brigata.

«Caro capitano Joubert...» Joubert stava leggendo all'uditorio la lettera del rapinatore. «Desidero informarla che non sono io l'assassino della Mauser. La informo inoltre che non farò altre rapine né alla Premier né in altre banche fin quando non avrà catturato il killer. Mi rincresce che l'agricoltore, Scholtz, sia stato ferito, ma io in questo non c'entro assolutamente. Distinti saluti, Il Camaleonte (alias Dolcezza).»

Joubert voltò il foglio e lo passò agli altri. «È scritto a macchina.»

«Macchina per scrivere. Non è stampato da computer. Nessuna impronta» aggiunse Griessel.

«Fottuto rottinculo» disse Vos. «Gli piacciono i soprannomi.»

«Voi gli credete?» chiese il generale di brigata.

Griessel era deciso. «Sì, generale. Lui e l'assassino della Mauser non combaciano, ci sono troppe differenze.»

«Sono d'accordo» ammise il generale con un cenno della testa. «Cosa avete intenzione di fare adesso?»

«Io avrei intenzione di beccarlo, generale» disse Griessel.

«Apprezzo il suo ottimismo.»

«Mi è venuta un'idea, signore» Griessel tirò fuori dal fascicolo un mazzo di fotografie e si alzò. «Se osserviamo attentamente queste fotografie, vedremo un elemento comune» e le fissò al tabellone con delle puntine da disegno.

«Guardate bene,» spiegò «guardate bene perché a me a tutta prima era sfuggito.» Si fece da parte per permettere a tutti di osservare. «C'è un elemento che ricorre sempre.»

Tutti strinsero gli occhi per vedere meglio.

«A me sembrano tutti uomini diversi» commentò pessimisticamente de Wit.

«Ottimo, colonnello. È proprio questo che mi ha depistato. Sembrano tutti diversi. Non sono mai la stessa persona... a meno che le si guardi molto attentamente. Il naso. Lo guardi, guardi bene il naso: ha la punta un po' storta. Può rendersene conto meglio se guarda un po' più da lontano, perché non sono grandi fotografie. Lo stesso uomo, ma ogni volta è diverso. Ed è per questo che lo beccherò.»

«Ah, sì?» chiese de Wit, già preparato all'eventualità di trovarsi in imbarazzo davanti al generale a causa delle assurdità che Griessel avrebbe potuto sparare.

«Quest'uomo è un professionista del travestimento, colonnello. Sa come usare parrucche, baffi e cose simili. Guardate quella in cui si è vestito da vecchio.

Diavolo, sembra proprio un vecchio. Occhio alle rughe, ai vestiti. È come se fosse in un film. Ogni dettaglio a posto. Perfino troppo per fregare le telecamere delle banche. Questo è un professionista.»

Griessel si voltò verso il suo pubblico.

«È il suo lavoro, la sua professione.»

«Aah» fece il generale di brigata.

De Wit si strofinò il mento, compiaciuto.

«Sei grande, Benny» disse Joubert.

«Lo so. E non è finita.»

Gli altri erano tutt'orecchi.

«Deve avercela con la Premier. Perché se la piglia sempre con quella? Non mi riferisco all'ultima rapina, che non conta perché aveva fifa. Sto parlando di quelle precedenti. Un drittone come lui non dovrebbe accanirsi sulle filiali di una sola banca. No, no, ci deve pure essere una ragione se va sempre lì: un motivo personale, di certo. Non bisogna essere dei geni per pensare che gli sbirri ti tenderanno trappole... a meno che non voglia piantare un altro po' di casino. Fa i colpi alla Premier perché ha del rancore verso la Premier.»

«Questa è solo un'ipotesi» disse il generale di brigata.

«Lo so, signore. È solo una teoria. Ma deve riconoscere che ha senso.»

«Cazzo... tutti in questo paese ce l'han su con le banche» intervenne Vos.

«Anche questo è vero» ribatté Griessel. «Ma quanti truccatori professionisti possono esserci nel Capo?»

Gli altri pensarono che Benny avesse ragione.

«Quindi lei vuole cercare i truccatori professionisti» disse de Wit con una smorfia.

«Uno per uno, colonnello. Veramente ho già cominciato a fare telefonate, e mi hanno detto di iniziare dall'Accademia, e poi passare agli studi cinematografici. Ce ne saranno dodici o tredici. Mi hanno detto che potrebbe anche essere un free-lance, ma in quel campo si conoscono tutti.»

«Ben fatto!» disse il generale.

«Adesso quindi vorrei mettermi all'opera. Con la mia squadra.»

«Sicuro, sergente.»

Griessel si congedò e Joubert notò la fierezza con cui teneva erette le spalle.

"Non so fare nient'altro".

«Capitano?»

Tutti puntarono gli occhi su Joubert.

Lui raddrizzò i fascicoli marroni che aveva davanti, prese il suo taccuino e iniziò a sfogliarlo. Si schiarì la voce.

«Io ritengo che stiamo facendo dei progressi» disse, pur non essendone affatto sicuro.

«Ci sarebbe una nuova informazione, ma non siamo ancora sicuri che rientri nel quadro.» Trovò i suoi ultimi appunti, buttati giù alla bell'e meglio appena prima di quella riunione estemporanea.

«Ma permettetemi di partire dall'inizio. Quattro delle vittime sono state suddivise per coppie. James Wallace conosceva certamente Ferreira. La vedova di Wallace dice di ricordare che Ferreira una sera andò a trovare suo marito, ma non sa quale fosse lo scopo della visita. Poi siamo certi che MacDonald conoscesse Nienaber. Nienaber ha ammesso di essere arrivato sulla scena del delitto ma...»

«Perché solo ora vengo a conoscenza di tutto questo?» chiese il generale di brigata.

Petersen sprofondò nella sedia. De Wit aprì la bocca e la richiuse. «Io...»

«All'interrogatorio Nienaber era assistito dal suo legale, signore. Dovevamo seguire la procedura. E poi non c'erano abbastanza prove. Lui era un uomo molto conosciuto, un uomo influente...» Joubert tentò disperatamente di puntellare la sua posizione.

«Avreste dovuto informarmi.»

«Certo, dovevamo informarla, generale. È stato un mio errore. Ma non volevamo alzare troppa polvere perché lo stavamo pedinando. Pensavamo che fosse sospettabile, e siamo andati in cerca di una relazione tra lui e le vittime. Ma dato che i parenti delle vittime stesse non erano in grado di confermare nulla...»

«Avreste dovuto...»

«Diceva di avere avuto una nuova informazione» intervenne alla disperata de Wit.

Joubert gli lanciò un'occhiata di riconoscenza. «È vero, colonnello. Per caso sull'elenco telefonico di Nienaber abbiamo trovato dei nomi evidenziati. Quello di MacDonald. E quello di Carina Oberholzer... la quale è appena caduta da una finestra del tredicesimo piano a Sea Point. Il patologo sostiene che non mostrava altre lesioni o ferite da arma da fuoco. I detective di Sea Point dicono di non aver trovato segni di colluttazione. Ma non posso credere che si tratti di pura coincidenza. L'omicidio di Ferreira è avvenuto di venerdì. Lunedì c'è stato quello di MacDonald e Nienaber era sul posto. I tempi... Il principale della Oberholzer, alla Petrogas, sostiene che quel venerdì lei era allegra e serena come sempre. Il suo ragazzo, che ha un ristorante sul lungomare, dice di averle parlato al telefono nel pomeriggio. Lei gli aveva promesso che verso le nove sarebbe passata a dargli una mano per l'ora di punta. Dopo le dieci lui si è preoccupato e ha tentato di chiamarla, ma non rispondeva. Ha potuto andarla a cercare solo dopo la chiusura, ma era già morta.»

«Perciò lui ha un alibi» disse Vos.

«Sì» disse Joubert. «E gli è andata bene. Carina Oberholzer era la sua amichetta. Quel bastardo era sposato, e afferma che lei lo sapeva.»

Il sergente Carl van Deventer era stato promosso alla Omicidi e Rapine per la sua fama di detective più esperto in furti con scasso della centrale di Città del Capo.

Era in grado di dire se uno scassinatore era un professionista oppure un dilettante solo guardando le tracce – o la mancanza delle stesse – sulle serrature o sulla porta di una casa.

Come un indovino che legge i fondi del tè, così van Deventer sapeva decifrare gli indizi della scena del furto e talvolta recitare il nome e la fedina penale del criminale dal modo in cui lo scassinatore aveva aperto i cassetti, e appoggiato il mozzicone della sigaretta sul posacenere.

Questa esperienza gli derivava da un profondo interesse e da un assiduo impegno di studio e lavoro, non soltanto sui libri, ma anche e soprattutto nell'università della strada. Tempestava di domande cortesi ma pressanti gli incriminati per apprendere come facevano a disinserire gli allarmi o manipolare il congegno di una serratura.

E negli anni aveva raccolto una collezione di attrezzi da scassinatore diventata leggendaria.

Se lavoravi alla Omicidi e Rapine e volevi perquisire la casa o l'ufficio di un sospettato senza il necessario mandato (o senza chiavi!), telefonavi a van Deventer.

Se avevi una valigetta chiusa a chiave e la sua combinazione aveva accompagnato Oliver Nienaber nell'aldilà, chiedevi a van Deventer di portare i "cacciavitini".

Van Deventer stava investigando su un omicidio satanico a Durbanville quando il detective Snyman gli telefonò con una richiesta.

«Lasciamela sulla scrivania. Sarò lì nel pomeriggio» rispose van Deventer.

Fedele alla parola data, quando tornò in ufficio si mise subito all'opera. Tirò fuori dalla tasca interna della giacca l'astuccio di pelle nera, scelse il cacciavitino che gli serviva, trafficò un poco, operò una leggera pressione e le due serrature della valigetta scattarono: esattamente quarantaquattro secondi dopo che aveva estratto il suo aggeggio dal sacchetto.

La ricompensa per il suo lavoro fu la possibilità di vedere il contenuto della valigetta. Sollevò il coperchio, scorse la Star da 9 mm e capì che non doveva gingillarsi troppo perché quella poteva essere l'arma di un delitto. Non far cazzate con l'arma di un delitto a meno che aspiri al prepensionamento.

Telefonò a Snyman, ma non rispose nessuno. Telefonò a Mat Joubert, ma non era in ufficio neanche lui. Così van Deventer fece quello che il codice gli imponeva di fare con una potenziale arma del delitto. Andò da Petersen, all'accettazione della Omicidi e Rapine, registrò la valigetta nell'apposito registro, e infine la mise al sicuro nella cassaforte. Poi raccomandò a Mavis di dire a Snyman o a Joubert che la ventiquattr'ore era aperta e pronta per l'ispezione.

Lui non sapeva che la Star non era l'arma del delitto. E nemmeno sapeva che sotto la pistola, tra gli altri documenti, c'era una lista di nomi che aspettava di essere scoperta. Non sapeva che in quella lista c'era anche il nome del killer.

Ma Carl van Deventer non aveva il dono della preveggenza, anche se poteva leggere un posacenere come fondi di tè.

«No, io non leggo i fondi del tè» rispose sorridendo madame Jocelyn Lowe.

Si trovava nel parcheggio dell'hotel a Newlands dove James J. Wallace aveva esalato l'ultimo respiro, in mezzo a una piccola folla di giornalisti della carta stampata e della televisione. Tutte le principali testate e reti nazionali e straniere erano ampiamente rappresentate.

Mat Joubert, Torrone O'Grady e Louw se ne stavano da parte. Louw appariva attonito; Joubert teneva la testa china. Non avrebbe voluto trovarsi lì. Avrebbe voluto occuparsi di altro: per esempio telefonare ad Hanna Nortier e dirle: ciao, dottoressa, ti andrebbe un boogie da Barber's venerdì sera? Ma aveva l'obbligo di restare perché doveva riavere la sua prova materiale, e madame Louw aveva parlato di persona al generale di brigata che aveva chiesto proprio a Joubert di assisterla.

Ora Joubert capiva perché de Wit ci teneva tanto a far venire madame... e anche perché il generale di brigata era così entusiasta di aiutarla.

Era una donna molto attraente: sui quarant'anni, ma alta e piena di fascino, con un bel portamento e un seno di taglia non trascurabile.

«I fondi del tè e il palmo della mano li leggono gli zingari» spiegò. «Io sono una sensitiva. E i sensitivi non leggono. Interpretano.» Aveva una voce lieve, ma con spiccato accento oxfordiano. «Mi sono procurata alcuni indumenti indossati dalla vittima, e in questo modo vedrò di avvertire qualche vibrazione del fatto tragico trasmigrata in essi.»

«"Trasmigrata in essi"!» O'Grady imitò sottovoce l'accento della donna. «Ciarlatana dei miei coglioni. Eppure stanno tutti lì, a pendere come idioti dalle sue labbra.»

Joubert non disse nulla perché non era sicuro del significato di "ciarlatana".

«C'è una forte presenza. Si tratta sicuramente di una persona di talento» disse. «Ma dovrei chiedervi di fare spazio. Per lavorare ho bisogno di spazio e tranquillità.»

La stampa si zittì.

«Potreste aspettare laggiù? Obbligata...» e con un indice aggraziato e inanellato additò il margine del parcheggio.

«Per favore, signori fotografi... niente flash mentre mi sto concentrando. Avrete tutto il tempo per scattare fotografie.»

Tutta la folla si diresse nel punto indicato dalla donna senza dire una parola. Guidavano il corteo i cameramen per montare le Sony sui cavalletti in modo che fossero pronte a girare prima che la sensitiva incominciasse.

Madame aspettò pazientemente, poi voltò loro le spalle e raggiunse il punto che Joubert, non senza impaccio, le aveva indicato. Le tracce insanguinate lasciate dal corpo di Jimmy Wallace, erano ormai nere come le macchie d'olio sull'asfalto.

La donna estrasse da un sacchetto di plastica la camicia insanguinata di Wallace e con fare melodrammatico se la strinse al petto. Il suo corpo si irrigidì come un tronco.

Joubert sentì un suono strano... basso, monotono. Capì che usciva dalla bocca della donna. «Mmmmmmmmmm...» Un'unica nota disarmonica emessa di continuo mentre lei rimaneva perfettamente immobile, le spalle dritte e il fondoschiena bene evidenziato dall'abito sobrio ma alla moda.

«Mmmmmmmmmm...»

Joubert si chiese se fosse proprio vero che de Wit la conosceva bene.

"Una vecchia amica" aveva detto Anne Boshoff citando il «Cape Times». "Sarebbero stati veramente una strana coppia!" pensò. Una donna alta e sensuale con un bassotto decisamente brutto.

No, Anne Boshoff aveva detto che de Wit ai congressi non aveva mai lanciato calde occhiate a nessuna.

«Mmmmmmmmmm...»

Be'... faticò non poco ad allontanare dalla mente l'immagine di madame nuda supina in casa sua (in una stanza infestata da spettri, con le ragnatele sul candelabro, e un gatto nero davanti al fuoco)... mentre Bart de Wit, con il solito sorrisino, come no? giocherellava con quel po' po' di seno e lei muggiva.

«Mmmmmmmmmm...»

Perché si ritrovava di nuovo a pensare al sesso? Lo stomaco gli si contrasse di colpo. Era per la speranza di poter uscire con la psicologa? Forse in qualche angolo della mente sperava davvero di poter accarezzare quel corpo fragile con le sue grandi mani, di avviluppare quel piccolo seno e di prepararla, lentamente ma sicuramente, ad amarlo? Baciandola con dolcezza sulle bellissime labbra senza rossetto, mettendole le mani sulle spalle, toccandola come una cosa preziosa...

Madame Jocelyn Lowe espirò rumorosamente. Le spalle esauste si abbassarono di colpo, sfinite; le mani che reggevano la camicia le ricaddero dal petto, e chinò la testa. Restò così, abbandonata, mentre passavano i secondi e i giornalisti aspettavano perplessi.

«Non basta» disse infine la donna con stanca rassegnazione. «Dovremo spostarci.»

35

Una sfilata di macchine si trasferì dall'una all'altra scena del delitto: madame in testa su una Mercedes con autista nero, poi i detective sulla Sierra e a seguire una coda di veicoli dei media: minibus delle troupe televisive e auto dei giornalisti.

Mentre madame stava cercando di raccogliere le vibrazioni degli ultimi istanti della vita di Ferdy Ferreira, Joubert andò a cercare una cabina telefonica al Villaggio Roulotte di Old Ship. Cercò il numero del Computicket su un elenco sbrindellato e lo compose. Gli dissero che in cartellone era in programma, il venerdì sera, proprio *Il Barbiere di Siviglia*. Repliche di sabato e poi il mercoledì, il venerdì e sabato della settimana successiva.

Chiese se c'erano ancora posti disponibili per quel venerdì sera.

Dipendeva... se li voleva cari o a buon mercato.

«I migliori» rispose Joubert.

«Be', quelli sono proprio gli ultimi che restano. Se mi dà il numero della sua carta di credito....»

Ebbe un attimo di esitazione. E se Hanna Nortier avesse detto di no? Pensò a se stesso e a Benny

Griessel seduti fra i melomani, due stupidi poliziotti ad ascoltare soprano, commentare libretti e altre cose del genere. Ma poi decise che doveva essere ottimista, che non c'era alcun rischio...

Prenotò due posti, riattaccò e fece ritorno nella bolgia dove madame continuava ancora con il suo «Mmmmmmmmm...»

«Ho qualche percezione interessante, ma dovrete darmi il tempo di riordinare i miei pensieri. Potrei farlo mentre torniamo all'hotel. Possiamo? Vogliamo fissare una conferenza stampa per le sei?»

I giornalisti protestarono, ma erano tutti abituati ad avere pazienza. Misero a posto le loro cose e tornarono alle macchine che stavano ordinatamente in attesa sulla ghiaia del parcheggio vicino alla spiaggia.

«È la più grossa cagata di tutti i tempi» bofonchiò O'Grady mentre camminava.

Joubert non disse nulla. Teneva in mano gli indumenti che madame gli aveva richiesto per il suo lavoro e moriva dalla voglia di fumare. Gli sembrava di avere nella testa... Per non parlare del ronzio alle orecchie. Cristo santo... poteva "udire" la sua voglia di una sigaretta.

«Sono proprio curioso...» gli disse Basie Louw. «Mi dà il permesso di assistere alla conferenza stampa, capitano?»

«Sì.»

«Voglio sentire che cosa racconta. Voglio sentire se sa che Wilson era finocchio. E che Wallace era un mandrillone.»

Alle sue spalle passò una donna magra, la cronista di nera dell'«Argus». Sentì le parole di Louw, e le orecchie le si rizzarono quasi fisicamente: ma lui non disse altro. Si guardò intorno per vedere se anche altri colleghi avevano sentito Louw ma erano tutti troppo lontani.

«Qualcuno vuole un passaggio fino all'hotel?» chiese la giornalista con accento inglese, a voce abbastanza alta perché Louw la sentisse.

«Lei, capitano, adesso torna in ufficio?» chiese Louw.

«Voglio andare a casa di Nienaber» fu la risposta di Joubert.

«Posso venire io con lei?» domandò Louw alla giornalista.

«Certamente!»

Snyman gli riferì: «I ragazzi sono dai vicini, capitano. Ho parlato con il più grande. Ha detto che suo zio sta arrivando da Oudtshoorn. I vicini gli hanno telefonato. L'ospedale dice che la signora Nienaber è sotto sedativi».

«E la scrivania?»

«Ecco i documenti, capitano.» Indicò una pila ordinata sul pavimento. «Ma niente di importante. Cose di famiglia. Certificato matrimoniale, certificati di battesimo, pagelle dei bambini, fotografie...»

«Ben fatto.»

«E adesso, capitano?»

«Hai detto al ragazzino i nomi degli altri?»

«Non li ha mai sentiti.»

«La Oberholzer?»

«Nemmeno.»

«E allora, Gerrit non faremo altro che ricominciare dall'inizio. Io telefonerò alla signora Wallace e alla signora Ferreira. Tu ti occupi della madre di Wilson e dei suoi colleghi. Chiedi di Nienaber.»

Snyman annuì e se ne andò, ma Joubert capì che il poliziotto non era d'accordo con la teoria del collegamento. Poi Joubert salì nello studio di Nienaber: dopo avere osservato le foto e gli attestati, si sedette di nuovo alla scrivania e tirò fuori l'agenda. Dottoressa Hanna Nortier. Domani l'avrebbe rivista, ma quello sarebbe stato un incontro professionale. Adesso la chiamava per un motivo personale e compose il suo numero.

«Scusate, ma in questo momento non posso rispondervi. Lasciate un messaggio dopo il segnale acustico. Grazie, e a presto.» Seguì il bip, ma Joubert non disse nulla. Probabilmente era impegnata con un paziente. Interruppe la linea e rifece il numero.

«Scusate, ma in questo momento...» Pensò che aveva proprio una voce dolce, come se fosse veramente dispiaciuta di non poter parlare con chi l'aveva chiamata.

Gli sembrò di vedere la bocca di lei muoversi, la bella bocca in quel viso altrettanto bello, un po' angoloso, con il naso affilato. Suonava stanca? Quel corpo esile su cui gravava pesante il fardello dei problemi degli altri. Avrebbe tanto desiderato darle aiuto, conforto. Voleva renderle la vita più leggera...

In silenzio, abbassò il ricevitore.

Sei innamorato, idiota.

Cercò una sigaretta nella tasca, ma si bloccò a metà strada perché gli venne in mente che aveva smesso.

"Tu scegli sempre il momento meno adatto", pensò accorgendosi che gli tremava la mano.

O Dio onnipotente... che cosa non avrebbe dato per una sigaretta.

Basta ridurre, in fondo. Quattro al giorno. No, tre. Tre sigarette al giorno, santo Iddio, non potevano far male a nessuno. Una dopo il caffè... No, non prima del nuoto. La prima in ufficio, diciamo verso le nove. Un'altra dopo la colazione dietetica. Un'altra dopo cena, mentre leggeva un libro e beveva un goccetto... proprio un goccetto, però. Avrebbe dovuto riflettere sul bere. Non poteva più bere birra perché lo faceva ingrassare. Whisky. Avrebbe imparato a bere whisky.

«Che cosa bevi, Mat?» gli avrebbe chiesto Hanna Nortier quel venerdì sera quando l'avrebbe invitato nel suo villino o appartamento, o qualunque soluzione abitativa, chissenefrega... e si sarebbero accomodati in poltrona e lei avrebbe messo un compact di qualche brano d'opera, a basso volume, soltanto con la luce della lampada a stelo nell'angolo e la stanza in penombra.

«Whisky,» le avrebbe risposto «del whisky, Hanna, grazie.»

Hanna. Non aveva mai pronunciato il suo nome a voce alta.

«Hanna.»

Allora lei avrebbe fatto un cenno di soddisfazione perché il whisky è un liquore per melomani raffinati, si sarebbe alzata e sarebbe sparita in cucina per preparare i drink e lui si sarebbe stravaccato con le mani incrociate dietro la testa a pensare a qualche commento intelligente da fare sull'opera e sulla sua passione, Rossini, quando eccola di ritorno con il suo whisky ed eccola seduta di nuovo sulla poltrona, con le gambe accavallate, a proprio agio, e gli occhi scuri sotto le ciglia folte, posati su di lui. Avrebbero parlato e dopo, con l'atmosfera e il feeling giusti, lui si sarebbe proteso e avrebbe baciato la sua bocca, leggermente, assaggiandone il sapore. Quindi si sarebbe rilassato in poltrona e avrebbe atteso fino a un po' più tardi, quando...

Rifece il numero, pieno di compassione verso Hanna Nortier con la sua vita piena di impegni e verso se stesso che sognava di lei.

«Scusate, ma in questo momento non posso rispondervi. Lasciate un messaggio dopo il segnale acustico. Grazie, e a presto.»

«Sono Mat Joubert» disse lui a voce bassa, dopo il bip. «Vorrei... Io...» Prima era sicurissimo di quello che voleva dirle, ma ora balbettava. «Il *Barbiere*... Ho due biglietti per venerdì sera... le farebbe piacere venire con me? Può telefonarmi a casa perché sono ancora al lavoro, e ho ancora da fare e...» Temette che il messaggio fosse troppo lungo per la segreteria e lo troncò bruscamente. «La ringrazio comunque.» Riagganciò, si tamburellò di nuovo sulla tasca decidendo che tre sigarette al giorno non erano troppe, e telefonò a Margaret Wallace. Rispose il figlio che andò subito a chiamarla. Joubert le chiese se suo marito conosceva Oliver Nienaber.

«Il tipo dei capelli?»

«Esatto.»

«Sì.»

Joubert di scatto si protese in avanti sulla poltrona del morto.

«E come mai?»

«Sono arrivati tutti e due in finale a un'edizione del premio Piccolo Imprenditore dell'Anno. Poi ha vinto Nienaber.»

Joubert osservò i certificati appesi nella stanza. Trovò quello che stava cercando: "Piccolo Imprenditore dell'Anno".

«Alla cerimonia di premiazione eravamo seduti vicini a loro. È stato... due o tre anni fa. Sua moglie era una persona veramente piacevole. Siamo andate subito d'accordo.»

«E poi, si sono più rivisti?»

«No, non credo. Non credo che a James quell'uomo piacesse molto. C'era un po' di... tensione, al tavolo. Ma credo dipendesse dal fatto che in un certo senso erano avversari.»

Margaret Wallace tacque per un attimo. «Non mi dica che anche...»

«Sì» le rispose Joubert con più tatto che poté. «Gli hanno sparato questa mattina.»

Sentì un sospiro all'altro capo. «Dio mio» fece poi lei con rassegnazione.

«Mi scusi» disse Joubert senza sapere il perché.

«Che significa questo, capitano? Voglio dire il fatto che Jimmy conoscesse Ferreira e Nienaber... che cosa vuol dire?»

«Sto cercando di scoprirlo.»

«Non può essere un caso.»

«No. Certo....Quindi lei non sa se ci siano stati altri contatti?»

«No. Non lo so. Dopo d'allora, Jimmy non ha mai più parlato di lui.»

«Bene... grazie, signora Wallace.»

«Capitano...» la sua voce era incerta, esitante.

«Sì?»

«Quanto tempo le è servito... Cioè, quanto tempo è passato dalla morte di sua moglie al momento in cui... ha cominciato a...»

Joubert rifletté. No, non poteva risponderle. Non le poteva dare la brutta notizia che erano passati più di due anni e lui era ancora invischiato nella ragnatela della morte di Lara. Doveva mentire, dare una speranza alla donna dagli occhi di due colori.

«Circa due anni.»

«Mio Dio» ripeté lei. «Mio Dio.»

Griessel dedusse che il truccatore della sezione teatrale dell'Accademia non poteva essere Dolcezza perché era una donna, una donna non bella ma interessante. Aveva i capelli corti castano scuro, il viso franco e intelligente. Fumava una lunga sigaretta e quando parlava gesticolava con le mani sottili.

«Lei sta cercando un truccatore cinematografico» gli disse con la voce impostata. Indicò una fila di fotografie di attori e attrici appese alla parete. «Queste sono state scattate in scena, o alle prove. Guardi il trucco. È pesante. Osservi gli occhi, le bocche, gli abiti. Il trucco a teatro ha regole precise. Dev'essere intenso perché deve vedere bene anche chi è in fondo alla sala. Dunque, ci sono alcune cose che sono uguali.» Puntò l'indice su una delle foto di Griessel sul tavolino davanti a lui. «Anch'io potrei farlo sembrare vecchio, ma le mie rughe sarebbero più profonde. Questo trucco è fatto con il lattice. Il mio dovrei farlo con una matita. Magari proprio un'ombra di lattice per il doppio mento, o qualcosa del genere. Questo tizio lavora per il cinema. Può vederlo da solo: guardi lì.» Gli indicò una fotografia di Elvis. «Vede come le guance sono piuttosto in carne... e gli zigomi sembrano marcati. Possono farlo con la gomma, strisce di gomma pressata dentro le guance. Se lo facessi in palcoscenico, poi gli attori non potrebbero più parlare. E naturalmente devono poter parlare, e anche con voce sonora, perché anche i più lontani possano sentire. Invece in un film possono registrare le voci successivamente. E questa qui... questa non è una barba da teatro. Una barba o dei capelli da teatro costano pochissimo rispetto a quelli che usano nei film perché il pubblico non li vede mai in primissimo piano. Se sei vicino a un attore che porta una parrucca da teatro, te ne accorgi. Lo stesso vale per barba o baffi.»

Spense la sigaretta schiacciandola e se ne accese un'altra.

«È possibile che la stessa persona lavori sia per il teatro che per il cinema?»

«No... Boh, forse. Io però non conosco nessuno. Il mondo del teatro è abbastanza ristretto. Da queste parti noi truccatori saremo quattro o cinque. E non conosco nessuno che abbia lavorato nei film. Non è neanche una cosa che si possa improvvisare perché è un'arte particolare.»

«Quanti truccatori cinematografici ci sono qui in zona?»

«Nel Capo? Non saprei di preciso. Quattro o cinque anni fa non ce n'era neanche uno. Adesso è in voga venire al Capo e morire di fame atteggiandosi ad artista. Ma non so quanti ce ne siano attualmente. Dieci? Quindici? Non più di venti.»

«Hanno un'associazione o cose del genere?»

A lei scappò da ridere e Benny vide che i denti erano leggermente ingialliti dal fumo: ma questo non diminuiva il suo fascino.

«No.»

«Da dove potrei iniziare a cercare?»

«Conosco un tipo che ha una casa di produzione. Potrei darle il suo numero di telefono.»

«Una casa di produzione?»

«Sì, fa il produttore cinematografico. Si fanno chiamare case di produzione. Per adesso ce ne sono solo una o due, e di piccole dimensioni. Ingaggiano cameramen, artisti, direttori, tecnici luci e suono e così via. Probabilmente lui avrà il numero di tutti.»

«Quanto guadagna un truccatore?»

«A Hollywood forse sono ricchi. Ma qui... Per il free-lance è vita dura...»

«Forse questo è il motivo per cui uno di loro rapina le banche» disse Griessel raccogliendo le sue fotografie.

«Lei è sposato?» chiese lei.

«Divorziato» rispose Griessel.

«Ha qualcuno?»

«No... Ma ho intenzione di riprendermi mia moglie. E i miei figli.»

«Peccato...» disse la truccatrice accendendosi un'altra sigaretta. «Lasci che le dia questo numero.»

«Signore e signori, grazie di essere venuti. Abbiamo avuto tutti una giornata dura, quindi cercherò di non rubarvi troppo tempo. Ma, per cortesia... concedetemi un minuto in modo che possa chiarirvi una cosa.»

Madame Jocelyn Lowe era su un palco in una delle sale conferenze del Cape Sun. Di fronte a lei sedevano sessantaquattro rappresentanti della stampa e un membro della Omicidi e Rapine.

«Io *possiedo* un dono... non me lo sono andato a cercare. Me l'ha concesso la grazia di Dio. Quando ho iniziato ad aiutare la polizia a risolvere i casi di omicidio, non ho chiesto denaro. È il mio modo di ringraziare il Signore, dare un piccolissimo contributo. D'altro canto non tutti ci credono al mio potere. Ci saranno degli scettici fra voi. Quello che vi chiedo è di non nutrire pregiudizi: non giudicate fino a che il caso non sia risolto. Soltanto allora capirete se anch'io mi sono resa utile.»

Louw sbuffò. "A caso risolto, della chiaroveggente non sarebbe più importato niente a nessuno", pensò. Lui e la cronista inglese si erano divertiti a parlare di ritorno da Melkbos. A parlare di madame. La reporter la riteneva un'imbrogliona.

E lui, Basie Louw, era d'accordo. Perché la cronista poteva non essere bella, ma il suo culo nei jeans lo era eccome, e se Basie giocava bene le sue carte, questa sera poteva andargli bene.

«Ora arrivo al dunque, al motivo per cui siete qui.»

Qualcuno della stampa applaudì sarcasticamente ma madame si limitò a sorridere con dignità.

«Vi assicuro che non è stato facile. In qualche caso i tragici avvenimenti hanno avuto luogo quasi due settimane fa. Purtroppo il tempo fa affievolire l'aura. Come un suono che viaggia nello spazio. Più lontani siete e più debole vi giungerà. Inoltre, quando un omicidio avviene in un luogo pubblico come possono essere un parcheggio, una spiaggia o un ascensore le vibrazioni sono così confuse... Per continuare l'analogia con il suono, è come se una gran quantità di voci parlassero tutte insieme. È difficile sceglierne una.»

Stava già presentando le sue scuse, pensò Louw. Quelli della stampa si spostarono sulle sedie come se fossero d'accordo con lui.

«Vedo che alcuni di voi pensano che stia mettendo le mani...»

Cristo, pensò Louw. Ma allora sa leggere nel pensiero.

«...ma di nuovo, risparmiate le vostre riserve per dopo, perché ho assorbito abbastanza da delineare un'immagine sufficientemente chiara.»

All'improvviso nella stanza scese un silenzio rotto solo dal rumore dell'aria condizionata e dal suono delle Sony Betacams che giravano.

«Innanzitutto, ho avvertito una gran quantità di odio e terrore. Anche là, nel parcheggio di Newlands, l'odio e il terrore erano ancora palpabili...» Le penne dei giornalisti correvano all'impazzata. «Un odio accumulatosi negli anni, posso garantirvelo, e potente. Un terrore che si confonde nelle nebbie del tempo. Vedo...» E madame Jocelyn Lowe chiuse gli occhi, le mani levate, l'aria un po' indifesa «...una figura inaridita, disfatta, vinta. I disegni non sono razionali, sono ombre. Una figura che si muove nel crepuscolo, grande e imponente, un predatore che brama vendetta. Si muove in una luce fievole, misteriosa. Prende forma un cappello a larga tesa. Poi... lentamente... i lineamenti: sono decisi, contorti, gli occhi due fari di odio. La barba, credo. Sento una barba, di colore chiaro, forse sabbia, folta, che fluisce dal mento e dalle guance fin dentro la giacca. Le mani di lui... Sono enormi, forgiate da generazioni di duro lavoro in una terra ingrata. Regge al suo fianco un'arma strana... sta aspettando, cercando confusamente di... È un rapace, un guerriero, un fossile di un'era dimenticata, un'apparizione spettrale! E però è in carne e ossa, è reale... come lo sono il suo odio, il suo terrore...»

La medium riaprì gli occhi e per qualche istante restò immobile; quindi prese il bicchier d'acqua dal leggio e bevve un sorso.

«Dovete comprendermi. È molto faticoso, veramente.» Bevve un altro sorso.

Poi, con calma, senza più alcuna intonazione teatrale ma quasi sottovoce, in un tono appena sufficiente a raggiungere ogni angolo della sala silenziosa, riprese la parola: «Ho ragione di credere che questi assassinii abbiano un movente politico. Non, signore e signori, le idee politiche che ci sono familiari, ma quelle partorite da una mente un po' folle. Sì, ho sentito che è un uomo. Ma è un uomo strano, speciale, una strana creatura. Un uomo che sente sulle spalle il peso del proprio retaggio, che porta il peso di una nazione.»

«Lei sta dicendo che è afrikaner?» non poté trattenersi dal chiederle un reporter del «Weekly Mail».

Madame abbozzò un sorriso: «Non l'ho sentito parlare, signore». Qualcuno rise, e la tensione che si era accumulata nella stanza si allentò.

«Ma ha detto che aveva la barba color sabbia. Perciò è un bianco.»

«Un caucasico? Sì. Questo posso assicurarlo.»

«E... portava il cappello?»

«Sì.»

Seguì un improvviso coro di domande. Madame alzò la mano sinistra. Le gemme dei suoi anelli riflettevano la luce. «Per favore, ho quasi finito. Ma avrei ancora qualcosa da aggiungere.»

Tornò il silenzio.

«Ho percepito un cappello. Ma questo non significa che lo abbia indossato ogni volta che ha premuto il grilletto. Ho percepito anche una lunga giacca nera. Ma, lo ripeto... si tratta solo di una vibrazione, che può significare semplicemente che predilige questo tipo di abbigliamento. Ma c'era un'altra cosa. Non vive in questa città. Non ha una casa qui. Se vogliono trovare la sua casa, devono cercare altrove. Cercare un luogo dove le pianure sono ampie e il sole forte. Un luogo in cui non si vedono montagne, in cui il fiume va in secca. Lì c'è la casa di quell'uomo. Lì ha nutrito il suo odio e il suo terrore. Lì ha trovato la terribile forza per uccidere. Ora risponderò con piacere alle vostre domande. Ma, ricordate... vi ho già detto tutto quello che so.»

Si alzarono le mani, le domande fioccarono.

La reporter dell'«Argus» si rivolse sorridendo a Louw.

«Che ne pensa, lei? Come poliziotto?»

«Penso che stia sparando gran cazzate» rispose Louw sinceramente, ma gli dispiacque subito di avere usato quella parola. Alcune donne non amano il lessico colorito e non voleva compromettere le sue possibilità.

«La penso anch'io così» disse la giornalista e sorrise di nuovo. «Posso offrirle una birra?»

«No» replicò Louw. «Gliela offro io.»

La cena di Joubert prevedeva pollo stufato: 60 grammi di pollo senza pelle, 60 millilitri di sugo senza grassi, 1 etto di verdure miste, e altrettanto cavolfiore bollito senza sale... più una fottuta unità di grasso. Poi una gustosa Winston, e un assaggio di whisky.

La sua vita misurata in grammi.

Non vedeva l'ora di farsi la sigaretta e il drink. Sarebbero bastati a rendere piacevole una serata altrimenti penosa. La sua ricompensa.

Dopo aver telefonato a Gail Ferreira ricevendo una serie di risposte negative, era andato in un negozio di alcolici e si era comprato una bottiglia di whisky. Un Glenfiddich, perché era il più costoso e lui voleva bere del whisky decente, non quella sbobba a buon mercato finto-scozzese che davano in offerta speciale.

Poi al caffè, a comperare il pacchetto di Winston che ora stava sul tavolo, chiuso e pieno di promesse. Oh, come sarebbe stato bello. Oh, la prima boccata che sapeva ancora di fiammifero (perché quella mattina aveva buttato via il maledetto accendino insieme alle Special Mild), una bella boccata profonda...

Il telefono squillò. Lui corse in corridoio trangugiando nel frattempo un pezzo di cavolfiore.

«Joubert.»

«Sono Hanna Nortier.» Stavolta la stanchezza nella sua voce era evidente, e lui avrebbe voluto andare a prenderla, dirle che tutto sarebbe finito bene. «Non so se sia una buona idea...» disse subito lei, e a lui dispiacque di averglielo chiesto.

Non sapeva che cosa rispondere.

«Lei è un paziente.»

Come poteva averlo dimenticato? Come poteva averla messa in una posizione simile? Sperò in una scappatoia dignitosa per non...

«Ma ho bisogno di uscire» disse lei, come stesse parlando a se stessa. «Le posso dare una risposta domani?»

«Sì.»

«Grazie, Mat» concluse Hanna e riattaccò.

Joubert tornò in cucina.

La reporter era più furba di un intero allevamento di volpi. Aspettò finché non ebbero iniziato la loro quinta birra al bar del Cape Sun. «So che quel Wallace se la faceva con tutte.» Non era una domanda, era un'affermazione... il suo accento inglese era ancor più evidente adesso che parlava afrikaans, perché anche se lei reggeva l'alcol, non era facile tener testa al poliziotto.

«Voi giornalisti sapete sempre tutto» disse Louw con sincera ammirazione.

Non era questo che voleva sentirsi dire. «Io so ben poco.»

«È vero però. Quello era sempre pronto. Del tipo, "ogni lasciata è persa". Stava con una bionda in quell'hotel, e quando è uscito lo hanno fatto fuori.»

«Ma era sposato.»

«Questo non lo ha trattenuto di certo.» Di colpo Louw ricordò con chi stava parlando. «Tu... tu... non lo scriverai, vero?»

«Ho le labbra cucite» rispose lei con un sorriso.

"Questa è la mia sera fortunata" pensò Louw. «Lei era di Johannesburg. Lavorava nei computer. E quel Wallace se l'è trombata. Van der Merwe... devo avere il suo numero da qualche parte.» Tirò fuori il taccuino e lo sfogliò, tracannò un'altra sorsata di birra, continuò a sfogliare. «Eccolo qui: Elizabeth van der Merwe. Ma non era sospetta. L'ho capito subito.»

Scolò il bicchiere. «Un'altra?»

Lei ricominciò a parlare inglese: «Perché no? La notte è giovane». E lanciò a Basie Louw un'occhiata che era un programma.

36

Nienaber conosceva MacDonald e Wallace. Wallace conosceva Ferreira. E la Oberholzer. E Wilson, che non voleva entrare nel quadro.

La sera precedente, dopo la delusione per il mezzo no di Hanna Nortier, aveva valutato i dati in suo possesso da tutte le possibili angolazioni. Ora, continuava in piscina. Le tessere del puzzle ancora non volevano comporsi.

Conosceva quella sensazione: la consapevolezza che tutto significasse qualcosa, ma che al contempo non ci fossero abbastanza elementi per mettere insieme i pezzi e formulare una solida teoria. Era frustrante, perché non sapeva in quali altre direzioni guardare. La riposta poteva essere già lì, proprio davanti a lui. A volte occorreva una prospettiva nuova, un approccio fresco. La sera prima le aveva provate tutte.

Il titolare di un corriere espresso. Un gioielliere. Un carpentiere disoccupato. Un pescatore. Un parrucchiere.

Quarant'anni, trenta e rotti, cinquanta, quaranta, quaranta.

Di successo, medio, fallito, medio, di successo.

Mandrillo. Gay. Pornomane. Stupratore. E Nienaber... non sapeva se fosse fedele o no alla moglie.

E la Oberholzer? Era coinvolta? Veramente? Aveva una relazione con un uomo sposato. Forse in passato ne aveva avuta una con Nienaber? Mentre le sue braccia fendevano l'acqua prese mentalmente una serie di appunti. Telefonare all'ospedale. Forse avrebbe potuto parlare con la signora Nienaber quella mattina stessa. Parlare con il capo di Carina Oberholzer. Dove aveva lavorato, prima? Telefonare di nuovo a Walter Schutte alla Wallace Quickmail. Aveva per caso mai sentito nominare Carina Oberholzer?

Di cosa avrebbe voluto parlare quel pomeriggio la dottoressa Hanna Nortier?

Oh, Cristo santo, non doveva scoppiare a piangere un'altra volta.

Doveva tenerla alla larga da Lara Joubert. Non poteva parlarne oggi e domani portarla all'opera.

Lei sapeva come farlo aprire. Certo, era chiaro. Era capace di sbucciarlo come un'arancia e arrivare al succo. Era troppo abile e intelligente per lui.

Forse avrebbe fatto meglio a non andarci. Forse era meglio telefonare e dire che il caso Mauser stava diventando troppo scottante e lui non si poteva fermare. Non potevano rivedersi come al solito il martedì successivo, e magari andare lo stesso all'opera?

Si issò senza fatica fuori dall'acqua, senza nemmeno accorgersi del ritmo rilassato del suo respiro e della grande distanza che aveva percorso a nuoto mentre si lambiccava in cerca delle varie soluzioni.

Si vestì e guidò fino a Kasselsvlei, evitando gli strilli dei giornali che urlavano: «È la III guerra boera, dichiara medium inglese». E quella de «Die Burger»: «Massacrato il re delle forbici».

Li vide, ma la sua mente era troppo indaffarata per registrarli.

Anna Boshoff aveva detto che il killer era in preda a un raptus omicida, e non c'era nulla che lui potesse fare per fermarlo. Quando avrebbe colpito la prossima volta?

Tardo pomeriggio. Sera tardi. Mattina presto. Mattina presto. Mattina presto.

L'assassino fuori orario d'ufficio. Che cosa fai durante la giornata, bastardo? Oppure non puoi prevedere i movimenti delle tue vittime durante le ore di lavoro?

Fece la strada che faceva ogni mattina, senza pensarci, ignaro delle grandi novità che lo aspettavano nella valigia ventiquattr'ore.

«Il sergente van Deventer dice che ha messo la valigia del capitano in cassaforte» gli disse al suo arrivo Mavis Petersen.

Joubert la ringraziò, le chiese di andarla a prendere, firmò il documento relativo e la portò con sé in ufficio. Qui l'appoggiò sul tavolo, tirò fuori il pacchetto di Winston, lo appoggiò vicino alla valigetta e andò alla caffetteria a prendere una tazza di caffè amaro e forte. Poi ritornò, si sprofondò nella sedia, accese una Winston e inalò una ricca boccata di fumo.

Buona.

Trangugiò il caffè, trasse un'altra boccata...

«Vera pelle di bufalo» c'era scritto sulla valigetta.

L'aprì. La pistola era lì con la sicura inserita. Estrasse il suo taccuino e scrisse: «Antoinette Nienaber? Sempre portato pistola? Conosceva Oberholzer? Ferreira? Wilson? Fedele????».

Posò penna e taccuino, prese la pistola e annusò la canna. Non aveva sparato da un pezzo, né era stata pulita. Perché portavi la pistola, Oliver? La mise da parte, prese la sigaretta e trasse un'altra boccata.

Un'agenda nera, con rinforzi dorati agli angoli della copertina. Agenda e notes. Andò alla data del primo omicidio. 2 gennaio. Niente di importante. Continuò a sfogliare. 3, 4, 5, 6, 7, 8 gennaio. Appuntamenti con persone a lui sconosciute. «Compleanno di Ollie.» Uno dei figli. 9, 10, 11.

Poi Joubert vide l'elenco.

«*Mac McDonald.*» Grafia sbagliata. «*Carina Oberholzer. Jacques Coetzee.*» Spazio. «*Hester Clarke.*»

Mat Joubert si scordò della Winston che aveva tra le dita. Poi rilesse l'elenco. Si alzò e andò alla porta.

«Torrone!» gridò nel corridoio, mettendo nel richiamo tutta l'urgenza e l'emozione del momento.

«Snyman! Basie!» Nella sua voce c'era una nota nuova. Gridò un'altra volta, ancora più forte.

«È schizzato, Matthew. È incontrollabile.» Adesso le parole di Anne Boshoff erano diventate la sua forza trainante. Sì, avrebbe fermato quel bastardo. Avrebbe impedito che Jacques Coetzee ed Hester Clarke diventassero anch'essi dei dossier. Era come un uomo che sta per affogare a cui viene lanciato un salvagente, un nomade del deserto che ha visto l'oasi riflessa in un miraggio. Era il generale delle truppe d'assalto... e la guerra era appena iniziata.

La sala stampa brulicava come un alveare. Joubert sedette contro la parete. Vicino a lui, O'Grady. Distribuirono un elenco di nomi. Si erano messi in coda anche i rinforzi prestati dalle altre stazioni di polizia. Squadre di due. L'ordine era trovare il vero Coetzee e la vera Clarke: l'unica traccia era la serie di nomi e foto delle vittime della Mauser. E Carina Oberholzer.

«Sulla fottuta guida ci sono cinquantaquattro Coetzee» si era lagnato O'Grady alzando gli occhi dall'elenco telefonico durante la riunione nell'ufficio di Joubert.

«E i Clarke con la "e" sono centinaia» aveva rincarato Snyman.

«L'ortografia di MacDonald era sbagliata» osservò Joubert. «Dovremo controllare anche tutti i Clark senza "e".»

«Altri cento» era stato il disperato commento di Snyman.

«Non importa» aveva ribattuto Joubert. «Entro oggi si deve finire.» In un tono che non ammetteva repliche.

Era entrato de Wit. Joubert lo aveva informato delle novità sopravvenute nell'indagine e aveva chiesto rinforzi. De Wit, eccitato, era tornato di corsa nel suo ufficio per telefonare al generale di brigata.

Louw era arrivato in ritardo, con l'alito pesante di liquore e un'espressione soddisfatta negli occhi. Joubert lo aveva incaricato di interrogare i parenti dei deceduti a proposito dei nuovi nomi. Poi erano andati in sala stampa per mettere tutti gli uomini disponibili della Omicidi sulla pista dei vari J. Coetzee e H. Clarke. Ma Joubert sapeva che le iniziali contavano poco. "Jacques" avrebbe potuto essere benissimo un secondo nome, la cui iniziale compariva nell'elenco dopo quella del primo. Comunque, da qualche parte bisognava iniziare.

«Chiedete a tutti di guardare le fotografie. Leggete loro i nomi. E badate che potrebbero mentire» furono le istruzioni impartite a ciascuna squadra. Nienaber aveva mentito su MacDonald e Wallace, e adesso era morto. Perché aveva mentito? Perché la pistola? Girava armato da sempre?

Snyman fotocopiò l'elenco dei nomi febbrilmente, pungolato dal tono di voce del capitano.

Ora i detective stavano arrivando in forze: da Paarl e da Fish Hoek, da Stellenbosch e da Table View, alcuni contrariati perché erano impegnati in altri casi importanti, altri riconoscenti per la novità e per l'occasione di lavorare sui sensazionali omicidi della Mauser.

«Chiama l'ospedale. Chiedigli se adesso possiamo parlare con la moglie di Nienaber» disse Joubert a Gerrit Snyman consegnandogli l'ultimo fascio di fotocopie.

Snyman si precipitò a telefonare. Joubert e O'Grady assegnarono altri incarichi.

«Il dottore dice che è cosciente, ma non può parlare con nessuno» annunciò Snyman al suo ritorno.

«Vedremo» disse Joubert. «Tu resti qui. Io vado all'ospedale.»

A Kraaifontein, nello spiazzo erboso fra il liceo Olckers e la linea ferroviaria, avevano eretto un imponente padiglione. Davanti all'entrata c'era un cartello. «Tabernacolo del redentore. Funzioni: merc. ore 9, dom. ore 11 e ore 19.»

Di fianco alla grande tenda era parcheggiata una roulotte Sprite Alpine del 1979 con una tenda più piccola accanto. Sul letto della roulotte, allargabile fino a diventare matrimoniale, era seduto il pastore Paul Jacques Coetzee, che si preparava per la funzione serale.

Il pastore Coetzee ignorava che più di ottanta detective lo stessero cercando in tutta la penisola del Capo, poiché non possedeva un televisore e non leggeva i giornali. «Strumenti del demonio» aveva definito i media in tanti infiammati sermoni.

Era assorto nel proprio lavoro: rileggeva gli anatemi che avrebbe scagliato dal pulpito di legno di pino, il ritornello del messaggio che sarebbe rimbalzato dagli altoparlanti: «Dal cuore vengono i pensieri perversi, di omicidio, adulterio, corruzione, furto, falsa testimonianza, maldicenza...».

«Sergente... ho l'informazione che stava cercando» disse la segretaria del direttore di distretto della Premier Bank.

Griessel era seduto nel suo ufficio con la penna pronta.

«Sono tutt'orecchi» disse.

«Dei quattordici nomi che ci ha dato, ce ne sono cinque che hanno conti correnti nella Premier. Carstens, Geldenhuys, Milos, Rademann e Stewart.»

«Ma guarda!» disse Griessel quando ebbe finito di scrivere.

«Carstens e Rademann sono donne. Dei tre uomini restanti, due sono clienti problematici.»

«Davvero?»

«Milos e Stewart. Milos ha un saldo scoperto di 45.000 rand, con sedici arretrati negli ultimi due anni.»

Griessel emise un fischio.

«Il suo conto corrente è stato congelato, e attualmente non ne ha altri presso di noi. Abbiamo avviato pratiche legali contro di lui nel tentativo di recuperare questa grossa somma. A Stewart due mesi fa è stato revocato il possesso dell'automobile dopo sei mesi di morosità nel pagamento dei 980,76 rand della rata mensile. Anche il suo conto e la sua carta di credito sono stati congelati. Con noi ha ancora un libretto di risparmio per l'ammontare di 543,80 rand.»

Griessel si appuntò tutto.

«Sergente... » disse la donna dalla voce dolce.

«Sì?»

«Il mio capo mi ha detto di ricordarle ancora una volta che l'informazione è assolutamente confidenziale.»

«Assolutamente» ripeté Griessel con un ghigno.

«Comprendo la sua posizione, dottore, ma lei deve comprendere la mia. Qui si tratta di un uomo armato di Mauser che, secondo i criminologi, ha perso ogni controllo. E di una donna che potrebbe aiutarci a impedire ulteriori spargimenti di sangue.»

Joubert fu fiero di come aveva scelto le parole.

«Lei non capisce, capitano... Le sue condizioni sono... insomma, è sul filo del rasoio. Io sono responsabile unicamente verso di lei.»

Giocò la carta disperata. «Dottore, posso andare in tribunale e chiedere l'interdizione.»

«Capitano, la corte ascolterà anche me.»

Stallo.

Rimasero a fronteggiarsi nel corridoio della clinica privata. Il medico era piccolo e magro, con gli occhi cerchiati di nero.

«Dovrò chiederle se ha voglia di vederla.»

«Gliene sarei molto grato.»

Joubert restò in attesa mentre il medico apriva la porta e spariva dietro di essa.

Si mise le mani in tasca, poi le tirò fuori. Era sulle spine, insoddisfatto.

Non aveva tempo.

Si volse e camminò sul folto tappeto. Camminò avanti e indietro.

Il dottore tornò. «Dice che si sente in dovere di parlare con lei.»

«Grazie, dottore.»

«Cinque minuti, capitano. E la prego di usare molta delicatezza.»

Poi aprì la porta per fare entrare Joubert.

Antoinette Nienaber faceva spavento.

Le piccole rughe vicino alla sua bocca ora sembravano solchi profondi. Aveva gli occhi infossati, il volto spettrale.

Stava sdraiata con la testa sprofondata nei cuscini, la parte superiore del suo corpo leggermente sollevata. Aveva nel braccio l'ago della fleboclisi, il tubo risaliva serpeggiando su fino alla borsa di plastica. Indossava una camicia da notte blu cobalto. La sua testa bionda giaceva inerte sul guanciale.

Joubert si avvicinò al letto.

«Mi spiace... » esordì con difficoltà.

«Anche a me.» La voce della donna era esitante. Riconobbe negli occhi appannati che lo fissavano i segni di un narcotico.

«Solo poche domande. Appena si sentirà stanca me lo dica.»

Lei annuì.

«Sa se suo marito conosceva Ferdy Ferreira, o Drew Wilson?»

Trascorse un po' di tempo prima che scuotesse la testa. No.

«Carina Oberholzer?»

No.

«Jacques Coetzee?»

No.

«Hester Clarke?»

«No.» Con un filo di voce.

«Suo marito di solito nella ventiquattr'ore portava una pistola?»

Gli occhi della signora Nienaber si chiusero. Trascorsero i secondi. Si sentirono passi in corridoio.

Aveva sentito la sua domanda?

Gli occhi si aprirono. «No» rispose la donna, mentre una lacrima si formava sotto uno dei suoi occhi e le solcava la guancia pallida.

Lui si sentì conteso fra opposte emozioni: le esigenze del lavoro lo avrebbero spinto a chiederle se suo marito era un uomo fedele, ma sapeva che adesso sarebbe stata una brutale aggressione. E se avesse tentato con un eufemismo? Come... il vostro era un matrimonio felice? Vide che lei lo guardava, gli occhi in attesa come quelli di una cerva di fronte al cacciatore.

Joubert disse: «Grazie, signora Nienaber. Spero che lei... io... le faccio tanti auguri».

Grazie. Le labbra di lei formarono le parole, ma non uscì alcun suono. Quindi si voltò verso la finestra.

Joubert era di nuovo nel suo ufficio, con il telefono incollato all'orecchio.

Julio da Costa disse che era possibile che Carina Oberholzer avesse fatto i nomi di Jacques Coetzee o Hester Clarke, ma lui non se ne ricordava. «Parlava sempre tanto, capitano. In continuazione. E rideva. Era una ragazza tanto vivace. Le piaceva divertirsi, le feste, la gente. Il suo lavoro le serviva solo a guadagnarsi da vivere e a passare la giornata. Era un animale notturno. È stato così che ci siamo conosciuti. È venuta qui un venerdì sera, dopo mezzanotte, assieme a un sacco di amici.»

«E dopo?»

«Diavolo, capitano... sa come vanno queste cose. Non si può lavorare e basta. E sa anche come funziona con la moglie a casa.»

Joubert non disse niente. Non lo sapeva più.

«Non ho violato nessuna legge» riprese da Costa in tono difensivo. «E, a parte tutto, non era la prima volta, per lei.»

«Come fa a saperlo?»

«Un uomo lo sa sempre, capitano. Se fosse stato con lei, capirebbe di cosa sto parlando. Era... assatanata.»

«E parlava di questo?»

«L'unica cosa che diceva sempre era che non voleva farsi lasciare indietro dalla vita. Voleva assaporare ogni minuto.»

Joubert chiuse la conversazione.

Carina Oberholzer, di Keimoes. Che rideva e parlava e aveva vissuto intensamente la sua breve vita. L'intraprendente ragazza della fattoria con il cattolico portoghese un po' furbastro, e chissà quanti altri. Possibile che nessuno l'avesse conosciuta abbastanza per sapere quello che lei sapeva?

Si procurò il numero di telefono dei suoi genitori, compose il numero e aspettò.

Squillò per un bel pezzo. Alla fine rispose una voce di donna, una domestica.

«No, non ci sono. Sono andati a Johannesburg a prendere il figlio.»

Tirò fuori il contenitore di plastica dal cassetto e lo aprì: 60 grammi di ricotta senza grassi; quattro crackers di riso soffiato; pomodoro, avocado e lattuga con una piccola porzione di condimento senza grassi. Di questo passo, sarebbe morto di fame. Se non altro lo aspettava la Winston, il clou della giornata, il piacere massimo.

Qualcuno arrivò trafelato dal corridoio.

Joubert capì che avevano trovato qualcosa.

Era Louw. «Ha sparato a Jacques Coetzee, capitano. Meno di un'ora fa. Ma questa volta qualcuno lo ha visto.»

I due bambini delle elementari avevano undici anni e non stavano nella pelle dalla voglia di vedere il cadavere, ma i poliziotti non volevano saperne. I bambini dovettero starsene fuori dai piedi, tra le funi che reggevano le pareti del padiglione, a guardare le auto della polizia che arrivavano numerose. Però era sempre meglio della doppia lezione di scienze che stavano saltando.

Uno dei detective si avvicinò con un altro signore, uno grande e grosso.

«Ecco i ragazzi, capitano.»

«Grazie» rispose l'omone, tendendo loro una mano gigantesca.

«Io sono Jeremy, signore.»

«Neville» disse l'altro.

Si strinsero la mano.

«Dovete dirmi qualcosa, adesso.»

«Non era lei alla tele l'altra sera, signore?»

«Può darsi.»

«Accidenti, signore, quel tipo là li sta ammazzando tutti... » Con un tono molto ammirato.

«Sì, ma lo prenderemo.»

«Abbiamo visto solo la macchina signore» disse Jeremy. «E sentito gli spari. Eravamo dietro la rimessa quando li abbiamo sentiti, ma stava passando un treno e non eravamo sicuri. Poi siamo andati a dare un'occhiata. E abbiamo visto la macchina.»

«Di che marca?»

«Questo è un problema, signore.»

«Perché tu sei quello che non distingue una macchina dall'altra.»

«No, invece Tu ti dovresti fare controllare la vista.»

«Ehi... » fece Neville, ma senza aggressività, come se le loro dispute fossero routine.

«Era una Uno, signore, una Uno bianca. Credo modello Fire, ma non sono sicuro. Una Turbo non era, perché quelle hanno le strisce rosse e l'alettone.»

«Era una City Golf, signore. Bianca. So come è fatto il dietro della Golf, perché ce l'ha mio fratello. Anche lui è nella polizia, signore. In Natal. Sparano agli zulu.»

«Eheh... » disse Jeremy. «Guarda che vai in prigione.»

«Tu sei sicuro che fosse una Uno.»

«Sissignore.»

«E tu sei sicuro che fosse una Golf.»

«Sissignore.»

«Che targa aveva?»

«Siamo arrivati tardi. Abbiamo solo visto la coda mentre si allontanava.»

Joubert misurò con lo sguardo la distanza fra il cortile della scuola, la recinzione e la strada imboccata dalla macchina. «E il conducente non l'avete visto?»

«Nossignore.»

«Bene, agenti... vi ringrazio molto. E se uno di voi cambia idea a proposito della casa costruttrice, fatemelo sapere. Io sono della Omicidi e Rapine.»

«Sicuro, signore.»

Si stava avviando verso la roulotte quando Jeremy parlò di nuovo.

«Signore!»

«Sì?»

«Davvero non possiamo vedere il cadavere?»

Joubert trattenne un sorrisetto e scosse la testa. «Non è un bello spettacolo.»
«Molto sangue, signore?»
«Litri e litri.»
«E i buchi dei proiettili, signore?»
«Grossi come dei coprimozzi» mentì Joubert spudoratamente.
«Cavolo... » commentò Jeremy.
«Cacchio,» rincarò Neville «quella Mauser è un cannone.» E si allontanarono eccitati, proprietari di una serie di informazioni che nel loro mondo valevano una fortuna.

37

A trovare il corpo era stata una delle squadre di rinforzo. «Siamo arrivati tardi per una questione di minuti, capitano. Il sangue non si era ancora seccato.» Il cadavere di Coetzee giaceva nella roulotte, con il cranio sfondato da un colpo sparato sopra l'orecchio sinistro. Un altro colpo gli aveva perforato il cuore così come era successo in tutti gli altri casi eccetto quello di MacDonald.

Se solo avesse ispezionato la ventiquattr'ore il giorno prima... ma come poteva immaginare? Tornò alla Sierra e chiamò per radio O'Grady. Dovevano tentare di richiamare tutte le squadre alla ricerca di Jacques Coetzee. Adesso ogni sforzo si doveva concentrare su Hester Clarke. Doveva tentare di salvare almeno una vita.

«Sulla bolletta telefonica c'è l'indirizzo, capitano» lo chiamò Louw dalla roulotte. «Durbanville.»

Se non altro, pensò Joubert, il rapporto era stato dimostrato. Ora sapevano che l'elenco di Nienaber voleva dire qualcosa. E rimaneva solo un nome.

Chiamò Louw e andarono a Durbanville, fermandosi nel centro cittadino davanti a una casa mal tenuta. L'erba in giardino era alta e incolta, le aiuole invase dalle malerbe.

«Spero che fosse meglio come pastore che come giardiniere» fu il commento di Louw. Si era portato il mazzo di chiavi che avevano trovato appeso all'interno della roulotte, e le provò fino a quando una non aprì la porta d'ingresso.

Entrarono in casa. Nel soggiorno non c'erano mobili: solo un telefono appoggiato al pavimento. Il lavello in cucina era pieno di piatti sporchi. In un angolo sferragliava una vecchia ghiacciaia. Niente tappeti, né nel corridoio vuoto né nella prima camera da letto. La seconda conteneva un letto singolo e un comodino senza cassetti. Sul pavimento, una pila di libri. Joubert ne prese uno. *Lode al Suo Nome*. Anche il secondo era di argomento religioso. E anche tutti gli altri.

Sul comodino c'era una busta aperta. Joubert ne estrasse il contenuto: «Smuts, Kemp & Small, studio legale e notarile.

Egregio signor Coetzee,
secondo la nostra Cliente, la signora Ingrid Johanna Coetzee, Ella risulta in arretrato rispetto agli alimenti stabiliti dalla sentenza di divorzio...».

Griessel si era lanciato sulle tracce di George Michael Stewart.

Non trovò nessuno nell'appartamento di Oranjezicht, ma il custode gli disse che il sospettato faceva il cameriere part-time da Christie, il ristorante di Long Street.

Neanche a parlarne di trovare un parcheggio, per

cui infine lasciò la macchina in una zona di carico e scarico in Wale Street e girò l'angolo. Essendo ora di pranzo il ristorante era praticamente pieno, con una quota di yuppies in grande spolvero. All'entrata fu ricevuto da un uomo alto, raffinato nei modi e con un sorriso nervoso che lo accompagnò velocemente a un tavolo in fondo, vicino alla porta della cucina, mettendogli poi in mano un menù.

Griessel si sedette e sentì che la gente lo guardava. Questo non era il suo posto.

Guardò timidamente i piatti del menù e calcolò che non poteva permettersi granché. Optò per la minestra di zucca e alzò di nuovo gli occhi. I camerieri erano solo due, entrambi bianchi: l'elegantone che lo aveva accompagnato al tavolo e un altro, di statura e corporatura media.

Portavano la stessa livrea: pantaloni neri, camicia bianca e cravattino nero. Avevano i capelli corti e la barba ben rasata.

Tutti e due i loro nasi assomigliavano un po' a quello del rapinatore.

Il cameriere di media statura filò dritto verso di lui con penna e taccuino.

«Posso descriverle le nostre specialità, signore?» domandò meccanicamente, senza neanche vedere Griessel.

«Come si chiama, lei?»

«Michael Stewart» rispose l'uomo guardando il suo cliente con più attenzione.

«Io prenderei la minestra di zucca, per favore.»

«Sì... » scrisse sul taccuino. «E dopo?»

«Basta così... grazie, signor Stewart.»

«Grazie a lei.» E l'uomo si affrettò a entrare in cucina.

"Questo qui parla inglese" pensò Griessel. Il rapinatore parla afrikaans. Una cortina fumogena?

Si protese in avanti, appoggiando i gomiti sul tavolo e le mani sotto il mento. Guardò i clienti intorno a lui. Uomini, per lo più. "Qui siamo vicini alla Corte Suprema e al Parlamento" pensò. "Persone importanti queste, con BMW e Jetta e telefoni cellulari."

Abbassò gli occhi sui vasetti del sale e del pepe sul suo tavolo, allungò una mano sudata e ne prese uno.

George Michael Stewart non era ricomparso dalla cucina: capì che aveva sentito puzza di bruciato.

Tastò la Z88 che teneva alla cintura. Aveva fatto male a domandargli il nome. Guardò verso la porta della cucina. Quanto tempo era passato? Cinque minuti. C'era soltanto l'altro cameriere ad affannarsi fra i tavoli.

E Stewart dov'era?

Man mano che passavano i minuti lui si sentiva sempre più nervoso. Se l'uomo aveva sospettato qualcosa ed era fuggito dalla porta sul retro, a quest'ora poteva già essere alla stazione, pensò Griessel.

Non ci può volere tanto tempo per una minestra.

All'improvviso prese la decisione: si alzò con la mano sul calcio della pistola, e si avvicinò rapidamente all'ingresso della cucina, una porta di metallo che si apriva alla minima pressione. Con la schiena alla porta e la pistola in mano, spinse, aprì nel voltarsi e andò diritto a sbattere contro George Michael Stewart e un piatto di zuppa giallo vivo. Mentre il liquido bollente inondava la camicia e la cravatta di Griessel, Stewart barcollò all'indietro e cadde restando seduto su un fianco, a guardare con gli occhi sgranati la figura massiccia che torreggiava su di lui spianandogli addosso la pistola.

«Il mio servizio non può essere così scadente!» esclamò con la voce alterata.

L'avvocato Kemp, elegante nella sua grisaglia e cravatta alla moda, aveva una corporatura imponente quanto quella di Mat Joubert. Stava seduto sull'orlo di una scrivania su cui regnava il disordine; Joubert e Louw si erano accomodati sulle sedie davanti a lui.

L'avvocato stava telefonando a East London, perché era là che adesso abitava la sua cliente, la signora Ingrid Johanna Coetzee.

Si era subito mostrato disponibile ad aiutare gli investigatori. Era un uomo frettoloso ed efficiente con la voce profonda e i capelli acconciati e pettinati con cura maniacale.

Joubert tornò a guardare l'abbigliamento del professionista: la giacca a doppio petto, le righine finissime del tessuto.

Lui per l'opera lirica dell'indomani sera non aveva niente da mettersi. Avrebbe dovuto comprarsi un vestito come quello. E anche farsi tagliare i capelli. Tutto doveva essere appropriato... ammesso che quel pomeriggio Hanna Nortier gli dicesse che usciva con lui. Ammesso che riuscisse a parlarle.

«Capisco» stava dicendo l'avvocato al telefono. «Capisco... bene. Grazie. Di nuovo.» Posò il ricevitore. «È in vacanza. È andata a fare immersioni. Non sapevo nemmeno che fosse sub. È una donnina piccola, smorta...»

L'avvocato girò intorno alla scrivania per sedersi sulla sua poltrona. «Ho preferito non fare cenno alla morte dell'ex marito.» Scrisse qualcosa su un grande blocco per gli appunti, strappò la pagina e la consegnò a Joubert. «Ecco, lavora qui. All'ufficio contabilità. Dicono che tornerà in ufficio lunedì.»

«Ti toccherà volare» disse Joubert a Louw, poi si rivolse all'avvocato. «Perché avevano divorziato?»

«Per la mania religiosa di lui» rispose Kemp. «Prima era un tecnico dei televisori, o roba del genere. Lavorava qui, a Bellville, in un negozio di riparazioni. Poi tutto a un tratto è diventato un sant'uomo e ha perso il lavoro perché passava tutto il giorno in chiesa, con una di quelle sette dove vanno avanti tutta la sera a dire "amen alleluja" e a battere le mani. Lei a un certo punto non ce l'ha fatta più. Per fortuna non c'erano bambini. All'inizio lui non voleva concederle il divorzio. Perché è contro la legge di Dio, contro la fede. Ma noi gli abbiamo dato filo da torcere. E ha dovuto anche pagare gli alimenti... lei non aveva mai lavorato. Lui la voleva in casa, a fare la mamma e la casalinga. È sempre stato un po' squinternato...»

«E dopo ha fondato una sua chiesa.»

«Questo dopo il divorzio. Io so solo una parte della storia, quella che mi ha raccontato lei al telefono. Non poteva crederci, che fosse diventato un predicatore. Era sempre stato uno taciturno, musone... Ma poi si sa, ti arriva la chiamata... Insomma, ha rotto con le altre chiese e se ne è fondata una tutta sua. Ci ha messo dei bei soldi, oltretutto.»

«E dove lavorava, di preciso?»

«Non lo so. Dovete chiederlo alla moglie.»

«La ringrazio molto.» Joubert si alzò, imitato da Louw.

«È stato un piacere. Quando posso cerco di favorire il corso della legge. Lo prenderete quello della Mauser?»

«È questione di ore.»

Sulla porta, Joubert si voltò indietro. «Se non sono indiscreto, dove compra i vestiti?»

L'avvocato sorrise. «A Queenspark. Ma devo confessare che è mia moglie che va nei negozi. Io sono troppo rozzo per queste cose.»

Ora da Christie non c'era più nessuno. Griessel si sedette al suo tavolo, con la camicia e la cravatta adesso discretamente pulite ma molto umide per le ripetute applicazioni di panni bagnati.

Stewart era seduto davanti a lui. Stavano fumando le Gunstons del cameriere.

«Io non rapino banche» dichiarò Stewart. Il suo afrikaans non era tanto male, ma si sentiva l'accento.

«Puoi dimostrarlo?»

«Lo domandi a Steve.» E puntò la sigaretta verso l'altro uomo in cravattino, ancora impegnato insieme ad alcune donne nere a sparecchiare i tavoli. «Sono qui tutti i giorni dalle dieci del mattino a mezzanotte.»

«Se siete pappa e ciccia...»

«Cazzo, Steve è il padrone, qui. È lui che fa i soldi. Perché dovrebbe raccontare palle?»

«Perché lavori qui?»»

«Perché nel Capo non c'è abbastanza lavoro per un truccatore. Ma non avrei mai dovuto venire.»

«Perché lo hai fatto?»

«Per una donna. E per le montagne, il mare, e l'atmosfera. Ora lei mi ha piantato perché non ho un quattrino. Sono indebitato con la banca, e come truccatore lavoro poco e saltuariamente. L'ultima volta è stato due mesi fa. Con una troupe francese venuta per girare uno spot televisivo. Ma la macchina... devo ancora finire di pagarla anche se è dallo sfasciacarrozze...»

Griessel tirò fuori una foto dal portafoglio. Elvis. «Lo conosci, questo qui?»

Stewart lo guardò. «È... » Cercò la parola. «Un po' sciatto.»

«Davvero?»

«Guardi le basette. Qua si vede la gomma. Forse perché si trucca da solo. È un casino. Io non ci ho mai provato.»

«Lo conosci?»

«Neanche per sogno.»

«Mai sentito il nome di Janek Milos?»

«Dunque... »

«Non lo conosci.» Quella di Griessel non era una domanda, ma una conclusione. Condita di amarezza, perché aveva sperato che Stewart fosse il suo uomo. Perché Janek Milos non aveva il nome di un bravo ragazzo che parla bene l'afrikaans e rapina le banche in guanti gialli e chiama le cassiere "dolcezza". Perché le sue belle teorie stavano andando a farsi benedire.

I detective tornarono per farsi dare nuovi nomi e indirizzi: Joubert si sentiva cadere le braccia a ogni coppia che entrava in sala stampa dopo un nuovo tentativo fallito. Erano arrivati ai Clark senza "e", e come iniziali già fino a R e S, senza avere scoperto nulla.

Guardò l'orologio.

Il suo appuntamento con Hanna Nortier si stava avvicinando sempre di più, e ancora non aveva trovato una scusa plausibile.

Louw era già passato a salutare. Aveva rimediato un posto sul volo delle 18.30 per Port Elizabeth e East London. Ripassarono insieme le varie possibili domande per le quali Joubert esigeva una risposta. Poi Louw era partito con gli occhi annebbiati dal doposbornia.

Altri due detective arrivarono scuotendo la testa.

«Telefono, capitano» chiamò Mavis dalla porta.

Joubert si alzò e a passi svelti si diresse verso l'accettazione. «Sì, sono io.»

«Bertus Botha, capitano. Abbiamo rintracciato una donna di nome Hester Clarke. Però... è morta. Di cancro, all'inizio di dicembre.»

«Da dove stai chiamando?»

«Dalla casa di sua sorella, capitano. A Fish Hoek. La deceduta aveva cinquantatré anni. Nubile. Lavorava in pittura e grafica... disegnava cartoline di Natale e altra roba per un editore di Maitland, però le due sorelle lavoravano in casa. A un certo punto, si è ammalata di cancro alla spina dorsale. La sorella dice che era obbligata a restare seduta tutto il giorno, nonostante quello che sostengono i dottori. Poi dice anche che tutto quello che sa del killer della Mauser è quello che ha visto alla televisione e sui giornali.»

«Ne è proprio sicura?»

«Sì, capitano. Le abbiamo fatto vedere le foto, e tutto il resto. Non sa niente.»

«E sua sorella, ha mai avuto contatti con Oliver Nienaber?»

Decise di sperare contro logica, perché non ci potevano essere troppe Hester Clarke nel Capo, e perché era arrivato al fondo del barile, e questa indagine doveva pur finire.

«Lei dice che non uscivano mai. Dice che le strade sono pericolose. Che conosceva anche lei tutte le persone che conosceva sua sorella.»

La mente di Joubert perlustrò i dintorni alla ricerca di un'altra possibilità.

«Il medico che ha curato sua sorella... fammi avere il suo nome, subito. Aspetto in linea.»

Sentì che Botha appoggiava la cornetta, e poi rumori di conversazione in sottofondo. Alla fine Botha tornò al telefono con l'informazione. Joubert scrisse il nome dell'ospedale. Groote Schuur. Ringraziò Botha e guardò di nuovo il suo orologio. Giusto il tempo che gli serviva per fare un salto all'ospedale e poi sarebbe andato dalla sua psicologa.

38

Il dottore ricordava benissimo la paziente Hester Clarke. «Non si lamentava mai. Una donna forte... E deve avere sofferto molto, specialmente negli ultimi mesi.»

Quando le avevano diagnosticato il cancro?

Tre o quattro anni fa. Avevano tentato di tutto.

E le sue condizioni mentali?

Una donna forte, glielo aveva già detto.

Così Joubert lanciava sassi nell'acqua, nel tentativo di colpire qualcosa che lo aiutasse a risolvere il mistero. Ma già sapeva che anche questo era un vicolo cieco.

Mentre stava tornando in città, parlò per radio a O'Grady.

Nessuna notizia di Hester Clarke, disse O'Grady. Le squadre erano tornate quasi tutte. In compenso, la roulotte di Jacques Coetzee si stava rivelando interessante. Sotto il divano avevano trovato 40.000 rand. In contanti. E anche documenti bancari che attestavano come la chiesa versasse in una situazione finanziaria molto florida. Elenchi di fedeli, diaconi, anziani...

«Porta tutto in ufficio» disse Joubert, e rispedì la squadra di Bertus Botha a casa della sorella di Hester Clarke. Per farsi dire a quale chiesa appartenevano. Chiedere ai figli di Nienaber. Avevano mai sentito parlare del Tabernacolo del Redentore?

Mentre guidava si sentì prendere dall'ottimismo: ogni caso, ogni fascicolo, erano come montagne da scalare. Qualche volta gli appigli erano agevoli, e compivi un'ascesa veloce fino in vetta, dove consegnavi un mandato di arresto, un bel carico di moventi e di prove materiali, di causa ed effetto. Ma qualche volta, come in questo caso, la montagna era liscia e sdrucciolevole, senza fenditure a cui aggrapparsi. Ti arrampicavi e scivolavi giù, ti arrampicavi e scivolavi giù senza fare progressi, senza una via coerente verso la cima.

Ora però le cose stavano incominciando a cambiare. Finalmente, avevano qualcosa per cui una persona è disposta a commettere un omicidio. A spedire nell'aldilà a colpi di pistola le anime di sei persone.

Il denaro.

La radice di ogni perversità. La forza trainante, la smania che conduce a rubare, a sparare, a percuotere.

Si sentiva una spremuta di adrenalina quando entrò nella sala d'aspetto e si abbandonò su una sedia. Erano vicini, adesso. Molto vicini. Sì, avrebbe risolto il caso. Oggi stesso.

Hanna Nortier gli aprì la porta con il sorriso sul volto.

«Entri, capitano Joubert.» La sua voce era lieta, squillante, e lui ne fu felice perché capiva che sarebbe venuta all'opera.

«Credo che innanzitutto sia opportuno parlare di questa sera» disse lei mentre apriva il suo fascicolo. «Così, poi l'argomento sarà chiuso. Io mi sento in dovere di non uscire con lei. Se lo facessi violerei la mia etica professionale, e sarei ingiusta nei suoi confronti, perché abbiamo ancora molto lavoro davanti. Non potrei giustificare una scelta del genere... per nessuna ragione.»

Lui la guardò lottando disperatamente per non tradire la sua delusione.

«Però c'è l'altra faccia della medaglia. La sua proposta mi ha molto lusingata. Non ricordo più l'ultima volta in cui sono uscita con un uomo grande e forte... un'idea che mi piace. Inoltre desidero tanto vedere ancora *Il Barbiere di Siviglia*. Ho voglia di uscire. Sono prigioniera del tran-tran. Ritengo di potere separare la vita privata da quella professionale. Ma non a sue spese.»

Parlava a raffica, quasi con affanno, una Hanna Nortier che Joubert non aveva mai visto: le mani snelle che danzavano per dare più forza alle parole, le grandi pupille nere, una bellezza così perfetta che non riusciva a staccare gli occhi da lei.

«E lei, Mat... riuscirà a distinguere la terapia dal rapporto personale?»

Non troppo in fretta, si ammonì lui. Modera l'entusiasmo.

«Penso di sì.» Affabile, sereno, maturo.

«Deve esserne certo.»

«Lo sono.» Troppa precipitazione.

«Se cambia idea può ancora telefonarmi domani.»

Sarebbe venuta o no?

«Le scrivo il mio indirizzo di casa. A che ora comincia l'opera? Alle otto?»

Joubert annuì.

«Sarò pronta per le sette e mezzo.»

«Grazie.» Perché l'aveva ringraziata? Perché provava una tale riconoscenza che gli si contraevano i muscoli dell'addome.

«Come sta andando l'indagine?»

«Bene. Benissimo. Siamo vicini.»

«Me ne parli.»

«Questa mattina c'è stato un altro omicidio. Un pastore di una setta religiosa a Kraaifontein. Hanno... cioè, abbiamo trovato del denaro nella sua roulotte. Ritengo che quello possa essere il movente. E a questo punto è solo questione di tempo.»

«Sono molto contenta per lei» disse Hanna con sincera partecipazione, mentre abbassava gli occhi sul fascicolo. Poi la sua voce cambiò tono e ritmo. Guardò fisso davanti a sé. Con cortesia professionale, gli chiese: «Desidero che mi parli dell'inchiesta disciplinare».

A questo no, non voleva pensare.

Era successo quattro mesi dopo la morte di Lara Joubert.

Ma questo non glielo disse. Meglio che lo scoprisse da sola.

Era passata troppo repentinamente dal rapporto personale a quello professionale. Lui non era pronto... si aspettava un atterraggio lento, morbido, e invece adesso doveva ripensare al passato, aprire le porte e ascoltare le voci, la tenebra dei suoi sentimenti di allora, una notte nera come la pece, come l'ala del corvo, un peso senza nome, sogni febbrili e densi come melassa... mentre soltanto pochi secondi prima il suo cuore era lieve come una piuma, un uccello in volo.

Chiuse gli occhi.

Non voleva pensarci.

Riluttante, cercò delle immagini nella sua mente.

Nero.

Era a letto. In inverno.

Le immagini. Lentamente. Stancamente la scena rifluì, irregolare e confusa. Era notte fonda, nel suo letto, ricordò, rammentò piano piano anche il sapore che aveva in bocca, il peso delle lenzuola, il mondo di sogno, la visita a sua moglie nel regno dei morti, lei che rideva, i suoni che emetteva, *uhm, uhm, uhm, uhm*, gli squilli di un telefono, vento umido e freddo di nordovest.

Una casa con i muri di cemento e il giardino con un cancello e il sentiero tra le aiuole e una fontanella in mezzo al prato; le luci azzurre che lampeggiavano in strada; i vicini in vestaglia al freddo, che fissavano, curiosi; l'agente in divisa che aveva detto: «L'uomo è dentro, ha sparato a sua moglie e non vuole uscire; i vicini hanno sentito i rumori degli spari e sono andati a bussare e dopo lui ha sparato anche a loro e urlato e detto che stasera li ammazzava tutti come cani»; un vicino aveva la guancia che sanguinava per via delle schegge di vetro della finestra.

Lui era andato a fermarsi davanti alla porta; il sergente della Omicidi aveva gridato: «Capitano, no! non lì davanti... il manuale dice contro il muro».

Ma il manuale di Joubert era sepolto sotto le macerie. «Sono disarmato; sto entrando.» Aveva appoggiato la pistola di ordinanza sul pavimento della veranda ed era entrato. «No, capitano, Gesù Cristo, quello è pazzo.»

Aveva chiuso la porta alle sue spalle. Dentro la casa si sentiva il vento.

«Ti sei bevuto il cervello?» La grossa 375 Magnum puntata contro di lui, l'uomo nel corridoio praticamente folle, atterrito. «Vi ammazzo tutti!»

Era rimasto dov'era e aveva guardato l'uomo senza battere ciglio, in attesa che il piombo gli penetrasse nel cervello e finalmente facesse cadere il velo. «Tu sei matto, vai via.» La bocca dell'uomo sputava saliva, i suoi occhi erano quelli di un animale, la grande rivoltella tremava nella sua mano. Joubert non si era mosso: era rimasto lì a fissare l'altro come se la cosa non lo riguardasse.

«Dov'è lei?» aveva chiesto con voce atona.

«In cucina. La troia. È morta, la puttana. L'ho uccisa io. Questa notte vi ammazzo tutti come cani.» L'arma era ancora puntata contro di lui; l'uomo ansimava, il suo petto andava su e giù, il corpo sussultava.

«Perché?»

Il suono... un misto di singhiozzo e grido di disgusto; la pistola abbassata di qualche millimetro; gli occhi dell'uomo si erano chiusi poi riaperti.

«Vi ammazzo...»

Vento e scrosci di pioggia contro le finestre, sul tetto di lamiera ondulata; lampi di luce sulle pareti, le ombre dei cespugli flagellati dal vento. Il corpo dell'uomo si era allungato verso la parete, la spalla contro la parete, la rivoltella ancora salda in pugno; poi il rumore, un altro, prolungato, un rantolo; l'uomo che si abbassava sul pavimento. Gambe piegate, occhi che non vedevano: un fagotto afflosciato, seduto, un braccio su un ginocchio; la presa sull'arma allentata, un rumore come di vento, non meno disperato dell'anima di Joubert.

Il ritmo del respiro si era calmato.

«Che cosa potevo fare?»

Piangeva. «Cosa potevo fare? Lei non mi voleva più. Cosa potevo fare?»

Le spalle che sussultavano, gli spasimi.

«Lei è mia.» Come un bambino. Piagnucolava.

Poi un silenzio dilatato all'infinito.

«Lei gli ha detto: "Lo sai che sono tua". Io stavo lì... lei non lo sapeva... stavo lì e l'ho sentita che diceva: "Tutta tua".» Le ultime parole di nuovo come un grido: la voce era salita vertiginosamente, in modo forsennato.

«"Lo sai... come ieri notte" ha detto. Allora l'ho colpita ed è scappata. Prima nel bagno...»

Aveva alzato uno sguardo implorante. «Io non l'avevo nemmeno mai visto.» Le sue parole non avevano suscitato in Joubert alcuna reazione.

«Che cosa devo fare?»

Nel corridoio: lui in piedi, l'uomo mezzo sdraiato e mezzo seduto contro il muro: la pistola abbandonata lungo la gamba; qualcuno fuori aveva chiamato: «Capitano, capitano», poi di nuovo silenzio, solo il vento e la pioggia e i singhiozzi, ora bassi e monotoni, gli occhi dell'uomo inchiodati sull'arma.

La coscienza di una possibilità, di una via d'uscita, di una consolazione: rifletti, valuta il prezzo, il futuro.

Una lenta decisione.

«Vuole uscire, per favore?»

Sì. Perché lui conosceva la bramosia, la decisione, conosceva la tenebra. Si era voltato verso la porta, la aveva aperta, grida all'esterno: «Capitano, Cristo, sta bene, che cosa sta facendo quel bastardo?...» poi da dentro il rumore dello sparo e lui non si era mosso, era rimasto lì e basta, la testa china finché gli altri non lo avevano scansato per entrare in casa.

«La sentenza è stata sospesa.»

Guardò negli occhi Hanna Nortier. Era stata lei a chiedere. Era stata lei a voler sapere. Voleva navigare nell'anima di Mat Joubert come in un mare ignoto, definire i contorni della Costa dei Morti, descrivere i lineamenti del paesaggio, dar loro un nome. Chiedi, dottoressa, chiedi pure. Ti racconterò quanto ci sono andato vicino quella notte, quando sono tornato a casa, a farmi saltare le cervella, a farle schizzare su tutta la moquette del soggiorno con una pistola di ordinanza. Avevo visto, e sentito in me il sollievo del mio amico di Parow, lo avevo toccato, con la pistola di ordinanza in mano e il dito sulla sicura, mentre andavo da Lara.

Willie Theal aveva bussato alla porta. Mat, amico, amico mio. Il braccio magro intorno alle sue spalle. Erano stati in piedi nella veranda, la sua testa appoggiata al petto di Theal, la pistola puntata a terra, il momento trascorso, la follia perduta.

Chiedi, dottoressa.

Hanna Nortier evitò il suo sguardo, scrisse qualcosa nel merdoso fascicolo che lui avrebbe voluto strapparle di mano e leggere, a voce alta, vediamo cosa pensa quel genio della dottoressa...

«E la petizione?» chiese lei a bassa voce, come sempre, tutta la sua allegria scomparsa, dissolta dalla nuvola nera che era Mat Joubert, l'unica nuvola nera intelligente del mondo, che gettava ombre dovunque andasse, che copriva il sole e uccideva il riso.

«Be'... secondo loro la punizione non era stata abbastanza severa. Van der Vyver, il sergente della casa di Parow... ha detto che avrei messo altre vite in pericolo. Lo ha detto agli altri. E aveva ragione. Sono andati da Theal. Il mio ufficiale in comando. Ma Theal ha detto che mi sarei ripreso, che traevano conclusioni affrettate. Così hanno fatto una petizione, che è arrivata fino all'assistente del commissario di distretto, il quale però aveva conosciuto mio padre e ha fermato il tutto dicendo che era la lealtà a tenere insieme il corpo di polizia. Mio padre... mi ha dato dalla tomba quello che non era riuscito a darmi da vivo. È paradossale, no, Hanna?»

La chiamò per nome per la prima volta, senza soggezione. Oggi non avrebbe dovuto fargli questo. Avrebbe potuto discutere altri argomenti, perché lui stava lottando per venirne fuori. "Io sto lottando con le unghie per venirne fuori, Hanna, e tu adesso mi rimandi con il culo a terra. Oh, farò il bravo, dottoressa, te lo prometto, domani sera il mio cervello funzionerà a puntino."

Lei si soffiò il naso, e solo allora Joubert vide che aveva gli occhi lucidi. Per poco non si alzò di scatto dalla sedia.

«La vita è paradossale» disse Hanna controllando la voce. «Per oggi, basta così.»

Lui pensò che l'aveva commossa, e si domandò come, e si domandò cosa significasse questo.

Janek Milos aprì la porta e Benny Griessel capì subito di avere trovato il suo uomo.

«È il tuo naso» grugnì.

Milos si voltò e corse nella casa. Griessel lanciò un'imprecazione, e scattò all'inseguimento, sperando di acciuffarlo in fretta perché dopo cento metri, a dire molto, non avrebbe più avuto nessuna speranza. Nella corsa Milos sbatteva le porte alle sue spalle, ma l'ultima era chiusa e nella fretta febbrile non riuscì a girare la chiave. Griessel gli fu addosso e lo spinse violentemente contro la porta. Il legno cigolò, l'uomo emise d'un fiato tutta l'aria che aveva nei polmoni. Allora Griessel lo bloccò, premendogli un ginocchio contro la schiena e costringendolo a terra. L'altro sollevò un braccio torcendolo e cercando di afferrare al collo il poliziotto. Perfetto: manetta intorno alla mano destra. Clic. Trovare l'altra mano. Clic.

«Ciao, Dolcezza» disse Griessel baciando Janek Milos sulla nuca rasata.

«Se non fai causa tu all'"Argus", gliela faccio io» disse la madre di Margaret Wallace al telefono, la voce stridula di agitazione.

«Perché, mamma?»

«Non te lo voglio dire. Una sequela di orribili bugie... »

«Ma di che parli, mamma?»

«Ti farebbe troppo male.»

«Mamma, ti prego...»

«Dicono... mio Dio, cara, è tutto un cumulo di porcherie. È soltanto che sono così... così...»

«Mamma!» Un ordine disperato.

«Dicono che Jimmy stava insieme a un'altra donna. Il giorno della sua morte.»

«Lei sta scherzando, cazzo!» disse il generale di brigata mentre misurava a grandi passi la sala stampa. «C'è il ministro che se la sta facendo sotto, e lei mi dice che non avete ancora una pista definita...? Mi dice che nella roulotte del prete ci sono 40.000 rand ed è significativo perché lui deposita di sabato. Lei pensa che la chiesa sia la risposta e i parenti non ne hanno mai sentito parlare!» Si interruppe per fulminare con lo sguardo de Wit e Joubert. «Lei sta scherzando, cazzo.»

«Ha un'idea della pressione che stiamo subendo? Il maggior generale è troppo impaurito per rispondere al telefono, e io ho dovuto venir via alla chetichella dall'ufficio perché i giornalisti sono accampati in strada. Quei bastardi sono dappertutto... Qui, al cancello, un agente in divisa mi ha dovuto praticamente salvare dagli avvoltoi, e lei mi dice che non c'è una pista definita.» Ricominciò ad andare avanti e indietro dondolando le braccia. Aveva la faccia paonazza, le vene del collo turgide. «Il ministro dice che oltremare siamo diventati lo zimbello... noi ottusi boeri, che dobbiamo farci mandare la veggente da loro... Chi ha avuto questa idea? Avete in mano un elenco di persone che il figlio di puttana vuole uccidere, e continuano a morire come mosche! E adesso siete tutti contenti che i nomi dell'elenco stiano per finire.»

Diede un calcio alla sedia che si rovesciò con un rumore secco.

«Nessuno ha qualche cosa da dire?»

«Generale... » incominciò de Wit, con un sorriso esitante e sbilenco.

«Basta con questo "generale"! In quarant'anni passati nel Corpo non ho mai visto un'accozzaglia così pietosa di sbirri con la testa dentro il culo! Non sareste capaci nemmeno di catturare una cavalletta in un vaso di marmellata, credete a me! Che altro pretendete che faccia, quel figlio di puttana? Deve entrare qui dentro, e appendere al muro la sua dannata Mauser e dire: prego, acchiappatemi? Tutti i poliziotti della provincia stanno aiutando voi. Vi serve altro? Volete anche quelli di Gauteng? E perché non facciamo intervenire l'esercito? Sì, ma sicuro, chiamiamo anche loro, con i bombardieri e i carri armati e magari anche la Marina del cazzo! Non facciamo le cose a metà, qui da noi... quando vogliamo fare la figura dei coglioni, ci diamo dentro. Perché non telefoniamo ai cinesi. Può darsi che gli avanzino dei veggenti per l'Africa. E ai giapponesi, anche, perché no? Potremmo far venire anche quelli di Hollywood a filmarvi, dato che qui mi sembra che manchino soltanto le loro cineprese.»

Un'altra sedia si rovesciò sbattendo.

«Cristo di Dio.»

Tutti guardavano il pavimento. De Wit, Joubert, Petersen, O'Grady, Snyman e Vos.

Il generale di brigata faceva dei gesti convulsi con le mani, ma sembrava incapace di proferire altre parole.

Poi, la porta si aprì.

Tutti si voltarono.

Entrò Griessel.

«Signore e signori,» disse orgogliosamente «vi presento Dolcezza in persona.» E tirando un uomo per la camicia, lo introdusse rudemente nella sala.

39

«10 gennaio, ore 19.17. Interrogatorio di un sospettato, polizia del Sudafrica due uno nove cinque quattordici. Omicidi e Rapine, Bellville South. Agente incaricato, sergente Benjamin Griessel. Osservatori: colonnello Bart de Wit, capitano Mat Joubert, capitano Gerry... cioè... »

«Gerbrand.»

«Capitano Gerbrand Vos. Prima domanda al sospettato. Nome e cognome.»

«Janek Wachlaff Milos.»

«Nazionalità?»

«Eschimese. Lo sentite da voi. Parlo perfettamente l'eschimese.»

«Nazionalità?»

«Sudafricana.»

«Carta di identità?»

«Cinque nove zero cinque cinque uno due sette zero zero uno.»

«Indirizzo?»

«Iris Avenue 17, Pinelands.»

«Hai il diritto di richiedere la presenza di un avvocato. Se non hai, o non puoi permetterti di avere un rappresentante legale, lo Stato ne nominerà uno d'ufficio. In qualsiasi fase dell'istruttoria potrai chiedere allo Stato di nominare un rappresentante alternativo, che ti difenda davanti a un magistrato della corte distrettuale o di più alta corte...»

«Lascia stare. Tanto non mi serve nessun avvocato.»

«Invece ne avrai bisogno eccome. Vogliamo incriminarti per rapina a mano armata, Wachlaff.»

«Era una rivoltella giocattolo.»

«Pistola.»

«Okay, pistola.»

«Ammetti di sottoporti a questo interrogatorio di tua spontanea volontà, senza pressioni o incoraggiamenti da parte della polizia del Sudafrica...»

«Del Servizio di polizia del Sudafrica.»

«Scusi, colonnello. Senza pressioni o incoraggiamenti da parte del Servizio di polizia del Sudafrica?»

«Sì.»

«Qual è l'origine del tuo cognome?»

«Oh, è un antico cognome eschimese.»

«Avresti dovuto fare il comico, Wachlaff.»

«Mio padre era polacco, va bene?»

«E tua madre, è afrikaner?»

Silenzio.

«Vuoi rispondere o no? Sai, per non consumare tutto il nastro del registratore.»

«Sì, lo era. E questo cosa c'entra, si può sapere?»

«Professione?»

«Casalinga.»

«No, la tua.»

«Artista truccatore. Free-lance.»

«Di modesto successo?»

«Ma non per colpa mia. Pigliatevela con la Sabc. Più roba doppiano, più noi crepiamo di fame.»

«Così hai deciso di rapinare qualche banca.»

«Solo la Premier. L'altra era solo per mandare il messaggio a lui.»

«Per chiarezza, l'accusato si stava rivolgendo al capitano Mat Joubert. Perché la Premier, Wachlaff?»

«Hanno un debito con me.»

«Hanno un debito con te?»

«Non avrei prelevato più di 45.000 rand. Che è quello che mi devono.»

«E perché?»

«Per la mia casa.»

«Per la tua casa?»

«Prima approvano il prestito. "Non c'è problema, signor Milos. Siamo lieti di esserle d'aiuto, signor Milos. Ci faccia una firmetta qui, signor Milos, e gliela faremo comprare con uno sconto di un quarto del prezzo."»

«E poi?»

«Poi hanno ritirato il prestito. Perché il loro perito non aveva visto il cedimento strutturale fino a quando non glielo ho detto io!»

«Quale cedimento strutturale?»

«Tutta la parte posteriore della casa sta sprofondando con merdosa lentezza nella sabbia, però il contratto dice che il venditore non è responsabile, e io avevo già firmato. "Siamo desolati, signor Milos, ma non rientra nei termini di sicurezza del prestito. No, per riparare il difetto occorrerebbe una sovracapitalizzazione, signor Milos... stiamo trasferendo il prestito sugli scoperti. Legga, legga il paragrafo tot, e il subparagrafo tot e tot, l'interesse è solo leggermente superiore." Poi la cazzutissima Sabc ha razionalizzato, e io che cosa potevo fare? Telefonare alla Omicidi e Rapine?»

«Così hai iniziato a rapinare le banche?»

«Stavo cercando lavoro.»

«Senza successo.»

«Signornò... anzi, ero sommerso dalle proposte. Twentieth Century Fox, MGM, Warner. Facevano la coda a casa mia. Ma non ho voglia di diventare milionario nel fiore dei miei trentadue anni.»

«Spiritoso e sarcastico, Wachlaff.»

«Tu prova un po' a cercare lavoro con la tua pelle bianca, bello. "Che esperienza ha, signore? Truccatore? Le telefoneremo, signore." E chi si è visto si è visto.»

«Così ha cominciato a rapinare le banche.»

«Così sono andato a riprendermi quello che mi dovevano.»

«Ma si chiama rapina a mano armata, Wachlaff.»

«Chiamami pure Janek. Non era un'arma. Era un giocattolo.»

«Ammetti di avere rapinato delle filiali della Premier Bank il 2 e il 7 gennaio, rispettivamente di 7.000 e 11.250 rand? E che l'11 gennaio hai tentato di rapinare la filiale di Milnerton della stessa banca? E che il 16 hai rapinato 3.000 rand alla filiale della Banksa di Somerset West? Ogni volta minacciando gli addetti di cassa con un'arma da fuoco?»

«Cazzo, l'hai visto che rivoltella era. È un giocattolo.»

«Puoi dimostrare che la pistola giocattolo è la stessa che hai usato nelle rapine a mano armata?»

«No. Ma, accidenti...»

«Prego?»

«Io non volevo fare male a nessuno. Mi sono comportato con civiltà e cortesia, fino al momento in cui avete cominciato a spaccare i coglioni con la faccenda della Mauser.»

«Quale faccenda della Mauser, Wachlaff?»

«Mi chiamo Janek, cazzo! Lo sai benissimo di che faccenda sto parlando! Quel tizio che sta sterminando tutta la penisola.»

«Che cosa sai della faccenda della Mauser?»

«Quello che io e il resto del Sudafrica abbiamo letto sui giornali.»

«Dove tieni la Mauser?»

«Sentite, io sono pronto a collaborare, ma non ad ascoltare cazzate.»

«Sei stato tu a collegarti alla Mauser quando ne hai parlato a Milnerton. Cito la deposizione di Miss Rosa Wassermann: "E poi ha detto: avrei dovuto portare la mia Mauser".»

«Quella stronza cicciona non voleva collaborare. Ho pensato di metterle un po' di strizza.»

«In questo momento dodici detective sono impegnati a perquisire casa tua. Se trovano la Mauser... »

«Non troveranno un bel niente...»

«E perché, Wachlaff? Per caso l'hai nascosta da qualche altra parte?»

«Non ho nessuna Mauser, porca troia. Quante volte ve lo devo ripetere? Non saprei neanche dove andarne a prendere una. Mi son comprato una rivoltella finta che sembra vera e non la tiravo mai fuori di tasca perché avevo paura che la gente vedesse che era finta. Ok, ok, ammetto che ho rubato i soldi. Ma non ho commesso rapine. E neanche furti. Non ho fatto nient'altro che ripigliarmi quello che era mio. Alla Banksa li avrei restituiti, ma prima dovevo prenderli dalla Premier. Va bene? Non mi potete costringere a confessare una cosa che non ho fatto.»

«Dove sono i soldi, Wachlaff?»

«Janek.»

«Dove sono i soldi, Janek?»

«Sono miei.»

«Dove sono?»

«Andate tutti a fare in culo. Tanto mi sbatterete in galera comunque, e quando esco la Premier mi spacca il culo per via dei soldi. Più gli interessi, cazzo. Che ve lo dico a fare?»

«Il giudice esaminerà la tua posizione con molta più benevolenza se restituisci la refurtiva.»

«Quei soldi sono miei.»

«Dove sono i tuoi soldi, Janek?»

Wachlaff si ostinava a tacere.

«Allora, Janek?»

«Nel soffitto. Sotto il sifone dell'acqua calda.»

Tennero una riunione nell'ufficio di de Wit: adesso l'ufficiale comandante era diventato membro della squadra, in una fragile atmosfera di cameratismo nato dalla strigliata del generale di brigata.

Joubert aveva la bocca secca e impastata di fumo. Ormai aveva abbandonato il proposito di limitarsi a tre sigarette al giorno, se non altro per porre argine alla fame e all'emicrania che gli pulsava nelle tempie. Aveva mantenuto il ritmo a ciminiera di Griessel, e adesso ne desiderava un'altra ma il cartello di de Wit lo fermò: «Io preferisco non fumare».

Esaminarono i fascicoli riga per riga, parola per parola: studiarono la fisionomia di un puzzle dove i buchi erano assai più vasti delle piccole tessere andate a posto.

Ricominciarono dall'inizio, costruendo a turno teorie che gli altri demolivano alla prima domanda; sfogliavano di nuovo, ricostruivano, ridemolivano, finché non realizzarono che mancava un centro, e che gli angoli e i margini ancora non avevano senso.

Alle undici e un quarto decisero di aspettare il ritorno di Basie Louw, che doveva avere rintracciato Ingrid Johanna Coetzee.

Magari il nuovo giorno avrebbe portato una prospettiva nuova.

Joubert guidò verso casa, stanco nel corpo e nell'anima, affamato e assetato. Gli avvenimenti della giornata gli ronzavano nella mente come mosche impazzite.

Davanti al suo cancello era parcheggiata un'auto.

Si fermò di fronte al garage, scese e andò a dare un'occhiata. Alla luce del lampione vide che si trattava di una BMW.

Un movimento in veranda.

L'istinto prevalse, e la sua mano cercò la pistola. Teneva stretta in pugno la Z88, e sentiva i fiotti dell'adrenalina; la stanchezza era sparita, la mente perfettamente lucida.

«Bastardo.» Riconobbe la voce.

Margaret Wallace venne verso di lui con decisione, senza neanche guardare la pistola. «Brutto bastardo.»

Lui le andò incontro.

La sua mente lavorava nel tentativo di incasellare in una logica il comportamento della donna. Vide che era disarmata.

Poi lei gli fu addosso, lo percosse sul petto con entrambe le mani.

«Non me lo aveva detto.»

Lo percosse di nuovo. Lui indietreggiò allibito, nel tentativo di parare i colpi, le mani goffamente strette al petto. «Non me lo aveva detto, bastardo.»

«Che cosa...» disse lui cercando di bloccarle le mani che continuavano a martellarlo. Vide la faccia della donna, stravolta, immemore di qualsiasi decoro, traboccante di odio e di dolore.

«Io avevo il diritto di sapere... chi è lei per tenermelo nascosto? Chi è?»

Riuscì ad afferrarle la destra, poi la sinistra. «Ma di che cosa sta parlando?»

«Lo sa benissimo, bastardo.» Lottò per liberarsi, diede un morso alla mano che la bloccava. Joubert la lasciò con un grido di dolore, tentando di sottrarsi alla sua furia.

«Le ho detto che non so di che cosa sta parlando.»

«Ah, no? Be', tutto il resto del mondo lo sa. Ai giornali lo ha detto, ma non a me. Che razza di uomo è, lei?»

Lo colpì un'altra volta. Un pugno lo raggiunse al

labbro, e sentì il calore del sangue che gli scorreva in bocca.

«Per favore!» Un grido che ebbe l'effetto di fermarla. «Mi dica solo di che sta parlando.»

«Lei sapeva che Jimmy era con un'altra donna» disse lei; e poi pianse, con i pugni davanti al viso come se volesse proteggersi. «Lo sapeva. Lei. Lei con le tristi storie su sua moglie. E pensare che mi aveva fatto pietà. Non se la merita. Che razza di uomo è, lei?» I pugni ricaddero in un gesto di desolazione, di sfinimento.

Il dolore era più forte delle parole.

«Io... io...»

«Perché non me lo ha detto?»

«Perché...»

«Perché lo ha detto ai giornali?»

«Io non l'ho detto ai...»

«Non mi racconti fandonie, bastardo.» E fece per scagliarsi nuovamente contro di lui.

Allora Joubert urlò: «Non l'ho detto ai giornali! È stato qualcun altro, per la miseria! E non l'ho detto a lei, perché... perché...». Cristo! Perché sapeva quello che si prova e lei gli aveva fatto una pena straziante con il suo scamiciato giallo e il suo dolore. Lei non sapeva che cosa vuol dire essere... l'araldo della Morte, il messaggero del lutto...

«Perché non volevo farla soffrire... di più.»

«Farmi soffrire? Non voleva farmi soffrire? E adesso? *Non* sto soffrendo adesso, stupido bastardo? Sa che cosa vuol dire, lei? Lo sa?» Si fronteggiavano lì, sul prato, fra la rugiada che luccicava alla luce del lampione come un tappeto di diamanti. La sua casa era buia, la strada muta. La voce di Margaret rimbombava nel silenzio.

«Lo so» disse lui piano.

«Palle» lo aggredì lei con ira rinnovata.

«Lo so.» Pianissimo, con un filo di voce.

«Palle, bastardo. Non lo sa. Non può saperlo.»

Non fu a causa della lunga giornata, della stanchezza e dei nervi scoperti dopo la grande speranza e il severo rimprovero del generale, e neppure l'omicidio e la penosa seduta con Hanna Nortier. Fu per la smania che aveva in sé di tirar fuori tutto, ventisei mesi d'intruglio infernale che era arrivato all'ebollizione, la disperata ansia di catarsi della sua anima, la voglia di far scoppiare l'ascesso, di liberare il pus che fermentava contro la pelle infetta. Prese il bisturi e lo incise come se fosse in preda a un'euforia, un'emozione a metà fra collera e panico, fra sollievo e terrore.

«Lo so» ripeté urlando. «Lo so!» Si avvicinò a lei con le spalle curve e la testa china. «Lo so come lo sa lei. No... di più, molto di più. So tutto.» Protese il volto verso il suo, voleva ringhiare contro di lei, punirla. «Lo so... e avrei voluto risparmiarglielo. Lo ha salutato, lei? Quella mattina, quando suo marito è uscito, gli ha detto "ciao"? Be', io no. Io non le ho detto mai nemmeno ciao. È andata, e basta. Mi sono svegliato e lei non c'era più. Era sparita.»

Sentì l'eco delle sue parole contro il muro di casa, poi solo il suo respiro, troppo frequente, ansante, e vide davanti a sé l'abisso che ora avrebbe dovuto superare. Vide il buio profondo e ne ebbe paura. Dio, avrebbe dovuto camminarci sopra come un funambolo, e senza rete di protezione. La paura iniziò in sordina, da qualche parte nel suo stomaco, e poi aumentò, divenne enorme. La spinse indietro. Joubert chiuse gli occhi. Sapeva che le sue mani stavano tremando, ma mosse un piede esitante e sentì il filo che si stendeva davanti a lui. Adesso non poteva più tornare indietro.

«Non c'era più.» A voce bassa ora, ma sapeva che lei avrebbe sentito tutto il terrore che risuonava in essa.

Respira.

«Certe volte, nel cuore della notte stendevo la mano per toccarla sulla spalla, o sul fianco. Era sempre così calda.»

Inspirò profondamente.

«Era... era come... il mio porto nel buio, sapere che era lì. Lei si addormentava così facilmente. Non me ne accorgevo mai. Lavorava per la narcotici. La Sanab. Le domandai cosa stava facendo per loro, e lei rise e rispose che era sotto copertura. Sì, ma per che genere di indagine? Non lo poteva dire. Neanche a me. E poi dormiva come una bambina con un segreto innocente. Forse ho sbagliato a comportarmi così... se le avessi prestato più attenzione... se solo le avessi fatto qualche domanda in più, se non fossi stato così preso dietro i miei disegni, così soddisfatto e tronfio della mia ricerca.»

La risata beffarda che seguì era diretta a se stesso, e morì in un singhiozzo. Gli diede il coraggio di compiere il passo successivo anche se il filo lungo e sottile oscillava sopra l'abisso.

«Pensavo che anch'io avrei dormito come un sasso se fossi stato impegnato soltanto a far giochetti con la narco. Mi sentivo così superiore. Durante la notte, vicino a Lara, mi agitavo e mi giravo ed ero così superiore.»

Margaret Wallace tese una mano verso di lui e la posò sul suo braccio. Per un attimo, fu come un'ancora di salvezza. Poi lui ritrasse il braccio. Sapeva di dover arrivare all'altra sponda da solo. Soffocò l'emozione, la pietà di se stesso, il pianto.

«Ero così compiaciuto.» Come a spiegarle perché non si meritava la sua mano.

«È strano» disse quasi con stupore. «Noi viviamo soltanto dentro la nostra testa. Come dei prigionieri. Anche se i nostri occhi guardano fuori, noi viviamo lì e basta, fra le ossa di questo cranio. In realtà non sappiamo un bel niente. Viviamo tutti i giorni con altre persone, ogni giorno, e crediamo di sapere perché possiamo vedere. Ma nessuno sa niente. Io ero talmente tronfio, nella mia testa, dell'indagine che conducevo, così importante. Così pura.»

Senza rendersene conto, nel buio, fece una smorfia. Le mani gli tremavano ancora lungo i fianchi, i suoi occhi erano rimasti chiusi.

«Questo è il problema, quando non riesci a uscire dalla tua testa. Pensi di essere così pulito. Perché Silva, al contrario, era così sporco... noi il mondo lo vediamo così, o bianco o nero. Silva era un assassino, nero e sporco come il peccato. E io ero la luce bianca e pulita della giustizia. Gli altri mi incoraggiavano. Prendilo. Mi rendevano ancora più pulito. Prendi Silva per le ragazze, quelle due donne che aveva buttato tra i rifiuti di una discarica come immondizia umana. Prendilo per il poliziotto della Omicidi con un buco in mezzo alla fronte. Prendilo per la droga, per la sua invulnerabilità, per la sua anima nera, sporca.»

Joubert si guardò indietro e vide che era avanzato sul filo sottile.

Allungò il passo.

«Piazzare microspie è illegale. Non siamo autorizzati a farlo. Ma se uno è pulito, ha un potere. Presi a nolo la roba dal grosso investigatore privato con la faccia rossa in Voortrekker Road, e quel mattino andai a Clifton e aspettai che la via fosse libera. Una mattina splendida, calma e senza una nube, nell'appartamento di Silva che dava sul mare. Sulla terrazza c'era un telescopio. Tutto così pulito. E costoso. Lo ammetto, avevo paura. Mi affrettai. Quando piazzi i microfoni in una casa, inevitabilmente fai confronti. Pensi a dove stai tu e guardi la roba che i soldi possono comperare. Uno vicino al telescopio, uno nel minibar, uno vicino al letto, e uno nel telefono. Più 250 rand di tasca mia al custode del condominio per piazzare la ricevente e il registratore in cantina, nel gabbiotto della centralina elettrica.»

Non guardò davanti a sé perché sapeva per istinto che il filo stava per oscillare, la fune diventava sottilissima, impraticabile, e ora avrebbe voluto tornare sui suoi passi. Camminò più veloce, uccidendo la paura con le parole.

«Quella sera Lara non tornò a casa. Chiamai la Sanab. Mi risposero che stava lavorando. Che tipo di lavoro? "Lo sai che non te lo possiamo dire." Ma è mia moglie. "Joubert, è sotto copertura. Conosci le regole.” Allora feci un giro per la casa e inspirai il suo odore, vidi le sue riviste in soggiorno e davanti al letto. E pensai al mio piano, ai microfoni e al registratore, e mi chiesi se il piccolo nastro stava girando. Dormii da cani... fu una notte lunga, e lo fu anche il mattino che seguì. Poi andai a Clifton e scesi le scale, e nella cantina c’era buio.»

Avrebbe voluto gridare, perché il filo sotto di lui oscillava paurosamente. Ebbe voglia di cadere. Adesso vedeva l’abisso sotto di lui... le sue braccia ondeggiavano annaspando per mantenere l’equilibrio, tutto il corpo tremava. Non sapeva più neanche se stava parlando, o se qualcuno lo poteva sentire. Tutto quello che doveva fare era arrivare al termine.

Aveva aperto il gabbiotto al buio, si era messo la cuffia e riavvolse il nastro. Fece partire il registratore. Appoggiò la testa al bordo di metallo del gabbiotto e sentì i rumori del nastro. La sua mente voleva creare immagini da quello che sentiva... era la bianca luce della giustizia. Silva era nero. Sentì una porta aprirsi e poi richiudersi. «Allora, che ne dici?» Silva.

«È carino, qui. Che musica hai?»

Si riscosse bruscamente, battendo la testa contro la centralina. Cristo, era Lara. Possibile?

«Tu cosa vuoi sentire?»

Ritmo.

Percussioni, musica rock a un volume da rompere i timpani, voci incomprensibili, musica. Trascorsero minuti, minuti, minuti. La tensione nelle spalle e nel collo. Cosa stava succedendo di sopra? Non sentiva nulla. Lara che ride fra un pezzo e l’altro, spensierata, Silva, «oooh bellezza», Lara che ride, musica.

Azionò l'avanzamento veloce, un frammento alla volta, avendo per guida le parole della canzone, il ritmo, tra un frammento e l'altro silenzio. Venti, trenta minuti dopo sul nastro: la musica era cambiata, più lenta, più soft. Riavvolse il nastro e trovò il punto finale della musica rock: un silenzio improvviso, mortale, un trapestio. Del ghiaccio che tintinna in un bicchiere. Silva «uh», musica lenta, più alta, poi più bassa, cigolio, lo conosceva, di letto, del letto di Silva, un letto grande, bianco, «hai un corpo da urlo, piccola, sai ballare ma l'amore lo conosci?» ghiaccio nel bicchiere, tin tin, «non bere troppo, piccola, voglio vedere meglio quelle tette fammi vedere fammi vedere tutto».

«Guardami.» La sua Lara, vedeva la sua Lara, riconosceva la sua Lara, aveva la voce rauca, la lingua impastata. Avrebbe voluto fermarla. Non per lui, Lara mia, non per lui. «Cristo, piccola, che corpo, voglio vedere, sì, sì, così, vieni qui adesso...» Lara che rideva: «Abbiamo tutto il tempo». Silva: «Adesso, piccola, no, adesso, vieni, piccola». Risata di Lara. Silenzio. Il letto, i rumori del letto, rumori. «Ah, brava, prendilo, sì, prendilo, cristo, brava, sì, mmm, cristo, piccola, mmm, mmm, cristo, sei sveglia, sai, porcellina...» Era sua, i suoi rumori, la sua Lara, la sua Lara. Avrebbe voluto gettare via la cuffia, salire le scale, fermarli. Ma era successo ieri notte, non ora. Le voci sul nastro. «Mmm, mmm, mmm.» La sua cella, la sua gelida cella. «Sì, fammi godere, sì, a cavalcioni, sì, piccola, cristo, mmm, cristo, mmm, cristo, sì piccola. Sto arrivando, sì, arrivi, oh, mmm, vieni porcella, vieni piccola, mmm, mmm.» Sempre più veloce. La sua Lara, lui riconosceva la sua Lara, la conosceva, la conosceva, la conosceva. La musica si era interrotta. Restava solo il respiro... più lento, più lento, più silenzioso, regolare, silenzioso. Rumori, il cigolio del letto. Silenzio. Scricchiolio.

«... ve vai?»

«Dormi.»

«Torna qui.»

«Fra un momento.»

«Che cosa stai facendo?» Un'esclamazione preoccupata.

«Devo controllare una cosetta.»

Silenzio. «Vediamo un po'.»

«Che cosa stai facendo... ? Quella è mia.» Spaventata. La sua Lara.

«Che cosa abbiamo qui?»

Il letto cigolò bruscamente. «È roba mia.» La sua Lara.

«È stato troppo facile, tesoro. Lo sapevo che era troppo facile.»

Il tonfo sordo del pugno di Silva. «Tum!»

«Ah.» La sua Lara. Lieve rumore. «Ah.»

«Puttana, mi volevi sparare, vero? Credi che sia un fesso, puttana... Per chi lavori? Credi che sia un fesso. È stato troppo facile, mai fidarsi di una scopata facile, piccola, adesso morirai.»

«Sei pazzo, Silva. Io la porto sempre, lo sai com'è il mondo, Silva, ti prego...»

«Mai fidarsi di una scopata facile, me lo ha insegnato mia madre, tu sei un'infiltrata piccola. Credi che sia un fesso, mi sei saltata addosso troppo facile, ti credi che se bevo sia un fesso piccola. Chi ti ha mandato?»

«Sei matto Silva. Non so che cosa ti, ah...»

«Cazzo, ti uccido, troia, chi ti ha mandato... ma non me ne frega niente, tanto ti rispedisco diretta, guardami, piccola, è stata la tua ultima scopata, guardami...»

«No, Silva, ti prego...»

«...guardami...»

«...ti prego, no...»

Lo sparo lo lacerò, lo attraversò da parte a parte, gli squarciò pelle e sangue e anima e lo scaraventò a terra, la sua vita, la sua vita stava cadendo, rotolando, lui, a terra, con tutti i pezzi, i resti, il nastro che scattava, la luce gialla spenta, il nastro che girava, vrrrrr, all'indietro fino all'inizio, lo spasimo del suo corpo, lo spasimo, lo spasimo, lo spasimo, e adesso era lì in piedi in mezzo al prato e tremava perché il freddo era tanto profondo e Margaret Wallace lo abbracciava, il nastro che si fermava e ritornava indietro, la luce gialla, una porta che si apriva, passi «Allora, che ne dici? È carino, qui. Che musica hai?» Margaret Wallace che lo abbracciava, stringendolo sempre di più per fermare i sussulti, tremando insieme a lui, tutti e due che affondavano, piangevano, tra i cespugli del suo giardino.

40

«L'hanno trovata al fiume, nello stesso posto delle altre. Hanno fatto irruzione a casa sua, lui ha tirato fuori la pistola e lo hanno ucciso.»

Seduto di fronte a Margaret Wallace la guardava continuando a bere il suo caffè, scuro, forte e dolce.

«Cosa ha fatto, dopo?» gli chiese Margaret.

«Non lo so, ho come un buco nero. Mi sono ritrovato seduto sulla spiaggia, la gente passava e mi guardava. Mi sono alzato, sono tornato dal poliziotto privato, gli ho lanciato contro la sua roba, gli ho dato un pugno e sono uscito, poi ho continuato a camminare. Quando sono tornato a casa loro me lo hanno detto e io non potevo rispondere che lo sapevo. Io non potevo dirglielo... Quella notte si sono fermati a tenermi compagnia.» Caffè, sigaretta.

«Da allora non ho mai pianto. Oggi è stata la prima volta.»

La verità gli venne addosso come un'onda crudele. «Questa è la prima volta che piango per lei.»

Rimasero seduti in silenzio, fino a quando il caffè non fu finito. Solo allora Margaret si alzò.

«I bambini...»

Lui annuì e l'accompagnò alla macchina. Margaret lo guardò ma non riuscì a trovare le parole. Accese il motore, i fari, gli sfiorò una mano e partì. Joubert guardò le luci allontanarsi e restò inchiodato sul marciapiede. L'ascesso era stato inciso: la ferita gettava sangue rosso, puro, che sgorgava in un fiotto abbondante; alzò gli occhi e guardò le stelle che palpitavano nel cielo. Rientrò in casa, spense le luci, al buio andò in camera, si spogliò e si buttò sul letto pensando a Lara. Lara, Lara, Lara. Finché il giorno brillò dietro le tende.

Solo allora si alzò, riempì la vasca di acqua bollente, entrò e attese che il freddo lo abbandonasse. Lavò con la massima cura ogni centimetro quadrato. Poi si sciacquò e si strofinò con l'asciugamano, con tutte le sue energie.

Si mise dei vestiti puliti e stirati: camicia bianca, pantaloni grigi, cravatta regimental e blazer blu. Andò in cucina, prese spazzola e lucido, si lucidò le scarpe e le infilò. Chiuse la porta a chiave, salì in macchina e partì per la sua solita destinazione.

Giunto alla Omicidi, Mavis lo salutò; rispose con un vago sorriso, salì i gradini, percorse il corridoio fino al suo ufficio e si sedette alla scrivania. Tutto gli appariva irreale.

Si massaggiò le tempie con le dita, si stropicciò gli occhi.

Mauser.

Si sporse in avanti appoggiando i gomiti sulla scrivania. I palmi delle mani premuti contro gli occhi. Cercò la concentrazione. Basie Louw. Quando avrebbe telefonato?

Non aveva nient'altro da fare. Solo aspettare. No, doveva fare qualche cosa. Non poteva resistere così.

Wallace, Wilson, Ferreira, MacDonald, Nienaber, Coetzee.

E la Oberholzer.

Telefonare ai suoi genitori e chiederle di Coetzee, della chiesa.

Movimenti lenti, quasi inconsapevoli.

«Pronto?»

«Signora Oberholzer... sono Joubert, della Squadra Omicidi e Rapine.»

«Ah, buon giorno.»

«Ho ancora qualche domanda da farle, signora.»

«Riguardo all'assassino della Mauser.»

«Esatto.»

«Il giorno dopo abbiamo riconosciuto i nomi.»

Joubert si sentì in colpa: avrebbe dovuto dirglielo.

«Doveva telefonare ieri per quell'uomo. Il religioso.»

«Ha ragione.»

«Ho guardato nelle sue lettere. Non c'è niente.»

«Niente su quella chiesa?»

«No.»

Vicolo cieco. «Grazie, signora Oberholzer.»

«È stato un incidente... tutto qui. Noi sappiamo che è stato un incidente.»

«Sì, signora.»

«Bene. Allora...»

«La ringrazio molto» disse e in quel momento si ricordò di quell'altra domanda che gli era rimasta in qualche angolo del cervello e non aveva ancora posto. Lascia perdere, magari è un altro vicolo cieco.

La formulò in ogni caso, per dovere, prima di riagganciare.

«Un'ultimissima cosa. Dove lavorava prima della Petrogas?»

«Cicicì.»

Non capì. Era uno scherzo?

«Era un college.»

«CCC?» Una sigla...

«Cape Commercial College. Facevano corsi di formazione aziendale. Non so se esiste ancora. Carrie diceva che era una strada chiusa, e così aveva mollato.»

Cape Commercial College. Ripeté mentalmente il nome: avrebbe voluto collocarlo da qualche parte... da qualche parte che forse era il suo posto. Ma non riusciva a ricordarsi dove.

«Grazie, signora Oberholzer.»

«Buon giorno.» Rigida, come era stata per tutta la conversazione. Si mostravano ostili verso di lui, l'incredulo che voleva modificare il loro punto di vista, di incidente e tragedia.

Cape Commercial College.

I suoi pensieri sfrecciavano in tutte le direzioni alla ricerca di un collegamento. Ripeté ancora il nome, ad alta voce stavolta, e scrollò più volte le spalle per sciogliere i muscoli. Non riusciva a mettere ordine fra i suoi pensieri... accese una sigaretta e tornò a sedersi. Si impose di ricominciare da capo. Ripensò a Wallace, Wilson, Ferreira, MacDonald, Nienaber, Coetzee. Niente. Stava commettendo un errore. Era stanco. Non c'era proprio niente, era tutto frutto della sua immaginazione.

Un momento, ma certo, doveva essere nel taccuino! Lo tirò fuori precipitosamente, lo sfogliò. Niente, niente, niente.

Si alzò, si stiracchiò, spense la Winston e fece un giro nel silenzio del corridoio: era ancora troppo presto per gli altri. Fece per andare a prendere qualcosa di caldo, ma nel tragitto, si ricordò. Rimase immobile trattenendo il respiro, troppo timoroso per sperare, troppo sconvolto per riflettere. Nell'ufficio di James J. Wallace erano appesi diversi attestati, ma che idiota! non li aveva osservati attentamente. Si voltò e ritornò di corsa in ufficio; e prima di sollevare il telefono rammentò quello che aveva detto Gail Ferreira riguardo a suo marito: «Diceva sempre che voleva mettersi in proprio. Ma era uno scansafatiche. Non ne era capace. Una volta ha perfino fatto un corso per imparare come si apre bottega, ma poi niente...»

Il suo cuore si tuffò contro la gabbia toracica, quasi in preda al panico.

Nello studio di Nienaber, alla parete: «Cape Commercial College Business School. Si certifica che O.S. Nienaber ha completato il corso di management per Piccole Aziende».

Allungò la mano verso il telefono. Squillò.

«Joubert» rispose automaticamente, ma i suoi pensieri erano altrove.

«Sono Margaret Wallace.»

La coincidenza lo lasciò a bocca aperta. «Perché ha chiamato?» le chiese quasi sgarbatamente.

«Per domandarle scusa. Sono davvero desolata per quello che è successo.» La sua voce portava ancora le cicatrici della sera prima.

«Ho fatto una scoperta» le disse Joubert, cambiando argomento. «Suo marito... ha seguito dei corsi? Un corso di management al Cape Commercial College?»

Lei tacque per tre battiti del cuore. «È stato molto tempo fa» rispose poi, e lui sentì tutta la stanchezza nella sua voce. «Sei o sette anni fa. Anche otto.»

«Però lo ha fatto.»

«Sì.»

«Ho bisogno di una data. E di nomi, indirizzi... qualsiasi cosa.»

«Perché? Voglio dire... è passato tanto tempo.»

«Credo che questo sia il collegamento. Credo possa portarci dove vogliamo arrivare.»

Per la prima volta Margaret si rese conto della tensione che vibrava nella sua voce. «Darò un'occhiata. La richiamo dopo.»

«Grazie... » disse Joubert, ma lei aveva già riattaccato.

Consultò la guida telefonica. "Cape Commercial College. 195 Protea Rd. Woodstock. Box 214962. Città del Capo." Compose il numero. Squillò a lungo. Guardò l'ora. Le sette e venti. Troppo presto, avrebbe dovuto aspettare. Telefonò a Gail Ferreira, ma neanche lei rispose. Probabilmente stava andando al lavoro. Perché sbagliava sempre i tempi?

Nessuno da spedire a casa di Wilson o sulla barca di MacDonald, nessuno che rispondesse al telefono. Sapeva di avere centrato il bersaglio, ignorava ancora dove questo lo avrebbe portato ma era sicuro di avere ragione: c'era un collegamento. Era fatta, signore e signori: Mat Joubert non è uno stupido, ha avuto solo un piccolo problema psicologico... ok, ok, un problema psicologico grosso come una casa, ma curabile. La materia grigia era ancora in ordine, signore e signori, e in giornata chiuderà la pratica e poi stasera al *Barbiere* con Hanna Nortier. Adesso era finalmente libero: la ferita stava sanguinando, ma non suppurava più.

Aveva voglia di un caffè e di una colazione da Wimpy con uova, salsicce, bacon, pomodori fritti e pane tostato col burro, e il caffè, e una Winston; la vita non era poi così malvagia poi sarebbe ritornato alla sua dieta e sarebbe tornato in forma smagliante e avrebbe smesso di fumare. Si alzò in piedi, scrollandosi via la stanchezza come un orpello inutile. Era già in corridoio quando sentì squillare il telefono e corse a rispondere.

«È stato nel 1989» disse Margaret Wallace. «Tre mesi durante il 1989... agosto, settembre e ottobre. Mi ricordo, adesso. Le lezioni erano di sera, e poi alla fine tutto il gruppo è andato via per qualche giorno. C'è un attestato sul muro, e ho trovato anche il curriculum e il piano di lavoro. La sede è in Protea Road, a Woodstock, e l'uomo che ha firmato le lettere di presentazione si chiamava Slabbert, W.O. Slabbert, il segretario. È stato sette o otto anni fa, capitano... che significato può avere?»

«Prima di sera glielo dirò.»

Petersen fu il primo ad arrivare in ufficio. Joubert lo spedì subito a Hout Bay, alla barca di MacDonald. Poi fu il turno di O'Grady che ricevette a sua volta un incarico immediato. Snyman era in ritardo. «Mi ricordo qualcosa del genere nell'armadio di Drew Wilson capitano, un certificato in mezzo ad altra roba... in fondo, dietro gli album di fotografie. Non ho pensato che potesse essere importante.»

«Nemmeno io...» ammise Joubert. «Vammelo a prendere.» De Wit misurava a grandi passi l'ufficio di Joubert, con il dito nervosamente vicino al naso. Vos stava bevendo un tè, poi osservò con calma: «Stai proprio per beccarlo, socio».

Squillò il telefono. O'Grady, che chiamava dalla casa di Nienaber. «La data del certificato è il 1989, capitano. Ci siamo.»

Attesero, parlarono, fecero ipotesi. Le otto e mezzo. Joubert telefonò sul lavoro a Gail Ferreira. «Sì, capitano, è stato nel 1989. Verso la fine dell'anno. È troppo tardi nella vita di Ferdy. Ormai era un fallito.»

«Sette anni... » commentò de Wit. «Sono un sacco di tempo.»

«Sicuro» convenne Joubert.

Di nuovo il telefono. «Basie Louw, capitano.» La sua voce era flebile, come quella di un vecchio.

«Cosa succede, Basie?»

«O Cristo, capitano, per trovarli ho dovuto uscire in barca.»

«E allora?»

«Mal di mare, capitano. Sto malissimo.»

«La signora Coetzee è con te, Basie?»

«Sì, capitano, però dice di non conoscere gli altri. Non ha mai sentito parlare di...»

«Basie, domandale se nel 1989 Coetzee ha seguito un corso di management per piccole aziende al Cape

Commercial College.» Pronunciò il nome lentamente, scandendo bene ogni parola. Sentì Louw che appoggiava la mano sul ricevitore, e attese.

Louw rispose, con sorpresa: «Sì, capitano. Lui... » Joubert sentì che la donna interrompeva Louw, ma non capì cosa stava dicendo. Sentì Louw rispondere: «sì, sì, sì» con impazienza. Poi parlò nuovamente al microfono. «Dice che è stato proprio il Natale dopo che è diventato così religioso, capitano. Il Natale del 1989. È stato allora che sono iniziati tutti i guai.»

«E del corso, lui non aveva detto niente? Delle persone che lo avevano frequentato con lui?»

Ancora uno scambio incomprensibile di battute con la donna. «No, capitano, non ha detto niente.»

«Grazie, Basie.»

«Nient'altro, capitano?»

«Nient'altro, Basie. Non potresti...»

«Il College, capitano... è un elemento nuovo?»

«Pare proprio che ci fossero tutti, Basie.»

«Porca puttana.»

«Puoi ritornare subito, Basie. Prendi la barca.»

«Come?»

«Scherzavo.»

«Ah, ah» fece Louw senza divertirsi affatto.

Leon Petersen ritornò da Hout Bay. «Non c'è niente. Nessun certificato. Niente.»

«E i suoi uomini?»

«Dicono che non ricordano nulla del genere.»

«Non importa. MacDonald è già coinvolto, attraverso Nienaber.»

«E adesso?»

«Adesso andiamo al Cape Commercial College.»

41

W.O. Slabbert, il segretario, preside e azionista unico del Cape Commercial College, sembrava un grosso rospo con svariati doppi menti, il naso largo e piatto, una fronte larga e spianata e grosse orecchie carnose. I capelli tagliati alla marine. Sembrò contento quando la delegazione della Omicidi e Rapine entrò nel suo ufficio in fila indiana: Joubert per primo, poi O'Grady e de Wit con Petersen in coda.

«Chiamatemi pure W.O. Siete qui per iscrivervi a un corso, vero?» domandò loro con la penna in mano, quando si furono presentati e seduti. Tirò su con il naso e la cartilagine disegnò una curvetta appena sopra l'angolo sinistro della bocca.

«No» rispose Joubert.

«Non volete seguire nessun corso?» Di nuovo lo strano movimento di una sola narice.

«Stiamo indagando su una serie di omicidi compiuti nella penisola negli ultimi quindici giorni, signor Slabbert.»

«Oh.» Delusione.

«Ci hanno informato che la signorina Carina Oberholzer lavorava per lei.»

«Sì?» Esitante.

«Può parlarci di lei?»

«È morta?»

«Sì.»

«Morta» mormorò come se non potesse crederci, e tirò su di nuovo con il naso. Joubert in cuor suo sperò che si decidesse a soffiarselo.

«Per quanto tempo ha lavorato per lei?»

«Quattro o cinque anni. Chi l'ha... cioè, come è morta?»

«Quale tipo di lavoro svolgeva, per lei, signor Slabbert?»

«Oh, stava in amministrazione. Riceveva le richieste e le iscrizioni, smistava le lezioni, controllava che gli insegnanti ricevessero il materiale didattico. Noi qui non abbiamo insegnanti fissi... solo part-time, fanno anche altri lavori.»

«E non faceva altro... solo amministrazione?»

«No... vede, è stata la terza o quarta persona che ho assunto. Può immaginarsi, eravamo molto piccoli. Carina è cresciuta con l'azienda: faceva un po' di questo e un po' di quello, amministrazione, segreteria, centralino, un po' di dattilo...»

«E dopo si è dimessa?»

«Sì, è passata a non so che ditta petrolifera.»

«Perché?»

«Con Carina era sempre questione di quattrini. Era graziosa, e lavorava sodo, ma non parlava di altro che quattrini. Io le dicevo: "devi avere pazienza, Carrie". Ma lei sempre a ripetere che la vita costava ogni giorno di più. Era così bellina, sempre voglia di ridere e parlare. A un certo punto l'ho levata dal centralino perché riceveva telefonate personali interminabili.»

«Nel 1989, lavorava ancora per lei?»

«Sì, io... certo, certo, dal 1987. Peccato, i suoi genitori hanno una fattoria su nel Nordovest. Li ho anche incontrati, un paio di volte. La piglieranno male.»

«Le dice niente il nome di James Wallace?»

«No, non direi che...»

«Drew Wilson?»

«Non posso ricordarmi tut...»

«Ferdy Ferreira?»

«Sono quelli del killer della...»

«Alexander MacDonald?»

«Se sono quelli della Mauser, come mai su Carina non ho letto niente?»

«Le dicono qualcosa questi nomi, signor Slabbert?»

«Sì, li ho sentiti. E anche quel parrucchiere di lusso... come si chiamava?»

«Nienaber.»

«Lui e quello di ieri, il reverendo...»

«Il pastore.»

«Sì, il pastore. Ma... oggi ce n'è stato un altro, allora... la piccola Carina, forse?»

«No, non oggi. Come ha saputo della Mauser, signor Slabbert?»

«Be', non è facile non saperlo... i giornali non parlano d'altro.»

«Ha sentito quei nomi solo nei media?»

«Sì.»

«Signor Slabbert, lei conosce una certa Hester Clarke?»

«Sì che conosco Hester Clarke. Non mi dica che...»

«Hester Clarke di Fish Hoek? La disegnatrice di cartoline di Natale?»

«No... non mi risulta che disegnasse cartoline.»

«Una zitella cinquantenne?»

«No, no... la nostra Hester... era carina, giovane. Sì, una ragazza.»

«Era, ha detto?»

«Sì... non sappiamo che fine abbia fatto. Quando l'abbiamo cercata era scomparsa. Aveva cambiato il numero di telefono, o qualcosa del genere. Non ne ho mai più avuto notizie.»

«E... che rapporto avevate avuto?»

«Si occupava dei nostri corsi di auto-realizzazione. Bel bocconcino, appena laureata. Abbiamo messo degli annunci e lei è venuta a fare il colloquio quasi subito. Era sveglia, piena di idee brillanti...»

«I vostri corsi di auto-realizzazione?»

«Sa, avevamo aperto questa scuola di gestione aziendale per i lavoratori autonomi, lezioni serali. Avevamo già iniziato le lezioni serali, a quel punto, ma soltanto nel Capo... i corsi per corrispondenza per altre branche, lezioni serali per la creatività e la gestione aziendale. Prima di tutto come si avvia un'impresa, gli aspetti legali, i modi e i mezzi, i libri, il magazzino... tutto questo genere di cose. Poi abbiamo capito che ci serviva una rifinitura conclusiva prima di fargli affrontare il mondo. Auto-realizzazione. Norman Vincent Peale, Dale Carnegie... come socializzare e pensare positivo, quella roba lì, insomma.» Tirò su un'altra volta col naso e Joubert si chiese se per caso non avrebbe dovuto offrirgli un fazzoletto.

«E la Clarke tenne un corso di auto-realizzazione nel 1989.»

«Esatto.»

«Con lezioni serali.»

«No, la piccola Hester aveva l'idea di portarli fuori un paio di giorni, il venerdì e il sabato, al Berg River. Tra Paarl e Franschhoek c'è una piccola fattoria dove fanno agriturismo. L'idea era stata sua... ha detto che le sere infrasettimanali erano troppo stanchi. Dovevano staccare la spina, cambiare aria, via dai soliti posti. Era un vulcano, la sua testa. Noi lo facciamo ancora nella fase finale del corso. Solitamente i gruppi sono composti da dieci o dodici persone, e quando finiscono, al sabato sera gli consegnamo i certificati.»

«E con che frequenza fate queste uscite?»

«Ah, solo una volta all'anno. Vede, il corso comprende tre mesi di teoria con lezioni serali, perché la gente di giorno lavora. Non possiamo pretendere che vengano tutte le sere... loro sono i primi a non volerlo.»

«Perciò Hester Clarke non faceva altro che questo? Due sere all'anno?»

«No... scriveva lei le lezioni anche per la sezione creativa. Le usiamo ancora oggi. Tutte le conferenze introduttive sul significato di "creatività", e poi lei verificava tutti i progettini, inventava lei i test per l'esamino finale...»

«Qui, negli uffici?»

«No... non guadagno abbastanza soldi da tenere qui i professori. Lavorava da casa.»

«Dove viveva?»

«A Stellenbosch. Credo che stesse ancora studiando, part-time.»

«E poi è scomparsa?»

«Io non direi proprio "scomparsa". Però è stata una cosa molto strana. Quando abbiamo tentato di contattarla per il corso successivo abbiamo trovato il telefono staccato o rispondeva qualcun altro... poi non mi ricordo più. Le abbiamo spedito lettere e telegrammi ma era impossibile trovarla. Ho dovuto sostituirla in fretta e furia. Lì per lì credevo che sarebbe tornata, a un certo punto... in vacanza, o simili. Ma alla fine ho gettato la spugna.»

«E ora chi le fa l'auto-realizzazione?»

«Zeb van den Berg. È stato anni in Marina, e così rimpolpa la pensione. Ma il materiale della piccola Hester... lo usiamo ancora.»

«E Carina Oberholzer? Aveva un ruolo in questa parte del lavoro?»

«Lei organizzava il tutto, l'accoglienza e la sala delle lezioni e la consegna dei premi. Il sabato andava alla fattoria.»

Rimuginarono questi dati finché Joubert non chiese: «Signor Slabbert... in che anno è scomparsa Hester Clarke?».

«Devo pensarci un attimo.» Il naso eseguì nuovamente il suo impossibile esercizio ginnico, accompagnato da un impercettibile spasmo muscolare. «Dunque facciamo i conti...» Usò le dita. «Settantotto, ottantotto, ottantanove... Sì, novanta, perché poi ne abbiamo avuto una del Mutual che li preparava in un mese. Ma non funzionava... chiedevano troppi soldi.»

«Insomma, Hester Clarke ha diretto la sua ultima auto-realizzazione nel 1989?»

«Mi sembra proprio di sì.»

«Signor Slabbert, noi abbiamo la ragionevole certezza che tutte le vittime del killer della Mauser abbiano fatto parte del gruppo 1989 del vostro corso di gestione di piccole aziende. Lei le ha... »

«No!»

«Lei le ha registrate, e ne conserva i fascicoli?»

«Cioè, se erano miei studenti?»

«Conserva ancora i fascicoli?»

«Tutti studenti?»

«I fascicoli, signor Slabbert?»

«Sì, teniamo un archivio...»

«Possiamo vederli?»

Slabbert ritornò in sé.

«Ma sicuro. Ve li mostrerò io.» Aprì uno dei cassetti della scrivania e tirò fuori un mazzo di chiavi.

«Dovrete venire con me.»

«Dove?»

«Oh, qui ne abbiamo di roba da depositare, archiviare... così ho preso un piccolo magazzino a Maitland.»

Lo seguirono oltre le scrivanie del personale amministrativo, quattordici donne indaffarate dietro tavoli su cui erano accumulate cataste di documenti.

«Dovrebbe esserci anche la fotografia» aggiunse Slabbert quando furono usciti.

«Di chc cosa?»

«Del gruppo, ognuno con il suo attestato... ma trovarli, questo è il problema...» concluse Slabbert. E tirò su con il naso.

42

Il "piccolo" magazzino a Maitland era grosso come un hangar della Boeing: un prefabbricato sporco, di acciaio arrugginito, confinante con un'officina meccanica e un ferrivecchi. Slabbert aprì a fatica l'enorme porta scorrevole di legno e sparì nella penombra. I poliziotti sentirono il clic di un interruttore, poi i neon tremolarono e si accesero lungo l'alto soffitto del magazzino.

O'Grady imprecò. Gli altri rimasero ammutoliti a guardare. Pile e pile di scatole, sovrapposte in cataste alte sette metri, correvano da porta a porta e da destra a sinistra ordinatamente appoggiate su scaffalature di legno e metallo.

«Il problema,» spiegò Slabbert dopo avere fatto loro cenno di entrare «è che all'inizio non pensavamo di crescere così. Poi la gente ha iniziato a chiedere fotocopie e diplomi e attestati con i voti riportati finché abbiamo capito che avremmo dovuto conservare tutto quanto. Però a quel punto c'era talmente tanta roba, che siamo riusciti a razionalizzare l'archiviazione solo a partire dal 1992.»

«E prima?» domandò ansiosamente Vos.

«Prima c'è qualche problema.»

«Sì?» disse Joubert, sentendosi cadere le braccia.

«Per il periodo precedente un'archiviazione non c'è proprio. Manca il personale per farla. La manodopera costa. E poi è difficile che abbiamo richieste per roba antecedente al 1992.»

«E dove sarebbero i documenti del 1989?» domandò Joubert.

«In questa fila.»

«In questa fila dove?»

«A dire la verità, non ne ho la più pallida idea.»

Bart de Wit chiese altri uomini, ma questa volta solo alla Omicidi e Rapine perché voleva evitare a tutti costi il generale di brigata. Gli altri si rimboccarono le maniche e incominciarono a tirar giù cartoni. Misero a punto un sistema che all'arrivo dei rinforzi iniziò a funzionare a pieno ritmo.

Prendevano un cartone, lo aprivano e lo passavano avanti. Una seconda squadra estraeva il contenuto e lo appoggiava sul tavolo dove Joubert, Petersen, Vos, O'Grady e più tardi anche Griessel sfogliavano febbrilmente i documenti alla ricerca di date, nomi, argomenti.

«E chi rimetterà a posto tutto?» chiese Slabbert tirando su con il naso.

«Il suo personale amministrativo» ribatté, secco, de Wit.

«Il tempo è denaro» si lamentò Slabbert e incominciò a dare una mano anche lui, trascinando in un angolo le scatole che erano già state esaminate.

Il lavoro procedeva a rilento. Il materiale non era

stato archiviato sistematicamente: la documentazione dei corsi per la riparazione dei computer era finita insieme a *Introduzione al giornalismo*; *Pratica con la saldatrice* si trovava nella stessa scatola di *Impariamo a dipingere*.

De Wit fece portare il pranzo, pollo fritto e coca che consumarono mentre lavoravano, bestemmiavano, ridevano e discutevano animatamente. Scatola dopo scatola il tempo passava. Poco dopo le tre erano a circa metà del lavoro, e non avevano trovato nulla. Le cravatte erano state slacciate, le maniche rimboccate, le camicie tirate fuori; le pistole per terra, in fila vicino alla porta nelle loro fondine di pelle. Avevano i vestiti, le braccia e i volti impolverati. Ogni tanto scambiavano qualche parola mentre il tempo correva inesorabile.

Joubert e Griessel fecero una pausa e uscirono al sole per rilassarsi un attimo.

Joubert si sentiva sfinito.

«Ho intenzione di chiedere al colonnello una licenza» disse Griessel aspirando una boccata di Gunston. «Voglio portare via moglie e figlio due settimane per vedere se così mi riesce di ricaricare le pile.»

«Buona idea, Benny.»

«O magari chiederò il trasferimento. Da qualche parte nell'interno. Comandante di stazione in un villaggio dimenticato dove tutto quello che ti tocca è sbattere dentro gli ubriachi il venerdì sera e risolvere qualche caso di furto di bestiame.»

«Sì» assentì Joubert, domandandosi che cosa avrebbe fatto lui per ricaricare le pile.

Poi tornarono dentro, rituffandosi nel vortice dell'attività: si sedettero sul freddo cemento e ricominciarono a sfogliare: Joubert con un'ansia crescente, non voleva perdere quella che sentiva essere la sua occasione. Si chiese se c'era ancora tempo per chiedere al teatro di spostare la prenotazione alla sera successiva e, in caso affermativo, se Hanna Nortier sarebbe stata ancora disponibile. *Ho voglia di uscire. Sono prigioniera del tran-tran*. "Di che razza di tran-tran può essere prigioniera una donna così" si domandò mentre le sue dita sfogliavano, sfogliavano, sfogliavano, e i suoi occhi correvano all'impazzata.

Ormai era ora di cena, iniziarono a discutere se pizza o *fish and chips*, qualunque cosa purché non fosse pollo. I ragazzi iniziarono a lamentarsi che le loro mogli si sarebbero inviperite per i soliti straordinari interminabili. Mavis non poteva incominciare a telefonare per dare spiegazioni? Ormai erano quasi le sette.

Poi Benny Griessel lanciò il grido di trionfo: «Ferreira, Ferdy» alzando i documenti sopra la propria testa. Tutti si bloccarono, qualcuno applaudì.

«Wilson, Drew Joseph. Sono qui.» Gli investigatori si avvicinarono. Griessel tirò fuori un fascicolo dopo l'altro: i moduli di entrata di ciascuno, gli incarichi, le prove d'esame, le valutazioni, le ricevute, le lettere di richiesta con relative risposte, le votazioni conclusive. Tutto insieme.

«MacDonald, Coetzee, Wallace, Nienaber. Sono tutti qua dentro.»

«Non c'è una foto?»

Griessel cercò.

«No» rispose. «Dov'è la scatola da dove avete tirato fuori questo?»

W.O. Slabbert arrivò in tutta fretta dalla zona dove, con grande difficoltà, stava tentando di risistemare le scatole. «La foto sarà in uno dei fascicoli personali.»

Le mani dei poliziotti afferrarono gli incartamenti, le dita li fecero passare febbrilmente.

«Qui» disse Griessel, che evidentemente godeva del favore degli dèi. Si alzò, si stiracchiò, aprì il fascicolo e lasciò cadere a terra le altre carte alzando la fotografia. Fissò l'immagine leggermente ingiallita. Joubert si alzò, andò da Griessel e cercò di guardare da sopra la sua spalla.

«Come sembra giovane, Nienaber» fu il commento sorpreso di Petersen.

Joubert tese la mano per visionare la fotografia. Per un momento gli era sembrato di...

Un'immagine in bianco e nero. Gli uomini, tutti in giacca e cravatta, erano in piedi in semicerchio, con l'attestato in mano. Gli occhi di Wilson erano chiusi davanti allo scatto del flash. MacDonald, con un largo sorriso torreggiava sugli altri. Coetzee era serio. Le spalle di Ferdy Ferreira inclinavano verso la gamba zoppa, i suoi occhi non guardavano l'obiettivo. Wallace teneva le mani intrecciate davanti a sé; fra lui e Ferreira c'era uno spazio, un varco. Ma di tutto questo Mat Joubert non vide nulla.

Fissava senza capire la figura minuta ed esile della donna davanti a loro. La fissava senza capire quello che stava vedendo. Il tempo si era fermato. Con solennità, prese la foto dalla mano di Griessel e la tenne contro luce, senza cercare spiegazioni.

Lei non stava sorridendo. Riconobbe l'atteggiamento accigliato, il contorno della testa, il naso, la bocca, il mento, le spalle strette. Sette anni prima portava i capelli più lunghi, sciolti sulle spalle giù fino ai piccoli seni. Il vestito, grigio nel bianco e nero della foto, le arrivava sotto le ginocchia. Scarpe con tacco basso. E seria. Aveva un'aria tanto seria...

«Questa era la piccola Hester» disse Slabbert alle sue spalle. «Niente male, vero?»

Era una vecchia casa nell'Observatory, ristrutturata e dipinta all'esterno di un marrone scuro, terroso. Il graticcio di ferro battuto sul muro era bianco e ben tenuto. Il cancello del giardino si aprì senza rumore. Joubert percorse il vialetto di cemento, chiuso tra due file di fiori, e oltre il piccolo prato, perfettamente tenuto. La porta aveva un battente di ottone, ma lui preferì bussare, piano. Teneva la foto nella mano sinistra.

«Tu la conosci» aveva detto Griessel vedendolo impallidire. All'improvviso tutti lo avevano guardato. Joubert non aveva detto nulla. Era rimasto lì a fissare la fotografia, un frammento di vita di sette anni prima. Non riusciva nemmeno a pensare; quella assurda presenza di lei, lì, fra i morti, era troppo devastante.

«Sì, la conosco» aveva risposto senza udire le voci che chiedevano «Dove?», «Come?», «Quando?». Tutto gli era parso irreale, come in uno dei suoi sogni, dove donne diverse apparivano in luoghi assurdi. Ma quello non era un sogno, era la realtà.

«Ci vado da solo.»

De Wit lo aveva accompagnato alla macchina.

«Io... le devo le mie scuse, capitano.» Joubert non aveva detto nulla. «Sarà prudente?» Aveva sentito la preoccupazione nella voce dell'altro, e in quel momento aveva capito qualcosa di de Wit. «Sì, sarò prudente.» Ma era a se stesso che lo aveva detto. Senza arroganza, ma con garbata determinazione.

«Sei in anticipo.» La bocca rosea stava sorridendo. Si era messa il rossetto, ma solo un'ombra. Era la prima volta che la vedeva con il rossetto. Aveva pettinato i capelli all'indietro, in una treccia, e il collo era scoperto, bianco e indifeso, l'abito nero le lasciava libere le spalle. Joubert fermò quell'immagine con l'obiettivo della mente prima che l'espressione di lei cambiasse, quando si accorse che era senza giacca e senza cravatta, quando vide la polvere sulla sua camicia e le maniche arrotolate.

Senza parlare le mostrò la foto. Il sorriso scomparve dalle sue labbra, il suo volto divenne di pietra. Prese la foto e la osservò. Joubert vide l'ombra cadere su di lei, gli occhi che si chiudevano e si riaprivano, ancora fissi sull'immagine in bianco e nero. Poi la lasciò cadere sul pavimento di legno lucido e si voltò dall'altra parte.

Percorse il corridoio. Joubert osservò le spalle, le sue belle spalle così morbide, così eleganti. Spalle che reggevano un pesante fardello. Camminava lenta, con dignità, voltandogli la schiena come se lui avesse cessato di esistere. La seguì per uno, due, tre passi, poi si fermò nel corridoio dove era accesa una luce. Nelle narici aveva il suo profumo, un leggero profumo femminile. Era scomparsa in fondo al corridoio. Joubert rimase fermo, esitante.

Poi sentì un suono nel silenzio della casa, un tramestio leggero, e lei ritornò in corridoio, impugnando un'arma, il calcio slanciato nel palmo della mano destra, le dita slanciate della sinistra appoggiate alla lunga canna. La portava come se stesse compiendo un sacrificio. Si fermò davanti a lui. Uno spazio li separava. Reggeva la pistola con la pena di chi porta un peso eccessivo. Un angolo del caricatore premuto contro la stoffa nera del suo vestito. Teneva la testa piegata come se fosse un carnefice. Gli occhi erano chiusi.

Joubert non poté impedire alla sua mente di completare il mosaico. Fu un processo automatico, una perizia involontaria e irreversibile, anche se avrebbe voluto respingerla. Sentiva un vuoto enorme dentro di lui. Rimase inerte mentre gli ingranaggi si muovevano autonomamente. Questo è il capo d'accusa, vostro onore... una prova conclusiva. Sì, la prova conclusiva, la caccia era finita.

«Perché?»

Lei rimase immobile.

Lui aspettò.

Un movimento quasi impercettibile dei suoi seni, il ritmo del respiro. Per il resto, immobile.

Con cautela avanzò verso di lei, lentamente, e le pose una mano sulla spalla, sentì il freddo della sua pelle. La mano grande di lui si strinse sulla clavicola, la trasse più vicino e la condusse nel corridoio. Lei lo seguì come un relitto segue la corrente. Joubert la spinse dolcemente a destra, in una stanza dove c'erano due poltrone, dalle fodere a fiori che l'imbrunire stava scolorendo. La moquette attutiva i suoi passi. I quadri alle pareti erano rettangoli scuri. La fece sedere, gli occhi ora erano aperti, nel crepuscolo. Lei sedette rigida, tenendo con entrambe le mani la Mauser appoggiata sul suo grembo. Lui le si inginocchiò davanti.

«Hanna.»

Con uno sforzo lei lo guardò.

Joubert tese la mano, avrebbe voluto prendere la pistola ma la presa di lei era troppo salda per la disperata tenerezza del suo cuore. Ritrasse la mano.

«Hanna.»

Le labbra di Hanna si schiusero leggermente. Lo vide. Contrasse gli angoli della bocca come se avesse voluto sorridere. Poi guardò l'oggetto nelle proprie mani.

«È così strano, sai...» disse, con una voce così bassa che quasi lui non la sentì. «Ne ho sempre avuto tanta paura. Quando il nonno la tirava fuori dalla fondina di cuoio. Sembrava una cosa... maligna. Così grossa, e brutta. E aveva un odore... Quando apriva la fondina, lo sentivo. Era odore di morte... un odore stantio di morte, anche se lui la ripuliva sempre. Non sentivo neppure quello che lui mi diceva, guardavo la pistola, la fissavo senza mai staccare gli occhi finché lui non aveva finito e la rimetteva nella custodia, e solo allora riuscivo a guardarlo in faccia. Volevo essere sicura che l'avesse rimessa a posto, e chiusa.»

I suoi occhi tornarono su Joubert.

«La trovai tra le cose di mio padre. Avevo fatto due mucchi: da una parte le cose da tenere, dall'altra le cose che si potevano dare via. Ma era così poco quello che volevo tenere... le foto di lui e di mia madre. La sua Bibbia, qualche disco. Il suo orologio. Avevo messo la pistola nell'altro mucchio. Poi la spostai. Poi la spostai di nuovo. Quando la estrassi e sentii quell'odore, mi ricordai di mio nonno e decisi di tenerla.»

I suoi occhi si erano allontanati nel buio... poi all'improvviso tornarono su di lui.

«Non avrei mai creduto di averne bisogno. Mi ero quasi scordata che esistesse.» Poi tacque, allentò la presa sull'arma e lui si chiese se non era il momento di riprovare a prendergliela.

Sembrò che Hanna si fosse nuovamente dimenticata della sua presenza.

Joubert la chiamò, ma lei non si mosse.

«Hanna.»

Sbatté piano le palpebre.

«Perché?»

Hanna espirò a fondo, a lungo, lentamente, come in preparazione di un ultimo sospiro che comprendesse tutto.

Poi parlò.

43

Dentro stavano ridendo, sempre più forte. Fuori la notte era chiara e silenziosa, una notte perfetta. La luna era piena e splendente, le stelle uno spruzzo di lustrini da un orizzonte all'altro. Nemmeno una nuvola, una notte calda. Lei era in piedi nella piccola veranda dell'aula. Sotto, il fiume mormorava, la luna era un vetro giallo disegnato sull'acqua. Nel bicchiere che si portò alle labbra restava solo un dito di vino. Era un vino molto secco, ma sentiva il sole nel suo sapore. Bevve un piccolo sorso: non si concedeva mai più di un bicchiere. Forse un'altra metà, quando si fosse ritirata nella sua stanza, come premio del buon lavoro svolto. Questo non era stato un gruppo facile. Le differenze in termini di personalità, serietà, intelligenza e applicazione le avevano richiesto un grande impegno, più del solito, pensò. Nonostante questo, era stato un successo. Tutti avevano scoperto una parte di sé, tutti erano cresciuti... be', alcuni molto poco, doveva ammetterlo, ma non era stata lei a stabilire il loro potenziale.

Forse un altro anno, o due, di questo lavoro, e poi altri traguardi più alti, più interessanti. Il College per lei era un gradino della scala, una sosta temporanea, ma non si sentiva in colpa. In cambio dei suoi soldi Slabbert riceveva un servizio di prim'ordine. Riceveva onestà ed etica professionale.

Un altro anno, due al massimo.

Assaporò le ultime gocce del vino. Non vedeva l'ora di chiudersi in camera. Gli altri erano stati sistemati due per cottage, mentre lei e Carina avevano il privilegio della camera singola. Lei aveva insistito su questo: il suo tempo era troppo prezioso. Il libro e la musica l'aspettavano nella sua stanza. Quella sera voleva ascoltare *Il Trovatore*, magari i primi due atti. «Perché tanta morte?» chiedevano già ai tempi di Verdi. «Ma non è morte tutta la vita?» aveva risposto il maestro. Lei sorrise alla luna, si voltò, aprì la porta di vetro e rientrò con gli altri.

Erano seduti intorno a un tavolo a chiacchierare animatamente: ognuno aveva un bicchiere davanti a sé. Nienaber teneva banco mentre MacDonald, Ferreira e Coetzee ascoltavano. Wilson, il suo alunno prediletto per il quale aveva anche un debole, sedeva un po' discosto dal gruppo. Wallace e Carina Oberholzer erano impegnati in una conversazione "a parte" all'altro capo del tavolo.

Era chiaro che nessun altro stava bevendo vino bianco secco. Lo trovò facilmente tra le bottiglie di birra piene e vuote, il brandy e il whisky aperti, le bibite da un litro e un grande cestello per il ghiaccio. Si versò mezzo bicchiere esatto.

«Credo che andrò a dormire» disse poi, quando gli altri si accorsero che era tornata e alzarono gli occhi su di lei.

Protestarono. Lei vide che avevano gli sguardi velati dall'alcol.

«Vengo con te» disse MacDonald. Gli altri risero con esagerata convinzione.

«È troppo magra» disse Ferdy Ferreira in tono da marpione, ma suscitando in lei un penoso disagio. «Più sporge l'osso...»

All'improvviso sentì di avere fretta. Fece un sorrisetto di circostanza, augurò una buona continuazione a tutti e mormorò un arrivederci a domattina, a colazione.

Le risposero «Buona notte, dormi bene». «Mani sulle lenzuola» esclamò Ferreira prima che si fosse chiusa la porta alle spalle, e uno o due avevano riso sonoramente. Quando fu fuori, scosse la testa. Un burbero benefico in fondo, quel Ferdy.

Camminò in mezzo ai rumori notturni... gli insetti, il fiume, un cane che abbaiava chissà dove, un camion che rombava risalendo la collina. Le voci alle sue spalle svanivano man mano che aumentava la distanza. Ripensò a ciò che era accaduto. Lei aveva consegnato i diplomi accompagnandoli con qualche parola di incoraggiamento. MacDonald aveva insistito per baciarla. Gli applausi e commenti insulsi. Poi il ritratto di fine corso: Carina Oberholzer li aveva fatti posare in piedi in semicerchio e aveva scattato le foto.

Girò la chiave nella toppa. L'abat-jour era accesa. Tutto come l'aveva lasciato. Chiuse la porta, vi appoggiò le spalle e sospirò di soddisfazione.

Accese il registratore. La stanza si riempì di musica. Lei piegò il ginocchio sinistro, alzò la caviglia fino all'altezza della mano e si sfilò una scarpa. Poi l'altra. L'inizio di un suo rito privato. Mise le scarpe una vicino all'altra, simmetricamente, ai piedi dell'armadio. Incominciò a sbottonarsi la camicetta dall'alto, osservandosi nel lungo specchio all'interno della porta dell'armadio. Non aveva voglia di ripetere la consueta autovalutazione, non voleva considerare il significato della sequenza, di ogni singolo gesto... anche se era solo un gioco, un gioco che giocava con se stessa quasi ogni sera. Appese la camicetta a una stampella dell'armadio, poi allungò la mano verso il basso per cercare il bottone della gonna e abbassò la lampo. Impiegò solo un movimento fluido per sfilare ciascuna gamba dall'indumento. Le sue mani accarezzarono a caso la stoffa per togliere dalla gonna immaginari fili. L'appese vicino alla camicetta.

La sua biancheria intima era delicata. Mentre ascoltava la musica, si slacciò il gancio anteriore del reggiseno e vide nello specchio i suoi piccoli seni, il candore della sua pelle. Senza volerlo sorrise, perché la decisione di non lasciarsi invischiare in un dibattito con se stessa a proposito di forma e dimensioni allo stato attuale, era stata di quelle risolute. La musica era troppo bella. Il suo spirito troppo elevato e leggero.

Il tessuto morbido della camicia da notte le scivolò sopra la testa. La sistemò sui fianchi quasi da ragazzo. Diede un ultimo sguardo compiaciuto all'ordine che regnava nell'armadio: l'indomani mattina avrebbe fatto i bagagli in pochi minuti. Accese la luce centrale, appoggiò i cuscini alla testata del letto e si infilò tra le lenzuola. Prese la biografia dal comodino e non senza rinfacciarsi l'incapacità di apprezzare la narrativa si mise comoda e aprì il libro.

Poi lesse.

Il baccano del festino notturno disturbò per due volte la sua concentrazione. La prima fu un'esplosione di sguaiata ilarità collettiva che sovrastò anche la dolcezza dell'*aria* facendole scuotere brevemente la testa. Non doveva aversene a male, pensò, tornando a concentrarsi sulle parole che aveva davanti agli occhi.

La seconda volta fu più fastidioso. Nel silenzio fra aria e recitativo, le loro grida erano diventate un barometro di ubriachezza. Riconobbe la voce di MacDonald, forse quella di Coetzee. Risuonarono espressioni volgari. Scartò immediatamente la possibilità di alzarsi e redarguirli: erano persone adulte. I suoi occhi cercarono le parole sulla pagina, ma il livello della loro ebbrezza destò una vaga preoccupazione in lei fino a quando non si perdette di nuovo nella lettura.

All'inizio la sonnolenza che la prese fu un'intrusa, poi un'amica.

Attese che l'*aria* terminasse, poi premette il pulsante per fermare il nastro. Spostò il segnalibro contro la costa del volume, appoggiò quest'ultimo sul comodino e allungò un braccio verso l'interruttore. Poi si girò sul fianco sinistro, si rannicchiò fra le lenzuola, e chiuse gli occhi.

I rumori della festa si insinuarono lentamente nel suo sonno. Lontane risate, e ogni tanto qualche parola quasi riconoscibile gridata all'improvviso, si staccavano bruscamente dai suoni della notte. Non avevano ancora finito? Che ora poteva essere? C'era un custode che avrebbe potuto avere di che lamentarsi. Il sonno svanì sotto la pressione dell'ansia.

Si alzò contrariata, andò verso la finestra e scostò le sbiadite tende a fiori. Sarebbe riuscita da lì a vedere che stava succedendo?

La luna era alta nel cielo, e luminosa. Alberi, cespugli e prati erano bagnati da una luce spettrale. Scrutò in direzione della saletta dove le luci erano ancora accese. Sapeva che doveva esserci del movimento ad accompagnare i rumori, ma non riuscì a vedere nulla.

Fuori, vicino al fiume, qualche cosa si mosse. Fissò gli occhi in quella direzione.

Un unico animale scuro, tozzo e strano. Poi mise meglio a fuoco. Una figura umana. Due. Abbracciate. Distolse lo sguardo e, come voleva la sua educazione, si staccò dalla finestra.

Ancora ansia.

Lì fuori c'era Carina. Tornò a guardare, indignata. Carina e Wallace. Si stavano baciando sulla riva del fiume. Wallace la teneva avvinghiata a lui stringendole i fianchi, mentre lei gli cingeva il collo. Stretti in una morsa, nel vincolo comune dell'ubriachezza.

Dovevano fermarsi. Era suo dovere fermarli.

Wallace infilò le mani sotto la gonna di Carina, la accarezzò, la palpò con desiderio. Carina staccò una mano dal collo di Wallace e la fece scivolare lentamente lungo il corpo di lui e iniziò ad accarezzarlo fra le gambe. Le loro bocche restavano incollate. All'improvviso una mano di lui si alzò e le sfilò la camicetta dalla gonna. Lentamente si insinuò sotto il reggiseno. Cercò il capezzolo, lo sentì turgido tra le dita, allargò la mano per stringere il seno.

Per la seconda volta lei distolse gli occhi. Era colpa sua. Ma non riusciva a impedirsi di guardare.

La mano di Carina cercò la cerniera di lui e la aprì. Le loro bocche erano unite, i corpi leggermente disgiunti. La sua mano si muoveva veloce. Afferrò il membro e lo fece scivolare fuori dalla cerniera. Wallace sapeva cosa sarebbe successo, e la lasciò fare, abbandonando le braccia lungo i fianchi. Lei si era inginocchiata, con la lingua sulla punta del pene, leccava, giocava con la piccola fessura, leccava, lo succhiava e lo risucchiava tutto nella bocca. Lui si chinò. La mano di Carina si muoveva ritmicamente. No, disse lui, spingendole la testa all'indietro con le mani. Poi la fece alzare, le cinse le spalle con un braccio e fece per allontanarla dal fiume. Il suo sesso eccitato erompeva dai pantaloni. Carina fece una breve risata.

Non riusciva a staccare gli occhi dalla scena. Il suo disgusto, il suo sdegno erano leggermente diluiti da un'altra preoccupazione secondaria. Wallace era sposato. C'erano di mezzo dei bambini... e Carina Oberholzer lo sapeva. Chiuse gli occhi, aspettò fino a che non fu sicura che fossero oltre la finestra, fuori dal suo campo visivo. Li riaprì e fissò le ombre, adesso immobili.

Era la mancanza di autocontrollo, di civiltà, delle più elementari forme di correttezza a darle tanto fastidio. Oltre alla sua incapacità di guardare altrove.

Nuovi movimenti nella notte.

Cosa stavano facendo?

Gli spettatori stavano recandosi allo show furtivi, ebbri, muti, con gli occhi fissi, i cervelli sintonizzati su una primitiva rozzezza.

MacDonald e Ferreira, Coetzee e Nienaber, e Wilson appena dietro.

Li vide tutti, ombre impacciate camminare nella direzione di Wallace e Carina. MacDonald letteralmente barcollava. Capì che erano ubriachi fradici. Tirò le tende con cautela, senza fare rumore, finché la luna fu completamente nascosta. Quindi si allontanò dalla finestra e lì, nel buio della stanza, si rese conto che avevano turbato la sua pace, che non voleva questi ricordi. Avrebbe dovuto fare uno sforzo per dimenticarli, ma il sonno se n'era andato. Accese l'abat-jour. Riaccese la musica. Che sapessero che era sveglia. Si vergognassero di se stessi.

Si sedette sul letto.

Che cosa stavano facendo? Erano come bambini. Lei si alzò e scostò appena le tendine dell'altra finestra.

Erano in piedi, accanto alla finestra di un cottage, nell'alone di luce che veniva dall'interno, spettatori muti e attenti. Quella era la stanza di Carina, e lei capì che cosa stavano guardando ancora prima di vedere che Ferdy Ferreira aveva il cazzo in mano. Chiuse la tenda. Sentì la nausea crescere dentro di lei finché non fece fatica a respirare e sentì in bocca sapore di vomito. Avrebbe dovuto alzarsi prima e agire con fermezza. Si sedette di nuovo sul letto. Da un momento all'altro la loro libidine si sarebbe esaurita. Signore, quanto sono primitivi gli esseri umani... alzò il volume della musica.

Era stata colpa degli alcolici. Alle prossime feste avrebbe dovuto bandirli.

Prese il libro, si sedette appoggiando la schiena ai cuscini e tentò di concentrarsi. Sarebbe stato così difficile cancellare quelle immagini. Lesse una mezza frase, ma la nausea si impossessò nuovamente di lei. Fuori sentì dei passi... stavano andando a letto, finalmente ne avevano avuto abbastanza.

MacDonald sfondò la porta e la vide lì sdraiata, vide il libro che sobbalzava e il terrore dipinto sul suo volto. «Forza, Hester, facciamoci una scopata.» Spinse all'interno anche Wilson. Poi le fu addosso, gettò il libro lontano. La sua mano sulla coperta. Lei gridò con una rabbia improvvisa; cercò di bloccarlo con le mani, vide l'ubriachezza totale, selvaggia, sulla sua faccia rossa, sentì l'alito fetido nelle narici. MacDonald la teneva schiacciata con il peso del suo grosso corpo, bloccandole le mani sopra la testa con una delle sue. Lei si dibatteva, lottava. L'altra mano di MacDonald era sotto la sua camicia da notte, la sollevò, le mise a nudo i seni. «Be', però qui qualcosina c'è, Hester.» Lei non lo sentì, urlò. Le sue gambe tentavano di sgusciare da sotto di lui, di scuotersi di dosso la bestia. Ma era troppo pesante, la sua pressione era inesorabile. «Su, Hester» disse MacDonald con impazienza; spostò il peso del corpo verso le ginocchia di lei, e si allungò per tenerle le mani sopra la testa. Lei cercò di morderlo, girò la testa cercando il polso. Lui le strappò le mutandine. «Vattene, stronzo.» Affondò i denti nei peli, nella pelle. Lui staccò le mani e le mollò un ceffone. «Puttana, mi hai morsicato.» La schiaffeggiò di nuovo.

«No» disse Wilson. Entrarono anche gli altri. «Anch'io» disse Ferreira ancora con il cazzo in mano. «Oh, Cristo, Mac» esclamò Nienaber. Aveva la voce impastata.

MacDonald le aveva nuovamente bloccato le mani. Dal naso le colava un rivoletto di sangue. La sua resistenza era più debole, sospesa dalla consapevolezza che stava prendendo forma dentro di lei. Lui si aprì la cerniera e le spinse un ginocchio fra le gambe. Lei si dibatté, tentò di sfuggirgli, scalciò. Ma il peso di quel corpo... era troppo. «Apri le gambe.»

«Mac» disse Wilson traballando.

«Vaffanculo» rispose MacDonald guardandolo con la coda dell'occhio. «Verrà anche il tuo turno.» Guardò il suo pubblico con un ghigno; le aprì le gambe con la spinta dell'anca, e la penetrò, con inumana violenza.

Lei sentì i tessuti che si laceravano, inizialmente senza dolore. Poi di colpo, il dolore. Sentì che perdeva i sensi, sentì la forza che scivolava fuori da lei. MacDonald lo interpretò come un tacito consenso, abbassò le mani, si sollevò leggermente e guardò alle sue spalle. «Scopa anche lei. Anche lei come l'altra.»

Perdeva conoscenza, poi la riacquistava... un dolore atroce la lacerava.

Lui uscì, bestemmiò, la penetrò di nuovo. «Ah, ah, ah, ah.»

«Quanto ci metti, Mac?»

«Ancora un attimo.»

Orgasmo.

«Ferdy.» MacDonald si alzò, la offrì agli altri.

Coetzee fu più veloce, si era già abbassato i calzoni. Si inginocchiò davanti a lei, le strofinò una mano sull'inguine, la palpeggiò dappertutto, la penetrò e all'improvviso venne. Si alzò con aria sorpresa. Ferreira lo allontanò con la mano e incominciò a leccare i seni di Hester Clarke con lunghi colpi di lingua. La saliva le lasciava tracce sulla pelle. Le leccò l'addome e poi più in basso, fino ai peli pubici. La mano di Ferreira andava su e giù fra le sue gambe. Il fluido giallastro le schizzò addosso, macchiò il letto.

«Ollie.» Quello di MacDonald era un ordine. Ma Nienaber rise e scosse la testa.

«Drew. Dov'è Drew?»

Wilson era fuori, stava vomitando contro il muro.

«Cosa state facendo?» Wallace e Carina Oberholzer arrivarono con passo malfermo.

«Voi la vostra scopata ve la siete fatta. Vi abbiamo visto. Ora è il turno di Drew» disse MacDonald mettendo la mano sul collo di Wilson. E lo trascinò dentro.

La gola di Wilson non era ancora del tutto libera. Fra un conato di vomito e l'altro, balbettò: «No... non posso». Ma MacDonald lo spinse nella stanza verso il letto.

Tutto era in fiamme intorno a lei, il dolore la circondava come una corazza.

«Sei un finocchio, Drew...» MacDonald colpì Wilson alla nuca. L'altro vacillò. «Scopala.» Mac Donald afferrò Wilson per la camicia.

«No, Mac» disse Wallace. Carina Oberholzer li fissava muta dal vano della porta.

«Fanculo, Wallace. Vi abbiamo visti, che chiavavate come cani in calore.»

Poi diede a Wilson un brutale scrollone. «Scopala, frocio.» Wilson tentò di difendersi con le mani, ma l'altro gli premeva le nocche contro il collo. Lei era lì, distesa con gli occhi aperti, sbarrati sul soffitto. No, Wilson non riusciva, non riusciva. Armeggiò malamente con i pantaloni, poi finalmente si slacciò la cintura. Il suo pene era piccolo e molle, lui cercò di nasconderlo a MacDonald, di premerlo a malincuore contro di lei.

«E ficcaglielo dentro, culattone del cazzo» sbraitò MacDonald di fianco al letto. Faccia rossa sotto i capelli rossi. Naso rosso.

Wilson fece i movimenti, si sentì il pene scivolare nel sangue.

«Voglio vederti venire.»

L'altro simulò, voleva sopravvivere. MacDonald lo spinse da dietro, lo spinse con le mani dentro e fuori, su e giù. Wilson non poté trattenere il vomito. Vomitò un'altra volta, su di lei.

Joubert si alzò in piedi.

Hanna parlava macchinalmente, la voce atona, il corpo perfettamente immobile nella poltrona, lo sguardo perso chissà dove. Lui avrebbe voluto interromperla.

«Il mattino dopo fui svegliata dagli uccelli e dal sole. Un altro giorno, un giorno come tanti. Io restai lì, distesa. All'inizio riuscivo solo a sentire. Gli uccelli. Avevo perso l'odorato. E il tatto. Rimasi lì distesa per un sacco di tempo. Se mi muovevo avevo un male atroce. Poi guardai. Quello non era più il mio corpo. Non lo riconoscevo più. Non erano i miei seni, il mio addome, le mie gambe. Non volevo lavarlo perché non era mio. Il mio corpo è pulito.»

Joubert si sedette sulla poltrona di fronte a lei; era molto stanco.

«Se n'erano andati tutti. Era così bello, tranquillo, quel mattino... solo gli uccelli.»

Poi Hanna tacque e lui gliene fu grato.

Rimase lì seduto a guardarla per un pezzo. Eppure, pensò, lei non sembrava veramente lì.

Perché non aveva più desiderio di toccarla?

Ma non aveva finito. «L'anno scorso hanno reso obbligatorio l'esame del sangue. Tutto il personale doveva farne uno. È stato così difficile, per il dottore, dirmelo... sì, indorarmi la pillola.»

Lui non voleva sentirla. Lo capì, ne fu immediatamente certo, ma era troppo.

«Voleva ripetere il test... disse che era sicuro che ci fosse un errore.» Sorrise, lì seduta di fronte a lui. Joubert aveva gli occhi appannati.

«È una parola così strana. Sieropositiva. Positiva.» Ancora quel sorriso, che all'ultima parola si trasformò quasi in una risata.

«È stato allora che ho deciso di comprare la Smith & Wesson.»

Lui si sentiva oppresso. Sentiva un peso enorme che lo teneva inchiodato alla sedia. Tutto il suo corpo sentiva quel peso schiacciarlo come uno spaventoso macigno.

Il sorriso impiegò molto tempo a sparirle dalle labbra, un pezzetto alla volta.

Doveva toglierle la pistola.

Restò seduto.

Fuori sentì un'auto che si fermava. Capì. Ma il prevedibile sbattere di portiere non arrivò.

«Come ti chiami?» le domandò, con parole troppo sonore in mezzo a quel silenzio.

Non capì se lo aveva sentito.

Le dita di Hanna strinsero più forte la canna della Mauser.

«Hester Clarke... l'hanno uccisa.»

Joubert non voleva che quelli nella macchina entrassero in casa.

Non le voleva fare le domande che ora gli si affollavano sulle labbra. Avrebbe voluto lasciarla qui e andare via. Anche lui preferiva che Hester Clarke fosse morta.

Ma doveva sapere.

«Quando ti è arrivato il mio incartamento...»

Lei lo guardò. A lungo, come in un viaggio verso il presente. «Non sapevo che fosse la tua indagine.»

Non era questo che voleva chiederle.

«Non avevo mai invitato nessuna donna all'opera» le disse. Poi sentì il desiderio di andarsene, ma lei continuava a guardarlo. La mano sinistra si staccò dalla pistola e la destra si irrigidì, un dito si infilò nel ponticello.

«Esci, ti prego.»

Joubert volle guardarla per l'ultima volta. A tu per tu. Scomparire per un breve attimo in un futuro che avrebbe potuto essere diverso. Poi si alzò. «No» le disse, togliendole la Mauser dalle mani.

44

Per sfuggire alla stampa usò una delle porte laterali del palazzo della Corte Suprema. Dopo il crescendo seguito all'arresto, il caso era finito nelle pagine centrali, e poi era sparito anche da quelle. Ma le date delle udienze erano state segnate nelle agende, e adesso il clamore si era sollevato di nuovo.

Sentì la voce dietro di sé. «Capitano.»

Aspettò sulle scale che lei lo raggiungesse.

«Come sta?» gli chiese.

«Be', sono cose lunghe. E lei?»

«Insomma.»

Vide che oggi era molto graziosa, c'era serenità nei suoi occhi. Non aveva voglia di tornare in ufficio.

«Le va di prendere un caffè da qualche parte?»

«Sarebbe bello.»

Camminarono insieme sul marciapiede nella luce grigia di agosto. Per motivi diversi, nessuno dei due voleva parlare della taciturna, muta figura che sedeva al banco degli imputati.

In Greenmarket Square c'era un piccolo bar; lui le tenne aperta la porta per farla entrare. Si sedettero e ordinarono il caffè.

«Io... non volevo venire. Ma ho sentito il bisogno di vederla. Come per dirle che va bene così.»

Lui soffocò l'impulso di spiegarle che non avrebbe fatto differenza. Aveva sentito delle indiscrezioni a proposito della perizia psichiatrica. Quel pomeriggio stesso l'avrebbero presentata alla Corte.

«Però lei sembra così... lontana.»

«È vero.»

«È dimagrito, sa?»

Joubert fu contento che lo avesse notato. «Si vede?»

«Sì.» Arrivò il caffè.

«E lei... che cosa ha fatto ultimamente?»

«Ho lavorato.» Era la verità. Lavoro e niente altro: dapprima per nascondersi. Da tutti: da se stesso, da Anne Boshoff – che aveva telefonato due volte, e infine si era arresa – e dalla nuova psicologa. In seguito come parte della terapia, alla ricerca di un equilibrio, un passetto alla volta.

«Ah... e ho smesso di fumare.»

«Questa è una bellissima notizia.»

«I ragazzi, come stanno?»

«Meglio, adesso.»

«Ho venduto la casa.»

«Anch'io. Adesso abitiamo a Claremont. Ashton Village. Proprio un bel posticino.»

«Io a Table View.»

«Un'altra casa indipendente?»

«No...» cercò il termine. «È una villetta a schiera.»

«Può parlare in afrikaans, se vuole. Anche se il mio non è granché.»

«A me sembra buono.»

Silenzio. «È mai stata all'opera?» le chiese Joubert.